V·九鼎

蛮荒記

树下野狐 著

MAN HUANG JI

【完整版】

万卷出版公司

图书在版编目（CIP）数据

蛮荒记. 5，九鼎/树下野狐著. —沈阳：万卷出版公司，2009. 1
（树下野狐文集）
ISBN 978-7-80759-580-9

Ⅰ. 蛮… Ⅱ. 树… Ⅲ. 长篇小说－中国－当代
Ⅳ. I247. 5

中国版本图书馆 CIP 数据核字（2008）第 196840 号

出版发行：万卷出版公司
（地址：沈阳市和平区十一纬路 29 号 邮编：110003）
印 刷 者：北京中科印刷有限公司
经 销 者：全国新华书店
幅面尺寸：167mm×234mm
字　　数：320 千字
印　　张：18
出版时间：2009 年 1 月第 1 版
印刷时间：2009 年 1 月第 1 次印刷
责任编辑：董立剑
特约编辑：马中才　傅复强
装帧设计：贾　嘉
ISBN 978-7-80759-580-9
定　　价：25.00 元

联系电话：024－23284442
邮购热线：024－23284454
传　　真：024－23284448
E－mail：vpc@mail. lnpgc. com. cn
网　　址：http：//www. chinavpc. com

目 录

第一章　青青子衿……………………………………………… 1
第二章　镜花水月 ………………………………………… 14
第三章　日月七星 ………………………………………… 27
第四章　鹿死谁手 ………………………………………… 40
第五章　幕后元凶 ………………………………………… 53
第六章　公孙青阳 ………………………………………… 67
第七章　天下为敌 ………………………………………… 80
第八章　大荒神帝 ………………………………………… 93
第九章　青衣女魃………………………………………… 106
第十章　世外春秋………………………………………… 120
第十一章　两仪神宫……………………………………… 134
第十二章　故人归墟……………………………………… 147
第十三章　魔帝蚩尤……………………………………… 160
第十四章　镇海龙王……………………………………… 173
第十五章　情比金坚……………………………………… 186
第十六章　九天玄女……………………………………… 199
第十七章　西陵出阁……………………………………… 212
第十八章　春蚕到死……………………………………… 225
第十九章　蓝田花媒……………………………………… 238

附录一：蛮荒笔会 …………………………………………………………… 251
附录二：大荒群芳谱之姑射仙子 ……………………………………………… 255
附录三：大荒群芳谱之纤纤 ………………………………………………… 264
附录四：搜神记蛮荒记全国统一六级考试试题答案和解析 ………… 268

人物介绍

神帝：

神农氏（尝百草而化羽，死后神帝之位悬空）

金族：

白　帝：白招拒

圣　女：西王母

　　神：石夷

小　神：陆吾　蓐收　天犬黄姖

　　仙：神牛勃皇　槐鬼离仑　江疑　英招等

其　他：金族太子少昊　寒荒国主楚芙丽叶　拔祀汉　天箭长老倪岱　长老黑木铜　长老筍思长邪　长留仙子

其他特别人物：古元坎（太古第一奇人，拓拔野前世）

木族：

青　帝：灵威仰

圣　女：姑射仙子

　　神：句芒　雷神

　　仙：奢比　折丹　虹虹　等

其他特别人物：羽卓丞（前青帝）　夸父　空桑仙子

水族：

黑　帝：汁光纪

圣　女：乌丝兰玛

亚圣女：雨师妾

　　神：烛龙　北海真神　天吴　西海老祖

　　仙：聂耳　九凤　强良　百里春秋　冰夷　西海鹿女　九毒童子　科沙度等

其他特别人物：科汗淮（大荒著名游侠，叛出本族）波母汁玄青（黑帝之妹，叛出本族）

火族：

赤　帝：赤飙怒（力战叛军而死，烈碧光晟自称赤帝，割据南荒）

炎　帝：烈炎

圣　女：赤霞仙子

神：祝融

小　神：刑天

仙：烈碧光晟　吴回　烈烟石　泠萝仙子　因乎　不廷胡余
红袍　龙石等

其他特别人物：赤松子、南阳仙子

土族：

黄　帝：姬少典（遇刺，姬远玄继任）

圣　女：武罗仙子

神：应龙

仙：鼍围　泰逢　涉驮　计蒙　包正仪　王亥　常先

其他特别人物：公孙婴侯　流沙仙子　灵山十巫　风伯　风后

荒外龙族：

龙　神：敖语真

太　子：拓拔野

其他人：六侯爷　哥澜椎　班照　龙椟柽　敖松霖　归鹿山等等

其他特别人物：鲛人国公主真珠　夔牛神兽

汤谷群雄：

蚩尤　辛九姑　柳浪　卜算子　成猴子　盘古　等等

四海各附属国：

南海：结胸国　羽民国　讙头国　厌火国　贯胸国　交胫国　三首国
长臂国（臣服于火族）

东海：大人国　君子国　青丘国　黑齿国　玄股国　毛民国　劳民国
鲛人国　小人国　司幽国　中　容国　女和月母国（臣服于木族）

西海：三身国　一臂国　奇肱国　丈夫国　女儿国　白民国　肃慎国
长股国　淑士国（臣服于金族）

北海：无䏿国　一目国　柔利国　深目国　聂耳国　拘缨国　大踵国
平丘国（臣服于水族）

第一章　青青子衿

晚霞如火，雪山巍巍。夕阳余晖照在赤松子的身上，乌衫鼓舞，乱须飞扬，满脸玩世不恭的微笑，双目中却是怒火熊熊。

指尖弹处，那淡绿的光弧如柳叶飞舞，呼呼破风，突然变成一道六尺来长的盈盈弯刀，水光摇曳，气势如虹，朝着李衎当头怒斩而下！

“水玉柳刀!”“赤雨师!”炎帝将士欢呼四起，自风尾城一战后，他们都已将这狂放不羁的大荒浪子视作了自己人，惟有赤霞仙子眉尖微蹙，闪过一丝凄伤苦怒之色。

李衎哈哈大笑道：“小兔崽子，你终于还是来了!”避也不避，骑着那风彘兽疾冲而上，苍梧木棺回旋怒舞，径直朝那水玉柳刀撞去。

蚩尤心下一沉，火族群雄的欢腾声亦陡然变作哗然惊呼，被这一刀劈中，烈烟石的尸身势必与木棺同炸为万千碎片!

只听赤松子狂笑如雷，光波潋滟，水玉柳刀突然折转飞舞，擦着棺沿冲天飞起，划过一道凌厉如电的弧线，急劈李衎背心。李衎耳廓微动，翻身急旋，抱住木棺又是一记“玉石俱焚”，朝刀光扫去。

刀光缤纷，人影闪动，霎时间两人已激斗了数十个回合，赤松子投鼠忌器，无一招相交。反倒李衎仗着风彘兽的速度，灵巧百变，又以棺椁为武器，横冲直撞，反守为攻，逼得他接连朝后退去。

蚩尤大怒，喝道：“他奶奶的紫菜鱼皮，老贼，你战也不敢战，拿着棺木当挡箭牌，算什么英雄好汉?”骑鸟疾冲，左掌真气轰然爆射，宛如万千春藤凌空飞舞，将苍梧木棺紧紧缠缚，奋力后夺。

李衎哈哈笑道：“你们以多欺少，又算得什么英雄好汉?”紫火光锤狂飙怒扫，将其碧气光带强行荡开，身子朝后一晃，登时被水玉柳刀气芒扫中，衣裳“哧”地迸裂，鲜血飞溅。

火族将士怒吼呐喊，冲涌上前，都欲将那棺椁夺回。

赤松子森然道："乔小子，这是我和他的私人恩怨，全都给我让开！"双手分推，气浪鼓卷，震得数十人踉跄跌退，厉声笑道："李衎老贼，你躲在南荒洞穴之中，做了一百多年的缩头乌龟，今日又如寄居蟹似的，藏在女人棺木之后，羞也不羞？"翻身冲下，凌空握住水玉柳刀，再度迎头怒斩。

被那炙烈气浪所拍，风龘兽身上火焰轰然炸涌，李衎呼吸一窒，心下大凛，奋力横棺扫去，笑道："小兔崽子，你当日眼睁睁看着家人惨遭屠戮，自己却藏在沼泽中装死，羞也不羞……"

话音未落，赤松子纵声怒啸，水玉柳刀陡一回旋，刀面横拍在棺木上，"嘭"的一声闷响，霞光爆舞，李衎双臂顿时呼卷起滚滚火焰，胸口如撞，鲜血狂喷，连人带兽跌飞出十余丈外，苍梧木棺亦险些脱手飞出。

众人齐声欢呼，叫道："天外流火！"这一刀化真气于无形，借木生火，隔物使力，与金族的"裂土星矢"有异曲同工之妙。虽然威力极大，但稍有不慎，便有引火烧身之虞，极之凶险，便连祝融、刑天也不敢轻易使出。

李衎又惊又怒，稳住身形，哈哈笑道："怎么，小兔崽子，被我说中痛处，恼羞成怒了么？你没胆子救你娘，却有胆子和亲妹子乱伦，啧啧，赤飙怒那老贼恶贯满盈，活该生下你这么个孽种！"听风辨声，挥舞苍梧木棺，继续朝赤松子全力反击，气浪怒舞，石炸雪崩，每招每式，全是旨在同归于尽的亡命打法。

赤松子一击得手，怒火反似大为消敛，任他如何讥嘲辱骂，只是周旋闪避，冷笑不语，水玉柳刀绕体呼呼飞舞，也不与木棺相交。远远望去，狂风鼓卷，雪浪澎湃，两道人影越转越急，偶有气浪冲涌，登时撞得四周坚岩冰石竞相飞炸，众人不敢近身，遥遥观战。

落日西沉，绛紫暗红的晚霞沉甸甸地压在雪峰上空，天色渐渐暗了下来，两人游斗已近六百合，绚光霓芒反倒越来越盛，在暮色中团团乱舞，炫人眼目，四周的冰峰石柱早已被荡平，现出一个方圆近百丈的大坑。

听李衎断断续续的狂笑嘲骂，众人都已渐渐得知来龙去脉。原来当年水火两族敌对，赤帝飙怒在小倏山下结识水族女子柳水玉，情难自禁，不顾族规，与她生下一子，是为赤松子。李衎闻悉后，密告长老会，并奉大长老之命，悄然赶赴小倏山，将柳水玉举族杀死灭口，却偏偏算漏一人，让年仅五岁的赤松子藏入沼泽，躲过一死。

赤帝闻讯大怒，罗织罪名，将知情的几位长老尽皆处死，并将李衎刺瞎双眼，斩断双足，囚禁在南荒密狱之中，永受生不如死的折磨。

赤松子只道屠族密令出自其父，恨火如焚，矢志报仇，于是便有了之后昆仑争雨师、火烧帝女桑……种种恩怨情仇。

李衎受囚南荒，无意间被少年刑天撞见，为了劈断锁链，重得自由，李衎将太古神器苍刑干戚授予刑天，并传他神功绝学。

但那枷锁乃赤帝亲自炼制的神物，刑天潜修十年，始终未能劈开，后来得知其师乃本族重囚，犹疑再三，终于含泪叩拜，不敢忤逆帝命。谁想过了百年，烈碧光晟为了应对炎帝大军，竟将此獠放出。

火族群雄对赤飙怒素极爱戴，事过境迁，对赤帝父子的这段孽缘往事也早已看得淡了，当下高举火炬，呼声如潮，无不在怒斥李衎；其余四族之中，也有大半在为赤松子呐喊助威。

蚩尤想起当日火桑之中，南阳仙子娓娓而述的情景，更觉悲怒难过，双拳紧握，青筋暴起，心道："他奶奶的紫菜鱼皮，若不是这厮贪图大长老之位，从中挑拨作恶，又怎会有后来的人伦惨祸？他被囚百年，不思反省，竟还敢夺八郡主之棺，向赤松子要挟复仇，忒也可恶……"

眼前忽地又闪过其时烈烟石被南阳附身后，两颊晕红，眼波汪汪地凝视着自己，唇角眉梢尽是绵绵情意……心中登时咯噔一响，痛如刀绞，泪水竟险些夺眶涌出，咬牙暗想："蚩尤啊蚩尤，你欠她如此之多，今日若不能护其棺椁，还有何颜面见南荒百姓？"悲怒冲顶，忍不住昂首狂吼。

吼声方起，赤松子亦陡然纵声长啸，绕着李衎急速飞转。两人声浪激撞，滚滚如雷，震得众人呼吸窒堵，难受已极。山壑中轰隆连声，大片积雪随之崩裂涌泻，在夜色中宛如天河倒倾，万兽狂奔。

李衔双目俱盲，主要倚仗听觉辨析对手方位，被那狂啸声与四周轰鸣所震，耳廓转动，脑中嗡嗡回荡，只觉四面八方全是赤松子，也不知他当从哪面袭来，心下大凛，当下双膝一夹风毳兽，连人带兽冲天飞起。

赤松子等的便是此刻，怒啸声中，水玉柳刀白芒如电，自下而上反撩斜斩，向风毳兽肚腹猛劈而去；几在同时，周身光芒爆放，瞬间化作一条巨大赤虬，呼腾卷舞，朝着风毳兽当头扑扫。

上下夹攻，那怪兽惊嘶飞旋，转向朝左前方疾冲。饶是它速逾闪电，这一停转，仍不免慢了半拍，登时被水玉柳刀气芒飞旋扫中，"嗤"的一声，鲜血激溅，牛尾冲天断离，风毳兽悲声痛吼，庞大的巨躯失去平衡，踉跄飞转，霎时间又被赤松子龙尾迎面拍个正着。

"轰!"兽头断裂，血肉横飞，李衔身子剧晃，惊怒交迸，他双足已断，风毳兽既死，势必再难闪避脱身！喝道："小兔崽子，这么想要棺材，爷爷便送了给你!"蓦地将棺椁凌空疾甩而出；双臂光芒怒卷，紫火光锤陡然化作巨型火斧，一左一右，纵横挥扫。

众人惊呼声中，赤松子龙身飞舞，将苍梧木棺紧紧缠住，咆哮着腾身冲起，水玉柳刀光波潋滟，破风激舞，瞬间旋化出三十余圈诡异莫测的弧线，"叮叮"连声，与光斧轰然叠撞，绚光炸舞，宛如万千流霞，直贯夜空。

眼见八郡主棺椁被赤松子抢回，火族群雄无不大喜，正自欢呼，忽听赤虬发出一声痛楚已极的凄厉咆哮，龙身陡一收缩，将那棺椁高高抛起。

蚩尤心下一凛，李衔哈哈狂笑道："'死者为大'，你弃人棺椁，辱人尸体，她便是化作了厉鬼，又岂能放过你!"话音未落，棺椁轰然炸裂，一大团深碧浅绿的飞虫"嗡"地冲舞而出，云遮雾绕似的将赤虬团团罩住。

赤虬盘旋蜷缩，吃痛狂吼，蓦地横甩飞腾，将碧虫蓬然震碎如齑粉，四周火炬照耀下，遍体鳞甲彤红，乌血渗出，闪烁着点点幽碧的光芒，瞧来极是诡异。

晏紫苏失声道："九幽冥火虫!"

群雄大骇，这种毒蛊相传是南荒冥鬼族用埋于地底百丈处的腐尸豢养而成，一旦破茧而出，立时喷射剧毒无比的幼卵雾液，沾附在人畜的身上，顷刻间便能钻入血脉、骨髓，将寄体吸食成一具僵尸。

棺内除了蛊虫，空荡无物，李衔想必早已算定赤松子会不顾一切地抢夺棺椁，所以设下如此圈套，眼见得手，更不给他片刻喘息之机，狂笑声中，紫火光斧雷霆电舞，烈焰滚滚，接连不断地朝他猛攻而去。

蚩尤大怒，喝道："无耻！"凌空冲起，八极光芒吞吐，真气春江碧浪似的涌入右手苗刀，陡然喷涌出二十余丈长的炽烈青光，轰然横卷，猛撞在李衔那双光斧上。

"嘭"的一声，紫火光斧应声变形，李衔身躯剧震，朝后踉跄飞跌，脸色大变，这一刀气浪之狂猛，竟更胜先前数倍！不敢有丝毫懈怠，耳廓转动，双斧飞舞，奋力抵挡苗刀进攻。

十余丈外，赤松子飞腾狂吼，瞬间恢复人形，重重跌落在地，时而飞旋翻滚，时而蜷缩一团，身上碧光点点，乌血不断地从身上渗出。饶是他神功盖世，被这万千冥火虫附体，亦无半点对策。

火族群雄纷纷疾奔而出，方欲相救，当前四人却惨叫迭声，接连仆身倒地，剧烈痉挛，顷刻间便僵直浮肿，双目圆睁，再无半点呼吸。

晏紫苏喝道："大家站离三丈之外，万万不可靠近。"绕着赤松子飞掠，每隔四尺插下一根北海沉梦香，以三昧真火燃着。紫烟袅袅，异香扑鼻。

"咻"的一声，一只冥火虫从赤松子臂上弹射而出，焦缩跳动，既而两只、三只、四只……成百上千的蛊虫自他体内抛弹而出，被晏紫苏火针一一钉穿在地。过不片刻，遍地焦黑虫尸，荧光闪耀。赤松子虽仍蜷作一团，簌簌颤抖，痛楚之状却已大为减缓。

李衔目不视物，听见众人重转欢呼，隐隐猜着大概，又是惊愕又是愤怒，他受囚百年，备受煎熬，对赤帝父子恨之入骨，今日独闯天帝山，早已不抱生还之望，只盼能百般折磨赤松子，而后亲手毙杀，了此宿怨。想不到最后关头，竟被这妖女搅得功亏一篑，心中之悲愤自是难以描述。

当下纵声狂笑，猛地一阵急攻，将蚩尤迫退，翻身飞旋，径直朝赤松子冲去，双斧纵横呼啸，十余名火族将士想要回身阻挡，立时被劈得血肉横飞。刹那间便已杀开血路，冲至晏紫苏上方，光斧双双破风急舞，朝她当头怒斫而下！

晏紫苏心头一寒，忽听赤松子纵声大喝：“老贼受死！”奋起余力，蓦地从地上冲弹而起，水玉柳刀光芒爆舞，势如巨龙破空，狂飙倒卷，“轰！”当空赤光炸舞，那双紫火光斧如水波剧荡，李衎“啊”的一声惨叫，登时如断线风筝似的飞跌出十余丈外，鲜血如长虹狂喷，右臂已被齐肩斩断！

赤松子哈哈大笑道：“娘，娘，孩儿替你报仇啦！”火炬映照下，长发迎风乱舞，脸上交杂着狂喜、悲伤、仇恨、暴怒……各种神色，扭曲而又狰狞，蓦地踏风冲起，双手紧握水玉柳刀，再度朝着李衎急斩而下。

当是时，西边“呜呜”破风激响，一个青铜方盾急旋怒舞，不偏不倚地挡在李衎上方，“当！”铿然剧震，光芒爆舞，四周冰地炸裂迸飞，赤松子呼吸一窒，强聚的真气登时涣散，身不由己地朝后跌退数丈。

山顶哗声四起，一道人影闪电似的冲掠而来，凌空抓住方盾，淡然揖礼道：“赤雨师，他双目已盲，手足残断，早已生不如死，纵有血海深仇，又何必一定要取他性命？”红衣飘飘，秀美绝伦，赫然正是刑天。

赤松子大怒，笑道：“小子，他杀我娘亲，灭我族人，此仇此恨，又岂是双眼双脚所能抵消！你若想救他，就先自残手足，再来和我理论……”

话音未落，“吃”的一声，鲜血飞溅，刑天已将其左手食指齐掌剁下，淡淡道：“他纵然十恶不赦，也是刑某授业之师，恩同再造，只要赤雨师肯留他一命，区区手足，又算得什么？”

众人轰然，赤松子亦是一怔，想不到他竟真的甘心舍己以救，心中涌起敬赏之意，蓦地收起水玉柳刀，哈哈笑道：“这老贼有你如此忠义的徒弟，算是他的造化！好，只要他交出八郡主的尸体，永囚南荒，我就暂且留他一条狗命。”

他被万千冥火虫噬咬，经脉、骨骼已受重创，倚仗着强烈的仇恨与信念，才得以毕集起强沛真气，此刻杀气一消，再也支撑不住，双腿一软，顿时坐倒在地。

火族群雄如释重负，纷纷喝令李衎说出烈烟石下落。

李衎脸如金纸，眼白翻动，喘息着大笑道："小兔崽子，老子是生是死，岂能由你？你要我生，我偏要死；你要那小丫头的尸体，我偏叫你永远也无法找着！"猛地抬起左掌，光焰吞吐，重重地击在自己天灵盖上。

"嘭"的一声闷响，火焰窜舞，七窍流血，脸上兀自凝固着那愤恨怨怒的狞笑，软绵绵地委顿在地，再也不动弹了。

众人失声齐呼，蚩尤又惊又怒，冲掠其侧，输气运脉，却已迟了半步。他既已死，自然再也无法知道烈烟石尸身的下落了！

流沙仙子格格笑道："气虽断，魂未消。说还是不说，也未见得由你。"银光爆闪，子母蜂针暴雨似的贯入李衎头颅，稍一凝顿，又立时倒射而出，缤纷落入她的掌心。

她扬起那蓬银针，秋波流转，笑吟吟地扫望火族群雄："你们既然这么想要找着郡主，不知哪位甘作牺牲，做一回这游魂孤魄的寄体呢？"

众人脸色齐变，这才知道她竟是要以"搜神种魄大法"，将李衎残留的神识种入活人体内，从而感应其魄，找着八郡主。但此法至为妖邪诡异，稍有不慎，寄体便会被所种魂魄侵据，轻则发狂错乱，重则神魂尽灭。更何况能否从李衎残魄中寻得烈烟石消息，尚属疑问。

还不等烈炎应诺，蚩尤、刑天已踏步上前，齐声道："让我来！"

晏紫苏花容微变，传音嗔道："呆子！你脊骨内的伏羲牙新封不久，还嫌那些邪魂厉魄不够多么？"

蚩尤听若罔闻，朝着烈炎抱拳朗声道："二哥，我这条性命是八郡主所救，当日不能护她周全，已是百死莫赎，愧恨难当。今日若再不能绵尽心力，他日九泉相见，又有何脸颜？"

他声如洪雷，慷慨沉郁，听得众人心中戚戚，烈炎眼圈微红，轻轻点了点头，正欲答应，忽听一个声音远远地叫道："蚩尤小子，别听那臭丫头胡说八道，什么'搜神种魄大法'，只要你乖乖地把伏羲牙送给我们，别说找回尸体，就算叫她起死回生，又有何难？”

话音未落，又听一个声音道：“此言差矣，伏羲牙原本就是我们的，怎么叫‘送给我们’？应该叫‘有借有还，再借不难’！”

前一个声音怒道：“他奶奶的，那你上个月‘借’了我的‘仙芝果’，怎地现在还不‘还’？”

后一个声音叹道：“你记性怎地如此不好？五谷轮回，天道循环，我不是隔日就在你果盆里拉了一泡屎了么？你若嫌不够，我再额外‘送’你一泡便是，不用你‘还’了还不成么？”

群雄轰然，叫道：“灵山十巫！”转头望去，更是耸然动容，纷纷失声道：“断浪刀！”“龙牙侯！”

但见夜色苍茫，雪山连绵，一道人影沿着冰岭急速掠来，青衣鼓舞，白发飘飞，右肩上扛着一个水晶棺，赫然正是科汗淮。奔得近了，隐隐可见那水晶棺上坐了五对身长约莫三寸的孪生精灵，其中两个长得獐头鼠目的，正摇头晃脑、口沫横飞地争吵不休。

众人大奇，议论纷纷，不知久未出现大荒的龙牙侯，为何竟会与这十个古灵精怪的巫医搅在了一起？

西王母呼吸窒堵，身子陡然僵硬，痴痴地凝望着那梦萦魂牵的身影，泪水险些涌上了眼眶。原以为昆仑一别，已成永诀，当此刻，月光照在他的身上，如镀霜雪，那张清俊落寞的脸颜，恍如隔世，她突然感到一阵难以遏止的喜悦和悲伤，和一种莫可名状的懊悔与凄惘。

有一刹那，热血沸涌，多么想、多么想甩脱自己，甩脱一切，甩脱这满山喧腾的人群，朝他飞奔呵！

多么想紧紧地抱住他，任凭冰雪掩埋了双脚，任凭泪水冲刷脸颊。多么想依偎在他怀里，听他吹奏着笛曲，数着飘落的雪花。

多么想像从前一样，和他并肩躺在茫茫冰川上，仰望着漫天星辰，不知什么时候睡着了，连梦中都是十指紧扣，永不离分……

但这些念头只是一闪而过，片刻间，她便已摒除杂念，调整呼吸，容色又恢复了冰雪一般的平静，瞥见他肩上所扛的水晶棺，心中陡然朝下一沉，忽然明白他为什么要重返大荒了！

普天之下，除了灵山十巫，又有谁能消解北海冰蛛的剧毒？科汗淮重诺守信，一言九鼎，当日为了保护自己，立誓远游东海，再不踏入大荒半步，想不到今日为了解救龙神，竟不惜自食其言！一时间，心痛如绞，酸苦妒怒如狂潮大浪卷席吞溺，指尖竟忍不住又微微颤抖起来。

当是时，科汗淮来势如飞，业已冲至峰顶。巫姑、巫真叫道：“俊小子，俊小子，你在哪里？”秋波四扫，没找着拓拔野，似是大为失望，顿足娇嗔，连连埋怨巫抵、巫盼胡语成谶，害得她们见不着心上人。

巫谢、巫礼叹道：“噫乎兮！众目睽睽，光天化日，汝等不知礼仪妇道，岂不让天下英雄笑话乎？”被巫咸、巫彭瞪眼呵斥，只得摇头叹息世风日下，痛心疾首。

群雄哑然失笑，蚩尤、六侯爷等人纷纷围奔上前。科汗淮将水晶棺小心翼翼地放置在雪地上，朝众人抱拳行礼，淡淡道：“五帝盛会，科某冒昧造访，望请恕罪。”目光与西王母相遇，陡然一顿，深深地凝视了她片刻，又转到了丈余外的纤纤脸上。

纤纤双颊晕红泛起，低声道：“爹！”目光竟似不敢与他交接，神色颇有些古怪。

科汗淮悲喜交加，微微一笑，想要说什么，却没有说出来，对着她身边的姬远玄揖了一礼，道：“太子黄帝，能否借炼神鼎一用？”

广成子去势如电，与青帝一前一后地飞掠了片刻，突然朝西南山壑折转。

云雾分合，两侧雪峰高矗，星穹如带，狂风在峡谷中呜呜怒啸，不断有雪浪冰石隆隆崩落。前方数百丈外，一道巨大的冰川横斜而下，被月华所镀，光芒万点，宛如银龙夭矫，鳞甲闪烁。

“沉龙谷！”青帝心中一凛，此处是天帝山至为奇特之地。相传女娲登天帝之位后，曾于此降伏“破天狂龙”。妖龙受困挣扎，怒吼不绝，雪崩山裂，女娲又以吞纳万物的“饕餮神鼎”封镇之，沉埋谷底，自此山谷内外如阴阳两隔，再也听不见彼此传来的任何响动。

广成子将自己引到这里，不知又有什么阴谋诡计？他与这厮几番交手，都中其奸谋陷阱，第一次被他骗至西荒，遭汁光纪等人联手囚困鬼国；第二次又被他诱到震雷峡，移山填壑，九死一生。眼下情形仿佛，心底登时生出警戒之意。

广成子似是猜出他心中所想，哈哈笑道：“我已在这沉龙谷中伏下十万神兵，陛下若不怕再沦为鬼奴，便随我来罢!”双足飞点，霎时间便冲出千丈，直入峡谷。

灵威仰素来桀骜狂妄，无所畏惧，被这厮几番陷害，更视若生平奇耻大辱，哪能再容他从自己眼皮底下逃脱？即便明知前面是龙潭虎穴，也要昂然一闯！当下全速飞掠，穷追其后，左手碧光爆卷，右手绚芒鼓舞，碧火金光刀、极光气刀双双出鞘，不断地朝他呼啸怒斩。

广成子高冲低伏，迤逦飞掠，翻天印呜呜飞旋，霓光四射，将两大气刀的巨大冲击波一一震荡开去，所到之处，绚光气浪如龙卷风似的呼啸而过，冰川炸裂，雪瀑喷涌，仿佛无数银龙在他四周咆哮飞腾。

青帝尾追着他越过冰河，朝峡谷深处飞掠。狂风呼啸，冰石扑面，四周雪峰环立，冰川连绵，千姿百态的冰柱、冰蘑菇、冰钟乳、冰陡崖……倒掠而过，在朦胧夜色掩映中，仿佛万千怪兽，触目惊心。

前方银光潋滟，冰湖荡漾，倒映着一片数十丈高的冰塔林，宛如利剑破空，晶莹剔透，又似犬牙交错，迷宫纵横。

在那参差高矗的冰塔林后，是一片高达两百余丈的冰瀑，从摩云雪峰之间直泻而下，仿佛银河凝结，气势恢弘。

圆月当空，照耀在那密密麻麻、尖厉凹凸的冰棱雪晶上，折射出炫目流离的彩光，说不出地雄奇瑰丽。

广成子白衣鼓舞，翻身在冰塔林上立定，扬眉笑道：“这里风景绝佳，陛下能葬身于此，与天地同化，幸何如哉！”翻天印呼呼飞旋，在那冰湖上空飞甩出道道绚丽光弧，“轰”的一声闷响，冰湖大浪纷摇，霓光吞吐，当空光波荡漾，幻化成一个美貌绝伦的紫衣女子。

灵感仰胸口如被重锤所撞，热泪倏然涌入眼眶，呼吸窒堵。狂风猎猎，衣带飘飞，她温柔地凝视着他，嫣然而笑。蝴蝶纷飞，花香袭人，午后的阳光从碧翠的竹林间筛漏而下，镀在她的身上，金光闪耀。

他的视线瞬间模糊了，悲喜填膺，怔怔地凝立当空，突然忘却了周遭一切，仿佛又回到了那年春天，玉屏山顶，仿佛又听见她山泉般清甜悦耳的笑声……

当是时，头顶忽地一沉，万钧巨力呼啸着猛撞而下！青帝陡然大凛，突然从幻梦中惊醒，她死了！她已经死在了这恶贼手中！一念及此，心中剧痛如绞，怒不可抑，蓦地昂首狂啸，周身碧光蓬然怒舞，右臂气刀霎时间如青霓破空，环环激生出绚丽万端的极光气芒。

“轰！”只听一声巨响，天摇地动，万千道幻丽彩光破空冲涌，积雪、石崖、冰塔……应声滚滚飞炸。

巨大的轰鸣声仿佛万千雷霆同时回震，饶是广成子神功盖世，亦被震得气血翻腾，呼吸窒堵，朝后踉跄飞退。

灵感仰长啸不绝，极光气刀纵横怒斩，与翻天印接连激撞，轰雷剧震，七彩光波如云霞喷涌，层层激荡，照得峡谷冰壁幻光流离。但那绚光流霞一旦冲过峡谷峰顶，立时如水波晃荡，消逝不见，仿佛有一个巨大的无形光罩笼在“沉龙谷”上方，将所有的光芒、震响……尽皆封镇其中。

广成子冲天飞起，哈哈长笑道：“当日震雷峡中，陛下借着拓拔小子之助，侥幸逃出生天；今日你孤家寡人，想要活命可就没这般容易了！”

突然抓起两团黑黝黝的布帛塞住双耳，十指翻舞，翻天印彩光离心甩舞，越转越快，霎时间便爆涨了数十倍，气光层层翻腾，仿佛遮天云霞，沉甸甸地压在峡谷上方。

遥遥望去，极光气刀如闪电怒舞，雷鸣滚滚，两人一上一下，相隔百丈，中间横亘着团团喷炸翻涌的绚光霓浪，一圈又一圈地朝四周呼啸荡漾，摧枯拉朽。参差高矗的冰塔林不断震炸飞射，雪浪蒙蒙，就连远处那巨大的冰瀑也隆隆剧震，眼看着即将冰崩。

冰湖大浪滔天，道道水柱螺旋飞舞，在绚光照耀下，聚散离合，幻化成一幕幕极之逼真的景象，在青帝四周穿梭飞转。

时而阳光灿烂，空桑仙子顾盼嫣然；时而月色如烟，伊人在水一方……那玉屏山顶的初逢，剑湖春雨的邂逅，十里夏荷的月色，秋日午后的山头……每一次令他屏息迷醉的相遇，每一次和她咫尺相对的笑语，都如狂潮怒涌，呼啸卷溺。

几在同时，忽听“呜呜”激响，巴乌骤起，周围鼓乐大作，夹杂着骨箫、象牙埙、冰铁编钟、兕角……种种器乐之声，排山倒海，恢弘并奏。宛如竹林松涛，月荷摇浪，又似春雨沥沥，秋风萧萧……

灵感仰置身其间，目眩神迷，虽明知这一切不过是摄心分神的幻景妖术，但奈何往事幕幕，历历眼前，就如这水帘、大浪一般，挥之不去，劈之不散。百感交叠，胸膺郁堵，意念难免稍稍纷乱。

“嘭嘭！”方一分神，翻天印怒旋连撞，登时将极光气刀打得绚光乱舞，灵感仰喉中一甜，险些喷出血来，强聚意念，啸声激越，左手碧火金光刀光焰爆吐，两大气兵纵横开合，硬生生将广成子重新迫退。

凝神四扫，心中大凛，但见冰湖上波涛汹涌，徐徐浮起数以万计苍白浮肿的僵鬼，个个木无表情，眼光呆滞，或吹箫，或奏鼓，或吹号，动作虽然僵硬怪异，但吹奏曲乐却极丝丝入扣，浑然合一。

“天魔仙音阵！”这种阵法相传由水族玄耀钐所创，最初用于两军对垒，惑人心智。

战历 212 年，玄耀钐率领水族五万精骑，与土、木十八万联军会战苏门山下。水族大军布此乐阵，鼓号齐鸣，丝竹并奏，加上众巫祝的法术相辅，声威惊天彻地。土、木联军中除了少数意气双修的高手，其余将士无不神摇意动，幻象联翩。被埋伏两侧、塞住双耳的水族精锐趁势冲杀，登时大溃败逃，死伤遍野。玄耀轸挟胜追击，所向披靡，连夺十二城，自此奠定水族霸业。

此后两年，玄耀轸又连续以此乐阵蛊惑木族大军，接连取得大捷。直到战历215年，木神以“沉香叶”等百种奇草塞住将士双耳，又以三千张雷龙兽皮制成天雷鼓，方才克制此阵，挽回颓势。

想不到这些妖魔竟会在此时此地，用这种妖阵来算计自己！“沉龙谷”乃大荒至奇之地，雪峰环绕，声音回荡不出，妖乐之威力自然远非别处可比。但最为可恨的，是布此乐阵的并非寻常乐师，而是数万僵鬼。否则他只需以啸吼震其肝胆，乱其节奏，便自可驱散所有的蜃景幻听。

然而这些僵鬼浑噩无觉，即便天崩地裂，也绝不会有半点动摇，要想破此乐阵，谈何容易！

眼下唯一能克制此阵的方法，就是闭目塞听，摒绝幻象。但若真如此，不啻于自盲双眼、自聋其耳，又焉能挡得住广成子狂风暴雨般的偷袭？思绪飞转，一时竟无半点应对之策，惟有凝神聚念，意守丹田，一边将空桑仙子的音容笑貌竭力从脑海中驱逐而出，一边挥舞气刀，与广成子周旋激战。

第二章　镜花水月

轰鸣连奏，光焰冲天，被二人气浪所震，四周的狂涛骇浪越发汹涌，那些幻象、妖乐声势更甚，灵感仰念力虽冠绝天下，亦备受其扰，心猿意马，渐渐被翻天印压制下风。

又听一个温柔亲切的声音远远地笑道："黄河九曲，终不免东流入海，青帝陛下为何如此执迷不悟？只要陛下授以'种神大法'，追随主公左右，他日所治之疆，又何止区区木族？"

循声望去，冰瀑顶巅不知何时立了一个身着黑紫丝袍的绝色女子，赤足如雪，长带飘飘，双手虚空合抱，一面晶莹碧绿的半月形石镜随其柔荑摇动而悠悠旋转，绚光四射，赫然正是消匿已久的水圣女乌丝兰玛。

"月母神镜！"青帝心中一震，陡然明白这万千幻象从何而来了！

月母神镜与流霞镜并称"女帝双绝"。

相传伏羲化羽之后，女娲思念不已，将遗存其神识的月陨石炼制成此镜，又将二人精元化入石镜的两条人头蛇中。两仪相生，自成栩栩如生的阴阳幻境，女帝睹此神镜，追想昔日时光，而后世照此神镜之人，也往往陷入往日情思而不能自已，故而此镜又有别号曰"情镜"。

今夜明月正圆，恰是"情镜"威力最大之时。加之沉龙谷形如密封之鼎，冰湖浩淼，上下辉映，翻天印与极光气刀的激撞气浪又使得光波荡漾更剧……这一切无不倍增其效。广成子与水圣女将自己诱至此地，必是苦心积虑，筹谋已久。所幸当日熊山地底，他奋起神威，早已将月母神镜劈裂两半，否则此刻遭逢，后果更加不堪设想。

想明此节，灵感仰心中惊怒反倒荡然全消，昂头狂笑道："落花逐流水，腐草生绿萤。寡人即便是孤魂野鬼，也自当笑傲三界，岂能和你等魑魅魍魉为伍！"

蓦地拔地冲起，喝道："这石镜既已被我劈裂，还留着作甚！"

碧火金光刀如春水狂卷，轰然将翻天印朝上撞飞，身如疾箭，和极光气刀连为一体，朝冰瀑电射而去。

只要将情镜击碎，万象尽灭，纵有天魔仙音阵、十万鬼兵、翻天印……亦不足为惧！

绚光遥指处，冰塔四炸，惊涛狂涌，乌丝兰玛黑袍鼓舞，翩然而立，脸上笑吟吟的却无半点畏惧之意，素手如兰怒放，月母神镜光芒爆射。霎时间鼓号骤响，乐声大作，回荡在山谷之内，如轰雷滚滚，又似笑声不绝。

灵感仰纵声长啸，念力如织，眼前缤纷幻象尽皆如水波碎荡，"轰！"极光气刀陡然冲出数十丈远，绚光滚滚，如霓龙翻腾，冰瀑登时应声崩炸，冲天喷涌起百丈余高的冰石巨浪，势如雪狮咆哮，龙蛇奔走。

乌丝兰玛嫣然笑道："多谢陛下助我一臂之力！"高高旋身冲起，樱唇翕动，月母神镜蓦然翻转，朝下方照去。

几在同时，翻天印如彗星怒舞，斜地里猛撞在冰瀑上方，轰隆狂震，霞光层染，隐隐可见那崩泻不止的冰瀑中亮起两道刺目光芒，宛如巨蛇鳞甲，蜿蜒相缠。

青帝心下一沉，顿觉不妙，只听一声狂雷也似的怒吼，山摇地动，震耳欲聋，那层叠喷涌的冰涛雪浪之中，突然冲起两道羊角飓风，掀卷着四周的飞石碎冰，扶摇直上，遥遥望去，仿佛蟠龙巨柱，参天摩云。

"呜——嗷！"那两道龙角风发出凄厉凶暴的狂吼，嘭嘭连声，环绕飞旋的万千冰石陡然炸射四冲，绚光波荡，渐渐现出原形。竟是两条见所未见的巨蟒，一黑一白，合围数十丈，两两交缠，赤红的眼珠如烈火喷薄，立身昂首，咝咝吐信，涎水如暴雨滴落，说不出地狰狞可怖。

"阴阳双蛇！"饶是灵感仰狂妄无畏，背上亦不禁升起一丝凉意。这两条黑白巨蟒赫然竟是蛇族太古三大神兽之二，被蛇族视作伏羲、女娲神灵所附的雌雄神蛇！

蛇历1772年，土、火两族盟军大破十八万蛇军，攻陷蛇都，将数千名蛇族贵胄斩杀殆尽，阴阳双蛇亦被五族帝神高手合力封印，绵延了近两千年的蛇族王朝至此轰然坍塌。

残余的蛇族八部流落各地，被五族追杀，几已死绝，剩下的不是躲藏到穷山恶水之地，便是被人族同化，繁衍分支，成了五族蛮邦。数千年来，支撑着他们生存下来的信念，便是蛇族巫祝用鲜血写就的谶语：只要阴阳双蛇、玄天神蟒一齐出现，便是伏羲、女娲转世重生、蛇族复兴之时。盖因此故，当年无晵蛇姥重建蛇国之时，便以玄天神蟒为旗，引得四海蛇裔纷纷响应。

想不到当年五族帝神封印阴阳双蛇的所在，便是这天帝山沉龙谷！太极260年，女娲将反抗蛇族之治的"破天狂龙"封镇于此，一千七百多年后，代表蛇族之治的太极双蟒却又被五族同封此处，运道循环，天意冥冥，岂不让人感叹。

广成子仰头凝望着那翻转咆哮的双蛇，神色古怪，似悲似喜，徐徐凌空伏倒，朝它们恭恭敬敬地拜了三拜，一字字地道："爹，娘，孩儿不孝，直到今天，才得以了却你们夙愿，与神蛇同化。这老贼害得你们生离死别，如今又夺占文弟肉身，此仇不报，誓不为人！"

青帝恍然醒悟，怒气更增，嘿然道："原来宁疯子和那妖女的元神就在这翻天印内！你煞费苦心，诱我到此，便是想合彼此之力，解开双蛇封印，将你父母元神融入双蛇之体了？"

广成子蓦地转过头来，双眸中闪过从未有过的凶厉恨怒之色，森然微笑道："不错！拜你所赐，娘亲当日几乎魄散魂飞，我爹倾尽全力也救之不得，只好以'冻土埋种大法'，将他们的魂魄一齐封凝在'五色陶'中。这一百多年来，我兄弟二人苦修磨练，四处寻找'双蛇封印'之所在，为的便是今日。我将爹娘的魂魄寄封在翻天印内，为的便是让他们亲自将你轧成肉泥，以消心头之恨！"

说到最后一句时，上方那阴阳双蛇蓦地弓身低头，张口狂吼，獠牙森森，怒目灼灼，仿佛在纵声附和一般。

乌丝兰玛柔声道："广成真人乃至孝之子，最大心愿不过是想让双亲元神移种，再世重生。解铃还需系铃人，陛下若肯成人之美，授以'种神大法'，所有恩怨情仇自当一笑而泯……"

灵感仰哈哈狂笑道："一笑而泯？那么空桑仙子的性命又由谁来相抵？她既已死，就算天下苍生同化炭糜，又干寡人鸟事！"红衣鼓舞，两大气刀轰然怒扫，朝着广成子凌空疾斩。

"哐啷！"翻天印嗡嗡狂震，掀起数十丈高，气浪叠爆，彩晕激荡，广成子翻身飞冲，四周雪崩滚滚，冰瀑喷涌。

阴阳双蛇大怒，蓦地逆旋分离，一左一右，咆哮着急扑而下，周围迅即卷起两道羊角飓风，和那呜呜激旋的翻天印交相扫撞，荡漾开无数璀璨霓艳的光浪，雪末纷扬，壮丽而又奇诡。

腥风猛烈，猎猎扑面，三大气浪如天河倒倾，山岳压顶，青帝眼前一黑，腥甜狂涌，竟被硬生生地朝湖底推去，耳畔轰雷狂爆，冰瀑、冰山、冰蘑菇、冰塔林……竞相坍塌，晶凌四炸，整个沉龙谷竟似被瞬间碾碎！

姬远玄忙向科汗淮回了一礼，从怀中取出一个青铜小鼎，必恭必敬地递上前去。

众人正猜想科汗淮要此鼎何为，巫咸、巫彭大喇喇地跃上鼎沿，腆着肚子，齐声道："蚩尤小子，有了这炼神鼎，再加上伏羲牙和梦魂草，不消片刻，老子便能让李衎游魂说出烈丫头的下落。你快快献上伏羲牙，磕头求我！"

另外八巫七嘴八舌，转而大声附和，都在自吹自擂医术天下第一，无人能及，又说流沙仙子医术差劲，心肠歹毒，他若是听信这妖女胡言，那就呜呼哀哉，噫乎兮不亦痛矣。听得蚩尤啼笑皆非。

晏紫苏知道这些精灵自负虚荣，最受不得激，当日昆仑山上，便是以激将法诱使十巫死乞白赖地奉上伏羲牙，治愈蚩尤，眼下见他们自告奋勇送上门来，心中大喜，脸上却极是不屑，"呸"了一声，笑道："胡说八道！洛仙子是神帝门生，医蛊之术冠绝天下，小小一个‘搜魂种魄法’还使不来么？依我看，你们只是想骗夺伏羲牙，才故意这般威逼恫吓。”

流沙仙子笑吟吟地道：“晏国主果然是兰心慧质，电眼如炬，这十个老妖精吹牛、耍赖的本事无人能及，但医术嘛，倒着数或许天下第一。”

二女一唱一和，故技重施，果然又激得十巫哇哇大叫。火族群雄暗觉好笑，知道他们脾性，当下争相添柴加火，上前围住洛姬雅，或歌功颂德，赞她医术无双，或苦苦哀求，请她施以妙手，查出烈烟石下落。

巫咸、巫彭气得吹胡子瞪眼，暴跳如雷，也不再要求蚩尤送还伏羲牙，趁流沙仙子不备，径直从她掌心夺过子母蜂针，插入炼神鼎中，又点燃梦魂草，四掌抵住鼎沿，合力念诀施法。

“哧哧”激响，子母蜂针急速震动，绚光闪耀。周围登时安静下来，万千目光齐齐聚集在青铜鼎上，一睹究竟。

六侯爷、班照等人无暇他顾，扶棺而望，见龙神脸颊晕红，眼睫长闭，犹自沉睡不醒，心中忐忑难过，纷纷向科汗淮低声询问究底。

科汗淮摇了摇头，取出一块黑木令牌，转身朝水龙琳行礼道：“陛下，当年科某降伏北海妖兽，退却强敌，蒙汁黑帝厚爱，赏此‘玄神令’，未曾有所求，今日特恳请陛下，赐我本真丹一枚，以救龙神……”

水族群雄轰然大哗，玄神令乃黑帝所赐的至高权物，持此令者，可以要求族规所限内的任何赏赐，换了旁人，早已索要荣华富贵、封官晋爵，科汗淮数十年来宠辱不惊，淡泊名利，直到此时竟才以神令换取一颗本真丹。

水龙琳瞟了天吴一眼，默然不语。

天吴哈哈大笑道：“龙牙侯至情至性，好生让人敬佩。可惜‘玄神令’乃我水族圣物，阁下既已叛离本族，非我族人，又焉能再以此令索要赏赐？”

顿了顿，面具后双目精光闪烁，瞥向水晶棺，嘿然道：“龙族乃我死敌夙仇，龙牙侯若能迷途知返，亲手将敖妖女挫骨扬灰，莫说区区一枚本真丹，就算将我水神之位让与阁下，又有何妨？”

龙族群雄大怒，纷纷破口大骂。

巫姑、巫真“呸”、“呸”连声，叉腰嗔道：“八头怪物，敢对我婆婆大人不敬，简直是不想活啦!”“哼，等我夫君回来，瞧他怎么收拾你!”

灵山十巫狂妄贪吝，每救人一命，定索取奇珍重酬，惟独对拓拔野极有好感，巫姑、巫真更是被他迷得神魂颠倒，是以当科汗淮背负龙神上山求医，十巫二话不说，便施展全部神通，竭力救治。

但那北海冰蛛是天下至毒之物，寻常人沾着一点毒液，立时殒命。龙神自与烛龙激战东海，重伤一直未能彻底痊愈，身上又无龙珠庇护，被冰蛛剧毒喷入双目，昏迷不醒，危在旦夕。

龙族、汤谷巫医束手无策，科汗淮无奈之下，不顾所立誓约，亲自背负龙神赶赴灵山，但此时已过五日，毒入心骨，饶是十巫妙手通神，也无力回春。巫咸、巫彭冥思苦想，终于采百草而成奇药，然而必须先以本真丹固其魂魄，再以炼神鼎炼其神识，才能发挥药效，彻底消除体内蛛毒。

科汗淮虽早料到天吴必会拒绝，听闻此言，仍不免有些失望，收起玄神令，淡淡道：“荣华富贵，不过过眼云烟。科某一介布衣，无欲无求，但望泛舟东海，聊寄余生，水伯又何必如此苦苦相逼？天帝会盟，其旨原本便是‘五族同源，四海一家’，若能以一枚本真丹化解两族宿怨，何乐而不为?”

天吴昂首大笑道：“自古英雄难过美人关，想不到堂堂龙牙侯，风流绝代，曾被誉为‘五十年后之第一人’者，如今竟也被妖女蛊惑，英雄气短，一至于此！可悲可笑，可惜可叹!”

西王母脸上陡然一阵烧烫，虽知他说的是龙神，却仍觉得说不出的刺耳，仿佛在挖苦自己一般，又羞又怒。与科汗淮相识二十年，素知他温雅澹泊，铁骨铮铮，当年独闯南荒，险死还生也罢；被逐水族，沦落天涯也罢，都未曾有片刻犹疑，更不曾低头求人，如今为了救这龙族妖女，竟忍得委曲求全，饱受嘲辱！想到这些，心中更是剧痛如割，泪水险些涌上眼眶。

巫谢、巫礼摇头齐道：“奇哉怪也，科兄自喜妖女，你情我愿，干汝屁事乎？阁下又悲又喜，又哭又笑，何哉?”两人说话向来咬文嚼字，拘泥礼节，此次忍不住说出个“屁”字，可见对天吴已是义愤填膺。

巫盼、巫抵抑扬顿挫地道："这就叫五行错乱，阴阳失调，一干屁事，屎尿齐流。"

众人正喝骂声讨，闻言无不轰然大笑。水族群雄大怒，纷纷反唇相讥。被他们这般一搅和，山顶喧腾嘈杂，吵作一团，殊无半点五帝会盟庄严肃穆之氛。

天吴听若罔闻，双目灼灼地斜睨着科汗淮，微笑道："龙牙侯既不愿归返本族，要想取得本真丹，就只剩下一个法子了。当日蜃楼城中，你我未分胜负，深以为恨。今日你若能胜得了我，胜得了天下英雄，登临神帝之位，本真丹自当双手奉上……"

蚩尤怒火如沸，蓦地一掌重击在山石上，喝道："天吴老贼，你我生死之约未践，项上人头记取，又凭什么向科大侠邀战？要想送死，找我来便是!"苗刀青芒爆吐，大步上前，便欲与他一决死战。

科汗淮伸臂将他拦住，传音道："乔贤侄，天吴炼得八极之身，可强吞他人真气，修为深不可测，当今之世，能克制他的惟有'三天子心法'。眼下深浅未知，与其贸然出战，倒不如让我先探其虚实。"

不等蚩尤答应，转身淡淡道："科某何德何能，敢与天下英雄争锋？但既然水伯有邀，那便只有恭敬不如从命了。"又朝众人揖礼道："科汗淮寄身东海，蒙龙族父老厚爱，待如亲朋，感铭于心。眼下龙神重伤，太子杳无消息，如若龙族不弃，愿为代表，与各族朋友切磋一二。"

众人哗然，六侯爷等人大喜，纷纷欢呼呐喊，士气大振。

这两年中，科汗淮与龙族将士出生入死，并肩血战，又数次冒死相救龙神，早已被他们视若领袖，眼下龙神生死难料，拓拔野行踪成谜，断浪刀既肯出头，即便此番会盟夺不得神帝之位，至少也不至堕了颜面。

西王母心中陡然一沉。当年昆仑山上，科汗淮为摘取风啸石，曾与石夷激战千余合，为其所败，险死还生。二十年来，金神浸淫武学，突飞猛进，几近太神，尚且不是天吴八极之身的对手，他挺身应战，又能有几成胜算？

狂风鼓舞，火光摇曳，科汗淮徐徐走出，青衣猎猎，斜举右臂，碧光回旋吞吐，四周喧腾的人群登时安静了下来。

她瞬也不瞬地凝视着那清俊落寞的脸容，心中怦怦狂跳，呼吸不得，竟像是突然又回到了二十年前的昆仑山顶，紧张、恐惧之中，又隐隐夹杂着一丝说不出的骄傲和欢悦。

星移斗转，沧海桑田，一切仿佛全都变了，却又为什么仿佛一如从前？

“哗！”惊涛四涌，冰凉彻骨，周遭波浪急速飞转成一个巨大的漩涡，翻天印当空寸寸压下，双蛇咆哮飞绕，鼓乐喧阗，青帝周身肌肤亦如波涛似的急剧起伏，憋闷欲爆，几乎连气也喘不过来了。

这黑白双蟒乃上古至为暴戾之神兽，被五族帝神封镇数千年，又融合了女和氏、宁封子的魂识，旨在复仇，凶狂难当，再加上翻天印、月母镜、天魔仙音阵……其威力之强猛，可谓当世无匹，灵感仰纵然天下无敌，要想以一己之力与其抗衡，亦不免力不从心。

当下一不做二不休，奋起神力，纵声长啸，玄窍内碧光怒爆，闪电似的破体而出，朝冰湖边缘那跌宕浮沉的万千僵鬼冲去。元神方甫离体，压力失衡，肉身登时迸裂飞炸，翻天印与双蛇收势不住，呼啸着次第撞入冰湖，冲起万丈绚光、滔天狂浪。

青帝元神如碧霞缭绕，有惊无险地擦着气浪、惊涛穿插而过，闪电似的没入一个僵鬼丹田。那僵鬼陡然一震，蓦地睁开双目，精芒四射，踏浪冲天跃起，喝道：“寡人在此！狗贼，纳命来！”极光气刀破臂怒舞，以迅雷不及掩耳之势朝广成子连环急斩。

“当！当！当！”广成子下意识地翻身飞转，挟卷神印奋力抵挡，却仍被其凌厉刀浪撞得踉跄飞跌，惊出一身冷汗。

阴阳双蛇夭矫飞腾，破浪冲出，双双怒吼着交剪扑至。极光气刀与蛇尾轰然相撞，鳞甲飞扬，气浪爆涌，青帝长啸声中，元神又脱体冲出，迤逦飞舞，没入碧浪之中。

还不等广成子等人回过神来，冰湖南畔的一个僵鬼突然破空飞腾，气刀爆舞，从后方骤然发动雷霆猛攻。待到阴阳双蛇与乌丝兰玛转向交攻时，青帝元神又从其玄窍冲脱而出，神不知鬼不觉地附入下一个僵鬼体内。

如此循环反复，神出鬼没，反倒杀得广成子狼狈万状，惊怒无计。那阴阳双蛇咆哮飞转，空有劈天裂地之力，却无从使出。

乌丝兰玛手持石镜，凌空而立，光芒纵横四射，也不及照出灵感仰元神踪影，心下骇然，始知千算万算，仍小觑了青帝修为。神农既死，当今天下，只怕当真再无人是这老匹夫的对手了！今日占尽上风，若再不能将其剪除，帝鸿大业，终不免镜花水月。

想到神农，心中一动，高声笑道："想不到堂堂青帝号称宇内无敌，竟也这等胆小狡赖。若换了是神帝，又何需如此鬼鬼祟祟、躲躲藏藏？只消三合五招，便让我们俯首称臣啦。难怪陛下与神帝争锋数百年，总是铩羽而归；也难怪空桑仙子对神帝青睐有加，却对陛下苦情无动于衷……"

话音未落，冰湖果然惊涛喷薄，一道人影冲天而起，厉声喝道："妖魔鼠辈，也敢蜚短流长！寡人就算不及神农，诛杀你们却也是绰绰有余！"

极光刀芒轰然破舞，绚丽逼目，乌丝兰玛遍体寒毛乍起，双手剧震，月母神镜几欲脱手飞出，心下大骇，急忙翩然后飞，冰蚕耀光绫如乌云流舞，全力卷挡，高声叫道："天罗地网！"

巴乌声起，鼓乐大作，众尸兵张口低吼，"嗤嗤"连声，万千道银丝白芒从他们口中喷吐而出，凌空纵横，穿梭交错，霎时间便将青帝重重缠缚其中，霞光陡敛。遥遥望去，仿佛一个径长六丈的巨大蚕茧，当空飞旋。偶有极光吞吐闪耀，蛛丝迸炸飞扬，但旋即织补如初。

原来这些僵鬼舌下竟各藏了数只"西海尸蛛"，所吐毒丝遇到冰冷水浪，迅疾凝结，形成强韧无比的密网。对于灵感仰这等太神级的高手，小小尸蛛自然无甚威胁，但二十余万只尸蛛一齐发力，所布之天罗地网却也威力惊人，即便他元神脱体，亦无法即刻破网冲离。

乌丝兰玛大喜，叫道："沉网入湖！"巴乌声凄厉高越，万千僵鬼呜呜怪吼，咬住蛛丝，齐齐往湖底一点一点地沉去。阴阳双蛇上下盘旋翻飞，气浪滚滚，将丝茧紧紧绞住，似是防止青帝破茧冲出。

广成子大笑道："灵老贼，我道你还有什么伎俩，原来也不过如此！"急念法诀，手掌一翻，叱道："移山填壑！"四周轰然震响，雪崩连连，几座冰峰断裂摇动，徐徐腾空而起，朝翻天印飞来。

忽听"嘭"的一声巨响，那巨茧绚光鼓舞，陡然朝外涨大了数倍，阴阳双蛇庞躯剧震，咆哮连连，待要合力缠紧，巨茧突然又朝里一收，"啪啪"连声，万千僵鬼口中那绷得笔直的蛛丝争相断裂飞扬，尸兵纷纷踉跄后跌。

双蟒怒吼交缠，奋力绞紧，"吃！"破风锐响，绚光怒舞，巨茧上方突然炸裂开来，火焰熊熊，只听一阵冷笑如春雷回荡，青帝狂飙似的冲天飞起，气刀轰然怒扫，将迎头冲来的冰峰劈得炸裂两半。

众人大骇，且不说这尸蛛茧网强韧逾钢，也不说那被劈裂的冰峰高达百丈，单凭他这一记"花开花谢"便能将数万僵鬼齐齐震开，其真气之强猛，只能以匪夷所思来形容了！再不敢有半点托大之意。

巴乌笛声陡转高厉，钟鼓齐鸣，天魔仙音又汹汹响彻起来，和那情镜绚光交相作用，交织成憧憧幻景。

青帝纵声怒啸，屏除杂念，两大气刀大开大合，象极光，象雷霆，将飞来冰峰尽皆劈裂震飞，闪电似的朝乌丝兰玛冲去。

阴阳双蛇巨身飞舞，穿梭交缠，不断地咆哮猛攻，将他阻挡在外；加之广成子的翻天印如影随形，呼啸怒旋，很快又将他困在当空，杀得团团乱舞，难解难分。但毕竟寡众悬殊，灵感仰受水圣女所激，又不愿再元神脱体，攻其不备，时间一长，不免又渐渐被压制下风，险象环生。

乌丝兰玛叹道："陛下何以如此固执？我们苦心孤诣，不过是想修得'种神大法'，和陛下联手，称霸九州。既是如此，休怪我不念旧情啦。"手掌在石镜上轻轻一拍，六名尸兵抓着一个白衣女子从冰湖中湿淋淋地冲了出来。

"陛下，救我！"那白衣女子失声大叫，花容惨白，身上不断有鲜血泅出，赫然正是姑射仙子！

青帝大怒，喝道："放开她!"双手合握，极光气刀陡然爆增数倍，狂飙席卷，轰然猛劈在翻天印上，广成子身形一晃，"哇"地喷出一口鲜血，翻身急退。阴阳双蛇被其刀芒扫中，气浪连震，霓光四放，怪吼着分卷飞扬。

灵感仰喉中亦是一阵腥甜，强咽鲜血，又是接连七刀，将双蛇强行迫退，乘隙疾冲而出，朝姑射仙子踏风电掠，刀芒如霓虹破舞。

这几下一气呵成，快逾闪电，那六名僵鬼还不及反应，"砰砰"连声，已被极光气刀震炸如齑粉。青帝一把抓住姑射仙子手腕，顿也不顿，立时冲天飞起，气刀反旋怒舞，将呼啸撞来的翻天印击荡开来。

念力扫探，见姑射仙子并无重伤，方自松了口气，握着她皓腕的五指突然一麻，象被万千虫蚁齐齐咬噬，疼得钻心彻骨，霎时间竟连半点真气也使不出来!

当是时，霓光乱舞，翻天印再度怒旋冲到，"小心!"他下意识地拖过姑射仙子，翻身挡在她身前，"轰!"眼前昏黑，背心如裂，元神险些被打得离窍飞散。

忽听"姑射仙子"格格笑道："多谢陛下救命之恩！吃一堑，长一智，陛下的记心可实在不怎么好。"绚光晃动，她手中突然多了一个葫芦形状的玉石圆壶，晶莹剔透，倒悬疾转。

青帝呼吸一窒，发须倒舞，只觉得一股强大得难以想象的气旋滚滚飞转，陡然将他拔地抽起，朝壶中猛吸而去。他心中陡然大凛，这情景和从前何等相似！是了，炼妖壶！汁光纪的炼妖壶！

心中又是一沉，知道又中了这些妖魔奸计。悲愤狂怒，纵声大吼，奋起神力，一掌朝那"姑射仙子"猛拍而去。此刻周身酥痹，元神又被"炼妖壶"吸住，这一掌之力，竟连平时的一成也难及。

饶是如此，真气依旧惊人强沛，"姑射仙子"猝不及防，肩头登时被拍个正着，闷哼一声，鲜血狂喷，断线风筝似的破空飞出。周身光波荡漾，现出真容，细辮飞扬，霞带飘飞，赫然竟是南蛮妖女淳于昱。

炼妖壶当空疾转，激撞起一圈圈绚丽无匹的七彩光环，青帝半身已在壶内，耳畔只听妖灵狂笑怒吼，如怒潮海浪团团卷溺，发狂地咬噬吞卷着他的魂魄，剧痛狂乱，待要奋力挣脱，背后气浪如狂飙，“轰”的一声剧震，又被翻天印当心撞中，百骸碎断，神识如散，疼得几欲晕厥。

广成子目光灼灼，纵声狂笑道：“灵老贼，多谢你将文弟肉身震碎，否则现在我还未必下得了手呢！你那种神大法，到了这炼妖壶中，不知还派不派得上用场？”五指一张，翻天印呼呼怒转，再度朝他后背猛撞而去。

“哗！”大浪滔天，冰湖中突然又冲起一道人影，哈哈笑道：“杀鸡焉用牛刀？对付你这些妖魔小鬼，又何需青帝陛下种神大法？”当空亮起一道炫目无比的弧形电光，斜地里猛劈在翻天印的下沿，光浪怒爆，神印登时剧震逆旋，冲天飞起。

广成子气血翻腾，凌空后跌，那人则借势翻身飞旋，一把抓住炼妖壶，笑道：“如此神器，受之有愧，却之不恭。多谢各位盛情！”将青帝反震而出，轻巧地送至湖边，顺手将神壶纳入怀内，飘然踏波，守护其右。

霓光幻彩，天湖交映，明暗不定地照耀在那人身上，衣袂猎猎，神采飞扬，手中斜握着一柄似剑非剑、似刀非刀的弧形神兵，锋芒所向，湖水波涛如裂。

“拓拔野！”乌丝兰玛等人又惊又怒，不敢相信自己的眼睛。

广成子更是骇怒填膺，几欲爆炸。三个月前，他明明已被自己封镇在十余里外的冰川谷底，又怎会安然无恙地突然现身于此？一百多年苦心修炼，数载谋划，好不容易大仇将报，却被这小子横插一杠，搅了大局！心中之悲怒气恨，无可名状。

又听一个银铃般的声音笑道：“多谢你们里攻外合，帮我们打开这湖底秘道。否则再在那地洞里憋屈几日，只怕真要活活饿死啦。”波涛分涌，一只形如白狐、背生双角的怪兽嘶吼破空，其上坐着两个女子，一个白衣如雪，俏丽绝伦，一个黑衣鼓舞，银发飘摇，正是纤纤与缚南仙。

青帝盘坐冰地，气神稍定，瞥见纤纤，心中一沉，奇道：“西陵公主？”

倘若纤纤一直与拓拔野在一起，那么先前五帝会盟所见的“纤纤”又是谁?

纤纤对灵感仰虽无半点好感，但身为金族公主，礼数所拘，仍朝他行了一礼，淡淡道：“青帝陛下。”

缚南仙花容微微一变，目光上上下下地打量着灵感仰，双颊突然惨白，既而晕红如醉，似悲似喜，似羞似怒，神色古怪已极。

青帝与她视线相交，亦陡然一震，目中闪过惊疑、迷惘、骇异、窘迫……种种神色，张口结舌，半晌才哑声道：“是你!”

拓拔野见两人神情，大觉奇怪，道：“娘，你和青帝陛下早已相识了么?”

缚南仙潮红满脸，木人似的动也不动，突然泪珠盈眶，深吸了一口气，冷冷道：“他就是你爹!”

第三章　日月七星

此言一出，众人尽皆怔住。

拓拔野生平所经历的奇闻异事不知有多少，即便当日在山腹中听缚南仙自称他娘亲，也未如此刻这般震骇，目瞪口呆地望着青帝，脑中空茫一片，什么话也说不出来。

这三个月以来，他与缚南仙朝夕相处，一齐裂石破土，挖掘逃生之道，每逢追问自己的身世，她总是脸色微变，冷冰冰地说其父乃当世英雄，却也是她的死仇夙恨。至于他究底是谁，自己又为何从天帝山流落大荒，为幼时的“父母”所收养，她就守口如瓶，始终不肯透露半点风声了。

拓拔野左思右想，只道这“死仇夙恨”必是神农，正悲喜交掺，感怀于自己与他之间的奇妙缘分，想不到情势陡转，此人竟成了一直以来被他与蚩尤骂为“老匹夫”的灵感仰！

咫尺之外，青帝亦呆若泥塑，半晌才道：“他？难道……难道那时……你……我……”又是惊愕又是迷惘，眉头忽地一皱，摇头嘿然道：“不对，他父母全亡，无族无别，又怎会是寡人之子！”

缚南仙脸上一阵晕红，蓦地将拓拔野后背衣服撕开，指着他肩胛上那块形如七星的淡紫痕印，冷冷道：“叶分七星，花开并蒂，九州四海，除了你，谁还有这七星日月锁？”

灵感仰陡然大震，一把抓住拓拔野的肩头，指尖颤抖，轻轻地抚摩着那紫痕，喃喃道：“我儿子？他……他真是我儿子？真是我儿子？”孑然一生，独来独往，行将暮年，却凭空多了一个儿子，真如做了一场大梦一般，反反复复地念了数十遍，悲喜交集，突然一跃而起，昂头纵声大笑道：“儿子！我有一个儿子！我有一个儿子！”

纤纤讶然道：“娘，这到底是怎么回事？”

洞中这些时日，缚南仙待她甚厚，动辄呼之“好媳妇儿”、“乖女儿”，狎昵宠爱，远胜端庄威严的西王母。纤纤素来爱恨两极，别人待她七分，她便还人十分，久而久之，对这老龙神亦冰消雪融，日渐亲热，心底里虽对她自称之身份仍存疑虑，却希望她当真是拓拔野生母，故而也张口闭口呼其为娘；但碍于脸面，对拓拔野依旧白眼相对，不理不睬。此刻眼见青帝亦改口承认，心下大奇，忍不住细问其详。

广成子等人更是骇怒交迸，他们当世最忌惮的，便是青帝与拓拔野，偏偏这二人摇身一变，居然成了骨肉至亲！若不趁着灵感仰身受重伤，及早将他们一并除去，后果不堪设想。当下不等缚南仙回答，纵声呼啸，争相围攻而来。

惟有乌丝兰玛怔怔遥望着拓拔野的肩头紫痕，蹙眉沉吟，突然“啊”的一声，似是想起了什么，目光闪烁，既而眉头又徐徐舒展开来，嘴角泛起一丝诡秘的笑意，举起月母神镜，默念法诀。

惊涛掀涌，魔乐并奏，情镜的绚光纵横照耀，映射出种种幻景。

纤纤触目所及，尽是当年古浪屿上、自己与拓拔野同床共枕、耳鬓厮磨的情景，耳畔脑海，更是不断回荡着他低沉沙哑的声音：“好妹子，好妹子……”脸烧如火，意夺神摇，一颗心登时怦怦狂跳起来，颤声道：“拓拔大哥！拓拔大哥！”跃下乘黄，梦游似的朝那幻象踏浪奔去。

“呜——嗷!”阴阳双蛇并身交缠，低头咆哮，猛地朝她当头扑到，两张血盆大口仿佛夜穹迸裂，涎落如雨。

拓拔野大惊，失声道：“妹子小心!”拔身冲起，急旋定海珠，周围狂涛逆卷，环绕着天元逆刃破空呼啸，宛如一道巨龙腾空飞卷，轰然猛撞在阴阳双蛇上，水浪喷炸，当空荡开无数轮刺目的涟漪，将他朝外翻身推飞，“嘭嘭”连声，雪峰摇动，冰崩不止。

幻象顿时如水波荡漾，纤纤神智一醒，又羞又怒，啐道：“无耻鼠辈，装神弄鬼……”话音未落，鬼兵凄嚎如哭，纷纷从冰湖中浮起，鼓乐激奏，朝她团团围来。

缚南仙喝道："傻丫头，还不把眼睛闭上！"骑着乘黄电冲而下，撕下布帛，飞旋卷舞，将她双目、双耳紧紧缠缚，忽听拓拔野、青帝齐声大呼，上方狂风怒舞，霞光四射，翻天印挟卷着一座巨大的冰峰，呼啸撞来。

缚南仙清叱声中，光芒叠闪，九片淡金色的月牙弯刀破空激旋，陡然合成一柄巨大的龙角弯刀，与翻天印接连劈撞。当当连声，光浪滚滚，龙角长刀突然炸散开来，又还复为九片弯刀。

缚南仙身子一晃，虎口酥麻欲裂，惊讶震怒，想不到过了三百年，天下竟出了这许多深不可测的年轻高手，好胜心起，喝道："好小子，再和你祖奶奶斗过！"九片弯刀呜呜怒转，七柄合成北斗星阵，硬生生抵住翻天印，另外两柄则孤悬在外，神出鬼没地朝广成子呼啸劈舞。

广成子心中之震骇远胜于她，不知道从哪里冒出来这么一个疯女人，修为竟逾神级！若她果真是拓拔野的母亲，今夜可真是局势急转，不知鹿死谁手了！不敢有丝毫大意，凌空飞闪，御使神印奋力反攻。

青帝眯着双眼，凝视着空中那凌厉变幻的九道刀光，又想起百余年前的情形，心底里更是五味交织，哈哈大笑道："叶分七星，花开并蒂。你有日月七星刀，我有七星日月锁，冥冥天意，天意冥冥！"蓦地抄空飞掠，转身朝乌丝兰玛冲去。

巴乌声起，众尸兵呜嚎冲天，刀光纵横，箭雨飞射，前赴后继地围堵青帝，被极光气刀与碧火金光刀飞旋扫荡，绚光流舞，血肉横飞，顷刻间便有数百僵鬼坠入冰湖。

乌丝兰玛笑吟吟的竟似全无惧意，秋波流转，凝视着缚南仙，柔声道："这位前辈想必就是九翼天龙缚姐姐了？二十年没见，青丝尽白，难怪一时竟认不出呢。更想不到拓拔太子竟是当年'天儿'，如此说来，我和他也算是老相识啦，难怪当日初一相见，便觉那般亲切。"

缚南仙听见她的声音，脸色骤变，蓦地转头望去，妙目怒火欲喷，颤声喝道："小贱人，原来是你！当日你盗走天儿，害得我母子骨肉分离二十载，今日岂能饶你！"再也顾不得广成子，九刀金光四窜，将翻天印侧向荡开，衣袖鼓舞，从乘黄背上急飞而起，翩然折转冲去。

乌丝兰玛笑道："缚姐姐这话好没道理，天上的雨水地下的河，难不成你先瞧见，'天儿'便成你的孩子了？我也将他视如己出，左掐右捏，疼也疼不够呢。当日带他走后，原想带回北海，奈何我是圣女之身，岂能抚养婴孩？所以只好丢到断魂谷里，便宜那些雪鹫啦。没想到他这般命大，非但没死，还摇身一变成了龙族太子，真是可喜可贺……"

缚南仙双靥如火，截口怒喝道："小贱人住口，纳命来……"话音未落，眼前绚光晃动，月母神镜当头照来，陡然化作缤纷幻象，仿佛瞧见那白胖可爱的婴儿被乌丝兰玛百般凌虐、被雪鹫争相扑啄，就连那汹汹魔乐听在耳中，也成了他的啼哭叫喊……往事历历，如潮涌入，混淆一起，真幻难分，心中不由剧痛如绞，泪水夺眶。

意念方一涣散，背后气浪狂卷，翻天印又已呼啸撞到，她凛然警醒，倏然翻身飞旋，九刀合一，奋力将神印荡开。但仓促之间，姿势已老，真气难以为继，被翻天印接连猛攻，"哐哐"连震，虎口鲜血长流。

高手相争，往往是千合难分高下，稍有不慎，胜负却瞬间立判。以缚南仙之修为，广成子原难讨得好去，但被水圣女这般攻心分神，陷入天魔仙音阵，先机尽失，想要再扭转局势，已是难如登天。

隆隆剧震，两座冰峰横空冲来，压在翻天印上方，蓦地朝缚南仙当头压下。天旋地转，幻象纷呈，乌丝兰玛那温柔恶毒的声音和婴儿的无助啼哭汹汹交织，连着那山岳、神印、滔天巨浪，仿佛绚丽纷乱的狂流漩涡，将她瞬间卷溺，无法思考，不能呼吸，周身一沉，腥甜乱涌，登时朝下踉跄冲落。

拓拔野大凛，待要抢身相救，人影一闪，啸声如雷，说时迟那时快，青帝已斜向冲到，极光气刀如霓霞乱舞，斗牛光焰，笔直激撞在翻天印上……

"轰！"炽光怒爆，震耳欲聋，数十圈彩晕光波漪然扩散，那两座冰峰应声冲天飞炸，冰雨蒙蒙。

神印陡然逆转，气浪后撞，广成子鲜血狂喷，连翻了十余个筋斗，一头栽入冰湖之中。

青帝昂然立空，哈哈狂笑，拓拔野又惊又喜，想不到以他重伤之躯，竟仍能将广成子一刀重创！

然而念头未已，灵感仰身子微微一晃，突然朝后疾坠，泥丸宫上碧光陡鼓，破体而出，直如春水迤逦，绿烟缭绕。

拓拔野心中一沉，喜悦荡然无存。常人肉身陨灭，魂魄即告离体，或返回仙界，或纳入混沌，或灰飞烟灭。青帝虽有种神大法，可恣意附体于旁人玄窍，但其魂魄亦非恒久不消。

今夜他毁灭“紫玄文命”寄体后，所附身的僵尸不过资质平凡之躯，单凭其一己之力，与广成子、水圣女、阴阳双蟒、数万鬼军……连番苦战，又先后遭淳于昱蛊毒暗算、翻天印几次重击，实已几近油尽灯枯，若无“种神诀”勉力护住元魄，早已形神俱灭。

此刻奋起余勇，与翻天印悍然对撞，更是两败俱伤的亡命打法，虽大败广成子，自己魂魄亦被震离寄体，倘若不能尽快调养生息，附身他人，则必死无疑！

“当！”“当！”“当！”“当！”

夜穹之下，雪山之巅，光浪炸舞，一朵朵怒放如烟花彩菊，科汗淮青衣鼓卷，接连低伏高窜，朝后飞退，右肩又倏地喷起一道血箭。

龙族群雄惊呼不绝，西王母的心更悬吊在嗓子眼，呼吸窒堵，脸色雪白。连续三百余合，他竟似被水伯杀得毫无半点还手之力，肩上、腿上业已受了七八处伤，险象环生。

蚩尤手握苗刀，青筋暴起，悲怒填膺，他知道科汗淮这般一味回旋挡避，为的便是让自己看清水伯的刀势变化，以及其进攻时所呈露的些微破绽。然而比剑斗法，最忌示弱佯败，一旦被对方抢占先机，假戏成真，想要再反攻制胜，那就难得很了。

天吴哈哈大笑道：“识时务者为俊杰，龙牙侯又何必苦苦强撑？”古兕瑰光斩纵横开合，绚光流舞，不给他片刻喘息之机。气刀激撞，断浪刀碧光吞吐，气浪摇曳，真气已明显不继。照此推算，百合之内，科汗淮若不设法反击脱困，必被水伯重创。

不知何时，月光暗淡，雪峰顶上已彤云密布。虽是仲夏，在这雪山顶巅，狂风刮来，仍是一阵阵森寒刺骨。

人群中，惟有晏紫苏妙目不盯着交战双方，而冷冷凝视着站在姬远玄旁侧的纤纤，心中狐疑更甚。那小妮子与其父从小相依为命，至爱至亲，眼见父亲势危，以她的性子，早已该大声喝止才是，又怎会袖手旁观，只做出满脸担忧之状？

纤纤似是察觉到她的目光，眼角睫毛颤动，神色微微有些不自然。

忽听刑天冷冷道："既是五族会盟，比剑争帝，龙牙侯又为何不倾尽全力？难不成和水妖沆瀣一气，故意输给水伯，助他登顶么？"

群雄哗然，龙族虽与火族交好，但闻听此言，亦不由大怒，纷纷竞相驳斥，叫道："他奶奶的紫菜鱼皮，你知道个虾米！""龙牙侯忠义仁厚，不愿忘本，所以才故意让天吴老妖三百招，只要一发威，立刻杀得老贼落花流水！"

刑天罔顾火族众将眼色，冷冷道："生死胜败，尽皆天命。大丈夫但求轰轰烈烈，无愧于心，岂能苟且委曲，落人笑柄？龙牙侯若不想与水伯比斗，那便退下去，让刑某代战！"

科汗淮微微一笑，知道刑天生性骄傲勇烈，即便是战场激斗，也光明正大，从不使诈。当年败给自己后，视他为平生最大劲敌，此刻见他摆明了以身为饵，作蚩尤之鉴，是以怒从心起，故意出言相激。

当下真气爆涌，将古兕瑰光斩激荡开来，蓦地冲天高掠，意如日月，气似潮汐，"嗤嗤"连声，右臂大袖鼓舞迸裂，碧光刺目，如凌厉青电，直破苍穹。

"轰隆隆！"云层中亮起一道蓝紫色的闪电，轰雷大作。

众人心中一震，金族群雄更是惊佩不已。原以为当今天下，惟有白帝、石夷等寥寥几人能以金属真气感应天地，霹雳雷鸣，孰料科汗淮的气刀竟亦有如此惊人威力。

突听一人惊呼道："那是什么？"众人转头望去，但见数里外的雪山天池中，一道白龙似的巨大水柱螺旋飞转，滚滚冲天，沿着那云层中闪电的轨迹，朝着这里急速摇曳卷来。

"龙吸水！"蚩尤蓦地想起拓拔野的《五行谱》中曾记载一种上古水族神功，能以真气逆旋而成羊角风，破云摩电，将附近江河湖海之水倒吸上天，形成强猛无匹的"龙水刀"，因其景象仿佛巨龙在空中吸水，故而又有此名。

想不到科汗淮数十年与世无争，寄身湖海，竟悄然练成了这等绝学！又惊又喜，适才的担忧愤懑之意登即消散大半。

水族群雄脸色齐变，其余各族从未见过这等奇景，更是无不骇然，翘首仰望。

天吴双眸精光闪烁，惊愕骇异之色稍纵即逝，哈哈大笑道："好一个龙牙侯，好一个断浪刀！天吴还真是小看你啦！"双手合握，虚空劈舞，古兕瑰光斩陡然冲爆起二十余丈长的炫目霞光，朝着科汗淮连环怒扫。

当是时，雷声隆隆，群山震荡。上空彤云滚滚翻腾，突然朝下分涌，"哗！"一道巨瀑狂喷而下，如银河倒倾，又似白龙夭矫，被那破空飞旋的断浪气旋卷入，顷刻间便化作一道直径近七丈、高达百丈的擎天水柱，螺旋怒舞，接连猛撞在古兕瑰光斩上。

水浪狂喷，离合聚散，那巨大水刀纵被天吴劈"断"，却又倏然复合，呼啸着拖曳飞转，接连反攻。霎时间，山顶水珠蒙蒙，被狂风席卷，时而如暴雨倾注，时而又如雪花飘舞。

群雄纷纷后退，屏息凝神，骇然观望。

电闪雷鸣，远处天池水柱透过云层，汹汹不绝地冲涌而下，环绕着断浪气旋斩形成越来越强猛的"龙水刀"，每一次卷舞横扫，都仿佛狂龙咆哮，其势刚猛凶暴，却又变化万千，崖边的几座冰峰被其撞中，登时摧枯拉朽，轰炸崩塌。

大地颤动，震耳欲聋，相隔数百丈，却仍能感到那惊天动地的雷霆威力，看不清科汗淮与天吴的身影，但观测那水刀卷舞的走向，以及古兕瑰光斩微弱的绚光，也能猜到战况业已骤然变化。

蚩尤大喜，龙族众将欢呼如沸，士气高昂。

西王母紧蹙的眉头亦渐渐舒展开来，海水般清澈透蓝的眼波，闪烁着不易察觉的喜悦与温柔。

身畔，白帝微微叹了口气，悠然道：“难怪神帝将龙牙侯与青帝、赤帝并列为天下三大武学天才。倘若他像金神一般心无旁骛，浸淫武学，当今天下，又有谁是他的敌手?”

陆吾、英招等人无不凛然，想起天吴独闯单狐城，孤身连斗金神等四大顶尖高手，凶威盖世，如今却被科汗淮周旋戏弄，更是心有戚戚，暗想：“普天之下，又有谁能于而立之年自创‘潮汐流’，随意改变经脉，意气双修？又有谁能在短短十余年间感应天地之道，以气动雷，驾御‘龙水刀’？所幸龙牙侯像陛下一般淡泊无求，如若稍有野心，以其领袖群伦的无双智计，那可真要比烛龙、烈碧光晟难对付得多了。”

雷声不断，水龙狂舞，转眼间，两人又已激斗了百余合。

天吴越斗越是惊怒，虽然早知科汗淮遇强则强，修为深不可测，却想不到以自己八极之躯，汲取了烛龙等人众多真元，仍难以压制其势。当年蜃楼城一战，功败垂成，让他逆转颓势，杀得自己招架不得，从容突围而去，难道今日当着天下群雄之面，又要重演此幕么？

方一分神，气浪澎湃，水龙迎头怒舞，“轰!”古兕瑰光斩震飞开来，水浪如狂飙劈入，护体气罩登时迸裂。“吃”的一声轻响，面门一疼，寒风扑鼻，黑木面具竟被瞬间劈裂，迎风炸散开来。

众人齐声惊呼。月光疏淡，惨白地照着他的脸庞，额头上一道淡淡的血痕，沿着鼻梁，直抵人中。脸颊血肉模糊，紫红金碧，到处都是化脓恶疮，前额、颧骨、双耳，分别长着七个小头，眼珠转动，尽带狞笑，瞧来说不出的丑恶凶怖。

科汗淮微微一怔，似是也没料到这一刀劈入，竟能将他面具震裂，摇了摇头，淡淡道："当年玉面郎君，称羡北海，又何苦为了虚名权柄，如此作践自己？"

天吴恼羞悲怒，杀机大作，狂笑道："燕雀安知鸿鹄之志！科汗淮，你道天下人都像你，为了区区一个女人，抛家弃族，连命也不要了么？"蓦地翻身飞转，周身绚光怒爆。

众人呼吸一窒，仿佛被狂潮推送，身不由己地踉跄后退。陆吾脱口喝道："龙牙侯小心，他要变作八极虎身了！"

话音未落，天吴凌空咆哮，赫然已化作一只八头巨虎似的庞然怪兽。遍体白纹，惟有背脊上有一片青黄绒毛，八个人形头颅疤痕遍布，不住地转动狞笑，碧眼幽然如鬼火，凶光闪耀。

蚩尤大凛，他虽从拓拔野、陆吾等人口中听说了天吴八头兽身的模样，亲眼目睹，仍觉得说不出的厌惧震撼。五族众女更是惊呼尖叫，纷纷朝后奔退。

天吴昂首睥睨，喉中不断地发出隆隆怪吼，似哭似笑，凶怖狂暴，忽然狂飙似的猛扑而下，八条五彩斑斓的虎尾卷引飓风，挥舞横扫，霎时间冲过滚滚水龙，四只硕大尖厉虎爪朝着科汗淮当头拍下。

魔乐汹汹，众鬼兵呼号围冲，那阴阳双蛇亦抛开拓拔野，咆哮飞腾，双双朝青帝元神扑去。

拓拔野翻身骑上乘黄，势如急电，喝道："滚你奶奶的紫菜鱼皮！"腹内定海珠逆旋急转，五气相生相克，环绕着天元逆刃，掀卷起一道五彩炫目的滚滚光浪，轰然劈入双蟒之间。

他的"极光电火刀"与青帝的极光气刀都源于北海，异曲同工，却又融合了"五行谱"、"回光诀"、"潮汐流"三大神功，加上五德之身、天元逆刃、定海神珠……威力可谓惊天动地。真气之强猛虽略逊青帝，但凌厉变化，犹有过之。

这一刀劈出，气浪迸炸，鳞甲纷飞，阴阳双蛇怪吼抛弹，竟被齐齐震退开来。拓拔野右臂亦酥麻阵阵，纵声长啸，刀光狂卷，数十名尸兵方甫接近，立时被扫得炸裂飞扬，粉身碎骨。

乘黄怪嘶，直冲而下。

阴阳双蛇暴怒狂吼，穿舞交缠，巨尾挟卷狂飙，左右猛击。拓拔野抱紧纤纤，刀浪怒转，划过道道绚丽光弧，施展“天元诀”，将蛇尾连续震开；乘隙凌空抛出炼妖壶，涡旋逆转，登时将缚南仙与青帝元神闪电似的收入其中。

“哐当！”蛇尾横扫在炼妖壶上，彩光晃荡，神壶冲天飞起。

拓拔野骑着乘黄破空尾追，天元逆刃裹卷极光电火刀，光弧飞转，凌厉刚烈，有如雷霆咆哮，大河卷泻。

气浪交织，方圆数十丈内形成了一个巨大的绚丽光球，螺旋飞舞，受其所激，冰湖狂涛怒涌，喧腾如沸，众尸兵不断地被迸炸掀飞，怪叫凄厉，饶是那阴阳双蛇凶悍绝伦，一时也莫能奈之何，惟有咆哮腾舞，游离在外。

乌丝兰玛嫣然笑道：“好一个旷古绝今的‘天元极光刀’！难怪当日穷山之下，阳极真神竟会被你碎尸万段。只可惜拓拔太子纵有通天之能，也无回天之力，杀得了仇人，却救不回至爱。”

说到最后一句，左手忽如兰花徐放，掌心中赫然有一绺赤红如火的秀发，柔声道：“龙女生于北海，死于北海，也算是魂归故里，永得安息了。”

拓拔野脑中“嗡”地一响，如雷贯顶，呼吸瞬间窒堵。几在同时，绚光刺目，情镜又朝他当头照到，魔乐喧阗，幻象乱舞，周遭四处，都是雨师妾似悲似喜的温柔眼波；耳畔心间，尽是她沙哑柔媚的声声呼唤……

“呜——嗷！”当是时，双蟒咆哮甩尾，从两侧轰隆夹击，极光气浪登时迸裂，拓拔野眼前昏黑，和纤纤、乘黄一齐朝后翻飞，肝肠寸绞，疼得连什么也感觉不到了，脑中却反反复复地回荡着一个声音：“她死了！雨师姐姐她……她死了！”

忽听炼妖壶内传来青帝的一声大喝：“小子，意守丹田，摒绝幻象，不要受这妖女蛊惑！”神智陡然一震，幡然醒悟：“是了！雨师姐姐中了‘弹指红颜老’，若真毒发身亡，头发又岂会如此火红？”

一念及此，眼前万象登消，只听怪吼凄厉，那黑白两条巨蛇团团盘旋，已将他二人与炼妖壶缠困其中，穿梭收紧，光波气浪四面澎湃狂涌，呼吸一窒，周身如被无形气绳所缚，勒得五脏六腑都挤到一处，几欲爆裂。

纤纤更是被压得俏脸涨红，舌尖微吐，眼见便要不省人事，拓拔野大凛，凝神聚气，急旋定海珠，蓦的一声大喝，五行真气绕体逆旋喷涌，硬生生将双蟒气浪朝外震退几分，借此空隙，夹骑乘黄破冲而起，直没炼妖壶中。

方一冲入壶口，立即朝后抛出两仪钟，急念法诀，叱道：“大!”神钟碧光鼓舞，瞬间变大十倍，逆向飞转，堪堪将炼妖壶口紧密封住。

“当！当”连声，双蟒巨尾猛撞在钟壁上，嗡嗡狂震。压力骤消，纤纤“啊”的一声，脸红如霞，大口大口地喘着气，惊魂稍定。

拓拔野却不敢有片刻怠慢，一边火目凝神，隔物眺望壶外情景，一边聚气双掌，利用定海珠神力，御使着炼妖壶飞旋转动，在双蛇与惊涛骇浪之间回转闪避。两大神器结合一起，隔绝阴阳，固若金汤，即便偶被撞中，除了天旋地转、眼冒金星之外，倒也无甚大碍。

低头望去，壶中悬浮着数以千计的气泡，赤红、橙黄、翠绿、银白、乌黑……五色缤纷，彩光流离。每个气泡中都抱膝蜷缩了一个胚胎似的怪物，想来是尚未炼化的五族的妖灵。气泡飞旋飘摇，错落相撞，交相辉映，闪耀出千万道绚丽诡异的光芒。

缚南仙盘腿悬浮于神壶中央，正自闭目调息。青帝元神如一团幽幽碧火，跳跃不定，时而聚合成人头形状，时而又震散如清烟，缭绕飞扬，偶一撞中妖灵，立即将其震荡飞散。

拓拔野心中一酸，知道灵感仰魂魄此番受损极重，一旦离开这炼妖壶，只怕立时便要灰飞烟灭。虽仍难接受他是自己生父，但想到木族有史以来威名最著的两大青帝，纵横天下，四海畏服，最终却都如孤魂野鬼，难得善终，不由一阵椎心彻骨的悲凉难过。

青帝却似毫无恐惧、骇恼之意，嘿然道："祸福相倚，天命难测。相隔五载，寡人居然又回到了这炼妖壶中。谁能想到当年困我之器，今日竟成了护我之物？就连和我几番交手的对头小子，也成了寡人之子！"说到最后一句，放声大笑，碧魄如烛火飘摇。

他一生孤高桀骜，我行我素，对于所谓"命运"、"天意"素来嗤之以鼻，凡世人说不可为者，偏要逆天而为之。空桑化羽之后，生无可恋，更加愤世嫉俗。这一夜之间，大起大落，大悲大喜，性命垂危，却平得一子，心中百感交叠，狂妄乖戾的性子不知不觉间也大为转变。

缚南仙"呸"了一声，睁开眼睛，咬牙切齿道："贼老天有什么好？害得我母子失散二十年，一出来偏又遇到这小贱人！天儿，打开壶口，我要出去将她千刀万剐！"她被翻天印撞断奇经八脉，伤势极重，怒气上冲，脸色登时涨得通红，胸脯剧烈起伏。

纤纤道："娘，你是如何认得那老贱人的？她又是怎么抢走拓拔……拓拔太子的？"她对水圣女素无好感，得知她曾将父亲封印为窫窳，更是厌恨入骨，听闻缚南仙动辄斥之为"贱人"，大感同仇敌忾。

缚南仙秀眉一扬，想要说什么，瞥见旁侧的青帝魂魄，忽然又是一阵羞怒悲楚，摇了摇头，冷冷道："说来话长。等出了这里，杀了那贱人消恨，再一五一十地告诉你。"

拓拔野见她神色有异，想起乌丝兰玛适才话语，心中疑窦暗起，略一踌躇，忍不住问道："娘，水圣女刚才那句'难不成你先瞧见，他便成你的孩子了'究竟什么意思？难道……"

缚南仙大怒，厉声道："臭小子，她胡说八道，挑拨离间，你便当真了？你娘的话倒没见你这般仔细！"从怀中抓出半枚铜锁，掷到拓拔野手中，道："这是你爹的'七星日月锁'，天下就此一枚，你自己比对比对，瞧瞧我有没有骗你！"

拓拔野凝神端看，那铜锁绿绣斑斑，形如并蒂奇花，左面的花朵圆如红日，右面的花蕾弯如银月，七片铜叶则排列如北斗，颇为古朴精美，只是下方的锁扣已被利器削断，不复可用。

灵感仰淡淡道：“她说得不错，这是太古东方青帝所传之物，又叫‘花信锁’。那年春天，冰雪初融，我到天帝山上找神农比剑。没寻到他，便在冰川上自斟自饮，大醉了一场。醒来时正值半夜，雪山上下大雾弥漫，五步之外，什么也瞧不真切，隐约听见不远处的冰山传来阵阵动响，我只道是神农藏在那里，不肯与我斗剑，焦躁恼怒，循声径自闯入那冰洞之中……”

纤纤想起当日和拓拔野躲避翻天印，藏身冰洞的情景，脱口道：“是了，那定是娘被囚困之地。”

灵感仰道：“不错。只是天帝山素是神帝禁苑，除了我之外，这么多年来，也只有那流沙妖女敢肆意出入，又有谁能想到神农竟会将那九翼天龙封囚在雪山冰洞之中？”

“洞内阴冷黑暗，走了几步，依稀瞧见前方数丈外，放了两个青铜酒壶，洞内传来一阵笑声，说：‘你总算来啦！这次我不和你比剑，只和你比胆。这里有两壶花酿，其中一壶我下了剧毒，由你先挑，谁喝了之后不死，谁便赢了，如何？’”

“当时我宿醉初醒，头疼欲裂，一心要与他斗个高下，那声音明明清脆悦耳，宛如女音，却稀里糊涂地毫无察觉，二话不说，凌空抓起一个酒壶，仰头直灌。刚喝了几口，便觉喉咙热辣如烧，五脏六腑也像被火焰烧着一般，头顶更如焦雷并奏，昏昏沉沉……”

纤纤微微一笑，心道：“是了，娘定是在两壶酒中都下了剧毒。她等的是神农，你找的也是神农，却偏偏自行撞上门来，说来说去，都是那神农作怪。”

第四章　鹿死谁手

灵感仰道："我又惊又怒，神智反倒醒了几分，只道是那流沙妖女为了帮神农，故意设下陷阱害我，于是一边聚气逼毒，一边抛开酒壶，说：'我已经喝了，你怎地还不喝?'

"话音未落，眼前一花，果然多了一个女子，拍手笑道：'傻瓜，这两壶酒乃"归墟蓝田花"所酿，蜜酒入腑脏，血气如岩浆，任你真气再强，这次也得乖乖认输啦。'"

"归墟蓝田花?"拓拔野微微一愣，想起《百草注》中记载了东海之外有无底大壑，是四海汪洋最终注入之处，名曰"归墟"。

壑中有座岛屿叫做"甘山"，其土蓝如海，故而又名"蓝田"，岛上有一种温润如玉的奇花，相传每年春天来临之际，花粉随风飘荡，所到之处，草木葱茏，百兽交媾，是天下第一催情之物。

当日皮母地丘，他曾饱受"海誓山盟"之苦，深知春毒淫药与普通毒药截然不同，越是运气强逼，血脉贲张，发作得越是猛烈，除了交合，几乎无药可解。

三百年来，缚南仙日思夜想打败神农，一雪前耻，在酒中下此催情春毒，多半是料定武功也罢，毒药也好，全都奈何不得神农，惟有此物，即便神农也克制不得。灵感仰虽然神功盖世，误服此毒，也只有徒呼奈何了。

果听青帝道："我越是运气逼毒，春毒运行越快。周身火热，口干舌燥，却想不出究竟中了什么奇毒，盛怒之下，蓦然出手将她制住，抓起那另一壶花酒，朝她喉中尽数灌入。心想，她既同中此毒，终得祭以解药……"

缚南仙俏脸晕红，叫道："别再说了!"

纤纤忍俊不禁，脸上也是一阵如火烧烫，已猜到后来发生之事。眼波忍不住朝拓拔野瞟去，心想："原来他的身世竟是如此由来。"

青帝又道：“抓住她的胳膊，情火如焚，迷迷糊糊中也不知做了什么，等到醒来之时，才知大错业已铸成。她瞧见我的脸容，大吃一惊，跳起身，厉声喝问我究竟是谁，我见她并非流沙妖女，亦大感惊讶……”

缚南仙又羞又怒，不住地喝道：“你还说！你还说！”

青帝殊不理会，续道：“她听说我是当世青帝，更是怒火勃发，突然便施以辣手，激战中，我腰间的七星日月锁被她龙翼九刀劈断，掉落在地。若换了平时，我多半早已雷霆震怒，但那时心中有愧，只想速速逃离。从此离开天帝山，再也不曾回去。想不到……想不到上天竟如此戏弄寡人，让她就此诞下一子，又让你我三人失散至今……”

话音未落，“轰”的一声剧震，神壶乱转，气泡纷飞，纤纤失声惊叫，险些从乘黄背上摔了下来。

拓拔野亦双臂剧震，朝后踉跄飞跌数步，心下大凛，凝神朝壶外探看，但见双蟒飞腾，巨尾雷霆猛击，黑白光浪螺旋怒舞，越转越快，仿佛太极光轮，其势之猛，竟丝毫不亚于翻天神印。刹那之间便连撞了壶身不下十次，震得众人金星四舞，骨骸欲散。

广成子也已跃出湖面，脸色惨白，盘膝坐在冰峰上，十指捏诀，口中念念有辞，御使着石印当空飞旋。

绚光如虹彩斜射，和乌丝兰玛的月母镜光纵横交织，笼罩着炼妖壶，又与双蟒的阴阳两气交相融合、激撞，时而姹紫嫣红，时而深碧浅绿，变幻出五光十色的奇丽气浪。

炼妖壶内隆隆剧震，四周妖灵接连不断地炸裂开来，激荡起流丽万端的急流气浪，仿佛巨大的漩涡，越来越快，越来越强猛，四人沉浮卷溺，飞甩跌宕，被万千巨力不断地拉绞、挤压，翻江倒海，难受已极。

纤纤身下陡空，被狂流卷起，朝着壶壁当头撞去，还不等惊叫出声，手腕忽地一紧，已被拓拔野拽入怀中，紧紧抱住。她耳根一阵烧烫，想要奋力挣扎，熟悉好闻的男性气息扑面而来，浑身登时酥软如绵，泪水径自不争气地夺眶涌出。

所幸拓拔野凝神扫望壶外，未曾察觉，她飞快地擦去泪水，又听青帝“哼”了一声，冷笑道：“这些妖魔小丑，竟想用阴阳五行之气来炼化我们。宁疯子的‘五色烟华’炼烧陶器便也罢了，用来对付寡人，嘿嘿。”

话音未落，那团魂识碧光突然横空怒舞，闪电似的没入纤纤玄窍，她失声低呼，又惊又怒，颤声叫道：“你……你想干吗？快出来！”丹田陡涨，真气爆涌，登时将拓拔野震退开来。

缚南仙大怒，喝道：“老混蛋，滚出来！要抢寄体，自己到外面找去！”飞身冲掠，手掌陡然按住纤纤气海，方欲将青帝迫出，却被拓拔野陡然扣住手腕，叫道：“娘，陛下此计大妙！要想破除他们的阴阳五行阵，就必以牙还牙，针锋相对！”

缚南仙一凛，已明其意。

纤纤腹内传来青帝哈哈大笑声：“知父莫如子。西陵公主，且让寡人替你打通奇经八脉！”经脉突然灼烧如裂，“啊”的一声，疼得香汗淋漓尽出，双足却径自凌空抄踏，不听使唤地冲入两仪钟，急速盘旋。

拓拔野高声道：“妹子放心，青帝陛下绝不会伤你分毫！”亦旋身冲入钟内，取出十二时盘，绚光四射，投映在钟壁上。被壶外的阴阳五行气浪所激，铜钟内壁早已绿光充盈，太古蛇篆、男女裸图尽皆灼灼闪耀。

纤纤虽然自小刁蛮任性、胆大包天，却终究是个未经云雨的单纯少女，见那男女裸像水波似的浮映虚空，宛如在盘腿交媾，登时羞得双颊如醉，想起刚才青帝所说的荒唐往事，更是浑身滚烫，闭眼怒道：“什么淫邪妖物，快拿开！”

奈何身不由己，双腿自行盘起，飞旋着坐到拓拔野腿上，一颗心更是怦怦狂跳，直欲从嗓子眼里蹦将出来，一时间也不知是惊是怒是羞是恼是喜是怕。

从睫毛间偷偷望去，他那俊俏如玉的脸容只在咫尺之外，肌肤相贴，鼻息互闻……这景象多么像……多么像在梦中呵，如果她睁开双眼，会不会又孤孤单单地醒于满床的月光中呢？

从那日在天帝苑与他重逢的那时起，每一日、每一刻，便恍恍惚惚，飘渺不定，而此刻，两两盘旋，绚光四耀，她更仿佛眩晕似的沉溺入一个虚幻而不真实的梦里。如果这只是一个梦，她又多么希望永不醒来呵。

但当她瞥见他颈前悬挂的泪珠坠子，心中陡一收缩，又像被尖刀猛烈刺痛，不知为何，郁积了许久的委屈、恼恨、伤心、苦楚这一刹那突然全都如山洪决堤、火山迸爆，泪水汹汹涌出，颤声哭道："放开我！放开我！臭乌贼，你……你为什么要这么欺负我？为什么……为什么……"梨花带雨，哽咽难言。

拓拔野心中大痛，紧紧将她抱住，手掌贴着她颤抖的后背，想要劝慰，却什么也说不出来。

青帝对姑射仙子素极偏私怜爱，此时虽已相信拓拔野必是己子，见此情状，仍忍不住大为着恼，嘿然冷笑，传音道："小子，你倒是处处留情，风流成性。姑射因为你，已自行辞去圣女之位，云游四海，杳无影踪。哼哼，若今日是她在此，又何必借这丫头之身，两仪双修！"

拓拔野一震，眼前闪过她的盈盈泪眼、淡淡笑靥，仿佛又听见她说："吞下这颗鲛珠，你便会想起所有之事。而那些前生的旧事，你就忘了吧。你我之间，纵然真有三生之约，也注定是缘深份浅，如日月相隔……"心中又是一阵如绞剧痛。

当日雷霆峡中，情景仿佛，也是误入陷阱，也是青帝附体，他与她也是这般盘腿齐眉，两两相对……是以当青帝附入纤纤体内时，他便立时猜透其意。

两仪钟与其他神器最大之不同，在于它必须由一男一女，合力驱动阴阳五行之气，才能转换八极，瞬间移位。眼下此地虽非大荒八极，无法瞬间脱逃，但青帝、缚南仙双双重伤，要想破除敌阵，惟有借助神钟之力，故技重施。

青帝淡淡道："西陵公主，眼下天帝山上，五帝比剑会盟，有妖女正化作你的模样，蛊惑人心，暗图不轨，你若想尽快脱身，拆穿奸谋，就老老实实地放松经脉，循环阴阳两气……”

两人闻言大凛，待要相问，一股巨力突地从纤纤双手传来，将他们陡然震分开来。纤纤只觉丹田内真气如狂潮鼓涌，十二经脉、奇经八脉亦如春河冰裂、岩浆澎湃，席卷起雄浑强沛的滚滚气浪，透过双掌，汹汹不绝地冲人拓拔野体内。

拓拔野早有所备，意如日月，气如潮汐，双掌向上，与她双手紧紧相贴，越转越快，阴阳两气在体内、体外循环绕舞，犹如春蚕织茧，随之越来越密，渐渐只看得见一团绚光，滚滚流转。

包裹其中，肢体相缠，神魂相交，纤纤芳心狂跳，双颊醺然如醉，一阵阵从未有过的剧烈震颤从任督二脉直贯头顶，那感觉说不出地舒畅欢悦。

钟内五彩流离，霞光大盛，眼前一花，仿佛与他同悬浩瀚宇宙，四周星辰流舞，天风呼啸……

她呼吸窒堵，泪水倏然滑落，凝挂在幻梦般微笑的嘴角。在这浩瀚无边、瑰丽莫测的世界里，只有星河，只有风，只有他与她，只有那无始无终、无穷无尽、却又仿佛停止了的时间……

恍惚中，只听虚无缥缈处传来青帝的声音，嗡嗡说道：“小子，出此神壶，也不知寡人元魄安在？这些妖鬼苦心积虑，设下重重陷阱，就是想要我说出‘种神大法’，嘿嘿，老子岂能让他们如意？你听好了，‘种神大法’第一要诀，便是‘物我合一，神游天外，随风花信，遍处可栽……’”

狂风怒舞，气浪如炸，霎时间，天吴虎爪已拍至头顶。

科汗淮下意识地旋身下冲，断浪刀朝上反撩，水龙卷舞，蜿蜒飞转，眼见便要与那虎爪相撞，天吴虎爪突然一收，纵声怪吼，当空绚光怒转，忽然出现一个巨大的涡旋，气浪强猛，将水龙瞬间倒卷吸入。

“轰!”冰地迸裂，须发倒舞，科汗淮收势不住，顿时连同那“龙水刀”旋身拔起，一齐往气旋中心冲去。

“八极大法!”群雄大骇，陆吾等人更是惊呼失声，天吴终于使出了这天下第一妖法。

单狐城中，他便曾出此怪招，险些将石夷真元尽数吞夺。此刻两人相距更近，科汗淮又已倾尽全力，想要收势全身而退，断无可能！

“嘭嘭”连声，水浪喷涌，沿着那气旋四周剧烈冲天甩射，科汗淮右臂齐肩没入，半身悬空，绚光滚滚，只觉呼吸窒堵，周身真气随着那水龙狂流，滔滔泻入天吴丹田，惊骇之意一闪而过，蓦地凝神聚念，意如日月高悬。

天吴哈哈狂笑，霓光怒爆，那涡旋气流越来越猛，四周冰石翻滚，接连不断地拔地破空，螺旋冲来，百丈外的十几个龙族将士被那狂风所卷，亦踉跄前跌，若不是被后方群雄及时拽住，亦随之腾空卷入其中。

蚩尤惊怒交迸，待要冲上前去解困，却被晏紫苏紧紧拉住，低声道：“呆子，五帝比剑，生死自负。若有旁人干涉，不但被救的一方完败，解救的人也从此被逐出五族，永不能返回大荒。你放心，真到紧要关头，西陵公主和西王母自会设法相救。”

他转头望去，西王母脸色惨白，双拳紧攥，像在不由自主地微微颤抖，此时此刻，竟连这素来镇定睿智的大荒第一圣女也似束手无策。而纤纤站在数丈外，满脸忧骇，咬唇不语，更是六神无主。

蚩尤蓦一咬牙，挣脱晏紫苏，喝道：“科大侠对我恩重如山，见死不救？我本就是五族弃民，大不了带着苗民再回荒外便是！”

正欲冲身上前，忽听“轰”的一声，科汗淮竟陡然挥出左掌，气刀结结实实地怒撞在天吴虎身左肋。

天吴吃痛狂吼，涡旋陡消，四只虎爪雷霆猛拍而下，重重地扫在他肩头，登时将他打得飞旋怒转，鲜血狂喷，一头撞飞到数十丈外。

气刀既消，水龙狂舞，倏然冲天消敛，远处云层滚滚，水柱应声坍塌，直落天池。奇变陡生，众人哗然惊呼，却不知究竟发生了什么事，科汗淮又何以能在真气汹汹外泻、周身动弹不得的情形下，突然聚气左掌，反攻脱身？

惟有白帝、应龙、祝融隐隐猜出大概。科汗淮自创潮汐流，能随意变换经脉路线，方才生死关头，必是集聚意念，骤然改变经络，将真气送入左手，趁着天吴不备，攻袭其兽身空门。

可惜真气冲泻不止，刹那间所能外调的终究不多，否则这一掌劈出，谁胜谁负，可真难预料了。

天吴狂怒暴吼，蓦地腾空飞跃，八尾飞甩，八爪齐扬，朝着侧卧在地的科汗淮猛扑而去。

蚩尤怒道："滚你奶奶的紫菜鱼皮!"破空冲起，苗刀狂飙电舞，凌空怒斩，"嘭!"斜地里撞中他的虎爪，登时将他硬生生朝北推移了数丈，其虎尾气浪堪堪擦着科汗淮扫过，劈砸在冰地上，登时掀炸起一个丈余宽的深坑。

几在同时，白帝高声道："胜负已分，水伯得饶人处且饶人。"人影飞闪，与烈炎、六侯爷等人齐齐掠出，抄身抱起科汗淮，飞回阵中。龙族群雄惊魂少定，纷纷破口大骂。

眼见科汗淮伤势虽重，却并无性命之虞，西王母如释重负，狂风吹来，背上一阵飕飕凉意，这才发觉周身已被冷汗浸透，直如虚脱了一般。这一场生死激战，竟比她亲身所历还要紧张恐惧。

龙牙侯正直侠义，在水族中亦颇有人望，适才见他竟能以"断浪气旋斩"遥遥御使"龙水刀"，更使得水族群雄心折敬服，是以天吴虽然将其击败，水族阵中也只传来一阵稀稀落落的欢呼与掌声。

白帝道："这一战是水伯胜了。五帝比剑，惟有最强者才能登临神帝之位。龙族已败，还有哪一族的帝尊愿向水伯挑战?"

话音未落，蚩尤斜握苗刀，昂然傲立，冷冷道："苗帝乔蚩尤，与天吴老贼势不两立。今夜不是他死，便是我亡。"

众人哗然，精神大振。

这两人一个苦修数十年，终得八极之身，一个因缘际会，窥悟三天子心法，彼此之间偏偏又是夙仇死恨，这一场大战，可谓针尖对麦芒，亦是群雄此次至为关注的比剑对决。

天吴哈哈大笑，绚光闪耀，倏然还复人形，环顾众人，一字字道：“今日天下英雄毕集，正好为我二人作个明证。乔蚩尤若打败我，蜃楼城连同本真丹，完璧奉上，天吴项上这八颗头颅更随时候取；他若被我打败，就得交出三天子心法，永世为奴。”

群雄轰然，晏紫苏心中更是嗵嗵狂跳，紧张得几欲窒息。适才目睹天吴的狂暴凶威，后悔之意更是越来越甚，但她知道，此时无论自己如何劝说，蚩尤也绝不会再罢手了。生死胜败，只能交与上天定夺。

蓦地闭上眼，深深地吸了口气，想要平复心情，心中却是一阵如割的恐惧酸楚，泪水莫名涌上眼眶。

她从不相信神魔，只相信自己。但此时，默立苍穹之下、人群之中，竟突然觉得说不出的害怕与敬畏，低头合掌，凝神在心中默默地诵祷了几遍：“上苍，只要你能保得他平安，让我们白头到头，就算是永生永世得不到本真丹，就算我死后魂魄烟消云散，我也心甘情愿。”

忽听“轰”的一声，她周身一颤，众人惊呼迭起，呐喊如潮，对战已经开始。屏住呼吸，徐徐睁开双眼，却看见喧腾的人海中，纤纤正怔怔地凝视着自己，眼波中说不清是悲怜、痛楚，还是凄伤。

晏紫苏心中倏然抽紧，觉得那眼神好生熟悉！

还不等细想，又听“轰轰”连声，众人齐声惊呼，她急忙转头望去，但见半空中人影交错，碧光纵横，与绚光刀浪接连相撞，势如奔雷，激窜起炫目无比的霞光气浪，合着四周的呐喊呼喝声，当真如流星撞地，山岳崩倾。

她心中突突剧跳，顿时将纤纤抛在了脑后，一边屏息观望，一边不住地默默祷告，将五族四海的神灵尽数请遍。

五族群雄中不少都曾见过蚩尤打斗，其中更有不少与他直接动过手，素知他真气狂猛霸烈，生生不息，刀势大开大合，相化无已，乃是至为纯正的“长生神木刀诀”，但今日再见，眼前一亮，俱是说不出的震撼讶异。

他每一刀劈出，分明还是神木刀法，但往往又似是而非，仿佛暗藏了各族武学的数十种变化，时而刚正凌厉如金族，时而狂霸凶猛如火族，时而又圆转变幻如水族……其境界之深远莫测，比之从前，竟似已判若两人。

却不知蚩尤修行《五行谱》亦有五年之久，虽不像拓拔野身具五德，尽悟五行之妙，但耳濡目染，潜移默化，也融合了其他各族不少绝学，只是转圜之间尚不能恣意随心，总像是隔了一层。

自修得“三天子心法”后，触类旁通，加之按时辰变化修奇经八脉，随日月之光炼阴阳两炁，不知不觉中又尽悟八穴真气循环融合之法。虽非五德之身，体内却吸纳了极为磅礴强沛的五行真气，一旦掌握了随心变换五行真气的奥妙，其威力之强猛，自远非当日可比。

局外人再如何惊讶，都及不上天吴，激斗不过数十合，他心中之震骇已远远超过适才与科汗淮的对决。这小子所学博杂倒也罢了，最为古怪的，是他体内真气的循行变化。

天吴虽已修得八极之身，可以强行吸纳他人真元，但此法最为艰难的，并不在如何吞纳真气，而在于如何“消化”与调用。吞吸的五属真气蕴藏在气海与奇经八脉中，所能真正“吸收”，化为己用的，不过十之一二，其他的不消数日，便会慢慢逸失殆尽。

换了旁人，不是五德之身，若想同时调转两种以上的真气，势必相克相冲，自伤经脉，他苦修多年，亦仅能同时并举两属真气。而蚩尤却能在五行之间穿梭回转，随心如意，更奇妙的是，其阴维脉此刻竟似乎正随着真气走向，在不断地细微变化，自行调整！

倘若能夺得三天子心法，洞悉此中奥秘，纵然神农重生，伏羲再世，自己又有何惧！一念及此，天吴更是心焚如火，聚气全力猛攻，恨不能立时勒住蚩尤的脖子，逼着他一字一句地吐将出来。

绚光爆卷，气浪迸飞，蚩尤连接了数十刀，虎口微微酥麻，嘴角冷笑，忖道：“当日金神与这厮相斗时，攻的便是他左肋，适才科大侠攻的又是他的左肋，可见他空门漏洞，便在此处。”想起那日与延维之战，心中一动，已然有了主意。

当下纵声大喝，苗刀怒舞，猛劈在古兕瑰光斩上，身子一晃，假意把握不住刀柄，翻身踉跄后跌，露出空门要穴。

天吴大喜，身如鬼魅，左手闪电似的化爪拍入，气旋飞转，“砰”地猛击在他“期门穴”上，岂料手臂剧震，非但没能将他真气吸入，自己体内真气反倒倏然破掌而出，汹汹冲泻，惊怒交迸。

原来蚩尤早有所备，翻身之际已将周身真气转往阴维脉，沉潜期门，气旋怒转，八极豁然贯通，连成一个狂猛无比的涡旋。

此刻正值午夜，是阴维脉真气最盛之时，天吴掌心气旋虽也极之强猛，但比起当下八极之门的“期门穴”，仍不免稍逊半分，是以这一掌拍入，不啻于自投罗网，待要挣脱已然不及。

蚩尤一击得手，更不迟疑，喝道：“狗贼，受死吧！”左手掌刀翻转，朝他左肋猛劈而下。

天吴大吼一声，奋力侧身回转。蚩尤手掌恰好拍在他“日月穴”上，掌心一沉，只觉突然冲入一个急速飞转的气旋之中，真气滔滔外泻，心中大凛，又是懊怒又是滑稽：自己竟犯了同他一样的错误！

仓促间不及多想，挥刀疾扫，直劈其面门，“当”的一声，又与天吴的古兕瑰光斩相交，顷刻间光浪滚滚，两两相连，真气在彼此体内汹汹回转，僵持不下，谁也不能动弹分毫。

明月高悬，雪山寂寂。几只龙鹫沿着山岭冰川起伏飞翔，将近沉龙谷时，突然纷纷尖啼着冲天高飞，盘旋不敢下。

遥遥俯瞰，谷内霞光流舞，吞吐明暗，仿佛被一个无形的气罩封压其间，更显光怪陆离。虽听不见任何声响，却明晰可见一团团光波回旋震荡，所及之处，雪山、冰瀑、姿态万千的冰塔、冰凌、冰蘑菇……无不粉碎崩塌，或破空乱舞，或汹汹冲泻入冰湖之中。

震源自峡谷中央，一个绚丽难言的刺目光球急速飞旋，光弧四卷。

周遭气浪迸涌，一黑一白两条巨蟒绕舞飞腾，凶狂咆哮，不断地喷吐出熊熊烈焰；上方是一个逆向疾转的五色巨石，一个白衣人盘坐其上，衣发倒舞，弹指捏诀；下方冰湖惊涛如沸，万千惨白僵鬼周身银丝缭绕，纵横交织成一张巨大的蛛网，将那团炫目光球重重缠住，奋力朝下拖曳。

那光球越转越快，“轰”，双蟒所喷射的赤火碧焰激撞其上，窜起数百道五彩斑斓的蛇状光浪，山谷上空的无形气罩陡然一鼓，荡漾开几圈浅浅的彩晕弧线，朝着湛蓝的夜空扩散开来。

那盘旋着的几只龙鹫避之不及，登时尖声惨啼，笔直疾坠而下，刹那间又像被波浪接连推抛，破空跌宕飞舞，血肉迸射，碎羽缤纷。

乌丝兰玛心中一凛，抬头望着那悠扬飞旋的鸟羽，妙目微眯，不安益重。此地的光芒、响动虽然无法传出，但波震却无法完全隔断，以五族帝神的修为，久而久之，必能察觉。若不能速战速决，一旦有人赶到，不仅前功尽弃，更有全盘皆输之虞。

原以为青帝、缚龙神双双重伤，只余下拓拔野一人，合阴阳双蛇、翻天印、月母镜之威力，必可形成极之强猛的太极五行气旋，将炼妖壶内的四人熔烧炼化，变成阴阳二炁。

不想那小子竟以彼之道还施彼身，倚仗着两仪钟与五德之身，逆旋五行太极，气浪相撞，势成对峙。任凭双蟒如何狂怒喷火，奋力绞杀，炼妖壶亦坚如磐石，纹丝不裂。

势已至此，惟有倾尽全力，一决生死！乌丝兰玛思绪急转，蓦一咬牙，凌空翩然而下，柔声道：“当日昆仑蟠桃会上，拓拔太子只身独斗幽天鬼帝、五大冥王，绝世风姿，让人好生景仰。今宵良辰美景，故人相会，何妨再让我等一睹太子风采？”说着，轻轻拍了拍手掌。

淳于昱坐在浮冰上，仰头吹奏巴乌，声音突转尖厉，鼓声随之骤变，急促如狂风暴雨；而编钟声、号角声、丝琴声亦纷纷高转昂扬，极尽阴寒凄厉，听来让人毛孔悚然。

五个身着红、绿、白、黑、黄各色衣裳、头戴青铜面具的鬼王纵声呼啸，从冰湖中冲天跃起。

接着万鬼齐哭，无数尸兵纷纷破浪冲起，随着那五大鬼王，推掌于前人后背，次第相连，排成五行长蛇阵，朝着炼妖壶壁的五个小球冲去。

“嘭嘭”连声，五大鬼王双掌齐齐抵在那个小球上，身子一震，那玉石葫芦瞬间鼓起一团巨大的白色炽光，冲击波似的朝外滚滚迸爆，五色光焰轰然鼓舞，万千尸兵周身剧颤，眼白翻动，最末的数百人登时炸散抛飞，呜呜凄嚎。遥遥望去，就像五条颜色各异的长龙在空中猛烈摇摆，云霞翻腾。

阴阳双蟒咆哮飞转，陡然逆旋收紧，仿佛两道铁箍，将五行鬼军牢牢缠缚，气浪滚滚，透过那五行长龙阵汹涌不绝地冲入炼妖壶中。广成子更不迟疑，蓦地念诀低喝，翻天印陡然涨大数倍，怒转疾沉。

轰隆连震，被四面与上方的重重巨力反向激撞，炼妖壶飞旋速度顿时大减，火浪刺目飞甩，离心拖曳。

气浪怒爆，绚光霞芒冲天乱舞，那剧震之声直如万千雷霆交相叠撞，震得乌丝兰玛心中怦怦狂跳，妙目瞬也不瞬地紧盯着神壶，竟是从未有过的紧张。

二十余年的艰辛筹谋，呕心沥血，忍辱负重，紧要关头，绝不容得有半点闪失。哪怕波震远及天帝峰，只要能在五族群雄赶来之前，将这眼中钉、肉中刺拔去，便算是大功告成!

当是时，忽听“轰轰”狂震，那炼妖壶竟突然反向疾旋，阴阳双蛇、五行龙阵猝不及防，收势不住，登时顺着神壶怒转冲入，霎时间绚光倒涌，漫天气浪陡然收缩，就连那翻天印也如磁石附铁，随着神壶急速飞旋。

乌丝兰玛又惊又喜，只道在己方重重重压之下，拓拔野终于不支崩溃，念头未已，呼吸一窒，脚下陡空，一股强猛无匹的涡旋气流突然将她兜头拽起，朝着炼妖壶口急吸而去。

几在同时，只听惨呼迭起，五大鬼王迎头猛撞在壶壁上，周身剧颤，光芒闪耀，满脸惊骇恐惧，气浪自双掌源源不断地涌入那五个小球中。

后方万千尸兵亦嘶声惨叫，接连贴身相撞，筛糠似的簌簌乱抖，那情景瞧来说不出的滑稽诡异。

她心下大凛，下意识地翻身聚气，抄手抓住旁侧的一个僵鬼，正想借力冲起，突觉掌心一紧，丹田内真气如怒海狂涌，轰然冲泻而出。

“摄神御鬼大法!”霎时间惊得寒毛尽乍，奋力挣扎，手掌却生了根似的紧紧吸附在那尸兵肩头，只能眼睁睁地看着体内真气透过僵鬼，朝炼妖壶中滔滔奔泻!

眼角扫处，太极双蟒悲吼飞腾，巨身交缠，被神壶绞得团团飞转。

广成子亦不能幸免，伏身紧贴于翻天印上，脸色惨白，一道道气光穿过双掌，冲泻不绝。

炼妖壶虽可炼化魂魄，威力无穷，但其效力紧限于壶内。此时壶口被两仪钟所封，内外阴阳隔绝，又怎会发生如此咄咄怪事，竟将众人真元隔着壶壁，汹汹吞吸？饶是水圣女机狡黠慧，亦猜不出半点端的。

正自惊疑骇怒，又听广成子蓦地一声大喝，“嘭!”翻天印凌空飞转，气浪倒涌，重重地撞在他的胸口，顿时血箭狂喷，连人带印，冲天翻旋飞抛。生死关头，他竟宁可以“回山返石大法”自断经脉，反震脱逃。

上空压力骤消，涡旋失衡，“轰!”阴阳双蛇趁势甩尾逆旋，双双破空飞起。

炼妖壶绚光陡然朝外一鼓，气浪滚滚炸舞，乌丝兰玛眼前一黑，登时被高高甩起。五大鬼王、万千尸兵亦纷纷惨呼飞弹，或翻身猛撞在崩塌坠落的冰石上，血肉迸飞；或手舞足蹈，一头栽入冰湖之中，惊涛喷涌。

第五章　幕后元凶

炼妖壶越转越快，“叮”的一声，霞光怒爆，两仪钟突然飞旋冲天。两道人影盘腿对旋，速度渐渐转慢，从钟内徐徐沉落而下，被壶口绚光映照，姹紫嫣红，飘飘若仙，正是拓拔野和纤纤。

拓拔野睁开双眼，精神奕奕，笑道：“多谢水圣女、各位鬼王送我炼妖壶，又传我真气，如此慷慨，可真叫在下授受不起。”

乌丝兰玛躺在浮冰上，周身经脉如烧，又惊又怒，想不出为何刹那之间情势陡变，更想不出这小子何以竟能“摄神御鬼大法”。

却不知拓拔野方才所使的并非玄北臻所创立的妖法，而是其偷师模仿的正宗“三天子心法”。

三天子心法以盘古“太极混沌诀”为本，衍生出伏羲、女娲二帝的“阴阳两仪真诀”，又由此变化为所谓的“八极大法”，再以此为纲，旁生出五族各派……庞博精深，可谓大荒武学之源。

而拓拔野创悟的“新天元诀”则以“五行谱”为本，熔“潮汐流”、“天元诀”、“回光诀”、“宇宙极光流”各大神功为一炉，殊途同归，隐隐也已掌握了“太极两仪”的妙处。

那日黄沙岭上，与蚩尤彻夜倾谈，相互印证，更是醍醐灌顶，对于五行真气如何化为两仪气轮，又如何在八极之间循环流转，都有了更直接而深刻的体验。只是他终未筑就“八极之基”，无法像蚩尤那般透过八极，直接攫取他人真气。

方才置身于两仪钟中，听着青帝传授“种神大法”，看着钟壁人体八极图的碧光映照在自己身上，不断移转，拓拔野灵机一动，突然想起当日蚩尤与八郡主在三天子之都的山腹中，贯通八极，阴阳双修的情景。

蚩尤、烈烟石当日所处的山腹，依照八极方位凿了八个坎洞，光线随日月移转，默示真气在经脉内修行的顺序，与此神钟何其相似！

三天子之都是伏羲、女娲修行所在，而两仪钟也是他们取五色石所铸的修行神器，内分阴阳两炁，身在此钟之中，岂不相当于在三天子之都内两仪双修？

他虽无八极之基，却可仿照二帝，以神钟为寄体，借其八极，与纤纤阴阳转化，形成太极气轮，汲取天地间的五行灵气！而这想必就是伏羲、女娲在此钟内双修的原因，亦是此钟最大的奥秘。

想明此节，拓拔野惊喜莫名，更不迟疑，立即依照蚩尤所授，与纤纤阴阳相连，回旋真气，在两人八处要穴与奇经八脉之间不断循环转化，再将身体“八极”与钟壁所示的“八极”位置一一对应，果然气浪涡旋，形成了极为强猛的太极气轮。

偏偏彼时，乌丝兰玛孤注一掷，让万千鬼兵与阴阳双蟒、广成子布成五行长蛇阵，施法于炼妖壶五行球。

雄浑无比的阴阳五行真气方一涌入，立即被两仪钟急剧飞旋的涡轮吸入，与蚩尤当日吞吸延维、九黎群雄真气的情形如出一辙。

拓拔野的真气原本便强沛至极，再加上附体于纤纤体内的青帝，所形成的太极气轮声势之猛，更在当日蚩尤与烈烟石之上。

五大鬼王首当其冲，真气尽数被吸，就连脏腑经脉，亦被后方涌来的滚滚真气重创粉碎，当场毙命。

若非广成子当机立断，拼死破坏了气旋平衡，使得阴阳双蛇得隙冲脱，鬼国妖军势必被源源吸尽真气，饶是如此，仍有近半尸兵虚脱昏迷，除了双蟒，几乎所有人都被震伤经脉，难以动弹。

缚南仙骑着乘黄，从炼妖壶口冲天跃出，格格大笑道：“小贱人，就凭你们这些妖魔丑类也敢与我乖儿子叫阵？他一招不出，便已将你们杀得大败亏输！”

那双蟒极是凶悍，虽已鲜血淋漓，遍体鳞伤，仍突然从冰湖上怒舞冲起，咆哮着朝拓拔野雷霆夹攻。

拓拔野笑道："蛇帝在此，孽畜焉敢放肆？"踏足抄风，在黑蟒背上轻轻一点，翻身飞旋，天元逆刃如弧电怒舞，一记"星飞天外"，刺其七寸。动作轻盈飘忽，速度却迅如急电，"哧"的一声，黑蟒吃痛狂吼，周身陡然收缩，蜷作一团，凶焰尽敛。

阴阳双蛇乃蛇族太古三兽，融附了宁封子、月母的魂识之后，更是凶狂难当，若在片刻之前，拓拔野绝无可能这般轻而易举地将其制服，但此刻黑蟒重伤，他又新吸了众多真气，此消彼长，胜负立判。

白蟒怒吼飞腾，陡然转向，狂飙似的朝纤纤扑去，张开血盆大口，朝她当头咬下。

灵感仰哈哈大笑："青帝在此，孽畜焉敢放肆？"纤纤眼前一花，右掌已不由自主地挥劈而出，绚光怒爆，极光气刀轰然斩在白蟒巨颚上，那妖蛇悲吼飞甩，鲜血激射，重重地砸入冰湖之中。

拓拔野心情大佳，笑道："我既是伏羲转世、大荒蛇帝，又岂能亏待本族神蟒？都进来罢。"左手一翻，炼妖壶呼呼怒转，绚光倒涌，登时将阴阳双蛇凌空吸起，收纳其中。

眼见顷刻间大势已去，乌丝兰玛脸色惨白，骇怒绝望，凝神四扫，冰湖中僵鬼沉浮，却不见广成子与淳于昱的身影，这两人不知何时竟已逃之夭夭。

缚南仙翻身俯冲而下，绕着她背手踱步，眯着眼，格格笑道："小贱人，我有八百三十六种杀人的法子，每一种都有滋有味，好玩得紧。你想要挑哪一种？"

乌丝兰玛被她盯得寒毛直乍，脸上晕红泛起，又渐渐恢复镇定，瞥见拓拔野，心中突然闪过一个至为恶毒凶险的计划，嫣然一笑，高声道："拓拔太子，我罪孽深重，死不足惜。但是你可知今夜我率领鬼国大军到这天帝山上，为的是什么？五帝会盟又将会发生什么事？你若是现在便将我杀了，后悔也来不及了。"

拓拔野心中一震，想起昆仑山蟠桃会时的惨烈情景，这些鬼国妖孽以五族为敌，凶残阴狠，杀人如麻，今日既敢大举侵入天帝山，必已设下惊天杀局。

当下飘然跃下，挡在缚南仙身前，淡淡道："仙子是水族圣女，就算不为他族着想，也当考虑本族的将士百姓。你若肯改过自新，供出鬼国所有阴谋，我娘自会网开一面，放你重生。"

缚南仙冷笑一声，正待说话，却听青帝在纤纤丹田内大笑道："小子，你可知这妖女在鬼国之中的身份？即便是当日汁光纪见了她，也要听她三分。鬼国的所有奸谋，大多便是她想出来的，你道她真会为了活命，说出所有一切么？嘿嘿，倒不如让寡人附其体内，吞其神识，到时不管什么阴谋诡计，全都明明白白了……"

说到最后一句时，笑声突转低沉沙哑，竟似什么声息也没了。

拓拔野骤然一惊，失声道："陛下？"转头望去，只见纤纤讶然低头，怔怔地看着自己丹田，碧光跳跃，如萤火幽然，忽而化作一团模糊不清的脸容，忽而又随风摇散，吞吐明灭。

过了半晌，才听见青帝虚弱的声音，游丝似的笑道："人生百年，犹如昙花一梦。我的梦做了这么久，也该醒啦。只可惜……只可惜末了功亏一篑，还是让广成子那厮从指缝里溜走了……"

青帝一生孤高傲绝，无论是知己，还是夙敌，都寥寥无几。自从神农、赤飙怒、空桑等人死后，形影相吊，万念俱灰，心中早已没了恋生之意，唯一记挂的，便是杀死广成子，为空桑报仇雪恨。

此时强敌终退，又得一子，虽知大限将至，竟无半点遗憾恐惧，反倒说不出地得意喜悦，顿了顿，嘿然笑道："水圣女，你们费尽心机，想要寡人的'种神大法'，却不知人生在世，故人皆去，纵能种神寄体，长生不死，也不过是僵尸一具。寡人一介孤魂，零丁半世，早就活得不耐烦了，今日这般死法，很好，很好！"

乌丝兰玛秋波光芒闪烁，微笑不语。

拓拔野知他元神重创，难免一死，但真当临别，心底却是说不出的难受。张开口，想要喊他一声“爹”，不知为何却觉得说不出的别扭，喉咙中更仿佛被什么堵住了，热辣辣地一阵酸楚。

一阵狂风吹来，冰湖涟漪荡漾，纤纤衣袂飘舞，青帝的元神也像要随之破体而出，碧光明灭，声音突转高亮，哈哈大笑道：“霸业王图，一抔黄土。寡人纵横天下两百多年，一无所得，想不到死到临头，却平添了一个儿子，嘿嘿，老天总算待我不薄……神农呀神农，灵感仰一生斗你不过，但至少这一点，你再也赢不了我……”笑声断断续续，越来越小，终于细不可闻。惟有那回声兀自在山谷中袅袅不绝。

缚南仙脸色苍白，又渐转酡红，复转雪白，也不知在想些什么，神色古怪已极。

拓拔野怔忪木立旁侧，眼见着那团绿光渐渐消散，过了许久，才意识到他已经死了，泪水夺眶，恍惚如梦。

他突然记起了六年前第一次上玉屏山拜见青帝时的情景；记起了东海之滨的初次交锋；记起了北海平丘；记起了鲲鱼腹中……记起自己从前总和蚩尤一起怒骂这个孤高桀骜的“老匹夫”，但不知为何，每次与他相对，却总觉得莫名的敬慕和亲切……

明月在天，雪山环绕，他的影子映照在冰湖里，说不出地凄冷寂寥。半个时辰前，他有了一个“父亲”，而此刻，又重新失去了。

天帝峰上，彤云翻腾，低低地压在群雄头顶，被绚光照耀，变幻出黑紫金碧的奇丽光彩。时而冲起一道破空气浪，震得霞云涌裂，青空乍现。

众人屏息凝神，悄然无声，除了灵山十巫兀自叽叽喳喳地围着炼神鼎争辩不休外，所有的目光都集聚在了蚩尤与天吴身上。

两人左手各抵住对方要穴，右手神兵相粘，凌空急速盘旋，已僵持了约莫小半时辰。四周的冰石、雪末滚滚飞舞，绕着二人形成了一个巨大的螺旋白柱，不断地坍塌陷入，又飞花碎玉似的离心甩炸，循环反复，越来越高，越来越厚，渐渐地连人影也看不见了。

白帝、刑天、应龙等各族超一流高手神色肃穆，惊讶无已。相距甚远，却可以明晰地感觉到两人的真气浩浩荡荡地穿过八处要穴，在彼此的奇经八脉间急速回旋奔流，仿佛同化一体，分不清究竟是谁吸了谁的真气。

这等景象见所未见，以他们见识之广、修为之深，也猜不出僵局何时可破、到底谁能取胜。

忽听“仆仆”两声轻响，众人低声齐呼，蚩尤衣裳迸炸飞扬，后背肌肤如波浪起伏，青色血管纵横交错，仿佛随时都将爆裂。

晏紫苏俏脸瞬时煞白，指尖颤抖，悄悄探入乾坤袋，打定主意，只要稍有不妥，立即发出蛊毒，暗算天吴。

但转念又想，两人盘旋如此之快，即便她能不偏不倚地打中水伯，蛊毒入体，难保不会随着真气周转穿入蚩尤体内。思绪飞转，心跳如撞，一时竟找不出完全之计。

蚩尤、天吴身陷局中，甘苦自知。八极气轮飞旋，越转越快，将二人深埋在丹田中的、吞纳而尚未吸化的真气全都卷了出来，仿佛春江破冰，怒洪决堤，一遍遍地汹汹激撞着经脉，烧灼剧痛，几欲迸裂，再这般僵持下去，最后必将两败俱伤，奇经八脉尽数震断。

而此时两人八极相通，气旋周转，已是骑虎难下。

谁若先抽身罢手，不仅会被狂猛气浪当即撞碎骨骼、脏腑，更会被对方瞬间吸干真气，形同废人。是以明知后果凶险，亦只有咬紧牙关，苦苦强撑，等着对方先行崩溃。

真气滔滔，绚光流舞，体内气旋交相感应，卷引着四周冰雪石浪怒旋狂转，越来越急，遥遥俯瞰，竟仿佛一个巨大的、飞速盘旋的太极图案。

隆隆之声随之越来越响，渐渐地，竟连上空的彤红云层也仿佛被那气轮牵引，一圈圈地荡漾起来，宛如漩涡，霓彩流离，瑰丽而又诡异。

白帝眉头微皱，大感不妙，高声道：“两位如此比拼真气，胜负难分，不如一齐退散开来，重新斗过，如何？”

连续问了几遍，两人杳无应答，转速更快，忽听“轰”的一声巨响，整片夜空像是陡然坍塌下来了，滚滚密云奔泻不绝，直冲两人周侧，猛地炸涌起数十丈高，层层推喷，又骤然朝里飞旋收缩。

飓风呼啸，冰飞石炸，五族群雄呼吸不畅，脚下趔趄，似乎被一道道无形巨力朝两人螺旋拽去。

数十人靠得最近，登时腾空飞起，手舞足蹈地栽入那滚滚云层，嘶声惨叫，被那涡旋气浪急卷而入，瞬间踪影全无。

众人心下大骇，纷纷凝神聚气，往后狂奔。但仍不断有人惊呼着翻身飞起，一头冲入螺旋气浪。人影纵横，惨叫不绝，山顶一片大乱。

白帝、西王母等人心下大凛，知道蚩尤、天吴所形成的八极气旋已超出他们掌控，就像一道羊角飓风，势必将周围一切全部卷入，碾成粉碎。唯一的办法，是聚合群雄之力，一齐将二人震分开来。但以这涡旋气浪之势，即便他们联手破入，又焉知不会被吸尽真气？

晏紫苏低声道："鱿鱼！鱿鱼！"又惊又怕，泪水倏然滑落，蓦地不顾一切地抄身飞起，朝那滚滚气浪急掠而去，嘶声叫道："乔蚩尤，别打了！快出来！"龙族群雄想要阻挡，已然不及。

当是时，忽听一声清亮长啸，一道青影从天而降，银光爆闪，仿佛太极鱼线，蜿蜒夭矫，不偏不倚地劈入那滚滚飞旋的太极气轮中央。

"嘭！"气浪炸舞，光轮陡分，万道霞光冲天而起，照得茫茫雪山尽皆红染，蚩尤、天吴登时仰头飞跌，鲜血齐喷，双双撞飞出数十丈外。云浪翻腾，雾气渐渐消散。

众人又惊又奇，纷纷回头凝望。

雪末缤纷，一个英秀挺拔的青衣少年衣袂翻飞，飘然落地，轻轻将蚩尤扶起，笑道："他奶奶的紫菜鱼皮，你没事儿和天吴阴阳双修做什么？难怪晏国主这般生气。"

蚩尤大震，失声道："乌贼！"狂喜填膺，几乎不敢相信自己的眼睛，哈哈大笑，一跃而起，想要与他抱个满怀，经脉却是一阵烧灼剧痛，"哎哟"一声，重又跌坐在地。

龙族、蛇族群雄惊喜交集，欢呼如沸，潮水似的朝拓拔野狂奔而去。烈炎、姬远玄、赤松子等与他交好的各族豪雄亦大喜过望，纷纷上前与他招呼。

巫姑、巫真笑靥如花，叫道："俊小子来啦！快让姐姐抱抱！"撇下龙神与炼神鼎，争先恐后地乘蝶飞去。

八巫跃起身来，脸上虽喜色浮动，却偏偏还做出痛心疾首之状，"呸"了一声，连连摇头："噫乎兮，大姑娘家不知廉耻乎？人心不古，不亦悲哉！唾之弃也！"

惟有流沙仙子动也不动，遥遥凝望着人潮中那灿若阳光的拓拔野，心中温暖喜悦，嘴角浮起一丝淡淡的微笑，拍了拍那歧的头，自言自语低声道："人家好着很呢，你也可以放心啦。"

那歧兽木愣愣地瞪她一眼，扑扇扑扇翅膀，六足一曲，重新懒洋洋地匍匐在地，仿佛陷入了忧郁的沉思之中。

喧腾声中，又听有人失声惊叫道："西陵公主！又……又来一个西陵公主！"白帝、西王母等人一凛，仰头望去，只见一个俏丽绝伦的白衣少女和一个银发女子并骑乘黄，从北边空中疾冲而来。

西王母脸色骤变，蓦地回头扫望，见原先那"纤纤"混入人潮，正朝西南疾奔，喝道："抓住她，别让她跑了！"姿势曼妙地抄空飞起，疾追其后。但那"纤纤"御风极快，刹那间便已冲出数百之遥，一时难以追及。

群雄愕然，人流大乱。姬远玄、应龙、武罗仙子等人从斜侧包抄急追，喝道："大胆妖孽，竟敢冒充公主，还不伏法自首！"光芒刺目，钧天剑、豹神刺、金光交错刀破空纵横怒舞。

拓拔野叫道："留下活口，别伤她性命……"

话音未落，"吃"的一声，血光飞溅，那"纤纤"后心被金光交错刀呼啸斩中，登时急坠而下，重重地砸落在雪地上，双手颤抖，想要强撑着爬起身来，却怎么也动弹不了，鲜血在身下急速地洇散开来。

众人四面追来，拓拔野当先冲到，把手脉息，已微弱不可察，不容多想，忙将真气源源输入，沉声道："晏国主，是你么？"

连唤了几声，那"纤纤"睫毛一动，徐徐睁开双眼，眼见是他，嘴角勾起一丝悲凉而又欢喜的微笑。

晏紫苏推开人群，疾奔而入，低头望着她，大口大口地喘着气，泪珠突然一颗颗地掉了下来。

晏卿离惨白的脸容上泛起明艳的笑容，忽然之间也不知哪里来的力气，挣扎着伸出手，轻轻地抚摩着她的脸庞，蚊吟似的道："傻孩子，我们都被……都被骗啦。这世上……根本就没……没有本真丹……"痴痴地看着她，泪珠突然从眼角滑落，手亦随之软绵绵地垂了下来，再也不动弹了。

晏紫苏脑中一片空白，一时听不清她究竟在说些什么，只觉得一阵阵撕心裂肺的痛楚，仿佛从里到外，突然被劈扯成了万千碎块。刹那之间，对她所有的爱和恨，都化作了如此剧烈而又窒息的疼痛。嘴唇颤动，也不知过了多久，才哭出声来："娘！娘！"

蚩尤心下黯然，走到她身边，将她紧紧抱住。苗、蛇、龙各族群雄纷纷上前，用布帛将晏卿离盖住，小心翼翼地卷了起来。

五族群雄环立在侧，窃窃私语，都在猜测晏卿离究竟是何方势力，为何要假扮纤纤。西王母、辛九姑等人则将纤纤团团围住，悲喜交集，低声询问。

姬远玄大是尴尬，上前朝白帝、西王母拜倒，沉声道："小婿该死，竟未能保得公主周全，让妖女鱼目混珠，蒙骗了如此之久！若非三弟救出公主，及时赶到，还不知会生出何等事端……"

白帝摇了摇头，将他扶起，道："晏青丘变化之术惟妙惟肖，天下无双，连寡人与金圣女、辛九姑都被一并瞒过，又岂能怪责黄帝陛下？况且，若非当日陛下亲往西海解救，西陵公主又岂能逢凶化吉，遇难呈祥？"

众人环立，与拓拔野的距离又似乎被拉远了许多，纤纤心中酸楚，脸上又已还复了那淡定冷艳的公主神色，微微一笑，道："陛下那日从西海救出的的确是我，只不过到了这天帝山上，才被掉了包。"当下将这三个月来发生之事，择要一一说出。

听说那媚中带煞的银发美人，竟是数百年前肆虐四海的九翼天龙，众人无不轰然变色，惊疑骇异，不由自主地纷纷退避开来。

龙族群雄却是惊喜难言，自敖语真重伤昏迷、拓拔失踪，族内一直群龙无首，想不到如今一来便是两位龙神，而这一位更是当年先后大战过两大神帝的传奇帝尊！当下纷纷拜倒在地，心悦诚服，山呼万岁，惹得缚南仙龙颜大悦，格格娇笑不已。

再听说拓拔野是缚南仙之子，而其生父竟是青帝灵感仰，众人更如炸开锅一般，惊哗喧腾，目瞪口呆。就连蚩尤、六侯爷等人亦面面相觑，张大了嘴，合不拢来。反倒是木族群雄惊愕之余，大喜过望，纷纷拍手叫好。

试想当今天下，风头最健的五德少年突然变成了本族帝尊之子，无论如何，总是一件叫人扬眉吐气的大喜事。

然而乐极生悲，再往下听去，得知青帝孤身力战广成子、水圣女、阴阳双蛇，外加五大鬼王、万千鬼兵，终于神竭力尽，登仙化羽，木族群雄的欢呼声登时顿住，半晌才爆发出一片哭声。

其余各族亦一片死寂，骇然不敢相信。

青帝修成无脉之身、极光气刀后，已被公推为当世天下第一，加上其自创的种神大法，只要他愿意，几乎可以数百年、上千年，一直逍遥自在地活下去。想不到一代天神似的人物，终于还是死在了鬼国群魔的陷阱与围攻之中。

文熙俊脸色煞白，朝拓拔野揖了一礼，道："多谢龙神杀灭群魔，为陛下报仇。不知那乌丝兰玛现在何处？可否交由本族处置？"

折丹、刀枫、韩雁等人怒火填膺，纷纷叫道："请龙神将那贱人交与本族，千刀万剐!"木族群雄如梦初醒，纷纷怒吼不已。

拓拔野朝众人抱拳还礼，朗声道："各位心情，我自然明了。蟠桃会后，鬼帝虽已伏诛，但群魔蠢动，贼心不死，两年来，闯北海平丘，闹百花大会，乃至今夜偷袭天帝山，也不知还要做出什么祸害天下的事来。水圣女乃鬼国元凶，与其将她杀了泄愤，倒不如好好盘问，将这些僵鬼妖孽，一网打尽。”

他声音沉静平定，自有一番感人之力，木族群雄骚乱少止，均想：他既是青帝之子，自会设法为父亲报仇，等将鬼国群魔尽数斩灭之后，再将这妖女寸磔不迟。当下纷纷点头，叫道：“愿唯龙神马首是瞻！”

拓拔野取出炼妖壶，默念法诀，轻轻一抖，绚光四射，乌丝兰玛与那阴阳双蛇顿时交缠着摔落在地。

瞧见双蟒，蛇族群雄又是一阵惊呼，既怕且喜，想不到这传说中太古神兽竟真的为帝尊所降，对拓拔野伏羲转世的身份更是笃信不已。

巫姑、巫真站在拓拔野肩膀上，“咦”了一声，喜笑颜开，拍手道：“阴阳蛇胆！俊小子，你娘有救啦！”飘然跃下，各持一根尖利细长的铜管，径直刺入双蟒胆中。双蟒吃痛狂吼，奋力挣扎，却被旁边众人紧紧压住。

拓拔野尚不知龙神昏迷之事，听六侯爷附耳解释，心中大凛，顾不得其他，转身便朝八巫奔去。巫姑、巫真顿足道：“俊小子，等等我！”

蚩尤等人提起乌丝兰玛，紧随其后。缚南仙却大为呷醋，“哼”了一声，嗔道：“臭小子，你娘在这里呢！”但想起当世龙神虽然见也未曾见过，好歹也是自己族孙，当下颇不情愿地随众人前往。

灵山八巫正围着炼神鼎念念有词，眼见众人奔来，有意卖弄，互相使了个眼色，装腔作势地伸手一指，齐声喝道：“魂梦归鼎，起针！”

“咻咻”激响，子母蜂针从鼎中倒飞而起，绚光摇曳，隐隐可见一团红光缭绕鼎沿，渐渐聚合成李衎的脸容模样，被鼎火炼烧，急剧颤抖，发出一声凄厉的惨叫。

众人轰然，赤松子心下大快，哈哈笑道：“十位神巫干得妙极。山顶天寒地冻，多烤他片刻，再行问讯不迟。”手掌凌空一拍，火焰猛窜，青舌乱舞。

李衎魂魄嘶声惨叫，狂怒无已，不断地恶毒咒骂赤松子。

烈炎沉声道：“李城主，人之将死，其言也善。舍妹与你无仇无怨，只要阁下说出她遗体藏所，寡人定保你魂魄周全。”

李衎元魄在炼神鼎内伸缩乱舞，厉声惨笑道：“辣你奶奶的，你们姓烈的又是什么好东西了？老子就算魂飞魄散，也绝不向你们这些王八蛋……”话音未落，被赤松子烈火催逼，又是一阵凄烈惨叫，魂魄摇曳欲散。

拓拔野大步上前，道：“赤前辈，让我来。”手掌凌空探抓，登时将李衎魂魄从鼎中提了出来，凝神默念“种神诀”，蓦一翻手，赤光尽敛，将魂魄拍入头顶泥丸宫中。

众人又是一阵大哗，只道他以“搜神种魄大法”，自为寄体，感应李衎残魄，惟有白帝等寥寥十数人瞧出其中不同，心下凛然。

“搜神种魄大法”是将被种之魂与原魂交相并融，所以寄体有被反噬夺魄之虞；而拓拔野眼下所为，却是将李衎元魄分离开来，禁锢在自己泥丸宫中，乃是不折不扣的“种神大法”。青帝既肯将这独门绝学传与夙仇龙神，自是其父无疑了。

灵山八巫见他一来便抢了自己风头，大感妒恼，脸上却作不屑之色，七嘴八舌，自吹自擂，都说拓拔野这种神之法雕虫小技，下而等之，比起他们的“听神诀”也不知差了多少万里。

惟有巫姑、巫真笑如春花，心醉神迷，幽幽地叹了一口气，似是对心上人大展神威颇为得意，乘着蝴蝶，翩翩落到昏迷的龙神身边，齐声道：“婆婆大人，阴阳蛇胆清凉明目，克制百毒，乃太古奇药；再加上我们采集三百六十五种奇草独创的仙药，不消半日，你必可安然无恙啦。”各持铜管，撑开龙神眼皮，将蛇胆汁徐徐滴入其眼中。

龙族群雄大喜，倘若敖语真苏醒，他们便有三位龙神，本族声势之盛，纵不算绝后，也当是空前了。

眼见科汗淮躺在其侧，脸色苍白，浑身血迹斑斑，纤纤花容陡变，失声道：“爹！”尽将公主仪态抛之脑后，疾奔到他身边，紧紧抱住，泪如雨下。科汗淮迷糊中听见她的声音，眼皮颤动，一时间虽仍无法张开，嘴角却露出一丝微笑。

西王母远远地站在人群中，面无表情，心中却是剧痛如刀绞。

忽听“哧”的一声，拓拔野疾退数步，一道红光从缭绕头顶飞起，悠悠渺渺地朝夜空飘去，他定了定神，沉声道：“我知道八郡主身在何处了！”火族群雄大喜，齐声欢呼。

惟独赤松子觉得如此便宜李衎，恨恨不已。

拓拔野伏下身，朝龙神与科汗淮拜了几拜，让班照、柳浪等人留下照看，自己则带领群雄，骑鸟乘兽，朝西侧的“鹫集峰”飞去。

“鹫集峰”在天帝峰西面三十里处，山虽不甚高伟，却尖崖林立，终年雪崩不止，极之险恶，每年死在山下的野兽不计其数，引来无数雪鹫盘旋掠食，故而得名。

其时夜空彤云渐散，明月高悬，众人骑鸟西飞，狂风猎猎，过了几座山峰，但见数十座尖利如犬牙的奇峰兀立云海，冰雪覆盖，群鹫飞翔。

拓拔野朝中央那最高山峰遥遥一指，道：“八郡主便藏在那半山岩洞之中。”领着众人加速急飞，穿透云海，绕过群峰，只见险崖峭壁之上，青松横斜，雪岩掩映，果然有一个幽深漆黑的山洞。

拓拔野、烈炎、赤松子等人疾冲而下，燃气为光，率先朝里走去。各族群雄则骑鸟盘旋在外。

洞道外窄内宽，走不几步，便已进入一个极大的洞窟之中。前方石壁歪歪斜斜地躺着一人，气息奄奄，手足都已被混金锁缚住，烈炎凝神一看，失声道：“火正仙！”那人脸色惨白，独有一臂，赫然竟是当日被鬼国妖兵掳走、久无音信的吴回。

祝融心神大震，想不到竟会在这里遇见其弟，踏步上前，挥舞紫火神兵，火星“叮当”四溅，那锁链也不知由什么混金所铸，一时竟不能斩断。

拓拔野毕集真气，天元逆刃银光电舞，“当”的一声，登时将混金锁劈为两半，吴回陡然一震，像是方甫惊醒，瞧见拓拔野，突然嘶声怖叫，满脸恐惧之色，伏倒在地，“咚咚咚”地连叩了十几个响头，不住地叫道：“帝鸿饶命！帝鸿饶命！”

众人错愕骇异，也不知吴回究竟被鬼国妖孽如何折磨，竟会从那寡言少语、骄横凶悍的火正仙变成这等模样？

拓拔野沉声道："帝鸿？你见过帝鸿了？"黄沙岭一战，对那怪物惊天凶威记忆犹新，若非丁香仙子以死相救，自己实是吉凶难卜。那厮是鬼国幕后元凶，倘若今夜也到了天帝山上，必然又有一场恶战。

忽听洞角一个尖厉的声音格格大笑道："好孩子，果然不愧是我的好孩子！现在做得这般正气凛然，如此无辜，可骗过天下人耳目！若不是我亲眼瞧见，我又怎会相信你竟是那凶残狠辣、连自己手足至亲也舍得碎尸万段的帝鸿！"

群雄大凛，循声望去，这才发现在那洞角幽暗处，竟还嵌了一个混金囚笼，里面坐着一个披头散发的女子，衣裳褴褛，皮肤苍白得接近透明，凌乱的白发遮盖住了半个脸庞，右眼灼灼，泪痕斑斑，闪耀着悲愤、伤心、绝望、痛苦、骇怒……种种神色。

姬远玄失声道："波母！"众人这才认出这疯疯癫癫的丐婆赫然竟是公孙婴侯之母汁玄青！

武罗仙子蹙眉道："汁公主血口喷人，意欲何为？帝鸿乃鬼国凶孽，又怎可能是拓拔太子？"

拓拔野心中突突狂跳，不祥之感如浓雾弥漫，隐隐猜到自己已落入了一个极大的阴谋陷阱之中。

还不及细想，又听汁玄青摇撼囚笼，血泪潸潸涌落，厉声大笑道："谁说他叫拓拔野了？他的名字叫公孙青阳！他连自己兄长都敢杀，连自己亲娘都不放过，天底下还有什么事他做不出来？可笑我二十多年来牵肠挂肚、日思夜想的孩子，竟是这么一个冷血无情的禽兽！"

第六章　公孙青阳

“帝鸿！”

“公孙青阳！”

众人大哗，流沙仙子在洞口远远地听见，脑中“嗡”地一响，心中怦怦狂跳起来，公孙青阳二十多年前分明便已死了，怎会死而复生？拓拔野、帝鸿、公孙青阳八竿子也打不到一起，这妖女又为何一口咬定同是一人？当下封印了那歧，拨开人群，朝里挤去。

缚南仙双颊晕红，厉声道：“什么青羊青牛的，他是我的孩子缚天赐，疯婆子再敢胡说八道，小心我将你剁得稀烂，扔到海里喂王八！”

龙族群雄更是群情激愤，怒叱不已，就连木族众人也颇感不平。

汁玄青格格大笑，灼灼地盯着拓拔野，秀眉一扬，道：“怎么？你为了修炼魔兽之身、称霸天下，杀死兄长，囚禁母亲还嫌不够，现在又篡改身世，认贼作父了么？是不是连灵感仰的真元也被你吞到了肚中，修炼你的五德之身？”说到“杀死兄长”四字，泪珠更是簌簌掉落。

拓拔野虽料定她必是联合帝鸿，故意栽赃自己，但瞧她伤心悲怒，殊无半点畏惧之意，又不似作伪，更何况以这妖女的性子，就算要为公孙婴侯报仇，也必要自己动手方才解恨，又怎会甘心假手他人？

心中疑窦丛生，脸上却不动声色，沉住气，道：“请问波母又是何时何地见过帝鸿？因何说他就是我，我就是公孙青阳？”

波母摇头大笑道：“既然敢做，又为何不敢当？”

瞥见蚩尤脚下、软绵绵地委顿着的乌丝兰玛，脸色一沉，戟指冷冷道：“很好，这贱人也在这里，今日当着天下人的面，对质说个清楚。二十年前若不是她潜入皮母地丘，从那流沙小贱人的手中救走了你，我们母子又岂会忍气吞声，听她摆布……”

话音未落，流沙仙子格格笑道："谁说她从我手中救走公孙青阳了？那小崽子早被我扔入峡谷冰川，被雪鹫吃得一干二净了！"头一低，从烈炎、刑天之间挤了进来，笑道："再说，即便他侥幸活着，现在也当有二十多岁了，又岂会是拓拔太子这等年纪？你年纪一大，越发老糊涂啦。"

"小贱人！"眼见是她，波母攥紧混金囚栅，眼中怒火欲喷，颤声道，"就是你！就是你害得我母子分离二十多年，害得他被乌丝兰玛操纵教唆，变得这般冷血无情！小贱人，我要杀了你！我要杀了你！"尖叫着狂震囚笼，手足锁链绷得笔直，叮当脆响。

群雄轰然，流沙仙子却笑吟吟地怡然自得。

姬远玄踏前一步，朗声道："汁玄青，你这般颠三倒四，胡言乱语，便想中伤我三弟，离间各族么？你说三弟既是公孙青阳，又是帝鸿，敢问又有什么凭证？"声如洪雷，登时将众人喧哗声压了下去。

波母胸脯急剧起伏，恨恨地瞪着流沙仙子，半晌才平复下来，咬牙道："青阳七个月时，被地丘中的各种剧毒所染，我用数百种药草炼熬成汤，将他日夜浸泡，又用碧蒺针沾着解药，扎刺他的脚趾。那日猿翼山中，与他初次相见，便是因为瞧见他脚趾上的针痕，才相信……才相信朝思暮想的孩子竟然是他！"

"既是如此，那就好办了。"姬远玄微微一笑，转头道，"三弟，你脱了鞋子，让大家瞧上一眼，也好叫她无话可说。"

众人目光齐齐望来，神色各异，似有些许怀疑。拓拔野心中坦荡，当下除了鞋袜，抬起脚掌，脚趾光滑圆润，并无异状。

汁玄青冷冷道："就在脚趾趾缝之间。"拓拔野张开脚趾，心中陡地一沉，每个脚趾侧面，果然有若干五颜六色的小细圆点！

四周惊呼四起，缚南仙脸色微变，喝道："这有什么可奇怪的？天儿小时得了一场重病，我用火针扎他脚趾，祛寒去毒，自然就留下这些针眼了。"

汁玄青也不理她，斜睨着洛姬雅，冷笑道："小贱人，青阳小时，你时常为他洗澡擦身，脚趾上的这些针痕你也总当见过吧？"

流沙仙子周身僵凝，俏脸惨白，怔怔地凝视着拓拔野，又是惊愕又是迷茫，脸色又渐渐变得一片酡红，什么话也说不出来。众人瞧其神色，知道波母此言非虚，无不轰然，水族群雄更是嘘声大作。

白帝、西王母等各族帝神尽皆耸然动容，就连蚩尤、六侯爷亦瞠目结舌，不明所以。

拓拔野又惊又奇，对周围喧哗吵闹声听若罔闻。从小到大，丝毫不知道自己脚趾竟还暗藏如此玄机！

思绪急转，想不出何时何地曾被尖针扎到此处，就算是波母勾结帝鸿陷害自己，他们又如何知道？越想越是迷惘骇异，周身冷汗涔涔。

姬远玄高声道："天下巧合之事何其之多，波母若想单凭这脚上针痕，断定三弟是公孙青阳、帝鸿之身，又岂能让天下人信服？"

汁玄青森然道："姬小子，你不是有炼神鼎么？只要将乌丝兰玛魂魄收入鼎中，炼烧质询，什么前因后果，不就全都明白知晓了么？"

乌丝兰玛嘴角勾起一丝不易察觉的恶毒微笑，眼见众人望来，面色骤然大变，抬头望向拓拔野，眼中竟是乞怜恐惧之色，似是在无声哀求一般。

见他兀自皱眉苦思，浑然不觉，乌丝兰玛蓦一咬牙，奋力爬起身，朝白帝俯首颤声道："白帝陛下，我……我被妖魔所挟，身不由己，所以才做了许多……许多伤天害理之事，望陛下慈悲，护我周全，我必知无不言，言无不尽！"

白帝望了西王母一眼，沉吟不语。

天吴微笑道："白帝陛下，这妖女奸险歹毒，连族人都敢欺瞒反叛，岂可听她蛊惑？依我之见，还是借用黄帝炼神鼎，一问便知。"水族群雄幸灾乐祸，纷纷大声附和。

武罗仙子翩然而出，淡淡道："炼神鼎耗时耗力，以十巫之能，尚要许久方能炼出李衎元神。今夜五帝会盟，时间紧迫，安能如此大费周折？"素手一张，捧出一颗紫黑色的珠子，道："只要让她吞下这颗'天婴珠'，她纵然想要说谎，也难如愿。"

拓拔野心中一凛，回过神来。

根据《大荒经》记载，土族金星山上有种罕见奇树，遍布龙鳞，名为“龙骨树”。树汁剧毒无比，十年一开花，百年方一结果，果实形如婴孩，内结圆珠，故而叫做“天婴珠”。

吞下此珠，不仅能美肤消疮，更有一大奇异功效，即三个时辰之内，无法说一违心之语，否则必舌头肿胀，生生窒息而死。

众人虽曾听闻此珠，今日却是第一次瞧见，大感好奇。

武罗仙子指尖轻弹，“天婴珠”登时没入水圣女口中，乌丝兰玛周身一颤，双手下意识地摸着脖子，过不片刻，肌肤越发白里泛红，娇艳欲滴，被四周火炬所照，更显娇媚动人。

四周喧哗渐止，只听武罗仙子声音如玉石相撞，清脆悦耳：“乌圣女，你与鬼国妖孽勾结已久，对那帝鸿身份底细，想必也已一清二楚了？火正仙与波母都是被你们囚禁在此处的么？波母适才所说，究竟是真是假？拓拔太子真的便是公孙青阳、帝鸿之身？”

她每问一句，乌丝兰玛便点一下头，问到最后一句时，水圣女的脸色苍白得接近透明，抚着脖子的指尖微微发抖，竟似不敢回答，被她追问了数遍，方才迟疑着摇了摇头，道：“不是……”话音未落，突然面色涨红，妙目圆睁，狂乱地抓着自己的脖子，窒息难语。

众人轰然。

武罗仙子捏住她的脸颊，迫她张开嘴来，右手金针在她肿胀的舌头上接连疾刺，黑血横溢，腥臭扑鼻；又拿出一个绿琉璃瓶，往她喉中滴了数滴碧绿的汁液。乌丝兰玛脸色渐渐舒缓，大口大口地喘着气，惊魂稍定。

武罗仙子淡淡道：“乌圣女，这瓶中的龙骨树汁仅有六滴，只能救你一次性命。你若再不如实回答，便是灵山十巫也救你不得了。”

巫咸、巫彭暴跳如雷，叫道：“小丫头胡说八道！天下哪有老子治不了的病！”巫罗、巫即、巫抵、巫盼正张口结舌，怔怔地看着武罗仙子，心迷神醉，闻听大哥、二哥发怒，忙也七嘴八舌地违心附和。

乌丝兰玛泪水潸潸而下，转身朝拓拔野拜倒，颤声道：“事已至此，无可隐瞒，还望主公瞧在二十年养育薄恩的份上，饶过乌丝兰玛。”

众人登时又是一阵大哗，她既直呼拓拔野为“主公”，自是默认他即“帝鸿”无疑了。

蚩尤大怒，喝道：“好一个颠倒黑白、血口喷人的无耻妖女！你当这般诡狡要诈，便真能骗过天下人眼睛么！”大步上前，便欲将她提起。

拓拔野早已料到她必出此语，心中反倒大转平定，拉住蚩尤，微微一笑道：“鱿鱼，清者自清，何需急着辩解？且看她还能玩出什么花样来。”

乌丝兰玛闭眼长吸了一口气，咬牙道：“汁公主说得不错，拓拔太子的确便是公孙青阳。四十年前，烛真神假造盘古九碑，陷害陛下，大权独揽，排斥异己。我虽有心杀贼，却苦于孤掌难鸣，惟有虚与委蛇，暗自联络忠臣义士，等候时机……

“然而那时我年纪尚小，烛真神羽翼遍布北海，忠义之士不是被满门问斩，便是被囚禁图圄，水族之内再无人敢忤逆其意。十余年间我四处碰壁，一无所成。思来想去，普天之下惟有一人或能扳动烛龙，那便是波母汁玄青。”

众人心中都是一凛。

遇见公孙长泰之前，汁玄青原是水族未来之圣女，亦是大荒最有权势的公主，聪慧好强，人脉极广，深为烛龙所忌惮。倘若其时她尚在北海，又或者当日她兄妹未曾反目，烛龙又岂能这般轻易扫清黑帝势力，挟天子以令诸侯？当今大荒或许也不会再有这么多的战乱动荡。

乌丝兰玛道：“于是我几次乔装匿名，潜入皮母地丘，拜诣波母，但她那时对黑帝怨恨赌气，任我如何劝激，始终不为所动。无奈之下，我便想劫夺她的幼子公孙青阳，以为胁迫……”

波母冷笑不语。

流沙仙子微微一震，想起当年在地丘之中，确曾有人几次三番来抢夺公孙青阳，其中有一次恰好与她遭逢。那时她虽已察觉到公孙母子的虚伪歹毒，却舍不得那朝夕相处的可爱婴儿，故而仍施尽浑身解数，全力相护。想不到那人竟然就是水圣女。

乌丝兰玛道："地丘之中毒草遍地，凶兽横行，公孙婴侯的'地火阳极刀'又极是厉害，我前后劫夺了九次，无一成功，反而中了几次剧毒，险死还生。待到第十次再入地丘之时，正值十五月圆之夜，云开雪霁，圆月当空，我方在阳极宫外隐身埋伏，便见波母和公孙婴侯急匆匆地从墓门冲出，满脸泪痕，从未有过地慌张恐惧……

"我心中一沉，难道有人抢先一步，盗走了婴孩？果听公孙婴侯说道：'娘，此去婴梁山两千余里，那小贱人中了铭心刻骨花毒，必跑不远，我们沿途用花蜂仔细追查，定能找着。'两人匆匆出了地丘，朝西飞掠。

"我原想尾随其后，转念又想，公孙母子的蛊毒之术天下罕有其匹，修为更臻神级之境，能逃出他们追捕的，天下寥寥无几。倘若换了是我，盗走婴孩后，绝不会这般贸然出逃，多半要先潜藏在地丘之内，等到他们去得远了，再朝相反方向逃之夭夭。

"于是我继续伏藏在墓门之外，过了半个多时辰，果然冲出一道人影，腋下挟抱着一个婴儿，朝西急掠，月光明晃晃地照在她的身上，细辫飞扬，脸如红果，正是几个月前交过手的流沙仙子……"

众人又是一阵喧腾。

乌丝兰玛此时的脸色已重转红润，双手仍下意识地抚着脖颈，续道："我知她极擅蛊毒，心狠手辣，只怕她受惊之后，一不做二不休将公孙青阳杀死，于是披上隐身纱，远远地跟随在后。她中了剧毒之后，修为大为减弱，骑上龙鹫，东摇西晃地急速飞逃，第六天傍晚，来到了这天帝山。

"见她胆大包天，竟敢擅闯神帝禁苑，我又是惊讶又是骇恼，却又不想平白失去公孙青阳，只好继续远远尾随。她在天帝峰上发疯似的呼喊着神帝的名字，群山回荡，我不敢靠近，在栖霞峰上一直等到太阳西沉，明月升起，不见神帝现身，这才小心翼翼地飞到神帝宫外……

"流沙仙子抱着那婴儿，躺在帝宫石阶上，右手掏起一捧捧冰雪，不断地敷盖在自己遍体溃烂的红斑上，泪水一颗接一颗地滚落。我几次想要出其不意地上前夺走婴儿，她却不时地抓起婴儿，浑身颤抖，似是想要将他丢下山崖。一夜将尽，我担心神帝归来，正想冒险抢夺，她忽然叫道：‘你别怪我，要怪就怪你娘和你哥吧。’闭上眼，用力地将那婴儿扔了出去……”

群雄大哗，诸女更忍不住失声惊呼，流沙仙子微笑不语，大眼中却闪过苦痛悲楚之色。

拓拔野当日在皮母地丘石棺之内，曾听洛姬雅极之详尽地说过此事，此刻与水圣女的叙述遥相印证，无不吻合，又想起初入皮母地丘时那似曾相识的感觉，心中寒意更甚，隐隐觉得，自己的身世或许真的不像缚南仙所说的那么简单。

乌丝兰玛道：“我吃了一惊，想要凌空截夺，那婴儿已被几只苍鹫俯冲抓起，朝冰河谷中飞去。我穷追不舍，那几只苍鹫互相争夺撕斗，鹰爪一松，婴儿顿时急坠而下，落入茫茫冰川。

“那时正值黎明之前，天色极暗，峡谷中雾气茫茫，六丈之外，什么也瞧不见。只听见鹰鹫尖啼，隆隆巨响，左侧山峰上突然雪崩滚滚，银白色的雪浪像海潮似的澎湃席卷，转眼之间便卷过冰川，将峡谷下方掩埋了一大片。

“我惊愕懊恼，不甘心就这么功亏一篑，于是反复计算婴儿坠落的路线，在峡谷中仔仔细细地挖掘积雪，四处寻找。第二天、第三天、第四天……我就这么藏在那冰河谷中，白天歇息，彻夜挖掘，过了整整一个月，仍是一无所获。

“我心中极是不甘，但又不敢在天帝山上待得太久，只好返回北海，等到第二年春天，冰消雪融，神帝云游，又悄悄来到冰河谷。如此日复一日，春去秋来，又过了足足三年，我始终没找到那婴儿，也没发掘到任何的孩童尸骨……”

众人凝神聆听，寂然无声。缚南仙脸色越来越加难看，蓦地柳眉一蹙，冷笑道：“一岁大的婴儿从高空摔落峡谷，纵然不粉身碎骨，也早被雪崩掩埋而死，过了三年还有什么生还的可能？”

乌丝兰玛淡淡道：“不错，公孙青阳当时恰好刚过周岁。但我也罢，汁公主也罢，根本没说过他失踪时的年纪，缚龙神又从何知道他不过一岁？”

顿了顿，凝视着她，一字字地道：“因为最先将他从雪地中掘出、救活的人，就是你！”

拓拔野大凛，缚南仙双颊飞红，怒道：“小贱人胡说八道！我猜的不行么？”

乌丝兰玛微微一笑，也不理会，续道：“那年仲夏之夜，我在峡谷底部忽然听到似有若无的婴儿啼哭声，又惊又喜，循声追去，在半山崖壁上发现了一个狭窄的洞穴，只见一个黑衣美人抱着一个男婴，坐靠在冰壁上，笑吟吟地柔声道：‘好天儿，乖天儿，别哭啦，听妈妈给你唱歌，好不好？’

“我见那婴儿脖子上挂着的一个黄金饕餮锁，心里顿时大震，认出他就是我苦苦找了三年多的公孙青阳！当下再也顾不得许多，跃到洞口，喝道：‘妖女，这是我的孩子，快将他还给我！’伸手便去劈夺。

“岂料那黑衣女子动作奇快，真气更强我数倍，眼前一花，冰蚕耀光绫已被她夺在手中，接着周身痹麻，经脉尽皆被封。我没想到竟会在这里遇见不知名的绝顶高手，又惊又怒，喝道：‘你是谁？为何夺我孩子？’

“那女子格格笑道：‘臭丫头胡说八道，这是老天送给我的孩子，将来长大了，便是东海龙神，君临天下……’”

“住口！”缚南仙再也按捺不住，厉声尖喝，金光爆舞，九柄月牙弯刀呼啸着直劈向她头顶。

应龙早有所备，她身形方动，金光交错刀立时飞旋怒转，“当当！”光浪四炸，两人身子齐齐一晃，各自朝后退了数步。武罗仙子、泰逢、涉驮等人纷纷抢身围在水圣女身边。

群雄哗然，眼见缚南仙意欲杀人灭口，对乌丝兰玛的这番话不由又信了几分；更何况她水圣女在众目睽睽之下吞入了“天婴珠”，倘若方才有半句虚言，早已毒发舌胀，生生窒息而死。

姬远玄沉声道："此事不仅关系拓拔太子个人毁誉，更关系到鬼国元凶、大荒局势，定要弄个水落石出。水圣女未说清来龙去脉之前，谁若再敢动她分毫，就休怪寡人不客气了！"

缚南仙怒笑道："臭小子，我偏要杀她，你能奈我何！"嘴上虽不服软，但毕竟经脉重伤在先，被应龙这般正面对撼，气血翻涌，疼得几乎连手指都弯不起来，更别说继续与他相斗了。

乌丝兰玛道："我被那黑衣女子囚在冰洞之中，动弹不得，惟有不住地拿话套她。过了几日，才渐渐摸清她的底细，知道她原来竟是几百年前被神帝封困在这里的九翼天龙。两年前，她阴差阳错，怀上了青帝灵感仰的孩子，不想出生不过半年多，便无端夭折了……"

拓拔野陡然大震，缚南仙喝道："天儿莫听她胡言挑拨！你肩上的七星日月印假得了么？除了灵感仰，谁又有那七星日月锁？"周身青光吞吐，眼眸中杀机大作，似是在强聚真气，伺机而动。

"事已至此，我也没什么可再隐瞒的了，缚龙神又何必苦苦掩饰？只要有那七星日月锁，想要将那印记烙在谁的身上，还不是举手之劳？"乌丝兰玛摇了摇头，淡淡道，"如果拓拔太子真是你的亲生孩子，那么你葬在冰洞中的婴儿骸骨又是谁？你又为何在那石碑上刻写'爱儿缚青羽之墓'？"

缚南仙身子一颤，又惊又怒，道："你说什么？"

乌丝兰玛道："我被你囚在冰洞中数月，无时无刻不在想着脱身逃走，留心观察了百余日，发现你每月十五都会消失不见，直到翌日凌晨，才会红肿着眼睛，从内洞的秘道中出来。

"于是到了那年中秋，我趁你不在，施展'崩雪春洪诀'，拼着经脉俱断的危险，将周身穴道尽数冲开，又用'凝冰诀'封镇公孙青阳为冰人，藏在洞口外的冰川之下。然后在冰壁上刻了一行大字'承蒙厚待，已归北海，请勿远送'。写完这十二字，我已是精疲力竭，于是披好隐身纱，藏在洞角，屏息等待。"

拓拔野心下凛然，她这调虎离山之计与流沙仙子何其相似！否则以她方甫冲断经脉的羸弱之躯，抱着婴儿在雪山间奔逃一夜，就算不被缚南仙追回，也必被漫天盘旋的雪鹫争相扑猎啄食。

乌丝兰玛道："那一夜漫长得像是过了几百年，将近黎明，你从秘道中出来，见我和青阳双双失踪，惊骇悲怒，发狂似的冲出山洞，朝北追赶。听着你的啸声越来越远，我这才起身钻入秘道之中，小心翼翼地擦去身后留下的所有蛛丝马迹。

"秘道蜿蜒悠长，走了数里，才到达一个石洞之中，瞧见那坑底的石棺，还有那墓碑的刻文，我登时明白你为什么对公孙青阳这般痴迷宠溺了。你的孩子死了，死在两年前的月圆之夜。所以每个月的十五，你都会到缚青羽的墓室，陪他过上一宿。

"而那夜公孙青阳从鹰爪摔落于积雪中，又被崩落的大雪掩埋，不知为何竟冰僵而不死。三年后的仲夏，积雪融崩，被你侥幸瞧见、掘出，大难不死。你把他看作老天送给你的孩子，欣喜若狂，给他起名叫做'天赐'，又依照缚青羽肩头的印记，用七星日月锁在他的肩膀上烙下了同样的印痕……只可惜，你再疼他爱他，他终究不是你的孩子。"

缚南仙双颊潮红，浑身发抖，突然一跃而起，厉叫道："我要杀了你！我要杀了你！"九刀并一，金芒耀目，宛如彗星怒舞。

"轰"的一声剧震，光浪炸舞，应龙抵挡不住，翻身倒退，金光交错刀飞旋直没洞顶。

武罗仙子、泰逢、涉驮等人还不及聚气反挡，便被那狂霸无比的气浪迎胸推撞，闷哼一声，接连踉跄飞跌。

四周众人亦惊呼迭声，潮水似的朝外摔跌，乱作一团。

乌丝兰玛头顶一凉，寒毛尽乍，又听姬远玄喝道："住手！"黄光怒爆，狂飙横卷，"当当"剧震，夹杂着缚南仙的尖声大叫，眼花缭乱，震耳欲聋。

过不片刻，"嘭"的一声，人影疾分，姬远玄跌退数步，怀抱均天剑，嘴角沁出一丝鲜血。

缚南仙恨恨地瞪着乌丝兰玛，脸色惨白，动也不动，忽然"哇"地吐出一大口血，颓然坐倒，九刀“丁零当啷”地坠落在地。

拓拔野如梦初醒，叫道：“娘！”大步上前，运气绵绵输入。龙族群雄亦纷纷奔上前去，将两人团团护住。

缚南仙被翻天印撞断经脉，至少需静养十日半月方能恢复真元，此刻连番逞强斗狠，用两伤法术强聚真气，一刀劈退应龙、武罗等土族四大顶尖高手，其势已如强弩之末，再被姬远玄接连数十剑猛攻，登时打散真气，重创难支。

迷迷糊糊中听见拓拔野喊自己，悲喜酸苦，泪水涟涟涌出，紧紧地抓着他的手，喘息着轻声笑道：“好天儿，乖天儿，你是娘的好孩子，可别叫那贱人妖言迷惑了……”

汁玄青格格大笑道：“是你的，终究归你；不是你的，机谋算尽也强求不得。你不过替我照顾了半年青阳，那贱人却花了二十年的光阴将他养大，然而到头来，你也罢，我也罢，她也罢，还不都是竹篮打水一场空！”

群雄哗然围观，指摘议论，惊怒者有之，起哄者有之，叹惋者有之，鄙厌者有之，但十之八九都已认定拓拔野便是公孙青阳。

众女更是暗暗将他与公孙婴侯交相比较，恍然心想：“难怪两人长得这般神似！只是一个更像其父，如阳光般俊朗亲和，另一个则更像其母，带着阴邪暴戾之气。这可真叫龙生九子，子子不同了。”

武罗仙子淡淡道：“乌圣女，你说将公孙青阳藏在了洞外冰川之下，自己则躲到了秘洞之中，敢问后来又是如何从缚龙神的眼皮底下逃出，盗走公孙青阳?”

乌丝兰玛道：“那墓室是山洞中最为安全之地，缚龙神再过半月方会进来，我经脉俱断，无法逃远，惟有藏在其中养息。缚龙神极为想念这夭亡的孩子，洞中堆满了各种祭祀的奇珍异果，我怕她发觉，只挑拣一些不起眼的果腹。

“过了十日，真元恢复了大半，几次打算悄然逃出，缚龙神却一直失魂落魄地坐守洞口，我无隙可趁，只得又退回墓室。想到再过五天，她便要进来，难免一场大战，心中极是忐忑。左思右想，灵机一动，墓室之中有一个地方，她决计不会碰触，那就是石棺。

“于是我移开石棺，想在棺底凿出一个长坑，等到十五时藏身其中，不想石棺方甫移开，底下便露出一个漆黑的地洞来。我又奇又喜，跃入洞中，将那石棺重新遮住入口。地洞弯弯曲曲，宛如盘肠，又像是一个极大的迷宫，走了足足三天两夜，精疲力竭，正自绝望恐惧，却突然发现了一个极为隐秘狭窄的出口。

“从那洞口钻出，外沿是一面巨大的弧形绝壁，光滑黝黑，冲天环矗，仿佛一个巨大的倒置鼎器，将我身后的高山严严实实地盖住，连成一片。我幡然醒悟，这座神帝囚禁缚龙神的雪山，必定便是当年女娲用来封镇‘破天狂龙’的‘饕餮神鼎’，而我所走的那条迤逦蜿蜒的秘洞，想必便是那巨龙的肠道了。

“既是巨鼎，必有鼎耳，鼎耳与鼎沿之间，自然会有一些参差空隙。想明此节，我便贴着鼎壁与山体之间的缝隙，朝下穿掠，又费了一日一夜，才找到山底的岩洞，挖掘逃出。而后又悄悄地潜回半山的洞口，挖出公孙青阳的冰封之躯，连夜逃出了天帝山。

“我将公孙青阳寄托在土族百姓家中，只身前往皮母地丘。原想有此人质，何愁公孙母子不俯首帖耳，鼎力相助？不想到了那儿，万里平原，无一地缝，偌大的皮母地丘竟像是突然凭空消失了一般。打听后才知道，神帝为惩戒公孙母子，竟用息壤将他们封囚地底，又施展‘移天换地大法’，不知将皮母地丘的位置横移到了何处！

“我费尽心力，徒劳无功，心中自然不甘，又想，公孙母子虽永囚地底，公孙青阳却仍是汁家血脉，只要奉他为主公，徐图大计，假以时日，未必不能掀翻烛龙。于是带着公孙青阳返回北海，一边暗自联络忠勇义士，一边打探黑帝消息，二十年辛苦经营，才有了今日局面…”

拓拔野与缚南仙、纤纤此前也是从那巨龙肠道中逃出，故而知她所言非虚，不同的只是，当日山腹内所有的秘道都已被缚南仙的机关震塌，所以他们整整花费了三个多月，才挖出生路，从沉龙谷冰湖下冲逃而出。听她娓娓道说前因后果，心如乱麻，五味交杂。

短短一夜之间，峰回路转，奇变迭生，他先是摇身成了青帝与缚南仙之子，既而“父子”永诀，亲生父母又忽然变作了汁玄青与公孙长泰……加上重伤昏迷的敖语真，此时此地，他竟赫然有三个母亲！

心底深处，虽已明白自己是公孙青阳的可能性远大于其他，但仍断难接受公孙婴侯竟是自己的手足兄弟。

隐隐之中，又觉得乌丝兰玛这番话亦真亦假，似乎还藏着许多极为关键的秘密与矛盾，只是千头万绪，一时间难以理清。

洞内火炬通明，众人交头接耳，议论纷纷。

除了蚩尤、烈炎等人之外，许多原先与自己交好的五族豪雄与他视线方一交接，立即转过头去，表情颇不自然，显是已起疑忌之心；那些并不熟稔或原本就有芥蒂之人，则更是斜睨冷笑，敌意昭然。

目光扫处，流沙仙子一双妙目正瞬也不瞬地凝视着他，双靥晕红，嘴角泛着一丝浅浅的微笑，温柔凄婉，悲喜交叠。

拓拔野心中陡然一震，她的父亲是公孙长安，倘若自己真是公孙青阳，她便是自己的堂姐了！

二十多年前，自己尚在襁褓之时，更曾与她咫尺相对、朝夕共处了许多时日。难怪当日相识不久，便莫名地那般亲切狎昵，宛若老友。奇妙缘分，今日始明其因。想到这里，寒意森然的心中涌起一丝丝暖意。

第七章　天下为敌

人群中，纤纤咬着唇，瞬也不瞬地凝视着拓拔野，喉中被一阵阵如割似裂的酸疼堵住了，爱怜、恼恨、温柔、苦楚……狂潮似的翻涌不息，椎心彻骨。

蟠桃会后，她曾经无数次地幻想过报复他的方法，极尽凶险恶毒之能事。每每想着想着，独自一个人咬牙切齿地笑着，过不片刻，又泪流满面地哭起来，分不清究竟是快意还是痛楚。

但当今夜，真的目睹他陷入从未有过的困境，她才突然明白，无论多么炽烈的恨，都无法掩埋远更炽烈的爱。他对她来说，是哥哥，是父亲，是孩子，是情人，是永远也无法割舍的生命的全部。

她又怎么可能真的忍心实践自己那孩子气的恶毒誓言，让他生不如死呢？哪怕注定他要给自己带来这一生也无法化解的爱恨纠结的痛苦。忽然，她又想起了很久以前九姑所说的话，泪珠倏然滑落，热辣辣地烧灼着脸颊，嘴角却泛起一丝凄凉的微笑。

喜欢一个人，将来一定会伤心难过，生不如死。可为什么明知如此，她还要甘之若饴，飞蛾扑火？

胡思乱想间，忽听烈炎朗声道："各位少安毋躁。烈某并非质疑'天婴珠'之神力，只是此事关乎重大，岂能仅凭水圣女一面之词，便妄下论断？更何况即便拓拔太子真是公孙青阳，又如何判定他便是帝鸿？鬼国妖孽素来祸害天下，离间各族，倘若他是帝鸿，从前又为何一再帮我各族排忧解难？蟠桃会上又为何只身苦战，力挽狂澜？今夜又何必出手相助青帝，擒伏水圣女？何必以寻找八郡主为由，将大家引到此处，自曝身份？"

声如洪雷，嗡嗡震荡，洞内顿时安静下来。被他这般连环反问，各族群雄想起拓拔野这些年来的种种侠义之举，脸色稍缓，猜疑之心不由消减了几分。

天吴负手踱步而出，微笑道：“烈贤侄忠肝义胆，自然以君子之心度小人之腹。然而世间大奸大恶之徒，往往都是那些貌似忠厚仁义之辈，时机未到，未必会现出真面目。烛龙、句芒，还有阁下六叔，莫不如此。”

八头齐转，环视众人，高声道：“依我看，拓拔太子自现身大荒以来，便有太多巧合、可疑之处。试想他无族无别，身世如谜，竟然生就千年难逢的五德之身，各位不觉得奇怪么？当年他自称是神帝临终时所托的使者，无凭无据，又有谁亲眼目睹？神帝究竟是如何死的，神木令与《五行谱》究竟是如何落入他手中的，敢问又有谁真正知晓？”

众人心中俱是一凛，天吴这番话虽分明是在挑拨，却也不无道理。古往今来，生具五德之身的人不过寥寥几个，而当世方出了一个神农，接着竟又出了一个拓拔野，的确罕见之至。以神农通天彻地之能，竟百草毒发，石化南际山，也让不少人暗自生疑。

姬远玄沉声道：“水伯言下之意，便是说三弟修炼帝鸿之身，强纳五德，又在南际山上害死神帝，吸其真气，夺其秘籍了？不知又有什么证据？”

天吴哈哈一笑，道：“波母大义灭亲的举证，水圣女冒死陈述的言辞，黄帝陛下既然全都不肯采信，我只好以常理来推证了。大荒五族原本和平共处，相安无事，为何拓拔太子偏要假借神帝令，袒护蜃楼城的乱臣贼子？蜃楼城破，又为何逃到东海，鼓动汤谷罪囚造反生事？又为何怂恿荒外龙族，悍然向我水族不宣而战？敢问他一次次惟恐天下不乱，安的究竟是什么居心？难道这些竟会是神帝临终所托的遗命？”

蚩尤大怒，厉声道：“天吴老贼！明明是你这些水妖狼子野心，四处挑拨兴乱，还敢颠倒是非，忒也无耻！少废话，你我之战还没打完，来来来，再和你蚩尤爷爷斗上几百回合！”

反握苗刀，大踏步上前，却被姬远玄一把拉住，沉声道：“四弟，‘狗嘴吐不出象牙，沙地开不出好花’，老贼这些离间之语，大家又怎会听辨不出？当务之急，是在天下英雄面前还三弟以清誉。你与他的生死之战，稍后再斗不迟。”

天吴笑道：“水越沥越清，理越辩越明，苗帝陛下这般着急堵我的嘴，又是为什么？黄帝陛下宅心仁厚，对你这样的杀父仇人竟能称兄道弟，我们这些俗人庸辈，可就没这份修养了。”

水族群雄纷纷起哄，叫道：“不错！蚩尤小子自称被鬼国凶灵附体，身不由己才杀了老黄帝，我看定是装疯卖傻，和拓拔帝鸿串通一气！”

“什么‘三天子心法’、‘八极之基’，不就是吸魂夺魄的鬼国妖法么？这小子多半是怕八郡主拆穿他的假面目，所以才将她杀了，编造了什么苍梧之渊、大金鹏鸟的可笑谎言！”

不提烈烟石也罢了，一听到这名字，蚩尤胸膺中憋涨的悲怒火焰更是陡然冲爆，再也忍耐不住，蓦地纵声狂吼，碧漪光浪轰然鼓舞，众人耳中嗡地一响，气血乱涌，潮水似的踉跄跌退，那八九名水族豪雄更是径直飞撞在石壁上，鲜血狂喷，筋骨俱断。

声浪直如轰雷天崩，滚滚回荡，震得四壁土石迸炸，火炬摇曳欲灭，洞内外九黎群豪热血如沸，一齐捶胸怒吼，其势更是惊天动地。

白帝、应龙、天吴等帝神高手虽稳住身形，心中却大为震骇，单以这一吼的声势而论，蚩尤业已胜过了雷神！眼下鸣鸟已死，雷神化羽，普天之下，只怕也只有东海夔牛能与他的竞相啸吼了。

一吼既毕，回声隐隐不绝，遍地石砾，群雄徐徐直起身来，面色如土，对这桀骜少年第一次生出凛然骇惧之意。

蚩尤悲怒少消，一字字地森然道：“你们这些水妖狗贼，再敢说八郡主一点是非，我定叫你们碎尸万段、魂飞魄散！”火光明灭，照耀在他那刀疤斜布的脸上，阴晴不定，说不出地狰狞凶暴，水族众人被他寒电似的目光扫中，无不冷汗涔涔，不由自主地朝后退去，鸦雀无声。

天吴哈哈大笑道：“苗帝陛下好威风，好杀气。可惜你的话不是息壤，堵不了天下人的嘴。回看这些年，火族圣杯被毁、南北内乱；木族苗刀、无锋被你等所据，连遭劫难；土族黄帝遇刺，皮母地丘重现大荒；金族寒荒洪水泛滥，鬼兵云集蟠桃会；水族北海平丘，鲲鱼险些解印复活……这些事，哪一件与你、与拓拔太子无关？”

群雄心头又是一凛，仔细想来，各族动乱果然都似与鬼国有关，而拓拔野、蚩尤又无不卷入其中，逢凶化吉，得益颇多。换作从前，极少人会想到此间关联，但此刻，众人听了波母、乌丝兰玛言之凿凿的论述，已是疑心大起，两相印证，更是惊怒疑忌，议论纷纷。

乌丝兰玛惨然一笑，道：“水伯智慧超群，难怪烛真神败在你的手中，从前我实在是太小瞧你啦。早知如此，当日只消与你联手，共谋大计，又何需生出这么多的事端来？”

转过头，凝视着拓拔野，泪水盈盈，摇头道：“主公，从前我抚养你长大，不过是想打败烛龙，还复水族太平。但你年纪越大，野心也越变越大。自从见你救出了黑帝，却阳奉阴违，连自己的亲生舅舅也要算计，我就知道养虎为患，后悔莫及了。如今你连自己的兄长也杀了，母亲也囚禁了，又怎会对我手下留情？

“现下你如愿以偿，杀了青帝，骗得了‘种神心诀’，下一步就该是杀我灭口了，所以才在沉龙谷中故意将我擒住，是不是？只可惜人算不如天算，广成子与淳于国主被青帝打伤，一时逃得太过匆忙，竟忘了照你吩咐，将波母和火正仙一齐带走，而留在了此处，让你我无所遁形。或许……或许这便是冥冥天意，报应不爽……”

从怀中取出一个黄金饕餮锁，睫毛轻颤，泪水倏然滴落其上，低声道：“这是你出生时所佩带的金锁，今日我还给你。你我之间，从此就算是两清了。要杀要剐，都由得你了。”

说着“叮”的一声脆响，将金锁抛到拓拔野脚下，火光映照在黄金锁上，明晃晃地闪耀着“公孙青阳”四字，四周又是一阵骚动。

乌丝兰玛环视众人，提高声音道：“水伯说得不错，主公的五德之躯的确源自帝鸿之身，当年神帝坐化南际山，也是中了我鬼国计谋，被主公与广成子等人合力所杀。”

一言既出，如巨石撞浪，众人无不轰然。

乌丝兰玛又道："我们苦心经营二十年，虽能御使僵鬼为兵，但终究游离于五族之外，无根无基，所以主公才想出杀死神帝，搅乱大荒的奇计。这些年来他一边遣人潜藏各地，煽风点火，闹得天下大乱，一边四处游历，拯救各族于水火之中，威望自然迅速攀升……"

她神色悲戚，哀婉动人，话语间带着一种说不出的蛊惑力，将大荒中所有的动乱、劫难全都说成是拓拔野所策划的奸谋，就连木族句芒、土族姬修澜、火族烈碧光晟也成了他的共犯，丝丝入扣，合情合理，听来不由人不信。

群雄越听越是惊疑骇怒，哗声阵阵，忽听有人阴阳怪气地叫道："依我看，不止灵青帝，羽青帝的魂魄多半也让帝鸿吞化入肚了。否则当日苗刀、无锋又怎会双双落入这两个小子手中？"

四周又有人纷纷应和，叫道："不错！火族的琉璃圣火杯被晏妖女所盗，定然也是那蚩尤小子指使，嘿嘿，栽赃雷神，引发两族内讧，真他奶奶的一箭双雕。"

"这两小子忒也狡猾，勾结西海老祖解开翻天印，水淹寒荒，分裂金族便也罢了，还玩儿什么苦肉计，装好人，拣便宜。现在连西海老祖也被蚩尤小子杀了灭口，来了个死无对证！"

"当日蟠桃会上，各族英雄全都中了鬼国蛊毒，为何偏偏拓拔小子安然无恙？黑帝、五大鬼王联手，连烛老妖也不是敌手，却偏偏让这小子独自一人就给杀败了？他以为这么使诈，便能让各族推他当新任神帝么？"

"难怪他被息壤封堵在皮母地丘之下，竟还能和公孙婴侯双双逃脱而出，而后又与波母、乌丝兰玛一齐出现北海，解印鲲鱼。可笑那些蛇裔蛮夷，还真当他是伏羲转世，天神似的拜供呢！"

"不错！否则木族百花大会，鬼军偷袭，为何又偏偏让那蚩尤小子成了英雄？广成子在雷震峡设伏，翻天移山，为何又被拓拔小子死里逃生？还不是想骗取青帝信任，授以'种神心诀'么？今夜沉龙谷之战，不过是当日重现罢了！”

“最为可笑的是拓拔小子为了混淆视听，洗脱嫌疑，居然还和蚩尤串通一气，编出什么和帝鸿大战的鬼话来。稀泥奶奶的，流沙妖女本就和他一丘之貉，为他圆谎倒不希奇，可怜姑射仙子被他迷了心窍，竟然为这等妖魔粉饰，也难怪她心中不安，事后便立即辞去圣女之位，消失得没踪没影……”

拓拔野听得又是可笑又是愤怒，看着四周那喧腾惊怒的人群，更是一阵阵的悲凉难过。

六年来，他立志打败水妖，还复大荒和平，和蚩尤二人也不知吃了多少苦，挨了多少难，帮助各族接连挫败水族奸谋，不想到头来，被这妖女轻描淡写的一阵撩拨，便前功尽弃，反而成了各族眼中的巨奸枭雄。

以这些帝、神、女、仙的智慧见识，又岂会如此容易被蒙蔽？归根结底，终究是族别不同、利益相殊，而今夜恰逢五帝大会，人人志在必得，纵是从前亲密无间的盟友，也难免生出警惕之心，宁信其有，不信其无。

乌丝兰玛对群雄的这番心理再也了解不过，所以才借机反噬陷害，让他蒙受这不白之冤。

看着那一张张熟悉而又陌生的脸庞，看着那一双双疑惧而又忌恨的目光，他突然想起当年雷泽湖底，雷神为众人构陷、冤枉的情景来，心中越来越冷，生平第一次觉得，自己从前是何等的单纯幼稚。

他生性善良，往往以己度人，将这人世想得太过美好，却忘了纵是阳光普照，也难免会有投射不到的阴影，世间又岂会有完全公平无私之处？何况“东海风波恶，不如人心险”，人人都有偏私忌妒之心，只要此心不死，普天之下又怎可能处处尽是蜃楼城！

“八千年玉老，一夜枯荣，问苍天此生何必”？以神农之德能，穷尽一生，尚且不能让四海永葆安宁，何况自己！

与其这般勾心斗角，徒耗光阴，倒不如和自己心爱之人泛舟东海，牧马南山，过逍遥自在、无拘无束的日子。

拓拔野原本便是散漫淡泊的性子，与世无争，今夜历经变故，饱尝炎凉，更觉从未有过的心灰意懒，那些豪情壮志、理想雄图忽然都变得象海市蜃楼般虚无缥缈起来。

当下也不辩驳，嘴角微笑，冷眼旁观，倒像是和自己殊无关系一般，心中却在想着南荒已定，战事初平，新任神帝登位之后，他立即远赴北海，寻找龙女，再也不管大荒之事。

见他如此情状，众人疑心更起，只道他阴谋挫败，无意隐瞒，喧哗之声更如鼎沸。

当是时，忽听纤纤清脆悦耳的声音冷冷说道："照这么说来，孤家也是鬼国妖孽了？从最初的蜃楼城之战，到东海汤谷，再到琉璃圣火杯失窃、赤炎火山爆发，乃至寒荒国叛乱，我全都卷入啦。这几个月来，孤家更和拓拔太子、缚龙神朝夕共处，一个时辰前，还和他们一道协助青帝，大战水圣女、广成子等一干鬼国妖魔……不知对我这同谋妖党，各位又想如何处置？"

群雄愕然，喧哗稍止。虽知西陵公主从前与拓拔野、蚩尤青梅竹马，关系极好，但蟠桃会驸马选秀之后，已和龙神太子恩断情绝，形同陌路；想不到这关键时刻，竟又挺身袒护。

她既开金口，金族上下自不好再向拓拔野质疑，纵有猜忌，也只好咽回肚去。其他各族一时也找不出辩驳之话，纵有尖酸之语，碍于白帝、西王母情面，亦不敢放肆胡言。

拓拔野心中一震，亦想不到纤纤竟会挺身而出，当众袒护自己，又是欢喜又是感动，方知这几个月来，她冷冰冰地对自己虽不理不睬，心底里却早已原谅了自己。

姬远玄高声道："西陵公主所言极是，是非曲直，岂容个人臆断？"转身一字字道："水圣女，汁公主，我原不想伤你二人性命，但你们在天下英雄面前，口口声声说我三弟是鬼国帝鸿，事已至此，为了大白真相，我惟有拿你们元神炼照，探个水落石出了！"

急念法诀，炼神鼎青光闪耀，冲出一道绚光涡轮，将乌丝兰玛当头罩住。水圣女抱头凄厉惨呼，周身剧颤，突然软绵绵地委顿倒地，一缕黑光从头顶泥丸宫破冲而出，被那神鼎瞬间吸入。

姬远玄右手一翻，炼神鼎呼呼怒转，又朝波母罩去。

拓拔野心中陡然大震，如果她真是自己母亲，难道自己竟要眼睁睁地看着她的魂魄惨遭炼化么？脱口道："且慢！"下意识地翻身冲挡在鼎前，光浪破掌吞吐，登时将神鼎凌空抵住。

波母微微一怔，想不到他竟会出手相救。

众人轰然大哗，纷纷叫道："这小子果然是波母之子！""拓拔小子做贼心虚，生怕炼神鼎照出帝鸿真相。大家一齐出手，将他拿下！"但忌其神威，谁也不敢贸然出击。

姬远玄眉头一皱，低声道："三弟，还不松手！"手掌交错，黄光气浪飞旋怒舞，将铜鼎硬生生朝下压去。

拓拔野呼吸陡窒，青衣蓬然鼓舞，心中一凛，好强的真气！不等聚气反弹，应龙、武罗仙子又双双冲到，轻叱声中，四手一齐抵住鼎沿，光焰轰然大炽，如霓霞爆射，照得众人绚彩流离。

拓拔野只觉肩头一沉，势如昆仑压顶，气血翻涌，不由自主地往后连退了两步，丹田内的五行真气受激冲涌，双臂陡然一抬，"嘭！"五气如莲花怒放，神鼎怒旋翻转，竟又反向推移了两尺有余。

众人惊呼迭起。

姬远玄三人微微一震，眼中都闪过惊愕骇异之色，想不到他竟能以一己之力对抗土族三大顶尖高手！乌丝兰玛的魂魄被四人真气这般对峙、烧炼，急剧摇曳如风烛，变幻万千，惨叫不绝。

西王母淡淡道："拓拔太子既然问心无愧，又何必袒护波母？难道真的有什么见不得人的秘密么？"

适才见她神色凝肃冰冷，一言未发，众人都猜不出她立场为何，听此言语，才知她竟也对拓拔野起了疑心，更是喧哗四起。

拓拔野此时已将一切置之度外，摇了摇头，道："桃李不言，下自成蹊。我是不是帝鸿，诸位扪心自问，立知答案。但我自小双亲俱亡，确实不知自己是否公孙青阳，只要有一分的可能，便绝不能让母亲受半点折磨。”

众人汹汹怒斥，几已认定他必是帝鸿无疑，烈炎等与他交好的豪雄虽仍有些将信将疑，却对他此举也暗暗有些不以为然。波母杀人放蛊，为孽颇重，即便不是为了质问真相，这般烧炼其神，也不为过。

汁玄青怔怔地望着他，眼圈突红，泪水倏然滑落，格格大笑道：“人生苦若黄连，世事渺如青烟。不管你是不是帝鸿，不管你这句话是真是假，听了这些，我死也心甘啦！”

突然扬起手掌，重重地拍在自己天灵盖上，光浪炸舞，红白飞溅。拓拔野大惊，奋力震开炼神鼎，疾冲相救，却已不及。

她身子一晃，软绵绵地倚在混金铁栅上，眼睫半闭，嘴角含笑，竟是从未有过的轻松、喜悦和安详。

人影晃动，声如鼎沸，拓拔野握着她脉息全无的手腕，说不清是惊愕、震骇、懊悔，还是难过。

刚烈偏执如她，既甘心为自己而死，其意不言而喻。但她真的便是自己的母亲么？抑或被水圣女等人所骗，才将自己认作了公孙青阳？

而那帝鸿究竟是谁？她又为何一口咬定帝鸿便是自己？鬼军将她与吴回囚禁此处，是早已计划周详，请君入瓮呢，还是误打误撞，另有奸谋？

越来越多的疑问潮水似的涌入脑海，而她的魂魄已散，已无法回答，自然也无法再与乌丝兰玛的元神交相印证了。他的身世，是否也将因此成为一个永远封存的秘密呢？

混乱中，又听姬远玄朗声道：“二弟、祝神上，火正仙既被鬼军所擒，想必也当见过帝鸿，现在波母已死，惟有取火正仙的元神炼化对映了。”

祝融脸色微变，吴回虽然狠辣无情、罪孽深重，却终究是自己胞弟，不忍目睹他如此惨死，迟疑片刻，方徐徐地点了点头，转过身去。

姬远玄道：“得罪了！”将青铜鼎往吴回头上一罩，碧光怒放，吴回眼白翻动，登时瘫倒在地，魂魄已被收入其中。

武罗仙子道：“赤霞姐姐，借你流霞镜一用。”

赤霞仙子已明其意，当下高举神镜，默念法诀，姹紫嫣红的光束滚滚飞舞，斜照入炼神鼎中，与姬远玄、应龙三人的真气交相作用，浮涌起两团幻丽多端的七彩光晕。当是乌丝兰玛与吴回的魂魄映景。

姬远玄蓦地将神鼎朝上一托，喝道："帝鸿真身是谁，快快道来！"绚光爆舞，那两团光晕陡然如水波晃荡，急剧摇曳，过不片刻，渐渐现出两个相同的影像，当空映对。

众人齐声低呼，只见那两团幻景之中，白雾翻腾，一个巨大的无头怪物徐徐旋转，浑圆如球的身躯忽而血红，忽而明黄，四只肉翼缓缓平张，六只彤红的触足时而收缩，时而盘蜷，带动肚腹有节奏地鼓动。当是那听闻已久的帝鸿兽身。

四周洞壁环绕，站着数百名大汉，身着白、黑、赤、黄、青五色衣裳，昂然傲立，动也不动。

一个彩衣霞带的女子翩然立在帝鸿身边，满头黑发盘结，在耳边梳了数十根细辫，腰间别着一管巴乌，细眼弯弯，似嗔似笑，正是南荒妖女淳于昱。

乌丝兰玛则和一个眉清目秀的紫衣男子站在右侧，笑吟吟地看着浑身鲜血、躺卧于地的烈碧光晟。

帝鸿六只彤红色的触角突然飞卷而起，将烈碧光晟紧紧缠住，巨躯一鼓，红光大涨，塞入肚腹开裂的大缝之中。烈碧光晟伸臂挣扎惨叫，脸上满是恐惧哀求的神色。

过不片刻，帝鸿巨躯又是一鼓，六条红色的触手猛一抛扬，将他高高地抛了出来，肚膛已被破开，腹内空荡如皮囊，周身苍白干瘪，簌簌鼓动，瞪着眼，张着口，业已气绝，却仿佛仍在惊怖狂呼一般。

洞中众人虽听不见他的呼喊，但瞧此惨状，无不大骇。烈炎等火族群雄更是惊怒交集，烈碧光晟虽是火族叛酋，但终究曾担任大长老数十年，功勋卓著，被这外族妖魔如此生吞活吃，吸尽真元，实是本族之奇耻大辱。

炼神鼎绚光流舞，幻景荡漾，只见那帝鸿震动大笑，圆球似的庞大身躯陡然鼓胀，又蓦地收缩，渐渐化为人形，旋转飘落在地。遍体光芒闪耀，衣袂猎猎，转过身，英姿挺拔，俊秀绝伦，赫然正是拓拔野！

众人登时如炸锅鼎沸，纷纷朝拓拔野望来，拓拔野惊讶之意一闪即过，旋即恍然，这些妖魔既有晏卿离相助，想要化作任何人的模样还不是易如反掌？又是悲怒又是滑稽，忍不住哈哈大笑。

群雄惊怒愤恨，叫道："拓拔小子，你笑什么？现在你还有什么可狡赖！""铁证如山，还不快快跪下受死！"刀光晃动，神兵炫目，将他团团围在中央。

"陛下，王母！"纤纤心下大急，朝白帝、西王母盈盈行礼，大声道，"假亦真来真亦假，晏青丘既然能化作我的模样，连九姑也辨别不出，又为何不能将帝鸿化作拓拔太子，掩人耳目？鬼国最喜挑拨离间，坐收渔利，倘若单凭吴回所见所闻，就断定拓拔太子是帝鸿，岂不正中了妖孽的下怀！"

天吴笑道："西陵公主眷念旧情，到了这般境地，还对拓拔小子如此偏袒，我们真真无话可说了。所幸白帝、王母德高望重，素以公正闻达天下，自不会因私废公，包庇妖孽。"

水族众人轰然附和。

白帝虽对拓拔野颇具好感，不相信他会是帝鸿，然而眼下证据确凿，如无十分把握，实难为其开脱；但若置身事外，各族势必刀兵相向，血流成河，更非其所愿。一时大感为难，沉吟不决。

西王母也不应答，淡淡道："昆仑东海，相隔数万里，彼此岂知端底？炎帝、黄帝与他情同手足，对他自当颇为了解，不知有何高见？"

烈炎斩钉截铁道："三弟若是帝鸿，烈某愿以颈上头颅相谢！"

姬远玄略一迟疑，沉声道："陛下，王母，列位帝神女侯，拓拔太子是我结义兄弟，我何尝不希望他只是被人构陷？但无论水圣女也罢，波母也罢，火正仙也罢，都众口一词，浑然契合，前后又有'天婴珠'、'炼神鼎'交相印证，实难辩驳。若说是他人乔化，又岂能叫天下人信服？"

四周哗然，拓拔野才知他竟也怀疑自己的身份，惊讶之余，更觉失望、难过。水族群雄则轰然附和。

纤纤道："黄帝陛下，烈碧光晟被帝鸿掳走之时，拓拔太子正为了救我，与广成子在天帝峰上大战，又岂能分身两地，吞吸烈碧光晟的赤火真元？"

姬远玄道："公主明鉴，这正是我疑虑之处。当日你我逃脱弇兹追杀，藏身天帝峰时，正是火族大军决战大峡谷之际。天帝山与大峡谷相距甚远，又是大荒禁苑，帝鸿为何偏偏舍近求远，将烈碧光晟掳掠到鹫集峰？更巧的是，我方下山搬取救兵，三弟就突然从天而降，与公主相逢，接着广成子又立时杀到……"

纤纤脸色雪白，蹙眉道："陛下之意，便是认定拓拔太子即帝鸿，早料到孤家藏身天帝峰，是以吞吸了烈碧光晟的真元后，又立即赶来，假意救我性命了？"

姬远玄叹道："我未亲眼所见，岂敢妄断？只是听公主所述，觉得此事巧合之处太多，于情于理不合。那日尸鹫盘旋峰顶，我便是担心行踪曝露，才冒险下山求援。三弟来得不早不晚，偏偏在我走之后、广成子到达之前，时机如此之巧，实在有些奇怪……"

若换了从前，拓拔野早已舌绽莲花，辩战群雄，查出帝鸿真相，但今夜历经变故，眼看着连自己的结义兄弟都变得如此陌生，更是心灰意冷，越听越是难受，忽然又想起那夜昆仑山上，雨师妾对他说的话来。

"小傻蛋，你的心地太也善良，终有一日要吃大亏呢！这个姬远玄可不同于蚩尤，你将他当作兄弟至交，他却未必。前几轮比试，他之所以韬光养晦，一来是为了不吸引众人注意，让你这傻小子成为众矢之的；二来是迷惑你，倘若与你交手，便可以像适才对姬修澜那样，突施辣手，打你个措手不及。"心底陡然大震，寒意遍体。

当是时，只听流沙仙子格格一笑，道："黄帝陛下这话可有些奇怪啦，拓拔太子若真是帝鸿，既已发现二位行踪，为何要放你离开，搬取救兵？又为何与西陵公主藏身在冰洞之内，却让晏青丘冒着被拆穿的危险，乔化为她，随你返回昆仑？换了是我，要么将你们一齐杀了，一了百了；要么将你杀了，让晏青丘将某人乔化作你，掌控土族朝政，岂不更佳?”

众人一凛，觉得颇有几分道理。

武罗仙子摇头道：“鬼国妖孽勾结弇兹，掳夺西陵公主，一则是为了激化水伯与金族的矛盾；二则是为了挟为人质，控制白帝，何必要将公主杀了？此外，晏青丘变化术虽通神彻鬼，但要想与我土族臣民朝夕相处，不露半点破绽，又焉有可能?”

流沙仙子笑道：“哎哟，仙子莫非是帝鸿肚里的蛔虫么？对他的心思揣摩得这般透彻清楚，一则二则，好生叫人佩服。不过仙子的后半句话可就不对啦，晏青丘化作西陵公主，连白帝、西王母也没辨出真假，你是说白帝、西王母的眼力大大不如你们么?”

龙族、蛇族群雄轰然大笑。土族将士大怒，脸色俱变。

武罗仙子双颊一阵晕红，妙目中闪过愠恼之色，淡淡道：“洛仙子非要强词夺理，我也无话可说。”

有人阴阳怪气地叫道：“小妖女，你在皮母地丘中待了那么多年，连蛊毒之术都是从公孙母子那里学的，自然帮拓拔小子说话了！我看你们沆瀣一气，多半都是鬼国妖孽……”

话音未落，突然嘶声惨叫，满地打滚，显是已中了洛姬雅剧毒。

众人大哗，纷纷如潮水般围涌而上，叫道：“他奶奶的乌龟王八，小妖女动真格的了，弟兄们和她拼了!”“杀光帝鸿妖党，把拓拔小子的头颅割了舀酒喝!”

龙族、苗族、蛇族群雄大怒，纷纷反唇相讥，拔刀相向，有些甚至开始动手推搡，叮当互砍起来，眼见混战一触即发。

第八章　大荒神帝

喧哗声中，只听赤松子哈哈笑道："赤某人是拓拔小子从洞庭湖底放出来的，如果他是帝鸿，那老子也只好做回僵鬼，沆瀣一气了。哪位若是不服，只管来找我比画比画便是。"双手飞舞，将当先冲来的七八个水族将士小鸡似的抛出洞口，惨呼着直落山崖。

后方众人大凛，骚动稍止。

龙族群雄纵声欢呼，又听巫姑、巫真齐声叹道："嫁鸡随鸡，嫁狗随狗，谁让俊小子是我们的夫君呢？就算是刀山火海，我们也只好跟着一齐往里跳啦。"骑蝶翩翩，落在拓拔野肩头。

灵山八巫对她们重色轻兄的行径痛心至极，大呼小叫，但旋即表示，既然已是妹夫，也只好勉为其难，略表支持了。

顷刻间，又有数百名各族英豪踏步而出，转而站到蚩尤、六侯爷等人的阵营中，其中赫然便有烈炎、祝融、刑天、石夷、蓐收等绝顶高手，他们或曾为拓拔野所救，或曾与他并肩作战，结下生死之谊，此时虽不发一言，却以行动坚定地表明立场。

拓拔野心中大暖，热泪险些涌上眼眶。只要自己的亲朋至交对自己不离不弃，就算当真被天下人误解，又有何妨？一念及此，今夜所有的困惑、挫折全都变得无关紧要了，被众人怀疑的憋屈苦闷也仿佛消散了大半。

忽然之间，又想起羽卓丞所说的话来："济世的方法何止千万种，可是你选择的却是最为困难的道路。若果真想要重建自由之邦，将来你所遇到的困难比之今日，不知要强上多少百倍。倘若不能坚心忍性，百折不挠，你还是快快打消了这个念头，就在这岛上结网打鱼，过上一辈子罢。"

脸上更是一阵滚烫如烧，又是悲喜又是羞惭，自己既已下定决心安邦济世，又岂能因这一点小小挫折便沮丧退缩？正因世间不完美，所以更需坚守本心，百折不挠，竭尽所能地去创造一个更加美好的世界。否则不仅愧对神农，愧对羽青帝，更加愧对为了助他成就大业而自甘离去的雨师妾。

想到龙女那张温柔娇媚的笑靥，热血如沸，精神陡然大振，蓦地高声道：“各位听我说！”

声如雷霆，震得众人心头一凛，洞内登时安静下来。

洞窟内火光纷摇，映照着每个人的脸，神色各异。

拓拔野目光徐徐移扫而过，心潮汹涌，深吸了一口气，道：“我自小父母双亡，流浪大荒，那时的梦想不过是顿顿有肥鸡可吃，天天有安稳觉可睡。直到那年在南际山顶遇见神帝，他临终之际，犹念念不忘蜃楼城百姓，我才突然感到自己何其卑微渺小。

“所以在那古浪屿上，我才会向羽青帝的元神立誓，定要打败烛老妖，重建蜃楼城，还复大荒和平。我要让天下的百姓顿顿有肥鸡可吃，天天有安稳觉可睡；我要让四海之内，处处都是蜃楼城……”

有人冷笑截口道：“大荒五族分立，井水不犯河水，就算是神帝，也无权让四海归一。你道你是谁？竟想让大荒全都变作那乱臣贼子聚集之地！”洞内一阵轰然，纷纷附和。

拓拔野微微一笑，朗声道：“我或许不知道自己的身世，但我知道我是谁，也知道我要做什么。盘古以后，九州分裂，十二国战乱不休，伏羲女娲一统四海，改元太极，将十二国杂错融合，重新划分为金木水火土五族，天下太平。

“可惜时日未长，好不容易有了两百年的好光景，两帝先后化羽，蛇族八长老之治不得人心，四海暗流涌动，烽烟迭起，大荒又陷分裂之中。此后一千年，少有和平安乐的日子，老百姓犹如生活在极渊、火山之中。

“大荒元年，五族合心，会盟比剑，共推神帝为大荒首领，这才断断续续又有了几百年太平安稳的日子。然而自神农氏登仙化羽，各族内讧不断，灾祸、战火交迭并起，到处都是手足相残的惨烈景象……”

言者无意，闻者有心，听到“手足相残”四字，姬远玄脸色登时微微一变，拓拔野浑然不觉，又道："天下合，则百姓宁；天下裂，则百姓苦。火族南北分裂，内战达两年之久，原本富饶繁荣的南荒，竟变得荒无人烟，白骨遍地，多少百姓痛失至亲，骨肉分离！难道列位还想让这等惨祸延绵各族，大荒永无安宁之日么？"

火族群豪心有戚戚，想起这两年光景，胸中更有如块垒郁结。

有人厉声道："拓拔小子少废话！我们今日五帝会盟，原本就是要推选神帝，要你这帝鸿妖魔惺惺作态什么？只要将你杀了，大荒自然就恢复太平。"说话之人长发如银，魁伟凶恶，正是水族石者城主孟极。

此人乃水族新近崛起的仙级高手，作战极是剽勇无畏，在族内极具人望。一言既出，周围顿时又是一片如沸的呼喊附和。

龙族群雄大怒，纷纷骂道："杀你奶奶个紫菜鱼皮！"正要操刀冲上，却见人影一晃，"嘭嘭"连声，水族群雄浪潮般分涌开来，惊呼不绝。

定睛再看时，拓拔野身形一晃，已掠回原地，将孟极随手抛在脚下，扬眉道："海阔知龙力，日久见人心。我是不是帝鸿，将来自有公论，岂容宵小毁谤！拓拔野既已到此，自当责无旁贷，夺神帝之位，开万世之太平，又焉能因为奸人挑拨，便息事宁人，临阵退缩？"

众人先前目睹他从天而降，以一道太极鱼似的弧形刀光将僵持不下的蚩尤、天吴瞬间劈开，已倍感震撼；此时再看他迅如急电，不等天吴反应阻挡，便如入无人之境，将孟极一招制服，更是无不变色。

纤纤嘴角忍不住泛起一丝微笑，松了口长气。他口若悬河，神采夺人，比起先前那迷惘困顿的模样，已是判若两人，显然已解开心魔，恢复本我，无需再担心了。

眼角转处，瞥见兀自闭目盘坐的缚南仙，心中一酸，她既已不是拓拔的生母，这三个月中所发生之事自全都当不得真了。虽然早知什么洞房花烛，什么父母之命，都不过是镜花水月梦一场，但临到梦醒，仍不免刺疼如针扎。

拓拔野高声道："各位既知今日是五帝会盟，为何口口声声说想要天下太平，却又不问青红皂白，一再挑衅？一旦龙、苗、蛇三族真与大荒开战，生灵涂炭，便是列位所愿么？便真是天下百姓所愿么？”

众人心中都是一凛，嘈声渐止。

且不说东海连番恶战之后，龙族舰队渐占上风，大荒罕有可匹敌之水师；单论蛇、苗两族，一个是太古王族之后，千余年来流亡历难，好不容易有了翻身之机，必定拼死相搏；一个是吞沙砺石的亡命凶囚，凶悍剽勇，以一敌百，对蚩尤更是死心塌地，要想打败他们，绝非易事。

更何况五族之中，赤松子等游侠高手和他私交甚笃；烈炎亦不肯割舍情谊，与之对立死战；金族西陵公主又和他们藕断丝连，变数极大；木族眼下更是群龙无首，方向未明……人心不齐，何以言战？

白帝徐徐道：“拓拔太子说得不错，大荒元年，五帝初次会盟比剑，便是想以此推选天下之主，减免无谓的战争伤亡。今夜正是五帝会盟之时，更不该贸然分裂，轻言战事。且不说拓拔太子是否帝鸿尚无定论，即便他真是，只要他愿意光明正大地参选斗剑，争逐神帝之位，又有何不可？”

众人轰然，议论纷纷。

天吴哈哈大笑道：“五帝会盟，强者至尊；天择王者，不拘一格。要想让天下人心服口服，武学修为，自然当是天下第一人。”转身对水龙琳揖礼道：“白帝此言入情入理，不知陛下以为如何？”

他自恃八极之身无人可敌，野心勃勃，一心想夺神帝之位，唯一担忧的，正是各族以德行威望为由，齐相抵制。倘若连有帝鸿之嫌的拓拔野都能公然参选，他又有何烦忧？

水龙琳面无表情地点了点头，道：“无论是谁，只要他能斗剑登顶，我自当奉他为神帝。”

姬远玄稍一沉吟，道：“神帝是大荒天子，原当由德高望重者任之，依我看来，当今最为合适的人选当是白帝陛下。但既然白帝、黑帝陛下都如此主张，寡人也惟有恭敬不如从命了。”

顿了顿，又道：“只是龙族先前已由科大侠代表出战，败给了水伯，现在拓拔龙神又当以何身份出战？此外，青帝登仙化羽，木族又打算推选谁为新帝？”

拓拔野心中一沉，他既改呼“拓拔龙神”，表明已不再将自己视为兄弟，而是当作了敌人，难过之余，却又隐隐觉得一种说不出的轻松感，难以名状。

还不等回答，晨潇等蛇族群雄已纷纷叫道：“拓拔太子是伏羲转世，自然作为蛇族帝尊，参加五帝会盟。”

水族、土族群雄哗然相驳，都说蛇族被灭一千六百年，早已不成为国，后裔夷蛮更是下等贱民、乌合之众，岂能与五族平起平坐？既是五帝会盟，顾名思义，自当由金木水火土五族帝尊争夺大荒神帝云云。

流沙仙子秀眉一扬，格格笑道：“当年神农以剑会盟，夺取天子之位时，也是荒外之身，不属于五族之内，凭什么拓拔小子今日就不行？拓拔小子，别理他们，谁要是不服你，只管大卸八块，丢到崖下喂尸鹫去。”

被她这般一说，众人顿觉理屈，一时间也想不出该如何反驳。

反倒是木族群雄低声议论，半晌也找不出合适之人选。

短短几个月间，灵感仰、雷破天、句芒三大绝顶高手相继归天，东荒实力大损，除了那疯疯癫癫的夸父，再也找不出能与各族帝神抗衡的人物。但此去古田数万里，一夜之间，又哪来得及将那疯猴子召来？权衡再三，只得宣布暂不参加此次五帝会盟。

等到计议已定，已是子时，蚩尤早等得不耐，踏步而出，喝道：“天吴老贼，你我之战还没打完，快滚出来重新来过！”

西王母摇了摇头，淡淡道：“苗帝陛下，按照历届五帝斗剑的规矩，由一族代表率先挑战各族，若无人能将他击败，他自然登位神帝；但若有人打败了他，则胜者需重新开始一轮斗剑，迎战各族代表。如此循环，最终打遍各族而不败者，方能夺魁。你与水伯之战相持不下，算是平分秋色。但他挑战在先，你既然未能将他击败，便算他过关了。”

水族众人齐声欢呼。

蚩尤大怒，喝道："他奶奶的紫菜鱼皮，这算什么规矩？我和他之间仇深似海，只有谁生谁死，岂有不分胜负！"斜握苗刀，大步朝天吴冲去，群雄生怕殃及池鱼，纷纷避退开来。

拓拔野一把按住他肩头，道："鱿鱼，无规矩不成方圆。让我来。"走到洞窟中央，朗声道："大荒蛇帝拓拔野，愿领教水伯神功。"

天吴十指屈伸，格格脆响，嘿然传音道："苗帝陛下放心，我还等着你交出'三天子心法'，永世为奴呢。待我打败你的好兄弟，自会与你另行邀战。"

蚩尤强敛怒火，沉声道："乌贼小心，别被这老贼手掌抓中。"恨恨地瞪了天吴一眼，退回阵中。

他虽然桀骜无畏，却并非徒负蛮勇之力的匹夫。心底雪亮，先前与天吴的这番交手，表面上与他斗得难解难分，实际上却是自己稍处被动。盖因他虽已筑就八极之基，却不像天吴那般可用双手直接吸人真气，只能引诱对方攻击自己八大要穴，而后瞬间形成八极气旋，吞吸对方真元。

拓拔野五行真气固然强猛，但只要稍有不慎，被天吴双手气旋抓中，势必真气急泻，救之不得；而以天吴眼下的修为，即便吃他一刀半掌，也未必有什么大碍。

人潮分涌，朝四壁退去。周围火光摇曳，映照在拓拔野身上，脸如温玉，青衣鼓舞，更显英姿俊秀，各族女子呼吸俱是一窒，芳心大跳，不自觉地暗暗为他祈祷。

天吴八头齐转，目光灼灼地盯视着拓拔野，似笑非笑道："当日蜃楼城中，拓拔太子挟持犬子，保全性命；北海平丘，靠着解印鲲鱼，侥幸逃脱，今日不知又想如何自保？"

拓拔野在北海与他苦战良久，险死还生，知其凶威更胜烛龙，这半年多来，自己虽然突飞猛进，但他亦非原地踏步，也不知吸敛了多少真元。既能将石夷、科汗淮等武学天才接连击败，又能与蚩尤八极互吸，两两僵持，足见其"八极大法"之空前强猛。

要想将他击败，惟有利用其急剧膨胀的狂妄心理，攻其不备，险中求胜。思绪飞转，霎时间主意已定，施施然负手而立，扬眉笑道：“水伯可真会说笑。当日在蟠桃会上，我不发一招便将双头老怪反震而死，你水准比他还要不济，若还你半招，岂不是叫天下英雄笑话？你只管出手，我若动上一动，便算是输了，要杀要剐，悉从尊便。”

群雄轰然大哗。以水伯当下真气，就算是神农重生，也未必敢发此狂言，这小子莫非是疯了么？

天吴大怒，纵声笑道：“臭小子找死！”周身绚光爆舞，“轰轰”狂震，洞壁迸炸，万千道霓彩气浪冲天怒旋，拓拔野气血乱涌，衣裳倒卷，如被狂飙扑面卷溺，若非早有所备，势必拔地翻飞。

身侧光影纷叠，惊呼如潮，乱成一片。接着四周陡然一亮，狂风呼啸，尘雾滚滚，渐渐露出万里夜空，澄碧如洗。霎时间，偌大的洞窟顶穹和四壁竟然都被他震碎飞炸，夷为平地！

漫天尸鹫惊飞盘旋，乱石滚滚，划过半空，如雨似的飞撞在崖壁、冰川上，朝下抛弹急坠，雪崩滚滚，回声如雷。

众人或躺卧崖边，或骑鸟盘旋，或踉跄站稳身形，望着那道兀自滚滚飞转的霓光气旋，惊魂未定，骇异无已。

洞壁岩石至少厚达十余丈，固若金汤，当下五族群雄中虽有三十余人足可将其击碎，然而要像这般手足不抬，单以护体真气瞬间震碎，估计也只有白帝、石夷勉强可以做到。

但见涡旋如巨柱，滚滚擎天，绚丽刺目，天吴悬空倒浮，八道真气绕体团团飞转，双手化爪，距离拓拔野头顶不过数寸之距，蓄势待发。

受其真气所激，拓拔野衣裳猎猎，护体气罩急剧晃抖，双手却依旧负于背后，磐石似的一动不动，神色自若，哈哈大笑道：“堂堂朝阳水伯，竟然胆小若此！我说过绝不会躲避还击，自然言出必践，你当我像你那般反复无常，厚颜无耻么……”

话音未落，天吴怒极狂笑，双手陡然一沉，气旋怒转，闪电似的压在他天灵盖上，“嘭！”众人惊呼声中，光浪飞甩，拓拔野身子剧震，陀螺似的急速飞旋，丹田内的五彩真气滚滚不绝地冲出泥丸宫。

蚩尤大凛，吼道：“乌贼！”待要冲上前相助，却听拓拔野喝道：“物我合一，神游天外，随风花信，遍处可栽……”泥丸宫怒放出一团霞光，势如闪电，破入天吴气旋，直没其玄窍。

天吴周身陡然一震，八头齐齐僵住，满脸尽是惊骇悔怒的古怪神色，突然纵声狂吼，冲天飞旋，一掌往自己左耳后的小头打去，“嘭！”血肉飞溅，那颗小头颅登时粉碎。

群雄大哗，隐隐可见一道绚光在天吴颅骨内飞窜缭绕，钻入其右耳后的小头中。天吴嘶声怒啸，想也不想，又是一掌横扫，将自己右耳后的头颅生生击碎！

刹那之间，他犹如失心发狂一般，怒吼不绝，双掌风雷激舞，左右开弓，竟将自己四颗小头接连打爆。忽然又是一声怪叫，右掌朝着自己天灵盖急拍而下，“砰”的一声闷响，光浪炸舞，被他左手挡住，既而周身飞旋，左右双掌猛烈互搏，景象诡异已极。

众人瞠目结舌，莫明所以。

眼见拓拔野落立原地，石人似的纹丝不动，就连双眼也一眨不眨，白帝、应龙等人心中一凛，霍然醒悟，齐声道：“种神大法！”

原来拓拔野料定天吴觊觎他体内的五行真气，必想借机吞为己用，是以故意不避不挡，诱其施展“八极大法”，而后急旋定海珠，顺着天吴八极气旋的强大吸力，突然使出青帝所传的“种神诀”，元神脱窍，附入其体。

“种神心诀”与普通的“元神寄体大法”相比，最为高妙之处，是可将自己元神生根似的牢牢种入他人丹田之中，而不会和寄体有半点的相克或排斥。天吴练就八极之身后，丹田恰恰又成了八极转换的枢纽，元神种存其内，更可肆意穿插转换于八极之间，乃至冲入其八个头颅的泥丸宫中。

只是拓拔野初学“种神诀”，转换之间尚不够纯熟，直到附入天吴第五个头颅时，才得以控制其半边身体。天吴惊怒骇惧之下，为了击灭拓拔野元神，不惜自残其躯，故而才有了方才这左右互搏的奇怪一幕。

众人仰头观望，又惊又佩，想不到拓拔野果真一动不动，便将水伯逼得如此狼狈。龙族、蛇族群雄更是大喜过望，纷纷啸吼长呼。

天吴越转越快，左右双手眼花缭乱地对拆格挡，想要将拓拔野的元神逼出，奈何其元神深植如附骨之蛆，又不时在八极之间穿梭转换，变化莫测，无计可施，心中惊怒欲爆，喝道："臭小子，你说若还上半招，便算是你败了，现在已经两百多招，还不认输？"

他上额的小头传出拓拔野的声音，哈哈大笑道："我说的是'我若动上一动，便算是输了'，现在'我'明明还站在下方，一动未动。你自己要打自己，与我何干？"说到最后一句话时，声音又转由脑后的小头发出。

天吴喝道："我倒要瞧瞧你究竟动不动！"蓦地翻身疾冲而下，左手鼓起一道炽烈光刀，朝着拓拔野肉身轰然猛劈。

众人惊呼方起，"嘭嘭"连震，空中彩晕荡漾，天吴右臂亦冲出一道绚光气刀，狂飙横扫，将左手光刀一一化解开来。激斗中，他右脚猛然朝上翻转扫踢，狠狠踹中自己下颌，"哇"的一声，连翻了六七个筋斗，几颗牙齿连着鲜血一起狂喷而出。

那情景见所未见，诡异滑稽，群雄轰然大笑，就连白帝、西王母等人亦忍俊不禁，险些笑出声来。这大荒至为严肃重要的比剑大会瞬间成了一场闹剧。

天吴何曾在众目睽睽之下，受过这等奇耻大辱？饶是他隐忍深狡，亦再难按捺，当下震天咆哮，绚光炸舞，化作那八头巨虎，弓身甩尾，雷霆万钧，朝着拓拔野肉身疾冲而下。

"呼！"背脊上的那道青黄绒毛突然喷涌起青碧火焰，熊熊蔓延，将那八条五彩斑斓的虎尾一起烧着，遥遥望去，像是八条火龙腾舞飞扬，声势惊人。

狂风裂舞，漫天火星激射，众人呼吸一窒，热浪扑面，相隔尚有数十丈，已如被烈火熊熊焚烧，灼痛刺骨，心下大骇，纷纷奔退开来。

火族群雄更是耸然动容，惊愕无已，以天吴水属之身，竟能修炼出如此强霸的火属真气，实是匪夷所思。

念头未已，天吴突然狂嘶痛吼，虎身猛一钩蜷，“嘭嘭”连声，翻身急转，火球似的冲天怒射，划过一道绚丽无比的弧形火浪，远远地撞向对面的冰峰，“轰！”天摇地动，雪浪崩塌，冲起蒙蒙雪雾，半晌再也没有声息。

众人愕然，盘旋遥望。水族群雄接连大叫道：“神上！神上！”眼见杳无应答，纷纷骑鸟疾冲而去。

几在同时，拓拔野身躯忽然微微一动，睁开双眼，扬眉笑道：“鱿鱼，对不住了。天吴老贼经脉已断，你要与他决战，只怕要再等上十天半月了。”

群雄轰然，震骇无已。

朝阳水伯修成八极大法后，接连击败金神、断浪刀等顶尖高手，已被各族视为超越烛龙的第一大敌，岂料这凶狂不可一世的魔头遇见拓拔野，竟像成了泥捏纸糊，被他一动不动便打得落花流水，大败亏输！

但天吴方才为何浑身着火，又为何突然经脉俱断，众人却始终不得其解，惟有蚩尤、白帝等寥寥几人猜出其中端倪，暗地里为拓拔野捏了一把冷汗。

天吴虽修成八极大法，受体质所限，吞纳来的五行真气却仅能“消化”十之一二。尤其土、火两属真气，所能吸纳者更是少之又少，余者惟有暂时贮藏在气海与奇经八脉之中，慢慢逸散。

拓拔野寄身其内，眼见无法完全控制他的肢体，强攻不得，索性改弦易辙，先以“潮汐流诀”改其经脉，再以“三天子心法”转换八极，令他真气瞬间岔乱；再依照五行生克之法，顺向激生出强猛无比的火属真气，以火生土，以土克水。

三管齐下，果然大奏其效，顷刻间摧枯拉朽，将天吴奇经八脉尽数重创。一击得手，拓拔野又立即从其丹田冲回自己肉身。

龙族、蛇族群豪大喜欢呼，纷纷叫道：“拓拔神帝，天下第一！”拓拔野微笑摇头，示意众人安静，寒风吹来，背后一阵飕飕凉意，冷汗尽出，微觉后怕。

从他附体天吴，到震断其经脉，不过短短半炷香的工夫，看似一气呵成，轻松讨巧，实乃凶险无比的生死豪赌。

高手相争，最忌讳元神离体、寄体，稍有不慎，立有魂飞烟灭之虞。青帝所创的“种神诀”虽然神妙无穷，但倘若天吴先前未起贪念，不以气旋吞吸真气，而是全力猛击其天灵盖，拓拔野势必魂飞魄散，万劫不复。

此外，拓拔野虽已附入水伯体内，若非天吴恰巧八极贯通，又有八个脑袋可供他不断地穿插转换，只怕元神早已被天吴逼震而出。

又或者，“潮汐流”、“五行谱”、“三天子心法”等神功绝学，拓拔野缺一不会，无法在瞬间改变天吴经脉，令其真气猛烈相克，经脉尽断，自身肉躯势必被水伯击得粉碎，从此化作孤魂野鬼。

这一场大战虽历时最短，却是他平生最惊心动魄、凶险紧张的一场恶战。斗智斗力，倾尽所学，失之毫厘，结局将完全两异。

白帝飘然而出，微笑道：“拓拔太子智勇双全，博广精深，果有神帝之风。寡人无德无能，略通音乐，久闻太子音律无双，借此良机，讨教一二，如何？”

众人轰然，蚩尤心中更是一凛，白招拒寓武于乐，深不可测，通天河畔，以一曲陶埙大战黑帝骨笛，犹历历在耳。名曰比乐，实乃比试真气，乌贼真气纵强，终究差了两百年的修为，孰胜孰负，实难预料。

拓拔野揖礼微笑道：“拓拔乡野之音，贻笑大方。陛下肯予指点，求之不得。”取出珊瑚笛，横置于唇，悠扬吹将起来。

其时山顶如削，众人环立，碧虚万里无云，明月如洗，四周雪岭连绵，冰峰参差，雾带迤逦缭绕。狂风吹来，衣裳猎猎起舞，直欲乘风归去。听着那笛声清越，尘心尽涤，更有如登临仙界，心醉神迷。

白帝微微一笑，低首盘坐，双手捧埙，曲声苍凉悲阔，如秋风骤起，千山雁啼，又似万里荒草，摇曳黄昏，将笛声渐渐压过。

山雾弥合，似乎随着埙曲徐徐扩散。群雄心中一阵莫名地惆怅与悲凉，就连空中清亮的月华也像是突然变得黯淡起来。

笛声似乎被那埙声所带，渐转苍郁，回旋跌宕，但又隐隐蕴藏着一种说不出的悲怒痛楚，过不片刻，又突转急促，高越入云，仿佛天河崩泻，地火喷薄。

众人心中一震，呼吸如窒，仿佛看见东海残帆断桅，尸首漂浮；仿佛看见寒荒洪水咆哮，万里淹没；仿佛看见赤炎火山，岩浆冲天喷薄；仿佛看见兽骑驰骋，百姓流离失所……仿佛看见这些年来，所有惨烈悲壮的战乱景象。

埙声越转低沉，苍凉刻骨，和那激越笛声一高一低，齐头并进。一个仿佛大地黄河奔流，一个像是空中云彩翻腾，交相掩映，时明时暗。

群雄心驰神荡，听着那埙声，仿佛看见长河落日，万山明月，胸膺郁堵的悲怒之意又渐渐转为苍茫空寥，渐渐远离了那肃杀喧嚣的战场，直想退卧山间松下，漱泉枕石，再不管那世间尘事。

晏紫苏紧紧地握住蚩尤的手，无端端地想起母亲，泪水忍不住又倏然涌出，指尖不自觉地嵌入他的掌肉，沁出道道血丝。在这世上，她只剩下他这么一个亲人了，什么苍生疾苦，什么五帝会盟，全都无关紧要，她只想永远和他这么相依相伴，白头到老。

蚩尤掌心微疼，下意识地反握住她的手，双眼却眨也不眨地盯着前方，心中忐忑，暗暗为拓拔野担忧。他不通音律，真气极强，意志又坚定卓绝，是山顶群雄之中，不受乐曲影响的少数几人之一。

但听那笛声、陶埙交替显藏，胶着不下，再看众人神色变幻，忽喜忽悲，也能猜出两人棋逢对手，正斗得难分难解。

大风鼓舞，拓拔野青衣猎猎，飘飘欲仙，白帝素冠银带，巍然不动，就连那三尺长须也像是被冰雪封凝。

两人一动一静，曲声一高一低，吹奏了约莫一刻来钟，笛声越来越高，激越高亢，如霞云乍破，旭日初升；坚冰消融，春江澎湃。众人精神一振，悲郁尽消，苍凉寂寥之感也被莫名的喜悦振奋所替代。

白帝长须忽然微微一动，旋即轻拂飘舞，衣袂、长带也随之鼓舞摇曳起来，他放下陶埙，起身哈哈大笑道：“好一个拓拔太子！我输啦。”神情欢愉，殊无半点懊恼之意。

群雄大哗，不明其中奥妙。

拓拔野收起珊瑚笛，摇头笑道：“白帝陛下淡泊慈悲，长者之风，实乃神帝不二人选，是我输了。”

白帝捋须微笑道：“神帝乃大荒之主，单单淡泊慈悲是不够的。寡人清心少欲，离世出尘，又如何治理天下？拓拔太子修为高绝，谦和仁厚，比起我这西山暮日，可强得太多了。更难得的是积极入世，朝气蓬勃，听太子笛曲，连我这老朽之心也为之所动，乐由心生，这一场比试，寡人自是完败了。”

众人方知两人适才所切磋的，不仅是真气强沛、音乐修为，更是治理天下的境界与能力，白帝主张寡欲无为，拓拔则积极进取，两相比较，白帝终于还是为其所动，自行认输。

拓拔野脸上一烫，心中暗呼惭愧。

他虽立志重建蜃楼城，恢复大荒和平，但生性自由散漫，始终有些摇摆不定，今夜几经变故，心灰气馁，若非关键时刻，亲朋挚友鼎力支持，又想起羽青帝和龙女的话语，只怕便已放弃了。

望着四周喧腾如沸、神情各异的人群，又突然倍感庆幸。“凤凰历百劫，浴火死复生”，成大事者，必经种种磨砺考验。亏得这短短一夜，让他历尽春秋炎凉，才能从此动心忍性，脱胎换骨。

第九章　青衣女魃

眼见拓拔野一招不出，便接连击败天吴、白帝，众人大哗，惊怒者有之，叹羡者有之，骇惧者有之，不以为然者亦有之。

有人愤愤叫道："拓拔小子，你专靠使诈取巧，胜之不武，算什么英雄好汉？有种便真刀明枪地打上一场！"四周响起一片轰然附和声。

烈炎哈哈一笑，道："三弟，既然有人想看你真本事，就由哥哥我来与你比画比画。"踏步上前，紫衣鼓舞，右臂赤光呼卷缭绕，化作一道七八丈长的弧形光刀，破空吞吐。

群雄呼吸一窒，目眩神迷，喧哗声登时转小。

炎帝火德之身，又得赤飙怒倾力传授，潜力深不可测，经历了两年修炼，"太乙火真斩"业已炉火纯青，黄沙岭之战中，便曾以此刀大败烈碧光晟，实力绝不在刑天、祝融之下。此番邀战，自是万众瞩目。

被那霸烈刀芒所激，拓拔野丹田真气登时如潮涌起，当日在赤炎城外，目睹赤帝以此气刀大战金猊凶兽，心中震撼无以言表，此刻亲身经历，仿佛置于狂风烈火的中心，尚未动手交锋，体内已是气血翻涌，炙热如烧。

心下更是骇异，忖道："二哥的赤火真气日渐强猛，假以时日，必可超过赤帝。只是刀枪无眼，太乙火真刀刚猛霸烈，无坚不摧，一旦使出，杀气太盛，连二哥也未必能驾御得住。"

他与烈炎意气相投，实不愿生死以战，误伤对方。眼角扫处，瞥见半坐于地的科汗淮，突然想起当年木族驿站之外，他以"断浪气旋斩"不战而胜鬼少爷的情景来。

灵光一闪，与其凝气对攻，两败俱伤，倒不如聚气不发，蓄势克之！当下精神陡振，笑道："二哥手下留情。"右臂斜举，五行真气相生相克，瞬时激爆出滚滚绚芒，如极光怒舞，冲天变幻。

虽只是至为简单的起手式，却已气势如虹。漫天雪鹫惊飞，盘旋不敢靠近。偶有飞石被狂风卷来，被那缭绕飞转的道道光弧扫中，立即激旋迸炸，碎如齑粉。

众人大凛，纷纷朝后退去。

龙族、火族群雄无不屏息凝神，惴惴忐忑，生怕两人有所误伤；反倒是水族众人不住地起哄叫好，阴阳怪气。

火族素以气刀闻达天下，“太乙火真斩”更被誉为“天下第一气刀”。而拓拔野自创的“极光电火刀”接连击败公孙婴侯、广成子等绝顶高手，两者相争，不知孰更胜一筹？

但见狂风鼓舞，冰雪纷扬，拓拔野、烈炎衣袂翻飞，遥遥对立，两大气刀凌空相抵，光浪激荡，漾开一圈圈绚丽无比的霞光彩环。遍地积雪姹紫嫣红，随着那光漪韵律起伏，波浪似的朝外推涌。

烈炎踏前一步，右臂挥转，想要挥舞“太乙火真刀”回旋斜劈，拓拔野却立时朝左后退一步，“极光电火刀”依旧顶在那紫火气刀的刀尖之上，绚光滚滚，气浪如山岳压顶，重逾万钧。

烈炎右臂一沉，忍不住喝了一声彩，蓦地朝后急退两步，转臂反抽，待要挥刀猛攻，拓拔野又已踏前两步，气刀陡然下旋，将其刀尖紧紧抵住。

烈炎一怔，蓦地旋身急转，冲天掠起。

身形方动，拓拔野亦疾旋破空，绕其飞舞。

他方一俯身疾冲，拓拔野又立即回旋冲下。

如此彼进我进，彼退我退，如影随形，任由他如何奔突回旋，拓拔野始终与他保持八九丈的距离，气刀相抵，抽拔不得。四周霓光摇荡，气浪呼啸，如羊角风似的将二人团团卷在中央，相持许久，竟一合也未相交。

众人哗然，水族群雄更是嘘声大作，叫道：“龟他奶奶的，五帝比剑，你当是羊角舞么？”

“拓拔小子，你没胆斗剑，就赶紧滚回东海抓乌龟玩儿去吧，别搁这儿丢人现眼了！”

刑天、祝融等人却是心下大凛，且不说拓拔野后发制人，疾如鬼魅，单论他气刀之势，磅礴雄浑，直如渊停岳峙，一招未发，便以起手式迫得烈炎攻守两难，进退不得，其真气之强猛，放眼此刻山顶，能及之人已寥寥无几！

念头未已，漫天赤光忽敛，烈炎收起气刀，哈哈大笑道：“‘柴火一起烟，便知烧几天’，三弟真气远胜于我，不必再比啦！”

龙族、蛇族群雄欢声雷动，拓拔野松了口长气，笑道：“二哥过谦了。赤火真气名不虚传，再熬上片刻，我只怕便抵不住啦。真要动起手来，谁胜谁负，就更加难料得很了。”

火族受他恩惠颇多，素来视作亲朋，见他胜无骄态，率直坦荡，更是好感倍增，纷纷欢呼叫道：“南荒儿郎愿惟拓拔龙神马首是瞻！”

白帝微笑道：“炎帝太乙火德，尽得赤帝真传，假以时日，必定青出于蓝而胜于蓝。拓拔太子能不战而屈人之兵，深谙神帝之道，这一战胜得无可异议。”顿了顿，高声道：“水族、金族、火族已为拓拔太子所败，其余各族英雄，还有谁想与他比试？”

众人目光纷纷朝姬远玄望去。

青帝新亡，各族诸帝之中，惟有蚩尤、姬远玄二人未曾与拓拔野交锋。蚩尤与拓拔野是生死之交，自不会阻其升任神帝；而太子黄帝先前既对拓拔野的帝鸿身份颇有疑忌，眼下狭路相逢，必当全力以搏。

姬远玄徐步而出，神色凝肃，朝着拓拔野行了一礼，沉声道：“当日叛党横行，家国将倾，若非拓拔龙神相助，寡人绝难拨乱反正。此恩此德，岂敢忘怀？然而大荒百姓饱受战乱之苦，再不容得妖魔猖獗。阁下鬼国身份未明，敌友难辨，姬某又岂能因私废公，坐视不顾？”

右手一挥，拔出钧天剑，昂然斜指，一字字道：“神帝之位，关系五族存亡、天下安危。姬某虽德薄技微，奈何道义所驱，责无旁贷，誓以三尺铜剑、七尺之躯，卫护九州平宁。情理不能两全，望龙神见谅。”

这番话说得斩钉截铁，大义凛然，群雄无不耸然动容，水族众人及一干好事者，更是鼓掌起哄，喝彩不迭。

若今夜之前，以拓拔野淡泊无争的性子，多半借机自动退让，以证明自己清白，避免兄弟相残；但此时目睹姬远玄沉肃淡定之态，想起雨师妾所言，想起他在蟠桃会上击败兄长的情景，心底竟莫名地一阵森冷，就连他的神色话语，此刻也觉得说不出的矫情造作。

难道此人真是一个虚伪凉薄、深狡狠辣的盗世奸雄么？否则为何以龙女之聪慧机灵、烛龙之老谋深算，都将其视作平生大敌？

脑海里又闪过许多从前深埋心底、不敢触及的模糊片段，从东荒密林的初次邂逅，到阳虚城中的反败为胜；又从寒荒牢狱的意外重逢，到昆仑瑶池的惊天血战；再从皮母地丘的重现大荒，到熊山地底的鬼国妖党……隐隐之中似乎想到了什么，却又觉得太过震骇可怖，匪夷所思。

见他怔怔地凝视着自己，一言不发，神色古怪，姬远玄眉头微微一皱，朗声道："拓拔龙神，得罪了！"手腕一抖，钧天剑橙光怒爆，冲出七丈来远，吞吐闪耀，直指其眉心。

拓拔野心中一凛，回过神来，正欲迎战，忽听远处一人纵声笑道："青帝一死，木族上下便无一能人了么？眼睁睁地看着别人比剑夺位，居然屁也不敢放一个，可笑呀可笑！"

转头望去，但见明月孤悬，碧天万里，西北侧雪岭连绵，两道人影正如急电似的飞掠而来。

左侧那人青衣赤足，脸色惨白，眉目像是墨线描画；右侧老者碧衣高帽，长须飘飘，赫然正是当日害死雷神的木族大巫祝始鸩。

众人大哗，木族群雄怒不可遏，纷纷喝道："始鸩狗贼，纳命来！"对此叛贼恨之入骨，顾不得各族在侧，拔刀舞剑，争先朝他猛冲而去。

始鸩来势极快，殊无半点躲避之意，嘿然大笑道："反了你们，竟敢渎神犯上，对本族大巫祝无礼！圣女魃，还不替我教训教训这些无知狂徒？"

左侧那青衣人左手翻舞，朝外随意一拍，"轰轰！"一团青碧色的火光吞吐爆舞，气浪如狂飙席卷。

奔在最前的折丹、刀枫、杜岚三人眼前一黑，哼也未及哼上一声，立即鲜血狂喷，冲天撞飞起数十丈高。后方数十人被那气浪掀卷，惊呼惨叫，凌空翻身飞跌，浑身窜起熊熊火焰。

气波所及，冰飞雪炸，悬崖陡然朝下坍塌，又有数十人猝不及防，登时朝下踏空坠落。木族群雄大骇，纷纷朝后退去。

众人大凛，这僵鬼似的女子是谁？仅此一掌，竟然将数十名仙真级高手打得重伤跌退！

念头未已，炎风怒卷，青影如魅，四周惨叫不绝，又有数十名木族权贵被冲天震飞，浑身着火。

饶是拓拔野等人真气雄浑绝伦，被那气飙扫卷，亦觉炙火扑面，眉睫如焦，像是突然置身于火山烈焰之中。

只听“嘭嘭”连声，有人惊呼道：“文长老！放下文长老！”红光摇荡，人影纷飞，那青衣人瞬间又已冲出十余丈外，随手将文熙俊掷于始鸩脚下，旋身立定，苍白的脸上木无表情。

始鸩一脚踏在文熙俊胸口，斜睨大笑道：“文长老，青帝由东方天帝所授，历来当由本族神祝拜天祭礼，选出合适之人。你瞧我今日选出的圣女魃如何？够得上青帝之位么？”

群雄轰然，文熙俊经脉尽封，又惊又怒，半句话也说不出来，木族众人思绪遍转，也猜不出那“圣女魃”究竟是何方神圣。

眼见那青衣人来去自如，视五族英豪为无物，各族权贵亦不免心生恚怒。

陆吾大步上前，也不理会始鸩，朝那青衣人微一揖礼，高声道：“这位朋友，今日是五帝会盟，青帝化羽，木族之中由文长老暂代其职，阁下既是木族中人，自当谨遵其命，翦灭叛贼，岂能……”

话音未落，白帝喝道：“小心！”那青衣人指尖一弹，“咻！”光雷激爆，如碧箭迎面怒舞。

陆吾心中一沉，下意识地挥扫“开明虎牙裂”，只听一声刺耳剧震，周身酥痹，一股难以想象的炙热气浪迎胸撞入，喉中腥甜狂涌，整个人不由自主地反撞飞冲，灼痛难忍，方张口长呼，"嘭"的一声，遍体青焰喷舞，形如火人。

众人惊呼声中，白帝大袖鼓卷，气浪澎湃，陡然将他罩住，急旋了数十圈，才将火焰勉强扑灭。

英招、江疑、勃皇等人惊怒愤慨，喝道："狂徒敢尔！"纷纷拔身冲起，神兵飞舞，朝那青衣人扑去。

山顶大乱，西王母待要喝止，已然不及，只好转而叱令石夷、蓐收一齐动手，将其拿下。

刹那之间，素光神尺、金光大钺、韶华风轮、惊神锣、银光矢……呼啸怒卷，绚光纵横，青衣人已处于金族七大顶尖高手的围攻之下。

被气浪所激，女魃衣裳猎猎，黑发乱舞，羸弱的身躯却如磐石巍然不动，头也不抬，左手指尖接连轻弹，"哧哧"连响，几道碧光气箭破风起火，闪电似的与惊神锣与银光矢怒射相抵，顿时将之撞得呜呜飞旋，破空抛舞。

几在同时，她右手化掌为刀，青光潋滟，劈出一轮炫目无比的光弧，不偏不倚地激撞在金光大钺上，蓐收虎爪剧震，一时竟拿握不住，又惊又佩，赞道："好刀法！"朝后踉跄飞退。

那光弧飞旋怒转，余势如奔雷，又横扫在韶华风轮上，英招气血翻腾，五脏六腑都似被搅到了一处，还不等聚气反攻，又是一道光弧炫目闪耀，"当！"风轮应声脱手，反撞其胸，登时翻身喷出一大口鲜血，断线风筝似的直坠崖下，被金族飞骑抄空接住。

电光石火之间，勃皇、长乘神已双双冲到，青衣人翩然转身，左手如兰绽吐，光浪爆涌，刺得众人睁不开眼来，只听连声震响，定睛再看时，勃皇、长乘亦已浑身着火，凌空跌飞出十余丈远。

众人惊呼未起，她又已急旋飞转，双手并握，朝着石夷虚空怒劈，"轰！"一道赤虹似的霓丽气刀破空冲起，光浪叠爆，天摇地动，漫天红霞尽染，就连远处的冰峰雪岭也仿佛被镀上了灼灼彤彩。

石夷凌空翻飞，直退出六丈来远，满脸惊愕骇异，斜握神尺，虎口竟已被震出一线血丝。

她的身子却只微微一晃，青衣鼓舞，又倏然静立，仿佛动也未曾动过。

群雄呼吸窒堵，鸦雀无声，几乎不敢相信眼前情景。这青衣女子究竟是谁？竟以一己之力、一合之间，将金族七大神、仙高手尽皆杀败！即便是青帝重生，想来也不过如此！

拓拔野心中惊讶更甚，此女真气磅礴如海，深不可测，虽非五德之身，却五行并融，而无丝毫的相克冲突，其中又以火属真气为最。一招一式至为简单，看似木族“飞叶箭”、“吹花手”与“开谢刀”，却分明由火族的紫火神兵所化。但当今大荒，又有谁籍籍无名，却有如此霸烈强沛的火属真气？

烈炎、祝融等人脸色齐变，也不知是惊是喜是惧是怒，想不出本族之中，何时竟出了这等人物。

赤霞仙子翩然而出，淡淡道：“这记‘天风流火’是本族圣女宫秘传气刀，阁下既是木族中人，从何学来？”

那青衣女魃长睫低垂，一动不动，听若罔闻。始鸩仰天打个哈哈，道：“赤霞仙子这话就说得不对啦，天下武学之道，万变不离其宗，这气刀明明是我木族的‘火树银花’，凭什么咬定是‘天风流火’？”

赤霞仙子脸色一沉，流霞镜脱手破空翻旋，亮起一道绚丽无匹的刺目霞光，“轰”地喷涌炸散，化作一只巨大的七彩凤凰，朝着始鸩当头怒撞而下。

蚩尤一震，突然想起那日赤炎城中、烈烟石从这赤炎火凤下拼死救他的情景；想起她坠入火山时含泪的微笑；想起自相识以来，她一次又一次的舍身相救；想起她冰山似的外表下所掩藏的炽热情意；想起了从前从未想起的许多事情……心中酸痛如割，热泪竟险些涌上眼眶。

当是时，突听群雄齐声惊呼，青衣女魃陡然抬头，空洞的双眼中闪过奇异的神采，轻叱一声，右拳冲爆起滚滚霞光，霎时间亦化作一只赤火凤凰，尖啸怒舞，雷霆猛撞在那火凤之上。

“轰！”

双凤齐碎，夜空如水波炸涌，怒放出一层层霓丽缤纷的刺眼彩光。众人眼前一花，如被巨浪拍推，踉跄后跌。赤霞闷哼一声，红衣翻舞，直如风絮飘萍，直摔飞出数十丈外。

蚩尤如遭电殛，失声道："八郡主!"那神情、那气光、那手势……都与她何其相似！普天之下，除了她，还有谁能使出如此霸烈无双的赤炎火凤？但她又何以死而复生，变作了这人不像人、鬼不似鬼的青衣女魃？

一时间，狂喜、震骇、惊愕、苦楚……如狂潮怒涌，不及多想，拔身朝她疾冲而去。

晏紫苏的脸色瞬时雪白，"八"、"魃"同音，难道这僵鬼竟真是烈烟石尸身所化？四周惊呼迭起，人影纷纷，烈炎、祝融等火族群豪争相掠去。

青衣女魃却似浑无所觉，双拳回旋翻舞，赤光如狂飙横扫，化作巨大的七彩凤凰，尖啸怒舞，横冲直撞，登时将火族群雄接连撞飞，鲜血叠喷。就连烈炎、刑天、祝融三人亦抵受不住，被迫翻身飞退。

惟有蚩尤下伏高窜，在那炽烈狂猛的气浪之间回转穿梭，叫道："八郡主！八郡主!"连呼数声，非但没将其唤醒，反似激起了她的凶暴之性，拳风越来越加炙热猛烈，火焰冲天，光雷怒爆。

众人大骇，慌不迭地朝后飞退，顷刻之间，山顶便化作一片熊熊火海，映得半天尽赤。

晏紫苏又惊又急，顿足叫道："呆子！她已经化作僵鬼，认不得任何人了!"便欲冲入将他拉回。

拓拔野一把将她拽住，摇头道："晏国主，让我来。"眼角扫处，见始鸩嘴唇翕动，念念有词，明白那女魃必是中其尸蛊，为他所控。当下顾不得兀立一旁的姬远玄，转身朝着始鸩急掠而去。

岂料身形方动，女魃青衣翻舞，鬼魅似的飞旋转身，火凤光焰暴涨，朝他迎面怒撞而来。

拓拔野五气相生相克，极光气刀呼啸出鞘，"嘭嘭"连声，绚光纷叠炸散，那赤炎火凤尖啸飞旋。

他右臂酥麻，衣袖“呼”地窜起熊熊火焰，心下大凛，才知仍低估了她的真气，不敢怠慢，腹内定海珠急旋逆转，因势随形，借着那激爆的气浪冲天飞起。

始鸩畏其神威，抓起文熙俊朝后退去，狞笑道：“怎么？帝鸿陛下，又想杀人灭口么？”

转身又朝木族群雄高声叫道：“当日我受句芒胁迫，不得已才与这妖魔合作。眼下青帝已死，群龙无首，焉能坐看我族衰落？大家只要推举我为青帝，任命女魃为圣女，必可击败帝鸿，还复天下太平！”

经这番激战，众人对拓拔野“帝鸿”身份的疑心原已有所减淡，闻听此言，顿时又是一阵大哗。

姬远玄左手中炼神鼎突然嗡嗡急震，传出乌丝兰玛凄厉愤恨的叫声：“始鸩，你这反复无常的狗贼！原来是你盗走尸蛊，役使女魃，又将波母、吴回移回这‘鹫集峰’！你……你害得我好苦！”

始鸩哈哈一笑，道：“他对你们尚且这等无情，何况我们？兔死狗烹，木尽斧藏，这点儿道理我还是懂的。要想活命，只好投桃报李、以牙还牙了。嘿嘿，他既将女魃藏在这‘鹫集峰’上，我就让他自行送上门来，当着天下英雄之面现出原形，妙得紧，妙得紧哪！”

蚩尤当日眼见这厮暗算雷神，原本便极为厌恨，此刻知他以尸蛊役驭烈烟石，又诬言陷害拓拔，更是怒不可遏，吼道：“滚你的奶奶的紫菜鱼皮！”苗刀纵横狂扫，一道道碧光澎湃呼卷，朝他雷霆疾攻。

始鸩不敢直撄其锋，一边抓紧文熙俊当作人盾，踉跄后退，一边呼喊女魃来救，狼狈万状。女魃旋身急转，火凤狂舞，将烈炎、刑天等人尽皆迫退，鬼魅似的飘忽冲去。

她真气强猛，已臻太神之境，每一招发出，都有如火山怒爆，岩浆喷薄，周围数十丈内火浪焚卷，声威惊天动地；加之群雄投鼠忌器，不敢全力以搏，更难免缚手缚脚，是以虽然众寡悬殊，却反被她逼得四下奔退。

拓拔野思绪飞转，要想避免无谓伤亡，洗清自己不白之冤，必先制住始鸩，既然明夺不得，惟有暗抢了！蓦一咬牙，急念“种神心诀”，头顶光芒大放，元神从泥丸宫中冲脱而出，夭矫飞舞，霎时间绕过众人的神兵、气浪，闪电似的没入始鸩丹田之中。

始鸩周身一震，笑容陡然僵住，手指簌簌乱抖了片刻，突然提起文熙俊，左奔右突，冲出人群，直掠向拓拔野肉身旁侧；玄窍内绚光一闪，冲回他的头顶。

拓拔野身子光芒鼓舞，双眼倏地恢复神采，笑道：“阁下迷途知返，可喜可贺！”双掌飞拍，“仆仆”连声，将始鸩震得经脉俱断，烂泥似的摊倒在地；顺势解开文熙俊穴道，将他拉了起来。

这几下一气呵成，看似简单，其中凶险不言而喻，所幸始鸩的真元与他相去太远，刹那间便为其元魄反制；女魃又正与众人激斗，未及察觉，等到醒悟时，拓拔野业已扭转大局。

火族群雄大喜欢呼，始鸩脸色煞白，想要念诀驭蛊，却连舌尖也跳动不得，惊怒恐惧，汗水涔涔而下。

女魃听不见指令，孤身兀立，满脸茫然，耳廓忽然一动，尖声长啸，朝着拓拔野疾冲飞掠，青衣鼓卷，双掌齐舞，无数道赤艳的红光紫浪汹汹怒爆，破空化合成一只巨大无匹的彤红怪鸟，碧眼凶光，银喙如刀，张翼狂啸……

“大金鹏鸟！”

蚩尤心中一沉，九黎群雄更是哗然惊呼，还不待想明那太古第一凶鸟的魂魄为何竟会与烈烟石同化一体，眼前赤浪狂卷，呼吸陡窒，那巨鸟已瞬间膨胀了数十倍，双翼合扫，宛如漫天火云滚滚崩塌！

“轰！”夜穹尽红，山摇地动，四周蓦地涌起层层叠叠刺目光浪，惊呼惨叫此起彼伏，无数人影掀飞四舞，就连蚩尤、刑天、烈炎等人亦浑身着火，朝外高高飞跌。

拓拔野下意识地将文熙俊远远推飞，丹田内真气犹如太极涡旋，轰然冲涌，奋起神力，天元逆刃银弧电舞，划过一道炫目已极的阴阳鱼线，夭矫蜿蜓，迎面破入那大鹏双翼之中。

"嘭"的一声剧震，漫天红霞炸吐，竟像被刀光瞬时劈裂。

拓拔野金星乱舞，天旋地转，蓦地急旋定海珠，顺着那狂猛凶暴的火焰气浪飘摇跌宕，有惊无险地将巨大的冲击气波消卸开去，饶是如此，仍憋闷欲爆，"哇"地喷出一大口淤血。

大鹏尖啸，赤光晃荡，突如水波般粼粼摇碎，消散无形。女魃青衣倒舞，朝后踉跄直跌了数十步，"哧"的一声轻响，眉心沁出一条红线，人皮面具登时迎风裂散，露出那苍白秀丽的脸容来。

淡绿色的大眼，澄澈如春波，眉头轻蹙，薄薄的嘴唇浑无血色，冷漠之中，又带着说不出的倦怠和迷惘，果然正是烈烟石！

蚩尤身子一震，热泪涌眶，想要呼唤她，却一个字也吐不出来，心乱如麻，只是反反复复地默默念叨着："她没有死！她没有死！"悲喜交织，胸膺像是要爆炸开来一般，过了好一会儿，才仰头捶胸，发出一阵雷鸣似的狂呼，哈哈大笑。

火族群雄欢呼如沸，烈炎更是大喜过望，叫道："八妹！八妹！"朝她大步奔去。

烈烟石却似没听见一般，蹙着眉头，冷冷地盯着拓拔野，杀机凌厉，突然回旋转身，朝着姬远玄疾箭似的怒射而出。

火族众人大骇，失声道："保护陛下！"人影纷舞，神兵纵横，齐齐向她围攻而去。姬远玄喝道："别伤她性命……"

但她来势极快，势如狂飙怒卷，话音未落，便已震飞数十人，冲到他的头顶，双手化爪，凌空抓下。

姬远玄朝前伏身疾冲，钧天剑黄光怒卷，反撩横扫。烈烟石却似早有所料，鬼魅似的飘然折转，抢身冲到他的左侧，闪电似的抓住他左手所握的炼神鼎，劈手夺过，冲天飞起。

姬远玄猝不及防，微微一怔，喝道："水圣女和火正仙俱在鼎中！拦住她，莫让她跑了！"翻身骑上三眼麒麟兽，穷追其后。

众人大哗，纷纷驭风骑兽，四面围堵。

奈何她真气太过强猛，速度又快逾闪电，霎时间便接连震退白帝的大九流光剑、石夷的素光神尺、应龙的金光交错刀，穿透重围，朝西南夜空猎猎飞舞。

拓拔野心中大凛，此时波母自戕而亡，始鸩又在混战中被气浪震死，倘若乌丝兰玛再被女魃抢走，自己所蒙受的冤屈可就更加无法洗清了！当下再不迟疑，跃上乘黄，急电似的破空追去。

狂风扑面，冰雪纷扬，冰山雪岭急速倒掠。耳畔尽是风声鸟鸣，群雄的呼喊声渐渐听不真切了。

烈烟石越飞越快，双足真气宛如火焰推舞，腾云驾雾，速度之快，竟连乘黄兽也追之不及。

追兵越来越少，过不片刻，拓拔野转头望去，只约莫瞧见稀稀落落的百余人，长蛇似的迤逦半空。

又飞了半个多时辰，转头再望时，竟只剩了姬远玄、风后、蚩尤、刑天等寥寥十几人遥遥在后。

明月西沉，晨星渐起，苍茫无边的蓝穹下，雪山皑皑，云海茫茫，烈烟石拖曳着一道赤艳的弧光，像是彗星，灼灼闪耀，无声地朝着西边天际划去。

将近黎明时，拓拔野回头再望，只依稀瞧见姬远玄、风后的身影，后方天边姹紫嫣红，黑紫色的云层滚滚翻腾，镶涂着一层金边，偶尔刺出数道霞光，吞吐变幻，诡谲而又艳丽。

下方千山回绕，赤水奔腾，隆隆宏声隐隐可闻。那东西蜿蜒的雄岭南侧，是连绵如海的漫漫金沙，被狂风吹鼓，如烟腾浪卷，在晨曦里闪耀着点点光芒。不知不觉中，竟又回到了当日与烈碧光晟决战的大峡谷。

烈烟石青衣翻卷，突然朝西南折转，穿过峡谷，掠过流沙，向桂林八树的穷尽处飞去。

林海大火尚未熄灭，浓烟滚滚，火星闪烁，原本郁郁葱葱的万里密林，现下已成了万里焦土，身在万丈高空，大风扑面，仍可闻着那草木焦臭之气。

拓拔野猜到必是蚩尤火炮所为，微微一笑，但想到战火所至，生灵涂炭，何止这桂林八树？心下又不由一阵悲凉怅惘。

狂风鼓舞，硫磺味儿越来越浓，赤水河西畔与流沙东岸的群山之间，大雾弥漫，翻腾出白茫茫、青幽幽的重重瘴气，混沌一片，隐隐可见一株扫帚似的银色巨树矗立在赤水河边，光芒璀璨，宛如灯塔。

烈烟石冲掠而下，在迷雾中若隐若现，宛如幽灵。拓拔野一怔，不知她为何要将自己引到九嶷山下？

正自凛然，身后红日破晓，霞光万丈，霎时间群山尽染，如镀铜金，掩映着滚滚红河、茫茫黄沙，以及那火焰跳跃的万里林海，壮丽无已。惟有前方大雾凄迷，阴风惨淡，像是截然不同的两个世界。

乘黄长嘶，电掠而入。腥臭扑鼻，四周陡然昏暗。雾气离散弥合，却并未瞧见传说中彻夜不息的冲天火光，也听不见任何动响，整个世界竟像是沉睡了一般。

拓拔野心中一动，旋即恍然，那通天彻地的苍梧树既已折断，其枝桠形成的九座火山自然也随之沉埋渊底。原来的九嶷山，现在多半已变成了无底深壑。

凝神扫探，果然瞧见前方黑漆漆的一片，方圆数十里，偶尔亮起淡淡的红光，像是来自地狱深处的炼火。那浓郁的硫磺气味便来自这里。

当是时，烈烟石凌空转身，悬浮在那深壑上方，迷雾中，双眸灼灼地盯视着他，宛如鬼火闪耀，下方鼓起一道红光，她周身历历清晰，苍白的脸泛着娇艳的桃红，衣裳鼓舞，蓦地尖声怒啸，整个人仿佛燃烧起来了，姹紫嫣红的火焰滚滚怒爆，化作大金鹏鸟，朝着拓拔野狂飙撞来。

乘黄惊嘶，冲天飞起，拓拔野方甫旋转定海珠，借势随形，身后突然刮起一阵难以形容的狂暴飓风，硬生生地将他朝前猛推！

奇变陡生，想要借力回避已然不及，仓促间，惟有挥扫天元逆刃，一记

"星飞天外"，朝那急剧膨胀的大鹏奋力怒劈，"轰!"光浪炸舞，腥甜狂涌，被那赤炎火浪迎面撞中，登时从乘黄背上掀飞而起。

不等调匀呼吸，身后黄光怒爆，又是一股雄浑强猛的气浪呼啸撞来，拓拔野下意识地旋身回臂，五气相激，爆出一记绚丽无匹的极光气刀。

"嘭嘭"连震，光焰冲天，照得那人脸容一亮。

"太子黄帝!"拓拔野心中大震，惊愕骇怒，虽知姬远玄已将自己视作敌人，却想不到他竟会如此绝情卑鄙，在此时此地落井下石、暗算偷袭!

第十章 世外春秋

不容他多想，地壑内红光又起，烈烟石遍体霞光四射，就连那猎猎鼓卷的碧衣，也仿佛跳跃摇曳的青紫火焰，尖啸声中，双袖飞舞，大金鹏鸟急剧暴涨，挟卷迸天裂地之力，朝他接连不断地拍扫猛撞。

拓拔野接连格挡，震得气血乱涌，“嘭嘭！”那火焰狂飙与狂风激撞，方圆百里骤然起火，放眼望去，红彤彤、紫艳艳……无边无际，尽是漫漫火海。

火光映照在姬远玄的脸上，阴晴不定，嘴角微笑，淡淡道：“龙神陛下，你我斗剑尚未开始，便在这里切磋，如何?”

钧天剑橙光怒放，突然夹涌起五彩虹霓似的道道绚光，其势如雷霆怒吼，猛不可挡。

“五气合一！”拓拔野心中大震，他剑芒中赫然交融了金、木、水、火、土五种真气！霎时间再无怀疑，喝道：“你就是帝鸿，是也不是?”

姬远玄也不回答，只是微笑道：“难道普天之下，只许你有五德之身么?”周身绚光流舞，滔滔不绝地冲入剑气之中，如狂涛骇浪，纵横席卷，将拓拔野硬生生地朝地壑迫去。

地壑内的火灵烈焰源源不绝地纳入女魃体内，随之化作倍增倍长的大鹏，遮天蔽日，每一次撞击都宛如天崩地裂，岩浆喷薄，将拓拔野退路尽皆封堵。他腹背受敌，险象环生，越战越是凛然，生平头一次感到近乎绝望的骇惧。

且不论姬远玄是否帝鸿，单就烈烟石而言，她原本便是天生火灵，当年被南阳仙子魂魄所附，冲入爆发的赤炎火山，体内的三昧紫火、情火与那狂猛无匹的火山火灵交相融合，导入奇经八脉，沉淀为深不可测的赤炎真元，她整个身躯，便也如沉睡的火山一般，一旦受激苏醒，威力惊天彻地。

到了三天子之都后，她阴差阳错筑就八极之基，无形之中，又将体内沉蕴的赤炎火灵逐一消化，待到她为救蚩尤，强咬大鹏灵珠，凶鸟元魄为其所吞，体内的赤炎真元与大鹏火灵交相迸爆，登时将她灼烧而“死”。

但她便像那浴火重生的凤凰，一旦“活转”过来，大金鹏鸟的元魄、赤炎火山的真灵，在八极转换之间熔合为一，其火属真气之雄浑炙烈，已是旷古绝今；再于这苍梧地火吞吐处汲纳火灵，更可谓占尽天时地利，即便此刻青帝重生，亦难以匹敌！

拓拔野身陷当世两大太神级高手的合围，原已命悬一线，偏偏周侧飓风狂啸，又像长了眼睛似的，只对着他一人怒吼刮卷，更让他天旋地转，难辨方向，想要以定海神珠遏止风势，却又无暇应对。

空有五德之躯、绝世神功，却被逼得施展不出，连气也透不过来，更毋论聚气反攻了。

却不知姬远玄心中惊怒焦虑更胜于他。原以为将他诱到此处，与女魃、风后一齐动手，必可瞬间置其于死地。

不想这小子韧力、斗志如此之强，每每山穷水尽，又让他绝处逢生，激战了近百合，还是莫能奈何。若不能尽快除去这眼中钉、肉中刺，等到五族群雄赶到，那便糟之极矣！

杀机大作，双臂一振，彩光轰然四射，那挺拔英秀的身躯突然膨胀了数十倍，浑圆如球，忽黄忽红，双手化作四只肉翼，平张拍舞，周侧伸出六只彤红的触足，随着肚腹鼓动，有节奏地舒张收缩，突然朝外一鼓，狂飙怒卷，章鱼似的朝着拓拔野兜头抓下！

拓拔野心中一沉，刹那之间，昨夜所有不敢正视的疑窦、猜测，全都在这一刻得到了证实。

悲怒填膺，纵声长啸，蓦地急旋定海珠，顺着那狂风方向冲天拔起，丹田内绚光滚滚，随其盘旋飞转，银光陡然一亮，周围蓦地荡起一圈巨大弧形光轮，太极似的飞旋怒舞，朝其雷霆猛劈。

“砰砰”连声，绚光炸鼓，照得方圆数十里一片雪亮，帝鸿那六只触足应声裂舞，腥血激射。

但那断足稍一收缩，又闪电似的冲舞而至，拓拔野呼吸一窒，如被狂涛骇浪掀卷，双臂、双脚陡然一紧，已被其牢牢缚住！

身后尖啸如雷，红光喷涌，“轰！”拓拔野动弹不得，登时被大鹏结结实实地撞中，眼前一黑，鲜血狂喷，周身骨骼仿佛散裂成了万千碎块，只觉火浪焚卷，霎时间从后心涌入体内，烧得他几欲昏厥。

帝鸿嗡嗡大笑道：“五德之躯，安能如此糟践？”肚腹处迸开一道血盆巨口似的细长裂缝，六只触足卷着他径直往里塞去。

腥风倒卷，热浪滚滚，裂缝中那凹凸不平的彤红色壁肉急剧起伏，拓拔野大凛，奋力挣扎，奈何奇经八脉已断毁近半，那六只触足更如混金铁箍，勒得他动弹不得。

眼角扫处，见风后斜举铜巽扇，骑着逆羽风鸟疾冲而来，当下再不迟疑，蓦地凝神聚念，元神从泥丸宫中破冲离体，急电似的射入风后玄窍之中。

风后殊无防备，被他神识所控，周身一震，抡起巽风扇奋力猛扫。

“呼！”女魃的炽烈火浪随风狂卷，陡然扑在帝鸿身上，紫焰窜舞，帝鸿受灼吃痛，六只触足登时微微一松。

就在这电光石火之间，拓拔野的元神又已从她体内破冲而出，重归自己泥丸宫内，帝鸿触足方松，他立即奋起真气，天元逆刃银光爆舞，朝其口内疾刺而入。

相距极近，帝鸿猝不及防，“哧”的一声，腥血狂喷，剧痛怒吼，圆滚滚的巨躯陡然收缩，六足飞甩，将拓拔野高高抛起。可惜他经脉断毁，真气大打折扣，否则这一刀劈入，帝鸿纵然不死，也必重创。

险死还生，心中狂跳，狂风吹来，背脊凉津津的尽是冷汗，还不等他定神，后方霞雾迸涌，女魃尖啸，又与那大金鹏鸟合而为一，万千赤光霓浪滚滚飞卷，凌空撞来。

拓拔野此时不敢硬接，旋身反手，极光电火刀绚光流舞，斜地里猛劈在大鹏巨翼上，借着那炸涌气浪，喷出一口淤血，凌空翻身，朝那深不见底的地壑疾冲而下。

当是时，远远地传来几声号角，呐喊隐隐，拓拔野精神大振，追兵既至，只要再拼死斡旋上片刻，便可当着天下群雄之面，拆穿姬远玄的帝鸿身份了！

帝鸿光芒摇舞，当空又化作人形，转头遥望，脸色大变，蓦地从怀中抓出一个黄铜密匣，喝道："生风，起火！"将那匣子朝拓拔野当头抛来。

风后挥扇狂舞，飓风咆哮。

女魃双袖齐鼓，赤红色的火浪如彤云翻滚。

"乓！"铜匣迸裂，乌黑油亮的泥土四炸纷扬，被那狂风一卷，陡然爆涨迸鼓，瞬息间便涨大了千万倍，轰隆连声，高高隆起，形成一个巨大的黑色山丘，再被那滔天烈火烧灼，山体陡然通红如炼钢，风雾刮卷，"哧哧"冒起重重白汽。

"息壤神土！"拓拔野惊怒交迸，当日皮母地丘，姬远玄便是惺惺作态，以封镇混沌兽为由，用这神土将他封埋地底；眼下故技重施，却已露出其狰狞面目。当下聚气大喝，挥刀朝上怒斩，想要劈开一条生路。

"哐当"剧震，他周身酥麻，那山体却只裂开一道丈余深的长缝。

狂风怒吼，火浪滔滔，息壤继续急剧膨胀，刹那之间便已绵延出百余里，恰好将那巨大的地壑充填塞满。山体擦撞在壑壁上，隆隆狂震，火星四溅，朝着拓拔野兜头盖脑地压落。

这"混沌天土"乃盘古开天辟地时残留的神泥，遇风膨胀，大至无穷，再经女魃烈火这般烧灼，凝固后更坚逾玄铁，饶是拓拔野真气强猛，手中又有天下至利的天元逆刃，亦无法斫开。

他连劈了数十刀，虎口迸裂，气血乱涌，无计可施，只得翻身朝下冲落。山体急坠，火焰倾泻，宛如天柱崩塌，其势之汹汹猛烈，更在翻天印之上。

那排山倒海的炙烈气浪接连猛撞，拓拔野背脊如裂，经脉如烧，五脏六腑也像是被颠倒挤压，几欲迸裂。

几在同时，下方炎风狂舞，“轰”地卷起茫茫无边的彤红火浪，万千道艳丽的紫线纵横飞舞，轰鸣声震耳欲聋。

地渊中原本便四处弥漫着苍梧树的炽热火浪，被息壤神山这般挟火怒撞，登时竞相爆炸。

拓拔野心下大凛，再这般下去，不等冲入渊底，即便被不被息壤神山压作肉泥，也势必被苍梧火海烧成炭灰！

当下更不迟疑，抛出两仪钟，施力念诀。青光怒舞，神钟陡然变得一人来高，他翻身冲入其中，又将那饕餮离火鼎倒置在钟口。

“呼！”上方气浪撞入鼎内，鼓起刺目火光，那狂猛无匹的压力顿时化作惊天动力，神钟飞旋怒转，陀螺似的朝下猛冲而去。

飓风呼啸，那姹紫嫣红的滚滚炎浪就像一个巨大的漩涡，气浪“当当”不绝地怒撞在铜钟外壁上，火焰狂舞，拓拔野蜷身其内，有如从前乘着柚木潜水舟在惊涛骇浪中跌宕一般，震得百骸如散。

饶是这神钟隔绝阴阳，在这等狂风烈火交加激撞下，亦越来越烫，有如烤炉。拓拔野奇经八脉断毁近半，被如此震荡灼烧，更是裂痛欲死，大汗淋漓；轰鸣声惊雷似的在耳中鼓荡不绝，头昏眼花，意识渐渐变得模糊起来。

迷迷糊糊也不知过了多久，突然“当琅琅”地连声狂震，两仪钟似已触底。拓拔野收势不及，一头撞到钟顶上，温热腥咸的鲜血顿时沿着额头淌落，神智一醒，强忍剧痛，徐徐爬起身来。

朝上望去，四壁深幽，如在井中。

上方碧天澄澈，风声呼啸，黄沙蒙蒙卷过，被饕餮离火鼎倒喷出的火焰烧着，登时冲天飞扬，如火星乱舞。敢情两仪钟已带着他坠入苍梧之渊的地底，砸出一个大坑来。

拓拔野想起蚩尤所述，心中咯噔一响，森寒遍体。

当日九黎群雄是骑着大金鹏鸟，才侥幸飞上万里高空，从那九嶷壑口得返大荒。此刻大鹏已死，那裂口又被息壤封堵，他岂不是永生永世要被困在这太古地牢之中么?

个人自由倒是小事，眼下大荒风云诡谲，战火如荼，那些鬼国妖孽更在暗处虎视眈眈，煽风点火，还不知要使出什么奸谋诡计来。他若不能重出生天，又如何拆穿姬远玄的帝鸿假面?又如何还复天下太平，实践蜃楼之志?又如何……如何找到雨师妾，与她牧马南山，泛舟东海?

想到龙女那温柔妖媚的笑靥，他的心中更是痛如刀绞。蓦一甩头，抛开杂念，下定决心，无论何等艰难，定要设法离开此地!

激战一夜，又受了重伤，饥肠辘辘，周身无一处不痛。当务之急，乃是猎食果腹，养精蓄锐。当下跃出地面，转头四顾。

狂风呼卷，飞沙走石，触目所及，尽是荒凉无垠的赤黄焦土，寸草不生，惟有南边天际青烟滚滚，偶尔窜起一绺绺金红的火光。彼处既然仍有火焰，想必还有树木果实。

拓拔野收起离火鼎与神钟，朝南御风飞掠。

骄阳似火，酷热难耐，就连大风吹来，也像是火焰扑面。四处荒无人烟，就连飞鸟走兽也不见半只，整个世界仿佛只剩下了他一人。

拓拔野伤势未愈，飞掠了百余里，汗出如浆，真气难以为继，只得将白龙鹿从天元逆刃中解印而出，苦笑道:“鹿兄，又得劳烦你啦。”

白龙鹿许久未曾出来透气，也不惧炎风炙热，扬头甩尾，嗷嗷欢嘶，兴高采烈地驮着他朝南飞驰。

过了小半时辰，前方烟雾越来越大，火焰冲天。

遥遥可见一根巨大的树枝横亘在地，盘旋缭绕，像长蛇似的一直朝西南延伸出近百里，黄果累累，黑花摇曳，树叶片片如青火，熊熊跳跃，当是一截断裂的苍梧树枝。

除此之外，不见任何草木花果，大地龟裂，连沙土都被烧成了灰白的粉尘，一阵风起，便大雾似的蒙蒙弥漫。

拓拔野想起《大荒经》、《百草注》中关于苍梧树的记述，其花、果均有剧毒，但若合在一起服用，则有益气补脉的奇效。当下奔到树侧，挥刀劈下花果，一边自行大嚼，一边送入白龙鹿口中。

那黄果酸甜割喉，黑花腥臭苦涩，混在一起，滋味古怪已极。白龙鹿昂首踢蹄，全都喷了出来，嗷嗷怪叫，再也不屑一顾。

拓拔野酸得龇牙咧嘴，泪水也险些涌了出来，但为了尽快修复经脉，只得皱着眉头，将那花果勉强吞了下去。过不片刻，腹内如热火翻涌，脏腑、经脉暖洋洋地极是受用。

拓拔野知其有效，精神大振，又接连吞服了十余颗花果，盘腿坐地，调息养气。他修行“潮汐流”已久，又从蚩尤那儿学到了些“八极心法”，对于如何调复经脉已是大有心得，再加上这苍梧花果的灵力，只过了小半时辰，奇经八脉已痊愈了八成，真气循环大转通畅。

忽听雷声滚滚，震耳欲聋，狂风刮来，竟是彻骨冰寒。睁眼望去，心下大奇，不知何时，那万里碧天已是彤云密布，层层翻滚，时而亮起一道闪电，映得天地皆紫，阴惨惨的甚是诡异。

白龙鹿乃水族灵兽，最厌酷热天气，眼见暴雨在即，昂首欢嘶，大是兴奋。

狂风怒吼，苍梧树枝簌簌激响，火焰贴地狂舞，风中弥漫着一股奇怪的刺鼻之味。过不片刻，大雨倾盆，如万千白箭纵横穿空，打在白龙鹿身上，青烟乱窜，焦臭四起。

白龙鹿吃痛，怪叫跳跃，那坚硬银亮的鳞甲竟被“雨水”瞬间灼蚀了数十个小洞。

拓拔野大凛，方知这瓢泼大雨竟是漫天硫酸，急忙取出两仪钟，飞旋变大，将他与白龙鹿笼罩其中。碧光鼓舞，雨箭冲来，只听得“咄咄”密集之声，竟相缤纷震飞。

风势更猛，酸雨越下越大，大地纵横龟裂，坑坑洼洼，到处弥散着辛烈臭气。过了一会儿，只听“当”的一声脆响，钟壁微震，接着“哐哐当当”之声大作，像是有无数巨石猛撞而来。

拓拔野隔物凝眺，只见无数巨大的冰雹正如流星雨似的倾泻而下，雷霆万钧。最大的直径约有半里，最小的长宽也近六七余丈，撞在周遭的地面上，顿时酸水狂溅，砸出万千深坑来。

如此过了半个时辰，风雨转小，天色渐亮，空中又渐渐露出几处蓝天。满地的冰雹化作酸水，汩汩流入坑缝，渗入地底，很快消失不见。等到雨水全止时，大地又已干涸一片，满目疮痍。

白日当空，苍梧树火重又猎猎高窜，天地犹如一个巨大的炼炉，比之先前竟似又更炎热了几倍。

拓拔野收起神钟，唇干舌燥，喉咙中直欲冒出烟来，衣裳紧贴着肌肤，渗出一层白白的细盐，汗水方一流出，便立时蒸腾。白龙鹿更是燥热难耐，半吐舌头，赫赫喘气不已。

调息片刻，见经脉已基本无碍，拓拔野再不耽搁，重又封印白龙鹿，踏足御风，冲天飞起。

御风术顾名思义，乃是借助风力，扶摇直上，越往上飞，狂风鼓荡，通常飞行得越加轻松。但这苍梧之渊极是奇怪，风向千变万化，忽东忽西，忽上忽下，身在高空，就像是激流中的飘萍一般，跌宕翻转，极难控制方向。

所幸拓拔野腹内有定海珠，又深谙借势随形之妙，在风向中飘忽旋转，飞得倒也并不吃力。

低头俯瞰，那广袤荒凉的原野上，雄岭起伏，形态各异，一直朝南绵延到更远处的沙漠，数千里苍茫大地，火焰闪耀，有如阡陌纵横。朝北远眺，极远处，碧波粼粼，连天闪耀，竟是浩瀚大海。

他听蚩尤说过三天子之都的经历，对此处的地理地貌略知大概，知道南边当是九黎山野，北边便是苍梧崖岸。苍梧树檠天而立，九大树枝盘旋突入大荒地表，乃成九嶷火山。只要能找到三天子之都的方位，自然便能寻着被息壤神土封住的天幕裂口了。

当下将那遥遥横亘的苍梧树干与海岸线交相对应，计算出三天子之都的位置，继续朝其上空猎猎飞去。

只是那碧天无穷无尽，高不可测，他乘风直上，飞了约莫四个时辰，眼见日头西移，天色渐暗，也摸不着天幕的半点边儿，更毋论什么裂口、缝隙了。

狂风益猛，寒冷彻骨，下方又渐渐堆涌起厚厚的云层，惊涛急浪似的汹涌翻腾，被夕阳映照，万里金光灿灿，壮丽非凡。

眼见白日将尽，一无所获，拓拔野心下又是失望又是焦急又是恼恨，也不知眼下天帝山上情势如何？姬远玄是否又纠集鬼国妖孽做出了什么惊人之事？蚩尤、烈炎等人会否被他蒙骗暗算？

越想越是心乱如麻，一日一夜未曾歇息，经脉尚未完全恢复，飞行了这许久，早已精疲力竭，虽不甘心，亦只好御风下掠，待到明日再继续寻找出路。

回到地面，夕阳已沉，漫天晚霞如火如荼，和苍梧树火连成一片。

拓拔野既饿且渴，却寻不到可饮之水，更无任何食物，只得又斫下苍梧花果，聊以充饥。

到了夜间，气温骤降，冷风彻骨，龟裂干涸的大地结起一层银白的寒霜。拓拔野化霜为水，连喝了几捧，遍体清凉。

过不片刻，天空中雪花飘舞，越来越密，渐渐变成鹅毛大雪，天地尽白，银装素裹，惟有那苍梧树枝依旧红光吞吐，火焰熊熊。短短不过两个时辰，竟像是从盛夏陡然转入严冬。

将近半夜，彤云翻滚，电闪雷鸣，大雪转化为冰风暴，冰雹夹杂着酸雨，纵横飞舞。突然刮来一股龙卷风，呜呜呼啸，所到之处，冰雪、乱石、黄沙……重重飞旋，摇曳冲天。

四季气象竟全混杂在了一处，交相肆虐。

拓拔野这些年遍历大荒，也不知去过了多少穷山恶水，原以为至为变化莫测、诡奇恶劣的天气，莫过于皮母地丘之中。今日才知比起这苍梧之渊，波母之丘简直有如天堂了。

当下重又藏入两仪钟内，不管外面风雪冷暖，自行闭目养息。

翌日清晨，烈日如烤，天穹湛蓝，大地龟裂如昨，炽热的狂风中满是硫磺、焦臭之气，那一切风暴雨雪仿佛只是一个幻梦。

拓拔野歇息了一夜，又吞服了十几枚苍梧花果，精神奕奕，当下重又御风飞天，寻找那迸裂的天幕缝隙。

一日之间，天气依旧瞬息万变，时而旱热难耐，时而狂风暴雨，时而冰雹呼啸，时而大雪纷扬。

他扶摇飞翔了整整一日，饱历炎凉，仿佛穿行了春夏秋冬、地北天南，最终却又是无功而返。

此后十余日，日出月落，早起晚归，奈何天高万里，永不可及，飞遍了数万里碧虚，竭尽所能，上下求索，仍是一无所获。

每过一日，拓拔野心中的绝望焦怒便增加一分，残存的侥幸之念越来越少，待到二十日后，已是从未有过的狂躁愤怒，胸膺如火山封堵，随时都欲喷薄。

这天半夜，又是雷电交加，风狂雨骤，他正盘坐在两仪钟内调息，突然觉得大地剧烈震动起来。

收起神钟，但见黑紫艳红的云层低低地压在头顶，万千闪电如银蛇乱舞，咆哮地猛击地面。

炎风飙吼，四处地缝交相迸裂，急剧扩大，只听轰隆连声，万千道赤红的火舌齐齐猛烈喷吐。

顷刻之间，那白茫茫的雪野像是成了浮沉在滚滚岩浆上的裂石，被发狂的火浪冲天掀卷，不断迸炸。燃烧的火弹绚丽穿飞，将天地照得姹紫嫣红。

密云翻腾，雷电乱舞，突然又下起见所未见的暴雨来，雨水如倾，势若天河崩泻，夹杂着流星雨似的无数冰雹，砸在地火中，“哧哧”激响，青烟弥漫，火势反倒更猛，冲天席卷。

拓拔野周身浇透，寒热交集，双拳青筋暴起，憋闷了半个多月的悲郁怒火仿佛也随着这地震雷鸣一齐迸爆，蓦地奋起真气，仰头狂啸。

霎时间，火属真气从丹田层层爆涌，穿过经脉，烈火似的从肌肤毛孔鼓舞而出，浑身顿时紫光怒放。受其所激，土属真气随之奔腾周身，次第带动金、水、木各属真气，汹汹席卷，在奇经八脉之间循环激转。那种感觉说不出地酣畅痛快，仿佛与天地齐震，物我同化。

拓拔野心中一震，如遭电殛，突然想起蚩尤当日在这三天子之都，按照一日不同时辰，修炼不同经脉的事情来。

是了！五行生克、八极转换……难道这苍梧之渊内的奇怪气象，竟隐隐暗蕴着三天子心法的诸种变化至理么？

修神炼气最佳之所，乃是能让天、地、人交融感应之处，这也是为什么历代龙神都在东海之上、借助龙珠修炼真元，而历代赤帝却选择在赤炎山口、闭关于琉璃金光塔内修行。

盘古、伏羲、女娲太古三帝既然选择在这里修炼，必有玄妙。

三天子心法看似博大精深、包容万象，归本溯源，讲究的不过是阴阳交济、五行变化、八极循环的三大奥义，只要能将此三者真正融会贯通，自当尽窥天地奥妙，和宇宙同化一体。

蚩尤不识太古蛇篆，当日眼前虽有满壁三天子心法，却只能略得一二。拓拔野天资聪慧绝伦，又是五德之躯，融五行谱、潮汐流、天元诀、宇宙潮汐流……各大绝学于一身，故而虽只听蚩尤述其概要，已是醍醐灌顶，触类旁通。但终究是雾里看花，隔了一层。

此刻，身处这三天子修炼之故地，亲身感应阴阳万象的自然伟力，体内真气不由自主地潜移默化，随之不断契合转变，虽未见心法文字，却仿佛已得三帝亲传，心中之震撼狂喜，实难用言辞描摹万一！

脑海中突然闪过一个奇异的念头，难道天意冥冥，上苍让他坠入这太古囚狱，竟是为了让他亲身感应三天子心法之精髓，不让这千古绝学随着三天子之都的毁灭而一齐消亡么？

一念及此，心中怦怦剧跳，连日来的悲怒、狂躁、绝望、恨恼……仿佛都随着那地火狂飙一齐喷薄消散了，取而代之的，是无尽的惊喜、激动、期待与振奋。隐隐觉得，只要能修成三天子心法，必有法子可重返大荒。

经此一夜，他心境大转，信念大增，重又恢复了洒落乐观之态。白日里，依旧乘风高上，寻找脱身之路；夜间则盘坐于两仪钟内，天人合一，静心感应那瞬息万变的狂暴气象，揣摩其中奥秘，修炼五行真气。

起初，每过一日，他就在苍梧树枝上划上一道，到了半年之后，专心于天地之道，竟渐渐忘了时间，索性也不再刻画记号。

如此日复一日，不分寒暑，也不知过了多少时日。饿了，便以苍梧花果充饥；渴了，便喝冰霜雨雪；困了，便在神钟内盘坐调息，与万物同化；醒了，便与风并舞，高上九天。

虽然始终未能找到重返大荒之路，但对于三天子心法的领悟日新月异，五行真气亦越来越雄浑无间，稍感慰怀，相信终有一日可借此神功离开此处。原先的焦急忧虑之心随着时间推移，也渐渐淡了下来。

偶尔夜深人静、风暴将至未至之时，看着满地霜雪、月光照影，想到龙女，想到蚩尤，想到那些挂念自己、自己挂念的人们，想到也不知何年何日才能与他们重新相见，难免一阵阵刀绞似的难过。所幸还有白龙鹿相伴，不致太过孤单。

这日黄昏，晚霞漫天，狂风鼓荡，拓拔野驭风低飞，到了那大海南岸，瞧着下方那金光灿烂的波涛，突然想起从前在东海的快乐时光，心中又是悲喜又是温暖。被困此地这么久，要么忙于飞翔高天，要么忙于盘坐于地，从未有闲暇在海边玩耍片刻。

一时兴致大发，解印白龙鹿，呼啸着疾冲而下，乘波踏浪。

碧涛鼓涌，白沫纷扬，白龙鹿时而上穿下钻，翻腾海中，时而湿淋淋地冲天飞起，嗷嗷大叫，甚是快活。

拓拔野被它惹得哈哈大笑，童心复萌，和它玩起从前的诸种游戏来，心情从未有过地放松愉悦。

白龙鹿长嘶一声，凌空翻了几个转儿，直冲海中，大浪纷摇，波涛渐缓，过了许久也不见出来。

天际雷声滚滚，乌云涌动，风暴将至。

拓拔野只道它故意藏匿水中，笑道："鹿兄，冰雹又要来啦。再不出来，我可就将你重行封印了。”连声呼唤，不见应答，心中一凛，难道这海底下竟还藏了什么大金鹏鸟似的太古凶兽？

正待潜入一探究竟，“哗”的一声，白龙鹿叼着一条一尺来长的紫鳞鱼破浪冲起，摇头晃脑，极是兴奋。

拓拔野微微一怔，这些日子以来，他吃那苍梧花果吃得反胃，早就四处遍寻食物。念力查探，未见海中有什么鱼兽，只道当日都已被大鹏地火烧灼而死，没想到竟让白龙鹿寻到一尾。想来是藏在海底深处的岩石之下，未曾察觉。

白龙鹿跃到岸上，嗷嗷大叫，得意已极。

眼见那紫鳞鱼在沙石上活蹦乱跳，拓拔野食指大动，哈哈笑道：“妙极妙极！鹿兄，今晚咱们终于可以改善伙食啦。”

话音未落，又是“哗”的一声，水浪高溅，一条长蛇飞也似的朝那紫鳞鱼扑去。

说时迟，那时快，拓拔野左手凌空虚抓，气浪怒旋，登时将紫鳞鱼吸到掌心。那长蛇一头撞在沙砾里，不分青红皂白，“咯啦咯啦”地一阵贪婪乱嚼，蓦地“哎哟”连声，似是崩掉了几颗牙齿，呼痛不已。

拓拔野忍俊不禁，哈哈大笑，见那“长蛇”乃是一个长了两个脑袋的蛇人，头上各戴一顶破烂不堪的毡帽，面黄肌瘦，龇牙咧嘴，神态甚是滑稽；心中一动，笑道：“是了，你是延维！”

“正是！”那双头人蛇神色一整，做凛然不可侵犯状，喝道，“吾乃神族大巫延维是也！汝一黄毛小儿，竟敢抢吾之晚膳，不想活了乎！”一边说着这些陈词滥调，一边恶狠狠地瞪着他手中的鱼儿，狂吞馋涎，随时直欲扑上。

拓拔野早听蚩尤说过这太古蛇巫的刁滑事迹，想不到以他之奸狡，当日竟未曾跟着大鹏冲天逃离。

有意逗他，将那紫鳞鱼在手中摇来晃去，笑道：“听说有幸遇见阁下，只要供奉膳食，就可称霸天下。我将这条鱼儿给你，你又给我什么好处？”

延维蛇腹瘪塌，咕咕直叫，若换了从前，早已飞扑而上，连着这小子和那鹿兽一齐吞入肚内，大快朵颐；但如今浑身真气都已被蚩尤吸走，念力全无，自是变得格外谨慎胆小，色厉内荏。

四眼随着他的手指摇动滴溜溜地乱转，喉结急剧上下滑动，心中闪过一个极为恶毒之计，喝道：“黄毛小儿！汝若拜我而飨，吾可令汝唾手而得‘盘古九碑’也！”

第十一章　两仪神宫

“盘古九碑？”

拓拔野微微一愣。九碑乃盘古以上古百金炼成，其上分别刻写了九种通神彻鬼的绝世法术，是数千年来人人梦寐以求的太古神器。蚩尤与大鹏激斗之时，九碑坠落苍梧火海，下落不明。难道这厮当真知道其所在？

延维见他动容，忙趁热打铁，摇头晃脑地道：“合九碑为一，可成千古第一至尊神器，万里一瞬，随心所欲，天下四海，无处不可及也……”

拓拔野亦曾听人说过，只要将九碑合一，便可成为一神秘法器，穿梭时空，纵横古今……心中陡然大震，是了！倘若真能如此，岂不是可以借之重返大荒了么？狂喜方起，又觉不对，哈哈笑道：“老蛇怪，你若真知道九碑下落，早就九碑合一，离开此地了，还会眼巴巴地在这儿抢一条小鱼么？”

延维神色大转尴尬，哼了一声，咬牙切齿地恨恨道：“嗟夫！吾虽知九碑之所在，奈何真气俱失，有心杀贼，无力回天，不亦悲乎！”

拓拔野心中一动，登明其意，微笑道：“你是说，那九碑仍在二八神人手中？林雪宜还活着么？”

延维一震，脱口道：“汝乃何人？安知那贱人乎？”贼眼溜溜，将他上下打量了数遍，觉得他不似九黎囚民，瞥见他腰间的天元逆刃，脸色瞬时惨白，两头齐齐张口结舌，瞪着四眼，哑声道：“天……天……天元逆刃！”

回光三宝俱是太古神器，延维若非被蚩尤吸尽真元，早已感应而出，方才饥肠辘辘，只想着如何骗夺他手中的紫鳞鱼，此刻瞧见这第一神兵，震骇惊异，更觉这小子来历非凡。

拓拔野心中一动，知他狡诈贪婪，却对伏羲、女娲极为畏惧，要想令其乖乖就范，威吓远胜利诱。

当下扬眉笑道：“很好。你既然还识得此刀，这两件东西想必也没忘记了？”将两仪钟、十二时盘从怀中一齐取出。

延维“啊”的一声，两头涨红，颤声道：“汝……汝……汝究竟何人乎？”

十二时盘与天元逆刃相传都是盘古所制，两仪钟则是女娲采补天余石制成，太古十二兽国时，这三件神器虽还未被称为“回光三宝”，但天下也都传闻只要将这三件神器收齐，便可洞悉回光诀之神妙，与盘古九碑可谓异曲同工，两相晖映。这三件宝贝原归女娲所有，又怎会落入了这小子手中？他越想越是惊疑。

拓拔野收起神器，哈哈一笑，道：“你偷吃了原该我享用的八斋果，还敢问我是谁？将你封在火风瓶中、不死山下，受数千年饥饿之苦，原想你当知道悔改，没想到还是一点长进也没有，绞断建木，解印大鹏，盗取盘古九碑……嘿嘿，你好大的胆子！”

说到最后一句时，右手随手一摁，五行真气生克激爆，绚光怒旋飞舞，“砰”的一声，登时将延维隔空按倒在地；左手从怀中取出炼妖壶“呼呼”疾转，作状欲将他吸入。

延维吓得魂飞魄散，颤声道：“汝……汝乃伏羲大帝转世！”见到回光三宝时，他心中隐隐已有此念，再见他五行毕备，又有炼妖壶，更无半点怀疑，叩头如捣蒜，道：“小……小……小人罪该万……万死也，愿鞠躬尽……尽瘁，将……将功折……折罪，为陛下找……找到盘……盘古九碑……”

他原本伶牙俐齿，谎话张嘴就来，此时骇得浑身颤抖，牙关格格乱撞，竟连话也说不利索了。

拓拔野暗觉好笑，脸上却是冷冷的极是凝肃，斜睨了他片刻，收回炼妖壶，将那条紫鳞鱼撕成两片，一半丢入白龙鹿口中，一半抛到他脚下，一字字道：“念你于我蛇族有旧功，再饶你一次。此番若找不着盘古九碑，定叫你千秋万载，永受魂魄炼烤之苦。”

延维连连点头，如释重负，汗水涔涔而下，周身仿佛虚脱了一般，指尖颤抖地拾起鱼肉，却连送到嘴里的气力也没有了。

数千年光阴更迭，伏羲积威犹在，被拓拔野这般诈唬，他惊惧惶恐之中，又夹杂着一丝丝炽烈的恨怒。

此时雷声滚滚，狂风呼啸，海上波涛汹涌，暮色沉沉，风暴就要来了。

延维收敛心神，道："陛下请随我来。"两头分别撕咬了一块鱼肉，不敢细嚼，囫囵吞下，必恭必敬地领着拓拔野游入海中。

海面惊涛掀卷，大浪滔天，到了水下数十丈便大转平静。海水灰蓝，空空荡荡，白龙鹿龙须飘舞，四下嗅探，所经之处，不见半只游鱼，就连悬浮的草藻也绝难见着，整个海底似乎都在沉睡着。

延维双头东张西望，蛇身迤逦，在海水中悬游了片刻，突然喜色浮动，朝右前方连连比画。

彼处透明空荡，未见异常，拓拔野凝神再看，心中陡然一凛，才发觉那儿海水的光影颇为奇怪，像是立了一根巨大的透明棱柱，水波轻撞其沿，晃漾出点点微光。当下聚气挥刀，破浪劈去。

"轰"的一声闷响，绚光如霞，水波狂震，果见一个巨大的八面水晶棱柱矗立海中，直插入海底。棱柱直径约达三百丈，被天元逆刃气波所劈，微微摇动，侧面徐徐打开一道长缝，冒出万千串气泡，霞芒吞吐。竟是一道暗门。

延维急速前游，从那长缝中钻了进去。

拓拔野骑着白龙鹿尾随其后，方甫进入，眼前一亮，心中陡然大震。在苍梧之渊待了这么久，竟未发觉海下还有这样一个秘密世界！

霓光晃动，迷离瑰丽，置身处竟是一个极为富丽堂皇的宫殿。四壁高阔，悬挂着各种色彩艳丽的蚌壳，珠光四射，亮如白昼。当中一根墨玉石柱，雕着两条人蛇，两两交缠，栩栩如生。

地上铺着厚厚的海狐毛地毯，环绕着那墨玉石柱，织成黑白交旋的太极图案。殿中的玉案、烛台、铜鼎、香炉……无不造式古朴，肃穆而又华丽。

右前方角落立着一排碧玉屏风，隐隐可见螺旋似的白玉石梯朝上下盘旋，显然这里不过是海底密宫的某一层。也不知此殿之外，尚有多少乾坤？

见拓拔野讶然四望，似是对此地浑无印象，延维心底微感狐疑，咳嗽一声，正待说话，忽听一个柔美清脆的女子声音森然大笑道："苍天有眼！延维狗贼，原来你还没死！妙极，妙极！"

声音环绕响彻，一时也分辨不出由哪里传来。延维脸色微变，四下环顾，铿锵有力地喝道："大胆贱婢！两仪神宫乃陛下双修之地，岂容尔等宵小窃据？陛下今已转世到此，尔等贱民还不速速自缚请罪！"

拓拔野一凛，才知这里竟是伏羲、女娲阴阳双修的秘地，难怪如此奢华壮丽。那说话女子想必就是不死国主林雪宜了。

果听那女子格格大笑道："陛下转世？他若是陛下转世，我就不是林雪宜，而是女娲再世了！"话音未落，狂风骤起，人影疾闪，八道气浪从前后左右向拓拔野、延维猛撞而来。

拓拔野心中大震，那八道真气来势之猛，见所未见，合在一起，威力竟似丝毫不在灵青帝之下！登时明白必是蚩尤所说的二八神人，当下急旋定海珠，五行真气在体内急速激爆，直冲入天元逆刃，连人带刀螺旋怒舞，狂飙似的与那八人次第相撞。

"当当"连声，他虎口迸裂，周身如遭电殛，酥麻震痹，霎时间几乎连气也喘不过来。

所幸单个而论，他的真气均胜过对手，再倚借五行生克之道，将自己的各属真气激化到最大，以金克木，以木克土，以土克水，以水克火、以火克金……如此分而破之，自是大占便宜。

绚光炸舞，撞得那八人"咿呀"怪叫，横空飞退。

他翻身急旋，卸去激撞气浪，稳稳当当地跃回白龙鹿背，仰头哈哈大笑道："区区八斋树妖，也敢与我争锋！"将涌到喉头的鲜血强行咽了下去。

"五行真气！"林雪宜惊咦一声，接着似又探察他身上的回光三宝，声调更是骤变，又惊又怒，喝道："臭小子，你是谁？这些神器从何处得来？"

那八个丈许高的连体巨人咿哇大叫，凌空环绕，将他们团团围在中央。

在万千明珠映照下，肤色黝黑如铁，光泽闪耀，果然像是八根巨大的枝桠悬浮半空。宽短的脸上，铜铃大眼灼灼瞪视，落腮胡子如烈火跳卷，显是对拓拔野雄浑无匹的五行真气颇感震惊。

延维见他刹那间竟将二八神人尽数震飞，大喜过望，方甫浮起的疑心登时又荡然无存，昂头挺胸地喝道：“贱婢！汝是不见黄河心不死，不到腊月不蜕皮！再不献出九碑，叩首请罪，肉酱即尔等之下场！”眉飞色舞，意气风发。

林雪宜的声音格格冷笑，四下回荡：“就算他有五德之身又如何？陛下早已化作灵山，永不复生了！延维老贼，我倒要看一看，今日究竟是谁要化作肉酱……”

拓拔野耳廓微动，蓦地辨出她便藏身于上层宫殿之中，不等她说完，一夹白龙鹿，冲天飞起，天元逆刃弧光电舞，闪电似的劈入那玉石穹顶。

“轰！”绚芒激射，碎石炸舞，顶穹顿时坍塌。

二八神人呼啸冲来，凌空穿插，霎时间彼此纵横相连，组合成一个六丈高的“巨人”，双“臂”飞舞，气浪如狂飙怒卷，直如山崩海啸。

拓拔野大凛，这次的气浪果然五行俱备，威力暴涨。难怪以蚩尤、八郡主之神通，当日亦被他们七纵七擒，困在苍梧树洞之中。好胜心起，喝道：“来得好！”天元诀、宇宙极光流交融合一，天元逆刃霓光激爆，夭矫怒旋，如太极鱼线似的破入那两道光浪之中。

五气交击，光波狂震，天摇地动。殿内的蚌珠灯摇曳迸炸，光线陡暗，那些玉案、铜鼎更是冲天翻飞，纵横乱撞。

二八神人急退几步，东摇西倒，勉力保持住那合体阵形。

拓拔野亦经脉如烧，灼痛已极，他无暇与树妖缠斗，只想速战速决，尽快擒住林雪宜，问出盘古九碑下落。当下借着那震荡巨力，骑着白龙鹿朝上飘摇疾冲。

灯光骤亮，上一层大殿内，数百盏琉璃水晶灯摇曳闪耀，未见任何人影。想来那林雪宜藏身于更上一层宫殿中。

拓拔野片刻不停，又是一记“星飞天外”，光浪如彗星回旋倒舞，登时又将上方穹顶撞破一个大洞。

只听“啊”的一声低呼，一个绿蟒皮衣的明艳少女急坠而下。延维在下方大喜叫道：“陛下，是那贱婢也！是那贱婢也！”二八神人哇哇大叫，疾冲而来，气浪澎湃鼓卷。

拓拔野左手气带飞卷，闪电似的将那少女抄到手中，封住经脉。右手挥刀反劈，五行相克，借着那激撞之力继续高冲飞起，又冲上一层宫殿中。

少女雪肤明眸，双耳上悬着两个赤铜人蛇环，果然是那林雪宜。只是她奇经八脉均已震断，形同废人，即便不封其经络，亦动弹不得。恨恨地瞪着他，双靥晕红，满脸惊怒羞愤之色，高声叫道：“阿大、阿二，莫管我，快快将这小子和那延维老贼全都杀了！”

延维老奸巨猾，早知她性情刚烈狠决，宁可玉碎，不愿瓦全，趁着上方混战之际，早已从暗门中溜了出去，逃之夭夭。

二八神人一心解救主人，顾不得追他，嗡嗡大叫，合成“巨人”直冲而上，五行真气滚滚冲爆，招式虽然至为简单质朴，威力却是惊天动地。光浪所及，势如破竹，无坚不摧，就连那混金铜鼎也被瞬间撞瘪如铁皮。

拓拔野生怕伤了白龙鹿，道：“鹿兄，委屈你了！”翻身将它封印，抱着林雪宜螺旋上冲。

二八神人是八斋树所化的木精，数千年来，又得林雪宜传授八脉神功，真气之猛，当世除了神农、青帝，无人可敌。若换作五帝之盟之前，即便拓拔野吸纳了广成子、阴阳双蟒及万千尸鬼的真气，与这八个铜头铁臂的连体树妖对战，亦毫无半点胜算。

但他在这苍梧之渊修行了这么久，天人合一，心无旁骛，虽未见半篇“三天子心法”的文诀，不知不觉中，却已通过那瞬息万变、威力恐怖的苍梧气象，悟得了“三天子心法”的精髓真义，不但将体内的种种真元消化并纳，更将所有绝学融会贯通，阴阳循环、五行生克，都已极之随意自如，只是八极转换尚欠火候。

此时，在那二八神人雷霆猛攻之下，体内五行真气如潮汐蓬然怒涌，不必他多想，便已自动流转激生，化作与彼相克的护体真气，再借势随形，以力助力，扶摇直上，刹那之间便已连续撞破了七层穹顶。看似跌宕惊险，却将五行生克之道发挥得淋漓尽致，妙到毫巅。

林雪宜被他抱在怀中，起初还叱骂不绝，但越到后来，越是惊异莫表，渐渐地竟说不出话来了，心道："难道这小子当真是伏羲转世？否则以他如此年纪，又怎会……又怎会……"

念头未已，"轰！"光浪陡亮，拓拔野又劈穿了上方顶穹，水浪狂喷，如瀑布飞泻直下，其外已是茫茫大海。

他螺旋冲舞，直入汪洋，带着滚滚气泡穿透灰蓝海面，"哗"的一声，高高破空冲起。

狂风怒号，大浪滔天，暴雨、冰雹正如密箭乱舞。一道闪电陡然划过乌黑的云天，雷声狂播，震得天海摇动。

拓拔野深吸一口气，精神大震，久居此处，这恶劣狂暴的天气竟已变得如此亲切，体内水属真气受其感应，亦惊涛骇浪似的在经脉间汹汹怒卷，自动激生，化作雷鸣似的木属真气，又激爆起远处冲天烈火般的火属气浪，再转为土震石崩似的土属真气，而后又化作闪电霹雳般的金属气浪……

当是时，惊涛喷舞，二八神人冲天飞起，两道气浪从"巨人"双"拳"中怒爆冲出，仿佛一赤一青两条狂龙，贴着大浪纷摇的海面夭矫飞腾，交错着撞向拓拔野胸口、后背。

闪电骤亮，天海如紫。

拓拔野纵声长啸，五行真气天地感应，滚滚冲爆为金属气浪，天元逆刃卷起一道比闪电还要刺目的弧光，瞬间劈入迎面那道青碧色的光浪之中。

气光掀爆，震耳欲聋，"巨人"怪吼一声，"左臂"被震得险些飞脱而出。拓拔野顺势凌空后翻，高高跃起，避开后方呼啸卷过的赤彤气浪。体内真气瞬息万变，立刻又激爆成狂涛巨浪似的水属真气，天元逆刃挥处，水浪狂卷，海面如炸，登时将赤彤气浪轰然劈散。

雷声滚滚，二八神人踉跄后跌。

拓拔野不给他们丝毫喘息之机，长啸不绝，真气恣意转换，相生相克，与天地同化；天元逆刃纵横飞舞，大开大合，如雷奔浪卷，杀得那八斋树妖嗡嗡大叫，后退不迭。

远处，地动天摇，红光喷薄，万千道地火如赤龙狂舞，金蛇高窜，烧得半边夜空彤红艳丽，半边墨黑如漆。

受地震牵动，海啸骤起，飓风如羊角呼卷，数十丈高的巨浪遮天盖地，如雪山崩塌，天河泄洪，整个海面像是沸腾了一般，一浪高过一浪。

拓拔野精神大振，越斗越是酣畅。丹田内，阴阳两炁如太极飞旋，身体犹如一个小小的宇宙，奇经八脉、心肾肝胆……仿佛都化作了日月星辰、山河湖海，随着这狂暴天象，戚戚感应，变化万千。

周身飞旋疾舞，如羊角飓风；天元逆刃纵横闪耀，似霹雳横空。五行真气更迭交替，相克相生，时而如地火焚天，时而如地震山崩，时而如海啸摧枯拉朽，时而又如极光绚舞交叠……万象纷呈，如天机莫测，威力之强猛，便连他自己也觉得说不出的惊讶喜悦。

二八神人踏波破浪，一路飞退，被他那天雷地火、狂风暴雨似的猛攻迫得狼狈万状，偶有反攻，亦立时被化解震退。

这八个木精真气虽然极之狂猛，但终究是铁木所化，愚钝木愣，不知变通，是以数千年光阴，他们也只由林雪宜学得相对简单的“八脉大法”，就连招式也直来直往，刚猛有余，变化不足。被拓拔野如此急攻，眼花缭乱，空有浑身真气却施展不出，憋屈烦闷，咿呀大叫。

闪电骤亮，照得林雪宜脸色惨白如纸，妙目圆睁，骇然地盯视着拓拔野，心潮汹涌，呼吸不得，蚊吟似的喃喃道：“三天子心法！三天子心法！”这小子的一招一式，虽然与壁画所刻的太古三帝武学大相径庭，但其真气运转、精髓要义却是与之浑然相契！

她自以为参悟心法数千年，当今之世再没人比她更了解其中玄妙，岂料今夜所见，竟是眼界大开，翻陈出新，心中之震撼，实比这地震海啸更要为甚。

雷霆连奏，天海蓝紫一片。

拓拔野丹田太极越转越快，五行真气相激相生，在各个穴道、经脉之间飞旋交融，眼前陡然一亮，又进入那“宇宙即我心，天元即丹田”的奇妙境界，但觉万里长天，海阔无极，自身已与天地同化，体内宇宙星辰飞旋，万象生灭，心中喜悦激动，纵声啸歌……

“轰!”五气磅礴，左掌吐出一道绚丽无比的炽光，像流霞横空，极光漫舞，撞中那八斋树妖组合而成的“巨人”“丹田”处。二八神人齐声痛吼，登时纸鸢似的离散震飞，缤纷坠入狂涛之中。

巨浪滔天，火光映空。

林雪宜脑海中空白一片，怔怔凝望，什么声音都听不见了。拓拔野旋身徐徐落下，衣袂翻卷，长带如飞，俊秀的脸上如映红霞，那飞扬喜悦的神采，多么……多么像他呵!

眼眶酸热，泪珠倏然从她脸颊滑落。突然之间，心中的愤懑、羞怒、骇异、恐惧、杀意……全都被扑面狂风卷得烟消云散了，咸涩的浪水打在脸上，分不清哪些是海水，哪些才是眼泪。

朦朦胧胧中，依稀瞧见二八神人从海中冲跃而起，咿哇大叫，还想上前与拓拔野死战，林雪宜心底一震，高声叫道：“不要打啦!他是……他是……”凝视着他的双眼，悲喜交集，长睫颤动，半晌才低低地说道：“他是陛下转世!”

雷声滚滚，回荡不绝。

远处的地火像是渐渐平息了，漫天姹紫嫣红，狂风依旧。

二八神人面面相觑，踏浪上前，齐齐朝拓拔野凌波拜倒。虽未发一言，神色肃穆，显是心悦诚服。

拓拔野微微一怔，没想到她竟会突然承认自己的“伏羲”身份。见她眼波凄婉温柔，神色古怪，心中微微一动，似有所悟，将她经脉解开。

延维在远处海浪中遥遥观望，见局势已定，这才迤逦游来，高声抑扬顿挫地赞叹道："嗟夫！陛下英明神武，地火为之喷薄，天海因之变色！彼等贱婢草民，螳臂当车，不堪一击，自不量力，徒增笑耳！"

声调陡然一转，瞪着林雪宜，大义凛然地喝道："尔等若想活命，速速交出盘古九碑，以及鲜鱼瓜果！"说到最后一句，喉结又是一阵急剧滑动。

林雪宜冷冷地望着他，胸脯起伏，恨火欲喷。强忍怒气，朝拓拔野伏身拜倒，珠泪簌簌而下，哽咽道："陛下，延维这狗贼玷我清白，盗食帝药，又诬陷我觊觎盘古九碑，害雪宜蒙受不白之冤，为世人所唾，囚辱数千年。恳请陛下为我伸冤，将这狗贼千刀万剐，凌迟处死！"

电闪雷鸣，雨如瓢泼。

延维急忙伏身波涛之上，连连叩头道："陛下明察秋毫，又焉能为此贱婢蒙蔽乎？贱婢失贞盗药，与吾何干？若非其渎职，女帝陛下又岂会作此决断耶！此次苍梧树断，大鹏解印，亦乃贱婢勾结外人所为耳！其罪滔滔，天地不容，恳请陛下将此贱婢剁成肉酱，以绝效仿！"

拓拔野嘴角冷笑，心下雪亮。他想起天帝山上，自己被乌丝兰玛、姬远玄等人串通算计的情景，更是心有戚戚，对林雪宜大感怜悯。但自己先前已经答应饶过延维，此刻反悔，岂不有失"伏羲"身份？

瞥见林雪宜腰间悬系的火风瓶，心中一动，扬眉喝道："在我面前还敢信口雌黄，延维，你好大的狗胆！"

延维周身一颤，吓得脸色惨白。

拓拔野右手凌空一抄，将火风瓶抓到掌中，淡淡道："我虽答应饶你，但女帝却未曾答应。她当年既已下令将你关在瓶中，永受火烤、饥饿之苦，我又岂能忤逆？"按照蚩尤、晏紫苏当日所述，将黑铜长针扎入八角铜瓶的颈洞中，叱道："果风去，成不北，果极南！"

狂风倒卷，延维登时惨叫着冲入瓶中，只露出两个憋涨得紫红的脑袋，气急败坏，之乎者也地大骂不绝。

"多谢陛下为我伸冤。"林雪宜嘴唇颤抖，脸上晕红如霞，声音已大转平定，起身道，"盘古九碑在两仪宫中，请陛下随我来。"与二八神人一齐冲入海中，翩翩朝那水晶石柱游去。

拓拔野收起火风瓶，紧随其后。涡流滚滚，气泡飞扬，两仪宫已被海水注满，上九层殿阁断壁残垣，一片狼藉。万千明珠悬浮水中，五光十色，照得原本灰蓝昏暗的海底光怪陆离。

顺着螺旋玉梯蜿蜒而下，到了下方第十二层，只见彩鱼翩翩，迎面游来，瓜果肉脯，悬浮跌宕。延维两头不断地伸颈乱咬，却每每失之毫厘，只能眼睁睁地看着鱼群擦着脸颊游过，狂吞馋涎。

拓拔野心下大奇，旋即恍然，这里既是当年伏羲、女娲双修秘宫，自然储备丰富，这一层必定便是粮仓食库了。先前白龙鹿捕到的那条紫鳞鱼多半便是从此处逃出。

二八神人合力提起地上的一个巨大的太极铜盘，露出一个圆形甬道，海水涡旋急泻而入。

四周黑漆漆一片，拓拔野随着林雪宜跃下，走不几步，打开一道铜门，绚光晃眼，心下大震，险些惊呼失声。

身在半空，前方乃是一个高达百丈、直径近八十丈的八面棱形洞窟，洞壁光滑，五色斑斓，也不知以什么混金铜铁制成，顶壁上有一圈细密裂痕。

底部红彤彤一片，数十个圆孔星罗棋布，赤焰高窜。正中有一个八角高台，环绕着高台，从南而西分别刻了“离”、“坤”、“兑”、“乾”、“坎”、“艮”、“震”、“巽”八卦图。

八角高台上刻着一个巨大的太极图案，在四周狂舞火舌的舔舐下，闪耀着五彩缤纷的绚丽光芒，映照得四壁红绿不定。

此情此景，与当日皮母地丘下的“阴阳冥火壶”何其相似！无论大小、形状、方位、布置……全都如一个模子里铸出来的，浑无半点差别——除了那太极八卦台上，未见碧玉石棺。

拓拔野呼吸如窒，心中怦怦狂跳，恍如做梦一般。

命运无稽，世事无常，却又往往有着许多难以解释的奇怪巧合。难道上天当日让自己受困冥火壶，被息壤封于地底，就是为了与今日之事交相印证么？这二者之间，究竟又有何隐秘联系？

心中又是一震，是了！阴阳冥火壶是女娲所制，这两仪神宫亦是女娲与伏羲双修之地，难道当日女娲炼造冥火壶的初衷并非是封镇凶兽，而是用来阴阳双修么？倘若如此，重复当日运转神壶、乾坤挪移的方法，岂不是可以离开此地，重返大荒了么？

一念及此，胸膺狂喜欲爆，蓦地疾冲而下，天元逆刃银光电斩，劈撞在那八角高台的乾卦图案上，“嘭！”乾卦图案的巨石果然应声陷落，冲起一道刺目的白光，投映在北面洞壁上。

白光滚滚，狂风大作，那洞壁“喀啦啦”微微一沉，陷出一块长一丈、宽三尺的长方形凹洞来，却并未见任何浮凸而起的太古篆字。

拓拔野等了片刻，再不见动静，心下大奇，当下继续挥刀怒斩，朝那“兑卦”图案连劈两记，“兑卦”巨石轰然剧震，蓦地下沉，又冲起一道刺目的白光，投映在西北面的洞壁上。

西北洞壁徐徐下沉，亦露出一道大小相同的长方凹洞，却依旧不见任何篆文。

拓拔野满腔喜悦尽化失望，正待再作尝试，朝那“离卦”图石劈上三刀，林雪宜突然跪倒在地，咚咚叩头，鲜血长流，颤声道：“陛下恕罪！雪宜保护不力，九碑被大鹏天火与苍梧地火交相烧熔，形状尽毁，再也不能镶回原处了！”

二八神人嗡嗡附和，挟着九块奇形怪状、颜色各异的混金铜跃了下来，“叮叮当当”丢了满地，光华流转，凹凹凸凸，隐隐还能瞧见若干蛇篆。

拓拔野登即恍然。盘古九碑原本必是镶嵌在这两仪神宫的八面铜壁之上，带动八极旋转，乾坤变换；既已熔毁于烈火，机关自然无法开启了。困在此处也不知过了多少年月，好不容易有了脱身之机，想不到又是一场空欢喜，心中之沮丧恼恨，无以复加。

林雪宜叩头不止，泪水长流，哭道：“陛下明鉴，雪宜当日为救护九碑，七经八脉寸寸俱断，形如废人。这一千一百三十九天以来，日日夜夜都想着如何复原神碑，用尽了各种法子，也……也……”恐惧、愧疚、难过、悲沮……如潮汹涌，噎得她说不出话来了。

一千一百三十九天？拓拔野遽然一惊，这才知道光阴似箭，自己囚困苍梧之渊竟已三年有余！

洞中一日，世上千年。三年之间，大荒中不知已发生了多少翻天覆地的变故？眼泪袋子是生是死？蚩尤近况如何？龙神是否已经救活？姬远玄的帝鸿面目可曾有人识破？五族战火是否依旧？

霎时间，思潮纷涌，心乱如麻，心中更觉焦躁难受。蓦地深吸一口气，收敛杂念，盘坐于地，一边凝神环顾四壁，一边反反复复地对自己说道：“拓拔野呀拓拔野，就差一步，就差一步了！上天今日既让你到此，定有法子离开这里。好好想想，再好好想想……”

林雪宜、二八神人见他盘坐仰头，苦苦沉吟，半晌未出一言，不敢打搅，也都坐立周遭，心下忐忑。

拓拔野凝视八壁，眼前蓦地闪过阴阳冥火壶那八面铜壁上所浮映的上古篆文，历历清晰，心中陡然大震：“是了！女娲所造的冥火壶既然与这两仪宫浑无二致，其壁上的蛇篆必定与盘古九碑的碑文一模一样！”

思绪飞转，又想起当日鲲鱼口中，与青帝一齐以两仪钟、饕餮离火鼎为洪炉，炼烧神兵的情景……福至心灵，翻身跃起，哈哈大笑道：“我有法子复原盘古九碑了！”

第十二章　故人归墟

时近黄昏，碧海金光粼粼，火烧云随着狂风层叠涌动，变幻出万千形状，沉甸甸地压在海面上。

几只雪白的海鸥欢鸣交错，朝着西边天际那艳红的夕阳飞去，时而乘风高翔，时而紧贴波浪。海流汹涌，白浪翻腾，“哗!”一条双头紫螭突然破浪而出，海鸥惊鸣，冲天逃散。

那螭龙张牙舞爪，腾空咆哮，夕晖镀照，遍体紫光闪耀。

背上骑着一个银铠兽身的怪人，白甲遍体覆盖，却掩不住那灿如黄金的细长绒毛，双手如虎爪，长尾如巨蜥，惟有一张脸容长得似人，双眼斜吊，嘴角冷笑凝结，神色极是狠厉。

银甲兽人纵声怪啸，虎爪挥舞长鞭，凌空狠狠地抽在螭龙身上，紫螭双头齐吼，长尾抛卷，在半空划过一道优美的圆弧，朝下疾冲而去。

海流突转湍急，轰鸣阵阵，陡然朝下飞涌喷泻。极目远眺，前方赫然竟是一片几乎看不见边际的巨大深渊。四面八方的海水如瀑布围挂，隆隆奔泻，形成了方圆数千里的海壑，煞是壮观。

下方落差极大，海水疾冲而下，与周边的滔滔怒流交相激撞，白沫冲天喷舞，仿佛万千巨龙咆哮飞腾，气势恢弘。

被海浪挟卷的鱼群凌空抛舞，纷扬交错，在空中闪烁着万千银光。当空盘旋着的无数飞鸟，纷纷欢鸣俯冲，争相掠食。

银甲兽人驭龙疾飞而下，穿过漫天鸟群、飞鱼，朝深谷中央冲去。

海壑内与此相距数十里，矗立着一座巨大的岛屿，险峰如削，兀石嶙峋，岛上的土石竟是奇异的湛蓝色，蓝得像天，蓝得像海，远远望去，和周遭景色浑然合一。

四方奔泻的海水环绕着这座巨岛涡旋狂转，一圈圈地朝壑底冲去，壑底虽然惊涛汹涌，水位却不见增长半分，与上方海平面始终保持着万丈之距。

银甲兽人闪电似的骑龙横空，穿越海壑。

将近岛屿时，突听鸟鸣如潮响彻，无数巨鸟从岛上冲天飞起，黑压压地像乌云般，瞬间遮蔽了半边霞天。

银甲兽人举起一弯血红的龙角，呜呜高吹。鸟群尖啸，轰然分开一条空中大道，盘旋飞舞，夹护着他朝岛上掠去。

越过高崖，岛屿陡宽，绿野茫茫铺展，与远处蓝天相连。东南方，林海汹汹起伏，掩映着一座赭红色的石堡，城头忽然也响起一阵凄寒的号角声，遥遥呼应，周围群鸟纷飞。

那石堡沿着险崖峭壁而立，巍峨坚固，周侧城墙绵延十余里，仿佛与那湛蓝的山石连成了一体。狂风鼓荡，旌旗猎猎招展，仿佛道道彩霞在海壑间翻腾起伏。

银甲兽人骑龙飞掠，不过片刻便冲到了石堡上方。

鸟群尖啼避散，城楼上的数千甲兵纷纷伏倒在地，齐声高呼："蓝田东夷军，恭迎犁神上!"声如洪雷，回荡不绝。

双头螭怒吼着冲落城头，被它巨尾撞中，"砰砰"几声震响，那坚固厚实的墙垛登时土崩瓦解，朝崖下迸飞塌落。

众兵士微微一颤，头却丝毫不敢抬起。

银甲兽人一跃而下，冷厉的目光寒电似的扫过众人，道："那逆贼呢?"

一个白翎银盔的大将必恭必敬地道："回神上，逆贼仍被关押在地牢之中。"

银甲兽人冷冷道："乱党虽然都已伏法，但今日是大刑之日，为免万一，你们还得打点起十二分的精神来。"顿了顿，提高声音喝道："把那干逆贼提上来!"

众将士轰然附和。

那白翎银盔的大将领着数十名卫士奔下城墙，过不片刻，从石堡主楼的暗门中推了十几个衣裳褴褛的囚犯出来，沿着桥楼到了那银甲兽人的下方。

当先那名囚犯是个苍白浮肿的胖子，双眼惺忪，满是血丝，萎靡不振，显是被酒色掏空了身子；双脚、双手均被青铜锁链铐住，走起路来叮叮当当，东倒西歪，一阵风刮来，破衣飞舞，仿佛随时都将掉下桥楼一般。

那胖子身后分别跟着一个细眼长鼻的马脸男子，和一个干瘦枯槁的老者，除了被混金锁链缚住脚踝、手腕之外，琵琶骨上还被混金枷锁刺穿扣锁，浑身鲜血斑斑。虽被众卫士推搡呵斥，仍是昂然前行，护守在那胖子两翼。

后面的十几个囚犯也都浑身血污，被混金锁链扣住手脚、穿透了琵琶骨，行走极是不便；惟有当中一个凤眼斜挑的美貌少女，衣裳整洁，昂首徐行，姿容极是高贵，宛如莲花出污泥而不染。

银甲兽人负手昂身高立，冷冷地斜睨着那胖子，嘴角勾起一丝轻蔑厌恶的笑容，喝道："逆贼少昊，你受水族妖女蛊惑，勾结乱党，行刺陛下，又火烧炎火崖，谋弑西王母，罪大恶极，还不跪下受死!"

那马脸男子与干瘦老者眼见是他，怒火欲喷，厉声道："犁灵！你诬陷忠良，欺师犯上，公报私仇，又该当何罪!"奋力挣扎，想要冲上前去，却被周围卫士呵斥着拖住混金链，一顿拳打脚踢。

那犁灵冷冷道："金光神包庇乱党，自当受惩，与我何干？英招、江疑，尔等死到临头，还不知悔改？谋乱犯上，铁证如山，昨日长老会已通过决议，将你们一干逆贼就地正法。来人，将他们全部伏下!"

周围卫士山呼海应，冲上前来，将英招、江疑摁倒在地。这两名金族真仙何曾受过这等恶气？虎落平阳，悲愤填膺，偏偏经脉断毁，琵琶骨又被锁住，只能发出困兽似的怒吼。

那胖子却似毫不生气，仰天打了个呵欠，懒洋洋地笑道："恭喜犁神上升任'刑神'。你在蓐收手下熬了这么多年，终于逮着这个机会出头啦。'八月桂花开，昆仑雪初来'。你千里迢迢地来砍我的脑袋，不知有没替我捎上一坛上好的'冰桂蜜酿'?"

那犁灵一怔，想不到他大限将至，既不痛哭求饶，也不疾言怒骂，反倒记挂着昆仑的蜜酒，忍不住哈哈大笑道："都说少昊是个酒囊饭桶，果不其然！嘿嘿，想要喝酒，就去幽冥地府喝那黄泉酿的美酒吧！”

少昊摇头叹道：“你出言不逊，忤逆犯上都也罢了，没给我带来好酒，这等大罪让我如何饶你？”

话音未落，双臂猛然分振，“轰”的一声，那青铜锁链登时炸裂开来，光浪爆舞，破空怒卷，朝犁灵迎面狠抽而去。

犁灵正自仰头狂笑，听得众人惊呼，待要闪避已然不及，下意识地抽出两柄青铜月斧，向上挥舞错挡。

“啪！”铜链缠住双斧，呜呜绕卷，闪电似的猛劈在犁灵的脸颜上，登时将他打得血肉飞溅，嘶声惨叫，仰面踉跄后跌。

众将士轰然大哗，没想到这废物似的胖子竟能将青铜链瞬间震断，雷霆反击！就连匍匐在地的江疑、英招亦大感意外，一时也忘了欢呼喝彩。

那双头螭大怒咆哮，猛地冲舞而起，巨尾划过一道狂飙，倒旋疾冲，朝少昊当头怒扫。

少昊哈哈笑道：“没有‘冰桂蜜酿’，这等皮糙肉厚之物如何咽得下肚？去吧！”右手陡然反抽，青铜链霹雳似的横空闪过。

“啪”的一声，不偏不倚，瞬间将那龙尾紧紧缠住，轻巧地朝外一拽、一抛，偌大的巨龙竟如纸鸢似的飞跌而出，重重地撞在对面的城墙上。

双头螭吃痛狂吼，墙楼崩塌，巨石飞炸，十余名卫士惨呼着急坠山崖。

犁灵摸着血肉模糊的脸，又惊又怒，仰头吹奏血龙角，漫天飞鸟尖啸，狂潮飞瀑似的朝少昊猛扑而来。

群鸟之中，既有体型巨大、尖翎如刀的天翼龙，也有小如蜜蜂的毒刺鸟，更有喷吐火焰、狂猛无比的炽尾凤……一时间，火焰漫天，毒液如雨，周遭众人逃之不及，顿时浑身着火，掩面惨呼。

少昊却依旧气定神闲，周身“呼”地隆起一圈银白色的护体气罩，火焰、毒雾冲撞其上，反震飞窜；青铜链纵横飞舞，无论什么凶禽，方一靠近，立即被抽得冲天倒飞，悲啼凄烈。

众人越看越是骇然，江疑、英招更是瞠目结舌，他们奉白帝之命辅佐太子已近十年，终日见他纵情声色，醉生梦死，徒有浑身肥肉，却无半点搏狮斗虎之力；想不到他竟是韬光养晦，暗藏如此神通！

他能以一人之力，连克犁灵、双头龙，独斗漫天凶鸟，其修为已绝不在英招二人之下；更难得的是，他每一链劈出，都风雷怒吼，回旋莫测，隐隐有白帝当年“小九流光剑”之风采。

若草花怔怔地凝视着他，又是讶异又是喜悦，嫁给他三年了，今日仿佛才头一遭认识他。脸上晕红，胸膺如堵，嘴角泛起一丝淡淡的微笑，泪水却如断线珍珠似的掉落。

当是时，只听“轰”的一声剧震，大地猛烈摇晃，山石迸裂，簌簌坠落。

众人一凛，低头望去，只见那城墙之下、峭壁之底，狂风怒舞，海啸骤起，回旋怒转的滔滔急流突然朝上层叠喷涌，推起一道又一道数百丈高的惊天水墙。

既而惊涛乱涌，碧浪回旋，浪潮越来越高，整个海流仿佛被一种无形巨力硬生生地强行扭转，竟渐渐翻转，开始逆向转动起来！

过不片刻，又是“轰”的一声，宛如天雷狂奏，壑底的整个海面陡然高高隆起，竟冲至与岛屿不及百丈的距离，接着狂浪炸舞，鲸波如沸，无数道水浪如青龙夭矫，直冲霞天。

地动天摇，险崖处的几处城楼接连坍塌，和乱石一齐朝下崩泻滚落，百余人惨叫连声，直坠深渊，瞬间被喷涌的狂潮吞噬。

众将士大骇，纷纷朝后退却，就连漫天凶鸟也受惊尖啼，冲天盘旋。

“哗！”

巨浪冲天炸吐，一道青色人影如长虹贯空，飞到极高处，翻身旋转，猎猎下舞，轻飘飘地落在石堡城楼。

少昊眯眼望去，周身陡然一震，白胖的脸上露出惊喜骇异的神情，失声叫道：“拓拔太子！”

众人轰然大哗，若草花、英招等人如遭电殛，几乎不敢相信自己的眼睛。

那人背光而立，浑身金光镀染，衣袂如飞，手中斜握着一柄似刀似剑的弧形神兵，银光炫目，不是拓拔野又是谁？

喧哗声中，又是一阵扶摇大浪，八道人影翻身冲出，咿呀怪叫着落在拓拔野身旁。那八人个个丈许来高，双头连体，肤色黝黑如铁，眼似铜铃，虬髯满面，直如凶神恶煞。

其中一人的双头之间坐着一个碧蟒皮衣的明艳少女，怔怔地转头四顾，神色恍惚，悲欣交集。

“二八神人！”

英招、江疑齐齐变色，自从蚩尤率领九黎苗民重返大荒之后，苍梧之野的种种故事便不胫而走，这八个双头巨人瞧其形容，必定是八斋树妖，那妙龄少女想必便是传说中永不变老的蛇族亚圣了。

原来那日两仪宫中，拓拔野突然想到阴阳冥火壶中的八壁蛇篆即乃盘古九碑上的文字，于是便仿照当日在鲲鱼腹中的情景，以两仪钟和饕餮离火鼎架成炼炉，将熔毁的盘古九碑重新烧铸成型，填入两仪宫的八壁凹洞之中。

而后再转动记事珠，凭着记忆，将当初所见的八壁蛇篆刻写在九碑之上。林雪宜见状，更是疑窦尽消，认定他便是伏羲转世，对他越发俯首帖耳，惟命是从。

等到一切重复原样，已是七日以后。拓拔野又依当日乾坤挪移之法，按照河图数列顺序，对应八卦的各自五行属性，以白金真气击打“乾卦石”一次，击打“兑卦石”两次，又以赤火真气击打“离卦石”三次，以青木真气击打“震卦石”四次……

依此类推，两仪宫果然急旋飞转，将他们瞬间吞溺到一个强猛无比的涡流气场之中。睁眼再看时，漫天霞彩，鲸涛如沸，竟已到了这海錾荒岛。

群鸟惊啼盘旋，大浪层叠喷涌了片刻，又蓦地一层层地朝下塌落，涡流乱转，震耳欲聋，渐渐恢复正常。

狂风呼卷，旌旗猎猎，四周陡转沉寂。众人目瞪口呆，全都像泥人铜塑似的动也不动，怎么也想不到整整三年音讯全无的龙神太子竟会于此时此地突然出现！

少昊顿足大笑道："拓拔小子，果然是你！我就知你是敲不扁、锤不烂、煮不熟、砍不断的铜豌豆！石头姥姥不开花，这些年你藏到什么地底生根发芽去啦？害得哥哥我这通好想！"

拓拔野与这花花太岁甚是投缘，在荒无人迹的苍梧之野囚居三载，终于重出生天，再见故人，直如做了一场梦一般，心中惊喜欲爆，哈哈大笑道："三年没见，太子殿下风采依旧，只是这青铜项链、混金脚环可有些太过别致，与君不甚匹配哪。"

英招、江疑等人齐声欢呼，惟有若草花的脸上晕红如霞，闪过一丝羞涩愠恼之色。

犁灵惊怒交集，厉声喝道："少昊狗贼，你果然勾结帝鸿，弑父篡位，还有什么话可狡辩？今日若不杀你，又怎能平天下民愤！"翻身骑乘双头巨螭，尖啸着电冲而下。

相距甚近，去势如电，那两柄月牙铜斧银光爆舞，交错飞旋，刹那之间便已劈到少昊颈边。

"当！"半空中突然闪过一道刺目的弧光，铜斧应声炸裂，擦着少昊脸颊缤纷飞散。

那双头巨螭冲到他身前，突然发出一声凄厉恐怖的惨叫，雪白的龙腹急速地沁出一道长长的红线，直抵下颚，"嘭"的一声，血肉飞炸，庞躯瞬间裂为两片，撞入人群。

众人大骇，惊呼奔逃。

犁灵摔撞在地，踉跄爬起身，忽听"叮叮"连声，遍体银白铠甲突然分崩离散，雪片似的掉了一地。

他脚下一软，惊骇恐惧，登时又坐倒在地，脸色惨白如纸，虎爪颤抖，连抬起来的力气也没有了。

四周将士脸色齐变，不敢相信天下竟然还有这等刀法！

犁灵乃蓐收最为得意的门生，修为犹在英招等人之上，拓拔野与他相距至少有一百余丈，凌空将其双头巨龙、月牙铜斧劈成两半便也罢了，竟能将之银甲片片震散，而不伤他分毫。其中真气之强猛，变化之诡奇，只能以“匪夷所思”来形容了。

英招、江疑等人更是心神大震，他们浸淫武学多年，都知由简入繁易，由繁化简难，拓拔野这一刀挥出，看似朴拙无华，实已臻化境，比起三年前那瑰丽万端的“极光电火刀”、诡变莫测的“天元诀”更加惊心动魄，难以抵挡。

拓拔野虽不知身在何地、发生何事，但听闻犁灵称己帝鸿，又叱骂少昊谋弑白帝，已知大事不妙，收起天元逆刃，淡淡道：“阁下想必就是金光神座下的‘蜥尾虎神’犁灵了？你身为执掌刑罚之官，却构陷忠良，忤逆犯上，还不自缚领罪？”

犁灵脸色涨红，又是恐惧又是愤怒，他生性凶顽剽悍，知道为恶太多，落入少昊手中，终不免一死。

当下蓦一咬牙，喝道：“帝鸿狗贼！你若非与这逆贼勾结，又怎会知道他被囚禁在这东海归墟？又怎会隐匿三年，偏生此刻出现？老子奉王母之命，到此诛杀奸逆，领你姥姥的罪！”抓起血龙角，呜呜长吹。

漫天凶鸟合其节奏，盘旋绕舞，呼啸着朝拓拔野猛冲而下。

拓拔野避也不避，仰头哈哈大笑，声如洪雷狂震。众人耳中嗡地一响，眼前昏黑，天旋地转，竟相跌坐在地。

鸟群尖啼如潮，暴雨般地密集坠落，砸在山石上，断羽纷飞；砸在众人兵刃上，血肉飞溅，顷刻间，便在城墙上下堆积如山，簌簌颤抖。

犁灵气血乱涌，只觉得那笑声如狂潮巨浪般四面夹击怒撞，脏腑骨骸将欲爆裂开来，强撑了片刻，“哇”地喷出一大口鲜血，经脉震裂，踉跄后跌，险些从城头翻落而下。

拓拔野收住笑声，回音滚滚，犹在海壑之间响应不绝。群鸟冲天惊飞，盘旋乱舞，对他似是极为敬畏，不敢冲下，亦不敢逃开。

林雪宜冷冷道：“黄雀乌鸦，也敢与凤凰争鸣，真是活得不耐烦啦。”二八神人齐齐昂头长啸，嗡嗡鸣震。

众将士面如土色，一个拓拔野已令他们肝胆尽寒，再加上这八斋树妖、蛇族亚圣，又如何能够抵挡？你瞧我，我瞧你，早已没了半分斗志，手中一松，兵器叮叮当当掉了一地，纷纷朝少昊伏身拜倒。

少昊拍手大笑道："美人一笑，倾城倾国，拓拔太子一笑，可令三军辟易，万鸟朝服，不愧'磁石'之名也！"

拓拔野莞尔失笑，突然想起当年初见神农之时，他一笑震落鸟雀的情景，心中莫名地一阵酸楚悲凉。

岁月如梭，恍如隔世。那时的自己还是一个单纯质朴的乡野少年，虽然时时为饥寒所迫，却逍遥自在，无忧无虑；现在虽然真气之强猛，前所未有，地位之超然，亦让四海羡妒，却再也感受不到那种至为简单的快乐了，也越发理解神农彼时彼地的心境来。

收敛心神，御风掠到少昊身边，将众人混金枷锁一一劈断，道："太子殿下，你们怎会被流囚到这东海归墟？究竟发生了什么事？"

少昊微微一愣，奇道："你当真不知？"摇了摇头，嘿然叹道："这三年之间，你消失得踪影全无，大荒早已是天翻地覆了！"当下拉着他到城楼坐下，说起来龙去脉。

原来那日拓拔野坠落苍梧之渊后，姬远玄以息壤封住地壑，待到五族群雄赶到之时，那里已只剩下他与风后二人。

土族君臣异口同声，咬定拓拔野便是帝鸿，适才趁着姬远玄与女魃激战之时，偷袭暗算；亏得风后及时赶至，逆卷狂风，使得女魃火浪倒打在拓拔野身上，将其烧成重伤，坠落地壑。

混战中，姬远玄的息壤铜匣又不慎被狂风吹落，在烈火与飓风的交相作用下，将地壑封填得满满当当。

蚩尤、缚南仙等龙、蛇、苗三族群雄自然不相信，奈何拓拔野已被封镇地底，烈烟石又下落不明，无从对证。

加之水族众人不住幸灾乐祸地煽动撩拨，双方郁积的怒火越来越旺，彼此指责诘难，剑拔弩张。

眼见大战一触即发，烈炎百般斡旋，认为其中必有误会，恳请各族齐心合力，劈开混沌天土，救出拓拔野，问个水落石出。

奈何息壤凝固之后坚逾玄铁，又经女魃烈火与苍梧地火两相烧炼，更是坚不可摧。各族豪雄绞尽脑汁，费了整整一日，依旧无计可施。

水族群雄原本便巴不得拓拔野死无葬身之所，到了翌日黄昏，更是鼓噪不绝，说此行是来参加五帝会盟，可不是替人掘坟挖尸的，若再不推举出新任神帝，他们便要返回北海云云。

经此周折，各族已颇感疲倦不耐，许多人也纷纷附和，都说不论拓拔野是否帝鸿，横竖已封镇在太古地囚之中，永无生还之机了，与其徒耗精力，倒不如尽快重新比剑，选出大荒天子，还复四海安宁。

拓拔野听到此处，心中大凛，姬远玄帝鸿之身，吞纳了汁光纪、句芒、烈碧光晟等人真气，真元之强猛，差可比拟青帝；加之他隐藏极深，除了当日在蟠桃会上偶露锋芒外，无人知其深浅。

其时青帝化羽，天吴重伤，白帝淡泊无争，烈炎太乙火真斩稍欠火候，蚩尤性情刚猛易折，又正自悲伤愤怒，极易掉入姬远玄的陷阱……数来数去，竟无一人是他的对手！

果听少昊道："……出乎众人所料，太子黄帝竟大发神威，接连击败炎帝与朝阳水伯，又极之惊险地胜了苗帝半招，正当我们都为陛下担心之时，他却突然收剑罢战，推举白帝为天子，说当今乱世，人心浮动，惟有陛下这等德高望重之人，才能让四海臣服，天下太平……

"众人听他推举父王，纷纷大表赞同，就连朝阳水伯也无异议。父王推却不得，只好随大家返回天帝山，祭天登位。"

拓拔野微微一怔，旋即恍然。

神帝之位看似风光，实则却是各族角力平衡的结果，尤其当今之世，群雄尽怀逐鹿之心，即便坐上其位，稍有不慎，不但不能镇伏各族，反而会引火烧身，成为众矢之的。

姬远玄虽然斗败各族帝尊，毕竟威望尚浅，蚩尤桀骜不驯，又因自己之事与他新近结下芥蒂；天吴更是深沉狠狡之辈，阳奉阴违，反复无常；木族青帝新亡，继任者尚不知究竟何人……变数众多，难以驾驭，要想单以比剑让天下臣服，谈何容易？

更何况西王母又是雄图霸望的女中豪杰，他好不容易才成为金刀驸马，倚昆仑为靠山，若打败了白帝，难免不引起西王母的猜忌之心，说不定还会因此失去最为重要的盟友，四面树敌。

权衡之下，倒不如做个顺水人情，推举“未来岳父”为神帝，一则昭示自己谦谦君子之风，关切苍生，殊无野心；二则以白帝超然澹泊的脾性，纵为神帝，亦当无为以治之，实际权柄还是操于西王母之手。

如此一来，西王母又怎会不对这乖巧顺心的女婿感激赞赏，视若己出？虽不得神帝之名，却尽得其利，还平白捞上一个好名声。等到他日羽翼丰满之时，再顺理成章地夺此神帝之位，易如探囊取物。

但最让拓拔野凛然的，倒不是他这番深远心计，而是他明明唾手可得神帝之位，却甘心送与别人的隐忍与决断。相比之下，老奸巨猾的烛龙、深狡狠辣的天吴，反倒毛躁得像个猴子了。

想起当年雨师妾对他的评价，心中寒意更甚，暗想：“倘若当日早听从雨师姐姐的话，又怎会被这奸贼一再蒙蔽，酿成今日之祸？”脸上热辣辣地一阵烧烫，又是悲喜又是愧疚，越发怀念起龙女来。

当下忍不住插嘴问道：“是了，我娘现在如何？龙妃可有什么消息么？”

少昊叹道：“龙妃尚无消息，龙神……唉，灵山那十个老妖怪虽然医术高明，但你娘所中的蛛毒实在太过猛烈，‘阴阳蛇胆’也只能救其性命，但那双眼睛却是……却是从此什么也看不见啦。”

拓拔野胸口如遭重锤，难过已极，半晌才怔怔道：“那如今龙族之中，是谁主持大事？”

“自然是你另一个娘了。”少昊知他心思，笑道，“你放心，缚龙神神威更盛，又有蚩尤兄弟相助，谁敢平白招她？这几年来，倒是大荒风波迭起，远比东海要险恶得多了。”

顿了顿，续道：“神帝既立，天下倒也太平了数月，但好景不长，到了秋天，那些鬼国妖孽又在寒荒作起乱来。”

拓拔野回过神，点头道：“是了，广成子是月母之子，那‘女和氏’原本便是寒荒国主，自称为昊天氏的后裔，终其一生都想着如何打败金族，自立为国。他们在寒荒作乱，那自是要替月母实现遗愿了。”

少昊嘿然道：“那妖婆子一辈子疯疯癫癫，难怪生下广成子这等怪物来。你说多奇怪，一方水土养一方人，寒荒养得出楚公主这等国色天香，怎么偏又出了这些个不招人疼的孽障？”

说到楚芙丽叶，胖脸上情不自禁地漾起一丝色迷迷的笑容，正自回味，撞见若草花的目光，连忙咳嗽一声，正容道：“那些鬼国妖孽到处兴风作浪，搅得寒荒鸡犬不宁，少昊身为太子，自当为民着想，讨贼平乱。于是奏请父王，由我亲自率领三万骁骑前往征伐……”

拓拔野见他说得正气凛然，猜到他多半是假公济私，明为讨贼，实际上是探望那秀丽绝俗的寒荒国主去了，微觉莞尔。想起楚芙丽叶对自己暧昧不明的温柔情意，心头又是一热。

少昊道：“那些妖孽听闻我来，望风披靡，不消半月，万余鬼军便被我接连打败，活捉了几个头目。略加拷问，那几个贼酋争相招供，都说自从帝鸿被封镇苍梧之渊后，鬼国上下便惟蚩尤马首是瞻，此次作乱，便是由他下命……”

拓拔野失声道：“什么？”又惊又恼，摇头怒笑道：“这些妖鬼陷害我还嫌不足，又将脏水泼到了鱿鱼身上！”

少昊嘿然道：“他们说蜃楼城破之后，蚩尤兄弟与你为了报仇雪恨，和晏青丘、洛流沙沆瀣一气，用妖法、蛊术控制僵尸，到处搅乱。所以龙牙侯与段狂人当日才会被变成行尸走肉，蚩尤也才得以‘摄神御鬼大法’杀死黄帝，就连火族八郡主，也是被你们变成了人不像人、鬼不像鬼的女魃……

"我眼见此行这等顺利，早已知道其中必定有诈，听他们胡言乱语，差点连肚皮也笑破了。嘿嘿，且不说拓拔太子在寒荒救过我的性命，就凭当日百花大会上，蚩尤兄弟拼死保我爱妃周全，这份情义便绝不能忘记。"

若草花脸上一红，神色微有些古怪。

林雪宜在一旁听了半晌，直到此刻，才知那叫蚩尤的小子竟然是"转世伏羲"的至交兄弟，心中突突一阵大跳，暗想："原来天意冥冥，让我先遇见那蚩尤小子，一齐绞断苍梧、撞破天穹、解开大鹏封印……就是为了与他的重新相聚。"凝视着拓拔野的侧脸，又是酸楚又是悲喜。

少昊又道："我权当听了一通笑话，将这几个妖孽各打了八十嘴巴，捆了送给蚩尤兄弟，由他发落。但不知是谁走漏了风声，终于还是让长老会知道了，犁灵便告我玩忽职守，通敌卖国。姑姑革了我大将军的职，授命金光神调查此事。

"短短一个月间，火、木、土、水各族境内也都发生了类似之事，流言纷起，甚嚣尘上。

"很快，九黎苗军也被说成是妖魔之师，不仅吞沙吃石，更生饮人血，所以当年才会被女娲封囚地底；又说蚩尤兄弟的'三天子心法'其实便是'摄神御鬼大法'，靠的便是吃人血肉，强吸真元，来修炼八极之躯……"

拓拔野越听越是惊怒，帝鸿这"移花接木、祸水东引"的毒计狠辣已极，当年天帝山上，便以此害得自己百口莫辩；如今依法炮制，不断地煽风点火，分明要将蚩儿推到风口浪尖，成为众矢之的。

这些年来，鬼国妖孽四处寻衅作乱，已是各族心病大患，极易引发同仇敌忾。

蚩尤桀骜刚烈，坦荡率直，对于旁人毁誉向来不甚理会，但众口铄金，积毁销骨，以他这种性子，若不及早澄清，只怕要吃大亏。

更何况"三天子心法"乃天下英雄觊觎之物，大荒各族中，对于蚩尤妒恨者不在少数；九黎苗军与蛇裔蛮族又极为剽悍勇猛，深为他族所忌惮。这些诽谤之语虽然荒唐无稽，却恰好击中众人心底要害，可谓恶毒之至。

第十三章　魔帝蚩尤

残阳如血，漫天尽是姹紫嫣红的晚霞。

四面海瀑轰鸣，遥遥奔泻，被狂风呼卷，腥咸潮湿的水汽蒙蒙飞扬，在夕晖中闪烁着七彩光环。

从高矗的石堡城楼朝下望去，旌旗猎猎，群鸟盘旋，万千将士沿着城墙拜伏在地，始终不敢抬头。

拓拔野心潮汹涌，重返大荒的喜悦已渐渐被强烈的不安与担忧所替代，又听少昊说道："没过多久，天吴便第一个奏请父王，说蚩尤以蛊术、妖法挟控汁光纪，使得他丧失本心，从一个宽厚爱民的好帝王变成了凶残嗜血的妖魔，水族上下都对蚩尤倍感愤恨，为替黑帝雪冤，他将起兵十万，南下剿灭妖逆。

"闻听消息，土族王亥、常先等人也纷纷向太子黄帝上书，要求与水族合兵东进，诛讨蚩尤，为先黄帝报仇，还天下以公道。

"火族中的一些烈碧光晟旧部也趁势起哄，老调重弹，说当日琉璃圣火杯的破裂、赤炎火山的爆发，乃至火族南北内战，全是蚩尤与拓拔太子故意所为，桂林八树的连年大火更让南荒蛮族民不聊生，怨声载道，纷纷要求炎帝出兵。

"就连我族长老会中，也有些老糊涂开始胡言乱语，说是蚩尤和太子打开了翻天印，引发寒荒水灾，又引领鬼军搅乱蟠桃会，险些让金族陷入灭顶之灾，请求父王合天下义师，一齐征讨蚩尤。"

拓拔野心中一沉，这些年最为担心之事果然还是发生了！即便白帝能弹压住各族，不以兵戎相见，众人心中的芥蒂却是再难消除。

少昊嘿然道："父王对蚩尤兄弟素来极为赏识，加上纤纤又再三央求，姑姑终于还是驳回了这项提议。但到了一个多月，昆仑山上突然发生了一件怪事，使得局势急剧恶化，再也没有半点转机。”

“那年腊月，雪后初晴，玉山万仞绝壁上突然多了数百大字，历陈我姑姑罪行，说她‘牝鸡司晨，窃据权柄，圣女失贞，亵渎神灵’，还暗示纤纤便是她与龙牙侯私生之女，所以才会大力擢升太子黄帝云云……”

拓拔野大凛，惊怒交迸。

试想知道纤纤身份之秘的，只有他、蚩尤、龙神、黄姖、乌丝兰玛、辛九姑等寥寥数人。

他与水圣女已“死”，黄姖、辛九姑又绝不可能泄密，而以龙神的性子，也绝不可能做出让科汗淮生气、伤心的事情来，那么在西王母看来，写这壁文之人惟有蚩尤了。

更何况以常人思维度之，秘密既泄，对于身为金刀驸马的姬远玄更无半点好处，又有谁会怀疑到他的头上？

一旦西王母声望下堕，她为了维系白帝对大荒的统治，势必要进一步扶持驸马的势力。

姬远玄这一招一石三鸟，极之阴狠歹毒，不仅要让西王母身败名裂，自己坐享其成，更欲置蚩尤于死地。

果然，少昊续道：“我姑姑见了，自是震怒无已，下令严查。过了几日，有密报称造谣者乃是九黎部族。姑姑很快便批复了天吴等人的奏请，矫借父王谕令，命太子黄帝为天下统帅，集结各族大军，征伐魔帝蚩尤。

“不到七日，金、土、水三族共遣二十万大军，从西北两面夹击九黎。炎帝以真相未明为由，按兵不动；木族那时又正在准备翌年的百花大会，擢选新任青帝，也无暇派兵应对。

“五帝会盟之后，蚩尤兄弟的苗军与蛇族大军一直盘驻在东海沿岸的群岛之上，与龙族互成犄角之势，逐步收拢包围圈，伺机夺回蜃楼城。没料到金、土两族竟会突然与天吴联合，局势顿转被动。

“蚩尤兄弟听从柳浪之计，不等三族大军开到，全线后撤，退人东海。而后亲自率领了八千精锐，驾乘潜水船悄悄北进，突然在范林登陆，从背后猛攻天吴大军，将他们粮草烧得一干二净。

“等到水族大军回撤包抄时，他又已带着八千步兵连夜奔袭，退回范林，驾乘潜水船神不知鬼不觉地到了朝阳谷，用数十尊苍梧火炮轰开城门，大肆烧杀劫掠，除了老幼妇孺之外，城内的三千守军、数万壮丁几乎全被杀尽……”

拓拔野“啊”的一声，心下大为震动，他知道蚩尤此举乃是为了报蜃楼城的深仇大恨，但屠城烧杀向来是兵家之忌，极失人心。

各族对九黎囚民原本便视如洪水猛兽，此次征讨更将蚩尤斥为魔帝，如此落人口实，殊为不智。

若草花在一旁默默听着，眼圈微红，神色黯然。无论父亲对她如何寡薄苛刻，朝阳谷总是她生于斯、长于斯的故乡，城既已毁，她所有的过去也都随之消失了，无论那些回忆是甜蜜，还是忧伤。

少昊继续侃侃而谈。说蚩尤屠城之后，又率兵乘船，沿着海岸线迂回游击，骚扰不绝，引得天吴大军顾此失彼，疲于奔命。

短短半月之间，蚩尤便神出鬼没，以少击多，接连攻陷水族六城，屠灭守军近万人。苗军凶悍骁勇之名不胫而走，令水族将士一时闻风丧胆。

与此同时，六侯爷率领的龙族水师与苗、蛇、汤谷混编军配合无间，采取敌进我退，敌退我进的战略，避敌锋芒，等到对方在茫茫大海上疲惫不堪、转向回航时，突然出现，穷追猛击。

金、土两族原本便不擅海战，天吴水师又被蚩尤的奇兵牵制在北方，孤军深入，连吃败战，被迫重新退回大荒。

六侯爷乘机挥戈北上，与蚩尤前后呼应，夹击水族沿海各城。

这几年间，水妖为了打压龙族，常常围攻那些臣服龙族的大小蛮国，屠戮烧杀，以示震慑。为了报复水妖暴行，攻破城池后，苗军也每每劫掠一空，不等水族援兵赶至，又已呼啸而去，只留下火焰冲天的座座空城。

如此你来我往，金、土、水联军始终未能与蚩尤、龙族的主力遭逢，更毋论与之决战了，反被他们牵着鼻子四处奔走，疲惫不堪。水族沿海百姓更不胜其苦，纷纷迁徙逃难，给水族大军的粮草补给带来极大困难。

少昊对蚩尤颇为欣赏，明明金族受挫，他却说得眉飞色舞，甚是痛快。反倒拓拔野心里沉甸甸的，百味交杂，也不知是高兴，还是难过。

得民心者得天下。他与蚩尤之所以能一路成长，屡屡挫败比自己强大得多的敌手，便是因为民心所向，联合了一切尽可能联合的力量。

蚩尤如今虽然军力强猛，凯歌叠奏，却以牙还牙，以暴易暴，给水族百姓带来了众多苦难。即便他日能大败天吴，占领广袤领土，也赢不回失去的水族人心。其中得失，难以衡量。

反倒是姬远玄拉着义师旗帜，借刀杀人，占了莫大的便宜。无论天吴、蚩尤哪一方落败，都正中他下怀，自然乐得坐山观虎斗。

少昊续道："对峙了两个多月，雪融花开，又迎来了木族春会，夸父突然又现身玉屏山，吵吵嚷嚷着要当青帝。战了一日，木族各城主、仙真无人是他的对手。灵青帝化羽之后，木族声势一堕千里，被水族、土族、龙族夹在当中，想来也憋闷得紧，长老会议论了整整一夜，居然当真便立了那疯猴子为青帝，将新都定在了古田。"

拓拔野不禁莞尔，夸父行事虽然颠三倒四，颇为胡闹，但本性天真淳朴，勇力过人，只要文熙俊等人找着应对他的法子，齐心辅佐，对于人心涣散的木族，未见得不是一件好事。

少昊笑道："疯猴子也不知受了谁人撺掇，刚登帝位，居然就慷慨陈辞，说了一通大道理，说什么'城门失火，殃及池鱼'，为了避免木族百姓无端受战火牵连，要亲率大军，将我金族、土族盟军从木族境内驱逐出去。"

拓拔野微笑不语，心下雪亮。

夸父与蚩尤原本交情甚笃，又对金族白太宗怀了莫大偏见。晏紫苏冰雪聪明，巧舌如簧，要想煽动他还不易如反掌？

加之自从那年百花大会，木族群雄在蚩尤率领下浴血大战鬼国尸兵，对这"羽青帝转世"的感情也已发生了微妙变化。最重要的是，木族上下都想着重振旗鼓，恢复大国气象，哪容他族铁骑在自己土地上肆意交战？

少昊道："夸父既下逐客令，太子黄帝也没法子可想，只好率领联军朝北进入水族疆界。蚩尤兄弟似是早就预料到啦，亲率三万苗军埋伏在勃齐山下，突然冲杀而出，顿时将十万盟军杀得七零八落，溃逃了数百里。

"当时我金族带兵的，乃是陆吾陆虎神和英招将军。蚩尤兄弟瞧见金族大旗，立即传令三军，网开一面，只管追杀土族大军。嘿嘿，不是我长他人志气，灭自己威风，若非如此，那一场大战，四万白金骁骑，只怕只有半数能活下命来。"

英招马脸微微一红，叹道："太子说得不错。苗帝大军极是骁勇，个个铜头铁臂，力大无穷，彼此配合得又极纯熟，往往只要两个人合为一组，便可冲垮我二三十人。数万人冲杀而来，真如天地崩塌一般，势不可挡。我也算是身经百战，却从未见过……见过这等剽悍之师。"

少昊嘿然道："王亥、常先也都是极能打战的大将，被蚩尤兄弟这通冲杀，只能狼狈溃逃。若不是风后极时刮起一阵飓风，沙石蒙得苗军睁不开眼来，六万土族大军也不知能生还多少？

"这一场大战，盟军伤亡了近四万人，苗军才折了两千余众。消息传开，天下震动，都说九黎将士是铜铁所铸的妖怪，尖牙长角，吞沙吃石，根本无法战胜。盟军士气大馁，只好退回土族境内，整顿待命。

"父王闻讯，连下几道神帝令，让双方罢兵言和。

"蚩尤兄弟回了一封信，说朝阳水伯倾灭蜃楼城，屠戮东海各国，血债累累；太子黄帝构陷拓拔太子，虚伪卑劣，野心勃勃，只要将这两人的头颅砍下，送到汤谷，他立即罢兵，自缚到昆仑请罪，要杀要剐，悉从尊便。"

拓拔野眼眶一热，泪水险些涌出，心想："鱿鱼啊鱿鱼，你怎地如此之傻？要替我报仇便也罢了，当日你我在东海与海兽搏斗，也知道当分而击之，不能操之过急。你一次便树了两个大敌，就算白帝有心助你，又何从使力？"

少昊道："父王连发了几封密信，也劝不动蚩尤兄弟，无可奈何。姑姑大怒，认为蚩尤兄弟公然忤逆神帝，即便不是鬼国凶酋，也是犯上乱臣，若不施以颜色，将来其他各族就全都有样学样了。于是发布神帝令，痛斥蚩尤侵凌友邦，分裂天下，号令各族义师共击之。

“太子黄帝依旧担任天下统帅，将土族大军增发至十万，合陆虎神所带的白金军，共十八万人。天昊也尽遣精锐，派出二十万大军，包括八大天王、燕长歌等各大军团。

“四海蛮族纷纷响应，凑成了二十五万大军，就连炎帝也被迫派遣战神刑天，率领三万骑兵前往参战。共计六十六万人，号称百万，浩浩荡荡开往东海。”

拓拔野大凛，如此规模的大军，闻所未闻。九黎苗军不过五六万人，加上龙、蛇两族全部兵力，也不过三十余万，当真打起战来，寡众悬殊，几无胜算。

少昊笑道：“各族之中，惟有夸父公然抗拒神帝令，说我金族白帝向来狡猾赖皮，当日天帝山五帝会盟，独独他这个青帝未曾参加，所以才让我父王钻了空子，作不得数，要求父王和他重新比过，只有胜得了他，他才听其号令。

“嘿嘿，我姑姑哪能容他这般胡来？于是下令各族先围攻古田，迫使木族长老会罢免这位疯猴子青帝。

“岂料木族上下受了几年窝囊气，早已十分不耐，当地民风又极剽悍，被姑姑这般威逼，不但不投降，反而和蚩尤兄弟联起手来。

“水族的一万龙骑军刚抵达古田，苗军突然从山野中杀出，和夸父的万余步兵南北夹击，不到半日，便将他们消灭得一干二净。

“此后六天内，又依样画葫芦，接连突袭、歼灭了土族、水族近三万前锋军。待到各族大军全都抵达时，木族军民早已撤得干干净净，只留下一座空城。

“木族对境内山川地貌极为熟悉，行军、埋伏无不大占便宜，每每神出鬼没，打完便跑，再加上苗军凶悍团结，以一敌十，起初一个月内，盟军无一胜绩。

“眼见苗军对陆虎神和刑天的军队，始终留了几分情面，未曾与之大战，太子黄帝突然想出一计，让麾下最剽勇的骁骑全都换上火族的衣甲、旗帜，故意在丘陵间徐徐前进。

“苗、木联军半路杀出，只道是火族将士，果然停止进攻。趁着他们踌躇之际，土族大军骤然猛攻，杀得他们措手不及。附近的水族、蛮族军队见着信号，争相赶来，将苗、木联军团团围住。”

拓拔野心中寒意更甚，姬远玄此计极是狠辣，不但攻其不备，尽抢先机；更挑拨离间，迫使苗军将来遇见火族、金族军队时，不会再手下留情。

少昊道：“这一战足足杀了半日，极为激烈。到了黄昏，尸横遍野，还是让苗、木联军冲出重围，向东逃走。太子黄帝也不追赶，指挥盟军连夜朝北行军，到处散播蚩尤、夸父已死的消息，黎明时将日华城重重包围，劝降守军。

“日华城是木族重镇，物产极是丰富，城中权贵、将士又大多是句芒嫡系，木神死后，这些人极不得志，对蚩尤兄弟更是恨之入骨。听说夸父已死，更无斗志，当下打开城门，投降盟军。

“太子黄帝兵不血刃，夺下日华城后，立即封锁消息，率领精锐埋伏城内，让日华城主传信木族长老会，请求援军。

“不过半日，夸父果然与蚩尤兄弟一齐率军赶来，城外的盟军战不片刻，便假意败退。

“苗、木联军方一进入城中，埋伏守候的土族军队、日华守军立即箭石齐发，和城外卷土重来的盟军前后夹攻。苗、木联军昨日刚经历一场死战，又长途跋涉，毫无戒备，顿时被杀得大溃。”

少昊叹了口气，摇头道：“不过蚩尤兄弟实在是太过勇悍，身陷重围，以一敌百，和天吴激战之余，竟接连杀了土族、水族七名真仙级的高手，每一刀劈出，都有人头断裂飞舞，无人敢直撄其锋。

“苗军士气大振，个个如疯虎猛兽，杀红了双眼，以寡击多，越战越勇，渐渐竟将局势扭转过来。

"那时赶来助战的盟军将近二十万人，层层叠叠地包围着日华城，漫山遍野都是刀戈旗帜。

"苗、木联军不过三万多人，在蚩尤兄弟和夸父的率领下，势如破竹，所向披靡，九黎战士的怒吼声合在一起，更震荡如雷鸣。

"南荒蛮族军队原本便十分惧怕苗军，被他们这般疯狂冲杀，吓得胆都破了，首先朝南溃败。

"接着，八大天王的猛犸军团又被九黎象族尽数歼灭，水族骑兵斗志大馁，朝后慌乱撤退，天吴连砍了五名旗将的首级，才镇住溃势。金族、土族军队也难以抵挡，被迫后撤，避其锋芒。

"到了半夜，月上中天，这场血战才渐渐消止。城里城外，尸体堆积如小山，平阳河中全是鲜血，浮满了苍白的尸体，滚滚奔流。伤者凄惨的惨叫、嚎哭声，一直传到十里之外。

"略作清点，盟军折了将近八万人，而苗、木联军也伤亡过半，日华城中的受牵累的百姓更是不计其数。战况之惨烈，百年未见。

"翌日凌晨，蚩尤兄弟声东击西，九战九捷，领军朝南突围，一路上遭到盟军接连不断地围追堵截，虽然都被他们一一击溃，却不免元气大伤。所幸雷神军与蛇族大军及时接应，才得以安全抵达雷泽。

"此后一年，战事大多集中在木族疆域，以及蜃楼城附近的沿海城邦，双方对峙互攻，伤亡都很惨烈。

"木族百姓纷纷逃难到火族境内，许多村庄城镇都被付之一炬，就连山野密林也被盟军烧成焦土，以防苗、木军藏匿其中。"

此时群鸟悲啼，残阳已被海面吞没，暗紫黝黑的晚霞如魔怪似的盘踞天际，灰蓝色的空中，星辰淡淡闪烁。狂风鼓卷，寒意料峭。

英招等人围坐在城楼上，听着少昊回述这几年之事，神色黯然，一言不发。

拓拔野心下更是凄恻悲怒，难受已极。大荒连年战乱，苍生涂炭，无论最终哪一方取胜，百姓终究备受其苦。

神帝当日临终之际，将神木令托付自己，便是想阻止今日之局面。若不能尽快拨乱反正，戳穿帝鸿面目，战火势必席卷整个大荒。

少昊道："到了第二年春天，父王又发了一道谕令，让双方罢战谈和。木族经此一年大战，百姓流离失所，千里荒无人烟，到处都是破败景象，长老会中求和的声音越来越响，文长老只好百般哄劝夸父，同意议和。

"蚩尤兄弟率领苗军、蛇军退回东海，我金族、火族、蛮族的军队也纷纷撤退，只有土族、水族依旧占领了木族不少疆地，不肯撤出。

"太子黄帝告示天下，说夸父沐猴而冠，窃据青帝之位，勾结魔帝，侵伐友邦，误国害民，罪大恶极，木族长老会一日不将他驱逐出境，另择贤明，土族大军便一日不离开木族疆域。

"木族长老会争论不休，分作两派，反对夸父的长老、城主，纷纷离开古田，回到青藤城，拥立青藤城主当康为青帝。到了四月初，当康便集结了十万大军，与天吴、太子黄帝联盟，一齐征讨夸父。

"这一年间，大荒到处都燃起了战火。北边，龙族水师接连侵扰水族海域，依附天吴的蛮国被灭了六个，六侯爷的舰队甚至一度游弋到了北海，鸣炮示威。东边，夸父的古田军藏身山野，游击作战，和青藤军、黄土军打得难分难解。南边、西边，鬼国的妖孽又开始猖狂起来，到处散播蛊毒、瘟疫，煽动蛮族作乱。

"蚩尤兄弟则率领苗军纵横千里，时而与夸父配合夹攻，时而突袭水族城邦，六个月内攻克了二十余座城池，都采取焚城劫掠的策略，迫使水族百姓大批逃难，在木族与水族的疆域之间，留下了方圆数千里的荒凉地带，使得水族的粮草补给大转困难。

"九黎苗军作战极为凶猛，经过连年征战，更是磨砺得团结一心，军纪森严。又颇能吃苦耐劳，无论多么险恶的地貌环境都能生存，饥饿之时，连沙石都可用来果腹。在蚩尤兄弟率领下，几乎攻无不克，战无不胜，这一年多来，更被传得神乎其神。

"最为著名的一次，是在姑射山以南数百里的山野里，苗军陷入水族、土族、青藤军三重包围，面对二十倍于己的敌军，竟毫不退缩，舍生忘死，踏着对方的尸体，吹响骨号，狂飙猛进，最后硬生生将盟军击溃，追杀出百里之遥。那里原本光秃秃的一片，寸草不生，只因此战之后，沙石全被碧血浸染，变成了青绿色，所以被叫做'碧山'。"

听到"姑射山"三字，拓拔野心中一震，眼前登时又闪过姑射仙子那清澈如春水的眼波。不知三年未见，她又身在何地？想起当年临别之时她所说的话语，心底又是一阵酸楚刺痛。

少昊嘿嘿一笑，道："像我这等酒囊饭桶，自然是没机会参加围剿'魔帝蚩尤'的大战了。每日坐在恒和殿中，听着侦兵报来苗寇连胜的消息，喝着小酒，看着我姑姑越来越铁青的脸色，倒也是人生一大乐事，哈哈。"

英招、江疑神色微有些尴尬，西王母对这纵情声色的荒唐太子颇为厌恼，已是昆仑山上下皆知的秘密，但少昊这般当着外人之面直接说将出来，还是有些欠妥。

少昊也不管旁人如何想，拍了拍拓拔野的肩膀，笑道："我姑姑偏私护短，一心扶持金刀驸马，瞎子也看得出来。谁叫你小子当初不娶了西陵公主？否则蚩尤兄弟也不会被视作大荒公敌啦。阁下重色轻友，实乃当今祸乱之源也！"

拓拔野啼笑皆非，沉吟道："纤……西陵公主，她还好么？"

少昊摇头叹道："自从你被封镇苍梧之渊后，她每天不言不语，不哭不笑，不吃不喝，连觉也不睡，整天抱着个海螺，行尸走肉似的，坐在角落里发呆，连我去撩她说话，她也不理会，太子黄帝去看她，她更是径直连门都关上了。有时候整整一日，连动也不动，像化作了石头。

"姑姑极是担心，派人十二时辰守护旁侧，就连她叹一口气，动一下手指，都要立时报告。

"我也怕她想不开，做出什么傻事来，每天变着法子逗她玩儿。幸好过了大半年后，她突然好了，能说能走，能吃能睡，笑起来声音也和银铃似的，就像变了一个人般，和太子黄帝见面时，也温柔可爱得多啦。"

拓拔野心中突突直跳，反而大觉不安。

纤纤的性子他最为了解，逞强好胜，爱钻牛角尖，有时越是生气伤心，越要装作笑容满面。

她对自己情深一往，始终未曾改变，在那天帝山朝夕相处的三个月中，他便明晰地感觉到了。

倘若她当真大哭过一场，抑或迁怒他人，甚至自寻短见，那么在伤痛发泄过后，或许还能将自己慢慢忘记，重新生活。但若真如少昊所言，她心中的悲痛仍强抑在内，难以爆发。惟其如此，更让他觉得担忧难过。

想到狼子野心的姬远玄陪伴其侧，更觉凛然，定了定神，沉声道："是了，她与太子黄帝的婚期呢？已经大婚了？或是佳期未定？"

少昊的脸色突然黯淡下来，摇了摇头，道："原本定在今年开春。谁想婚礼前夕，父王竟突然……竟突然遇刺……"眼圈一红，泪水险些滚落，仰头哈哈笑道："父王既已驾崩，婚礼自然得朝后拖延了，我这大逆不道的弑父奸贼也就被囚禁到了东海归墟，不知后续之事了。"

"什么！白帝已经驾崩了？"拓拔野心头大震，先前听犁灵所言，还未曾料到事态竟有如此严重，新任神帝既死，大荒势必更加分崩离析！陡然意识到此事多半又是帝鸿集团所为，冷汗涔涔，又惊又怒。

少昊胖脸上虽仍是玩世不恭的笑容，眼中却难掩悲戚苦痛之色，嘿然道："前年秋天，太子黄帝孝期已满，正式登上黄帝之位，便向父王求娶西陵公主，父王觉得纤纤尚未摆脱悲痛，便请暂时拖延婚期。

"此后一年多，大荒战事吃紧，太子黄帝忙于在前线与蚩尤兄弟、夸父作战，也无暇再顾此事。直到去年冬天，才又重新写信提出。纤纤听说后，主动同意。姑姑便将婚期定在了今年初春。"

目光突然凌厉如电，朝趴伏在地的犁灵瞥去，森然笑道："才入腊月，犁神上突然向我姑姑告密，说若草花被蚩尤迷了心窍，为了报复朝阳水伯，撺掇我和蚩尤勾结，走漏各种机密消息，连累盟军频吃败仗。就连前年腊月，玉山壁上的泄密文字也是我按照蚩尤指示写的。

“嘿嘿，我姑姑打小就不喜欢我，觉得我胸无大志，喜欢声色犬马，最容易被女人蛊惑，难担白帝重任。

“她自恃聪睿，极为强势，父王也事事由她。她既不喜欢我，我自然也没兴致讨好于她，索性日日笙歌，夜夜酒色，只在夜深人静之时，遵照父王嘱咐，悄悄练上几个时辰的‘太素恒和诀’。”

英招、江疑这才恍然，敢情他貌似荒淫无度，却自有主张，“太素恒和诀”是金族历代白帝所传的修气秘诀，他从小修炼，难怪竟有如此强沛的真气。想到他竟能忍得二十余年不动声色，连西王母也不曾察觉，更是大起敬服之心。

少昊冷笑道：“我姑姑虽然聪明绝顶，行事果决，却极为刚愎跋扈，偏私护短，爱听奉承之语，那些貌似恭顺的长老，往往得倚重任；而那些生性刚直、不懂得说顺耳话的臣子，往往要受她冷落。

“太子黄帝对她素来必恭必敬，捧如天上日月，她自然极是受用。父王担任神帝的这三年间，太子黄帝更是车前马后，为她弄权治世行了许多方便。她早对他青睐有加，恨不得连我的金族太子之位都一并送给他。

“犁神上一告密，我姑姑联系起许多因果，觉得大有可能，又惊又怒，便令金光神严加调查。

“到了纤纤大婚前的几天，昆仑山上来了不少客人，各族都遣使送来了礼物，蚩尤兄弟也托人送来贺礼，却被姑姑叫人丢到了山壑中。嘿嘿，犁神上又独具慧眼，竟然从蚩尤派来的使者身上搜出一封给我的信，说他安排妥当，近期便要动手，要我留心配合。

“姑姑狐疑更起，让犁神上带人到我宅府里搜查，犁神上亲力亲为，明察秋毫，登时搜出了一叠我见都没见过的、和蚩尤兄弟通风往来的信笺来。

“信上说，我自小对姑姑恨之入骨，对西陵公主和太子黄帝自然恨屋及乌，只要蚩尤能助我斗倒姑姑，我就当以‘金天’为号，重整昆仑，和蚩尤东西夹击土族、水族。

“还说蚩尤兄弟愿与我歃血为盟，结为异姓兄弟，借我三万东夷军，一齐扳倒我姑姑，而后再杀死太子黄帝，平分天下。

“除了这些绝密信笺，犁神上还变出了一枚我亲自篆刻的‘金天氏’玉玺，还有白帝的帝袍、登基时所用的祭天神器，甚至我给白马神、风云神等等亲信所立的神位、官职……总而言之，造反的证据是一应俱全。

“姑姑见了自是大怒，立即要剥夺我太子之位，丢进大牢治罪。亏得父王说此事太过重大，须得再三调查方能定论，我这才暂时保了一条小命。

“嘿嘿，我知道我姑姑的心思，她已经在想着他日父王退位之后，如何帮助金刀驸马登上神帝之位啦，我若是窝囊废便也罢了，如果当真存了一丝野心，对她的驸马爷自是一个威胁。所以她是打定主意，要借此机会将我废为庶民了。”

拓拔野心下大凛，少昊所说不错，西王母的确是个聪睿果决的女中豪杰，否则当日烛龙也不会将她视作生平第一劲敌了。

然而越是聪明之人，往往越是自恃太高，以为一切尽在掌控，对于那些巧言令色、貌似恭顺的大奸大恶之徒，反而不怀戒心。否则以她的智慧，又岂能洞察不出姬远玄的这一系列阴谋？

少昊嘿然道：“我被软禁之后，犁神上又罗织罪名，将白马神、风云神等几十位我的亲信先后囚禁，他的师尊金光神亦被他暗算，划作了我同党。长乘神与几位长老想为我说几句公道话，也被姑姑关押起来审查。就连纤纤去求情，也被她狠狠地训斥了一顿。

“昆仑山上人人自危，父王知道姑姑正在气头上，也暂时不再言语。那时我虽知被小人暗算，但心底里也不相信姑姑真会对我如何，所以也浑无所谓，只当如小时一般被她关了禁闭。嘿嘿，谁知这不过是大宴前的冷菜。”

第十四章　镇海龙王

少昊道："那天晚上，我正在牢殿中一边喝酒，一边想着送给纤纤什么礼物，忽然听见有人叫道：'有刺客！有刺客！'喧哗声大作，隐约听见有人哭叫道：'陛下！陛下！陛下死了！'

"我心中一沉，酒壶顿时摔在了地上，又听见'当'的一声，殿门被银光劈开，几个蒙面人旋风似的冲了进来，拉着我就往外奔。几在同时，犁灵领着御卫围涌而入，将我们团团围住，喝骂我勾结外族，刺杀陛下。

"姑姑很快也带着金神、陆虎神和众长老赶到了，将我制住。那几个蒙面人自行震断心脉而死。剥下衣服，除了背上文着的'东夷'二字外，又搜出了一封'蚩尤'给我的密信。

"姑姑看了密信，脸色顿时就变了，劈头盖脑就抽了我几十个耳光，一边骂我弑父篡位，禽兽不如，一边竟流下泪来。嘿嘿，我从小到大，都没见过她流泪，不知为何，满腔的愤怒突然都变成了伤心和委屈，竟也跟着她莫名其妙地哭了起来。"

拓拔野胸中像被巨石堵住了一般，说不出地难过，想到白帝谦和淡泊，与世无争，竟然仍被这些妖魔不明不白地暗算，更是悲郁难当。

少昊眼圈通红，笑道："我犯下这等大罪，众长老再无一人敢为我求情，全都默许将我囚禁在东海归墟。姑姑在归墟设下重兵，说只要蚩尤闻讯来救，便立刻将我杀了，再将蚩尤诱入海壑漩涡，激起海啸，叫他死无葬身之所。

"只可惜蚩尤兄弟对此毫无所知，一晃几个月过去了，也没见谁来救我，反倒是拓拔太子你从天而降，又救了兄弟一命。他奶奶的紫菜鱼皮，这就叫'昆仑腊月下雹子'，该来的没来，不该来的却来啦。"

收敛心神，拍了拍拓拔野的肩膀，笑道："古人说'一日未见，如隔三秋'，咱们是'三秋未见，如隔一日'。这三年来你究竟究竟藏在什么地方？

为何会突然到这儿？难不成真是冥冥感应到哥哥有难了么？

拓拔野微微一笑，当下将当日如何被姬远玄、风后暗算，封入苍梧之渊；如何遍寻出路而不得，误打误撞，遇见延维；又是如何降伏林雪宜与二八神人，合力在两仪宫中挪移乾坤，经由归墟重返大荒之事一一道来。

惟有盘古九碑关系重大，乃天下觊觎之至尊神器，为了避免风声传出，群雄贪念更炽，让原本已动荡不安的大荒风波更剧，暂时略过不提。

英招、江疑等人听说姬远玄竟是帝鸿，尽皆大骇，惊怒无已，若非他们与拓拔野几次同生共死，绝难相信。就连对这新任黄帝殊无好感的少昊，亦瞠目结舌，大感意外。

伏在地上的金族众将士更是轰然震动，窃窃低语，有的恍然醒悟，觉得难怪姬远玄短短几年修为大进，如今已有神级之力；有的兀自不信，依旧认定拓拔野便是帝鸿，故意挑拨离间，妄图栽赃当今风头最劲的本族驸马。

拓拔野知道单凭自己片面之辞，绝难让天下人信服，要想拆穿姬远玄的真面目，惟有当面对质，当下也不多言，凌空探手，将犁灵提了过来，道："黄帝与西陵公主的婚期改到了什么时候？"

犁灵经脉俱断，挣扎不得，喘气狞笑道："帝鸿小子，全天下的英雄都在找你这妖孽，你想自寻死路，闹洞房去么？很好，很好，再过七日就是黄帝大婚的日子，你有种就随我上昆仑去！"

少昊喃喃道："七天？七天？难怪姑姑这么急着要将我杀了。嘿嘿，她是怕夜长梦多，有人搅了她金刀驸马的好事。父王驾崩，只要我一死，昆仑山全是西陵公主与驸马爷的了。"

看着夜色中那猎猎招展的"金"字大旗，越想越是悲愤气苦，哈哈大笑道："东夷军？金天氏？嘿嘿，既然她要逼我造反，连国号、军名都替我起好，那我就只好恭敬不如从命了！"

胖墩墩的手掌突然猛击在城垛上，顿时将城墙轰塌了一半，目光如厉电四扫，高声喝道："'昆仑山兮天地立，心如冰兮志不移'。你们都是我金族的大好男儿，却为什么被千里迢迢地发配到这东海深壑，做看守流囚的低贱狱卒？难道不是和我少昊一样，被奸人排挤、含冤难吐么？”

声音响如雷鸣，匍匐在城楼上的万千金族将士陡然一震，心有戚戚，他们中的确大多如少昊所言，或是被人排挤，或是犯了小过，被迫背井离乡，到这最为荒凉危险的流囚重地来做守卫。

少昊又高声喝道：“难道各位就甘心一辈子受困归墟，永不再返故土？即便你们甘心沦落于此，你们家中的父母妻儿呢？他们还要翘首盼望多久？等到你父母百年？等到你妻子改嫁？还是等到你孩子生了孩子，乡里再没有人能记得你的时候？”

这些话更尖厉如楔子，一点点地撞入众将士心底最深处。

别时容易见时难，到了这里，要想重返昆仑，要么立下重功，要么熬上二三十载，等到真能回返之时，往往都已是两鬓如霜了。而那时故人纵在，世事全非，一切又焉能从头？

少昊冷冷道：“即便你们等得起，你们又能活得这么长久么？东海上日日战火纷飞，水妖节节败退，一旦龙族的舰队来到这里，你们是要力战而死呢？还是投降自保？倘若战死，你们的父母妻儿再不能见你一面；倘若投降，你们的父母妻儿更不能与你相见……”

他时而慷慨激越，时而冷酷讥诮，所说的每一句话无不投契金族将士心理，极俱煽动性。海上夜色沉沉，城楼的火炬随风闪耀，照得他脸容明暗变幻，仿佛变了一个人般。

拓拔野惊讶更甚，今日方知在他那浪荡不羁的外表之下，竟隐藏着另一个全然不同的灵魂，突然无原无由地想起六侯爷来，心头登时又是一热。

又想，或许世间的每一个人都有如蝶蛹，属于他的时刻一到，自会脱胎换骨，破茧而出。

周遭人群中，最为喜悦的自是若草花，她微笑凝视，心中从未有过地安宁与温柔。当日父亲将她嫁与这酒色太子时，她曾经万念俱灰，只想一死了之；但与他相处的时日越久，就越被他的善良、风趣和偶尔闪耀的机智所吸引，渐渐忘记了过去，忘记了那个脸上有着刀疤、凛凛如天神的男子。

尤其今日，一切重生，她仿佛与他第一次相识，眼中心里，都只剩下了他的身影。这一刻，他们能不能沉冤昭雪，可不可重返昆仑，甚至从前所有的屈辱苦难、将来莫测的荣辱生死……都变得无关紧要了。

少昊的声音越来越激昂有力。

众将士起初还是匍匐在地，应者寥寥，渐渐地，被他煽动得热血沸腾，埋藏在心底的委屈愤怒全都一点点地爆发出来，响应声越来越多，此起彼伏。到了后来，他每说一句，都能引起如潮回应。

他突然停了下来，目光闪耀，徐徐扫望着众人，一字字地道："陛下死了，凶手依旧逍遥法外，而我却含冤受辱，被囚禁在远隔数万里的东海。各位都是聪明人，我问你，我是族中太子，继承帝位指日可待，为什么要与外人勾结，弑杀父王？帝室除我之外，再无男嗣，黄帝要迎娶西陵公主，倘若我被冤杀，又有谁能得到最大的好处？"

众将士中登时有人叫道："自然是娶了西陵公主的黄帝！"

众人哗然，纷纷叫道："不错！王母半年之内三次加封黄帝本族爵位，便是想让他成为金族中人，登上白帝之位。"

"岂止白帝？姬小子若真能兼任两族帝尊，日后登上神帝之位自然也是水到渠成，顺理成章！"

少昊高声道："陛下辨人忠奸，洞察秋毫，他在世时，对拓拔太子的信任嘉许，各位想必也都听说过了。试想拓拔太子若真是帝鸿妖魔，又为何一次又一次地帮助我族？他若真有野心妄想，当日蟠桃会上又为何将唾手可得的金刀驸马拱手让出？又为何在五族群雄尽中黑帝尸蛊时，挺身而出？"

他每说一句，金族众将士便轰然答应一句，对拓拔野的疑虑之心渐渐消减了大半。

少昊朗声道："你们难道忘了，拓拔太子前生是谁？他所佩带的神兵又是什么？究竟是他为我们金族考虑得更多一些，还是那连自己兄长都要戕害的姓姬的小子？他亲眼看见姬小子变作帝鸿之身，你们还不相信么?”

此言一出，四周登时像是沸腾了一般，齐声叫道：“古元坎！古元坎！古元坎！”叫得拓拔野脸颊如烧，喜悦振奋之余，反倒有些不好意思起来。

少昊猛地抽出城楼上的大旗，高高举起，喝道：“金族男儿们，你们愿意跟着我，跟着古元坎转世，一齐杀回昆仑，诛讨帝鸿，为陛下报仇雪恨么?”

众将士血脉贲张，纷纷跃起身，拔刀高举，轰然呐喊：“愿誓死追随太子!”嘈杂声中，又听一人尖声叫道：“杀了姬小子，让拓拔龙神当驸马爷!”

拓拔野微微一愣，少昊哈哈大笑，众人也跟着轰然大笑，七嘴八舌地叫道：“不错！我们要拓拔龙神做金刀驸马!”

“龙族、金族联手，一齐荡灭妖魔!”

犁灵蜷卧在地，眼睁睁地看着这万千归墟守军被少昊煽动，转换阵营，又是惊怒又是恼恨，恶向胆边生，纵声狂笑道：“你们要自甘堕落，跟着这干反贼寻死，那也没法子。只可惜如今龙族蛮子大难临头，自身也不保了，还跟你们联个奶奶的手!”

拓拔野一凛，喝道：“你说什么?”

话音未落，“轰”的一声爆响，北边黑漆漆的天海之间突然冲起一道赤丽的火光，如彗星扶摇直上，照得海面彤红一片。

天海茫茫，大浪摇曳，船身微微摇晃，青铜龙首船头在薄雾中若隐若现。

六侯爷懒洋洋地躺在海虎皮椅上，指间滴溜溜地转动着金樽，双眼眨也不眨地凝视着杯中美酒，嘴角似笑非笑，若有所思。

身后狂风鼓舞，桅帆猎猎，欢歌笑语声不绝于耳。此行又是大获全胜，纵横千余里，击沉水妖船舰二十余艘，众将士自然兴高采烈。

这三年来，他首倡“鲨群法”，将青龙舰队化整为零，不再如从前以巨舰连成一片，横行海上，而是改用速度更快的中型战舰，纵横交错，两两保持数里之距。数十艘战舰绵延铺展，游弋东海，一旦遇见敌舰，立即发出信号，与附近的战舰包拢夹击，形成群鲨夺食之势，一举将敌方歼灭。

倘若敌方舰队庞大，则倚借己方船舰轻便快速的优势，迅速逃离，将其舰队拉成长线。

而后发出信号，调集附近战舰，一齐猛击敌方冲在最前或拉在最后的船舰。等到对方其他战舰追上后，又继续逃散。如此循环反复，分而击之，直到将敌方舰队彻底拖垮，再如鲨群般四面围攻。

依靠此法，青龙舰队退可自保，攻必全力，威效倍增。水妖舰队无计可施，要么战无斗志，望风而逃，要么联阵徐行，慢速如龟，局势自然大转被动。数万里东海，几乎全成了龙族之天下。

缚南仙龙颜大悦，对他印象大为改观，连连擢升，甚至封其为“镇海龙王”，权倾朝野，归鹿山等名将尽数由他指挥调遣，风头一时无两。

却不知这“鲨群战术”乃是从拓拔野那里现学来的。自从当年在东海被鲨群围攻，险死还生，拓拔野便结合幼年与其他小孩打架的经验，创悟出了这套斗伏海兽的方法。

六侯爷同他厮混了几年，耳濡目染，自不免潜移默化，将此法套用于海战中，不想竟连奏奇功。饮水思源，每次得胜班师之际，总要惦念起那许久未见的拓拔磁石来。

三年音信全无，不知此时此刻，他究竟是生是死？

六侯爷心下一阵怅然，喃喃道：“小子，你再不现身，真珠的眼泪可就要掉光啦。”蓦一仰头，将美酒饮尽。

正想唤人斟酒，主桅上号角长吹，主舵远远地叫道：“下舱，准备沉潜！”甲板上嘭嘭连声，龙族将士潮水似的涌入底舱。

水晶宫快到了。

想到再过片刻，便可重新见着那温柔羞怯的小美人鱼，六侯爷精神一振，起身伸了个懒腰，随着人流，大步朝舱门走去。

眼角扫处，瞥见远处漆黑的海面上悬浮着数百点淡淡的绿光，明灭不定，心中陡然一凛。

那是海萤虫的光芒！

海萤虫是一种食腐昆虫，常常寄生浮尸体内。每次海战过后，残肢漂浮，总会引来成千上万的海萤虫，夜里望去，碧荧荧一片，极是诡异壮观。

但前方是水晶宫海域，为了避免泄露龙宫方位，龙族极少在方圆百里内出没，更毋论与人衅斗激战了，如何会有尸体漂浮在此？

六侯爷心中怦怦剧跳，隐隐觉得有些不妙，当下不动声色，踏着海浪，悄无声息地朝彼处御风冲掠。

海萤虫轰然冲天，嗡嗡盘旋。波涛剧烈跌宕，果然悬浮着三具尸体，个个尖耳凸睛，肩胛长有鱼鳍，赫然正是龙族的巡海夜叉！

六侯爷心中陡然一沉，冷汗浃背。这些夜叉身上均有明显的刀剑伤口，腰上又绑了断裂的绳索，显是被人杀死后，沉尸海中，却被鱼群咬断了缚石的绳索，才又重新浮上海面。

转头四顾，天海苍茫，殊无异状，大风扑面，也未闻见血腥之气。

巡海夜叉共有三千人，倘若真是水妖舰队追寻到龙宫所在，被众夜叉发现，势必发出警讯，交相激战，又焉能像此刻这般平静？

但若未曾来过水妖，有过大战，这三个夜叉又是死在谁的手中？其他巡海夜叉又怎会视若不见？

六侯爷越想越是惊疑不定，沉思片刻，隐隐猜到大概，当下返身掠回旗舰，将各船将领尽皆传来。

众将闻言，脸色俱变，归鹿山沉声道："夜叉巡海，稍有风吹草动便需立即回报，每隔一个时辰便要清点一次人数。那三具尸体既已被海鱼、萤虫啃咬大半，应当已死了一个时辰以上，按理说，众夜叉绝不可能不知。只怕是龙宫中当真发生了什么变故。"

众将议论纷纷，都说即刻转向，从海底暗门返回水晶宫。

六侯爷摇头道："倘若龙宫真被水妖占据，不管从哪个门回去，都势必要掉入陷阱。"

顿了顿，又道："宫中有六万将士，陛下又神功盖世，若无内奸策应，水妖决计不可能攻占这里。我们贸然回去，分不清敌友，只怕连刀还不及拔出，就做了冤魂野鬼。"

诸将心下大震，皆以为然。

六侯爷此时反倒大转镇定，道："你们全部圆舱下潜，围成盘龙阵，听候归将指挥。只要敌人不在附近出现，就绝不要轻举妄动。班将，你立即率领'飞螭舰'，全速赶往汤谷，向苗帝搬取救兵……"

眉头一皱，又道："不对。此去汤谷三百里，水妖必已在半途埋伏，等着我们送上门去；若绕道而行，又未免太迟。你们还是前往落霞岛，将龙牙侯与我姑姑接来。不管内奸是谁，对我姑姑总有敬畏之心，我姑姑和龙牙侯一到，那些受其胁迫的从犯多半便会重转阵营。"

众将见他如此关头，思路仍然冷静缜密，更是大感佩服，纷纷恭声领命，又道："王爷你呢?"

六侯爷微微一笑，露出玩世不恭的傲然之色，一字字道："我要单刀赴会，砍下内奸的头颅，祭拜列祖列宗。"

白沙遍地，绿藻飘摇，彩色鱼群翩翩穿梭。

出了海底大峡谷，平原万里，壮丽巍峨的水晶宫遥遥在望。

六侯爷骑着海龙迤逦飞腾，不过片刻，便已到了龙宫城门下。城楼上的将士见他只身回来，大感讶异，交头接耳了几句，将水晶罩徐徐掀起。

激流逆涌，海龙飞旋，卷着他瞬间冲入城中。数十名龙卫骑着海兽奔驰而出，向他躬身行礼，笑道："侯爷怎地独自回来了?"

六侯爷哈哈笑道："春宵一刻值千金。家有美妾，自然是归心似箭。"也不多话，一夹海龙，朝翡翠宫疾冲而去。众龙卫似是生怕将他跟丢，纷纷纵兽疾奔，夹护左右。

进了宫门，翻身跃下，大步往里走去。院墙围合，琼宫玉宇，珊瑚树参差错落，绚丽如火。

弯弯曲曲的琉璃小路下，点缀着无数珍珠与夜明石，宛如银河迤逦。四周绿树起伏，红花摇曳，鸟叫声啾啾不绝，与远处飘飘仙乐交相呼应，极是悦耳。一切瞧来似乎与往常并无任何不同。

几个宫女提灯走来，低头碎步，一言不发。

六侯爷心下更是雪亮，这些女子往日见了他，大老远地便秋波频送，笑语如铃，现在竟不敢抬头看他一眼，连指尖都在微微颤抖，显是害怕已极。促狭心起，错身之际，故意抄手搂住一个宫女的纤腰，在她臀部上狠狠捏了一把，笑道："地上有金子么？连头也舍不得抬？"

那宫女惊叫一声，奋力挣脱而出，水晶灯"当"地摔落在地，泪珠扑簌簌掉落，连灯也不拾，便掩着嘴跑了开去。

其他几个宫女更不敢停留，疾步走开。

六侯爷哈哈大笑，绕着碧玉台阶迂回而上，昂然走入大殿之中。

灯火辉煌，明珠交映，晃得人睁不开眼来。丝竹乐曲声悠扬婉转，数十名霓裳美人载歌载舞，彩带飘飘。

缚南仙坐在远处的玉床上，低首垂眉，脸色雪白，一动不动。

两边玉案分列，端坐着龙椟柽、敖松霖等长老、大臣，正推杯论盏，低声谈笑，瞧见六侯爷独自步入，微觉惊讶，纷纷朝他举杯示意。惟有角落中的五六人低头饮酒，似是不愿被他瞧见脸容。

丝竹顿止，舞女纷纷退下，早有使女为六侯爷搬上玉案，端来酒菜。六侯爷也不入座，从身侧长老的案上抓起酒壶，径自往喉中倒灌，热辣辣如尖刀入腹，精神陡然一振。

龙椟柽凝视着他，缓缓道："镇海王此行战果如何？为何不见列位将军？"

六侯爷心中一震："果然是他！"进此大殿之前，他已将族中各长老、重臣的嫌疑一一排筛而过。

且不管内奸究竟有几个，能帮助水妖兵不血刃，迫使举族臣服，定是族中德高望重之人，而有如此影响力的，只有龙椟柽、敖松霖等七大长老。

龙椟柽是南海龙王，拥兵数万，又是第一长老，说起话来举足轻重，一直是族内仅次于龙神的人物。

敖语真将龙神之位禅让给缚南仙后，他已流露出些许不满，只是忌惮缚南仙神功绝顶，不敢太过顶撞。

而以他的身份、地位，倘若未曾叛变，必定已被水妖制住，封其口舌，以免煽动部属反抗。他既安然无恙，又第一个发话，定然便是内奸之首了。

当下也不回答，只管昂身长立殿中，仰头痛饮。念力扫探，心中陡然又是一凛，大感意外。角落中所坐的那五六人虽将真气隐藏得极深，仍可隐约感应出些许端倪。不像是水妖，反倒有些像土属真气。

再凝神感应，大殿四周的帷幔外，果然还藏了数百名土族中人，杀气凛冽，激得炉中香烟袅袅腾舞，断断续续。

龙椟柽连问了两遍，见他不答，脸色微变。

殿上鸦雀无声，众人有的低头端酒，手指微颤；有的侧脸斜睨，拳头暗握。或紧张，或害怕，或恼怒，神色各异。

原来这些反贼勾结的不是水妖，而是土族龟鳖！六侯爷心下冷笑，已自有了主意，蓦地将酒壶摔落在地，转身拍手大笑道："龙长老，多亏你想出这'引鳖入瓮'的妙计！我与他们交战三年，所杀者不过数千，你不折一兵一卒，就让这些土鳖自己送上门来，妙极妙极！"

那角落里的五六人陡然一震，众人亦大觉愕然。龙椟柽变色道："王爷此言何意？"

六侯爷哈哈笑道："鱼已经上钩了，龙长老就不必再和他们装傻啦。我已经遵照长老之言，在宫里宫外布下了天罗地网，青龙舰队已将北面、东面海路封锁，苗帝的水师也已经歼灭了他们的伏兵，往这里赶来。蛇族大军也奉命堵住了南边海域，这些土鳖就算是变成飞鱼，也逃不出去了！"

此言一出，登时如惊雷一般，震得众人尽数呆住。

不等龙椟柽回过神来，六侯爷又转身朝龙族众人抱拳行了一个大礼，笑道："各位长老，陛下炼气不慎，自断经脉，龙长老担心消息传出，水妖、土鳖乘机来攻，所以和我商议，定下这诈降诱敌的密计。关系重大，事前不敢透漏，还望大家多多担待！”

龙族众长老瞠目结舌，敖松霖脸上青一阵、红一阵，哑声喃喃道：“诈降……诈降诱敌之计？”

倒是敖青纥、鱼凌波等龙族大将喜出望外，纵身跃起，齐声大笑道：“我就知道龙长老、敖长老绝不会做出这等叛族犯上的罪事来！孩儿们，还不快操家伙，将这些土鳖尽数毙了！”

殿内外欢呼四起，无数龙族卫士登时潮水似的涌了上来，朝帷幔后埋伏的土族群雄扑去。

霎时间杀声四起，乱作一团。玉案横飞，香炉翻滚，那些舞女、乐师惊叫着夺路而逃。

众长老茫然骇异，面面相觑，不知该如何是好。

留守龙宫的六万将士中，大半都是南海龙王军，勇猛善战，对龙棣柽极为忠诚。今日这些将士被龙棣柽调守翡翠宫，得知要与土族议和，囚禁缚龙神及其他反抗之将士，无不大感惊骇。六名将领想要进言劝解，全被龙棣柽关入牢中。

惟有个别大将想乘机推立龙棣柽为新任神帝，以保自己富贵，故而大献殷勤。但即使这些将领麾下之兵士，亦对这种叛族废帝、乞和外族的行径颇为不满，奈何位卑言微，无计可施。

此刻听六侯爷说这一切不过是诈降诱敌之计，众将士无不信以为真，士气大振。那些原本已决意拥立龙棣柽、投降土族的将士更是羞愧欲死，个个奋勇争先，都想将功折罪。

龙棣柽又惊又怒，叫道：“住手！住手！”但此时殿内杀声震天，乱成一片，又有谁能听见？

还不等澄清，只听一个沙哑的声音冷冷道：“龙长老计谋深远，佩服，佩服！”一道黄光从角落怒爆而出，“轰！”登时将他打得鲜血狂喷，重重地翻撞到玉柱上。

六侯爷心下大快，抄身冲掠，一把将他提起，故意大声叫道："龙长老？龙长老？他奶奶的紫菜鱼皮，龙长老被土妖打死了！大家和他们拼了！"

右掌却贴住他的背心，森然低笑道："老贼，你叛族犯上，罪该万死！"掌心真气爆吐而出。

龙棱柽身子一震，眼珠凸出，脸上凝结着惊怒懊悔的神色，已然气绝。

敖青纥、鱼凌波众将又惊又怒，喝道："土鳖敢尔！"率领南海龙王军，四面八方，狂潮似的朝那角落冲去，

"轰轰"连声，黄光叠爆，龙族将士惨叫着四下飞跌。气浪扫处，两根玉柱登时迸断，大梁蓬然坍塌，又将数人压撞其下。

那人徐徐站起身来，金发长眉，颧骨高耸，褐色眼珠冷冷地扫望众人，嘴角笑纹扭曲，森寒刻骨。枯瘦的双手如鸡爪似的钩起，两道黄光从掌心绽放，纵横交错，衣裳猎猎鼓舞。

"应龙！"六侯爷陡吃一惊，想不到来的竟是这厮！龙族群雄被其凶威所慑，亦纷纷退却开去。

应龙右手凌空一抓，登时将敖松霖吸到掌中，蓦地抓住咽喉，高高举起。

敖松霖面色涨红，双手狂乱地抓着他的手臂，喉中赫赫作响，费尽气力，嘶声叫道："黄……黄龙真……真神……饶……饶命！我……我没骗……骗你……"

应龙冷冷地盯着六侯爷，手上一松，敖松霖顿时摔落在地。

敖松霖还不等喘气，后背如遭重锤，已被他右脚踏住，疼得嘶声惨叫，泪水直涌，杀猪似的迭声叫道："我不是诈降诱敌，是真心投降！我是真心投降！"

又抬起头，牙关格格乱撞，朝着六侯爷叫道："六侄子，缚南仙凶暴跋扈，穷兵黩武，这三年没来由地随蚩尤那小子一起打战，死的人少说已有八九万，我们住在东海，大荒的事情与我们何干？再这般任她胡闹，我们龙族真要断子绝孙，死得精光啦……"

敖青纥、鱼凌波等人大怒，“呸”的一声，朝他齐齐吐唾沫，喝道：“没骨头的烂泥鱼！龙族若都是你这种败类，才真会断子绝孙！”

应龙淡淡道：“镇海王，万钧干戈，不如半匹玉帛。龙族与我土族一无疆界之争，二无夙仇旧恨，你们又何苦帮助苗魔为恶，戕害大荒百姓？”

六侯爷哈哈大笑，道：“应真神倒真是睁眼说瞎话，贵人多忘事！三年前太子黄帝用卑劣阴招，将拓拔龙神封入苍梧渊底，这么快你就记不得了么？阁下刚刚暗算缚龙神，害死龙长老，闭上眼睛就当没看见了么？嘿嘿，你们这半匹玉帛，倒果真轻得很呢！”

龙族众人群情激愤，纷纷附和怒吼，围立在六侯爷四周，只等他一声令下，立即拼死血战。

应龙也不生气，嘴角深纹似笑非笑，淡淡道：“识时务者为俊杰。敖龙神双目已瞎，拓拔龙神永囚地底，缚龙神中了‘万仙蛊’，至多活不过十日，你们又何苦以卵击石，自取灭亡？镇海王聪明绝顶，只要与我土族结盟，你不但可登上龙神之位，更可一统浩淼四海，成为荒外至尊。”

六侯爷纵声大笑道：“倘若我不答应呢？”

站在应龙身后的黄衣少年走上前，取出一个黄铜瓶轻轻一抖，光芒闪耀，一个鲛美人顿时软绵绵地卧倒在地，长发斜垂，秀丽的脸上泪痕斑斑，满是惊惶恐惧的神色。

“真珠姑娘！”龙族群雄哗然低呼。

六侯爷脸色骤变，呼吸险些停顿，收敛心神，哈哈笑道：“想不到堂堂黄龙真神，竟会这么卑鄙无耻，挟持一个手无缚鸡之力的弱女子。也不怕传到大荒，被天下英雄耻笑么？”

应龙微微一笑，褐色双眸突然闪起两点金光，全身“呼”地冒起一圈黄光金边，无数道金黄色真气从他丹田处乱窜飞舞，倏然奔至掌心，光芒大盛，化作两柄三尺长的金光弯刀，霍然旋转，斜斜地架在真珠的脖子上。

凝视着他，一字字地淡淡道：“我只问一遍：阁下是想抱得美人归，登临龙神之位呢，还是与她同棺共穴，来世再续不了之缘？”

第十五章　情比金坚

四周登时一片沉寂，掉针可闻。

帷幔起伏，满殿灯火摇曳，与金光交错刀相互辉映，明暗不定地照着真珠惊愕惶惧的俏脸。泪珠悬挂在尖尖的下巴上，晶莹剔透，已凝结成了一颗珍珠。

六侯爷喉咙像被什么紧紧地堵住了，心如乱麻，无法呼吸。若换了平时，他必定假意应承，先将真珠救下再作打算，但此时千钧一发，关乎龙族生死存亡，龙椟柽虽死，各长老、大臣仍有些摇摆不定，一旦他投敌，不管真也罢，假也罢，众将士必定士气大馁，满盘皆输！

思绪飞转，竟找不到任何权宜之计。深吸一口气，凝视着真珠，心中痛如刀绞，柔声道：“真珠公主，自从当日第一次见着你，我便喜欢上你啦。这些年来，每一天，每一夜，都比从前更加喜欢你，时时刻刻，历久弥新。我从来没有像喜欢你一样，喜欢过其他任何一个姑娘……”

真珠想不到他竟会在这等生死攸关之际、众目睽睽之下，突然向自己表白，又是惊愕又是窘迫，羞得连脖颈都红了。应龙嘴角的笑纹更深，金光交错刀朝外微微一松。

龙族群雄亦大感愕然，心想：“王爷果然风流成性，死生难料，还不忘了及时调情。”有的钦羡，有的尴尬，更多的则是不以为然。

六侯爷旁若无人，柔声道：“我这一辈子说过许多甜言蜜语，但对于你，却不知道该说些什么。只知道如果你愿意，我甚至可以立刻剖出我的心，将它献祭给你。我可以上天入地，为你生，为你死，为你做世间所有之事……”

突然停了下来，摇了摇头，一字字道：“但惟独今日，惟独这件事，我不能做到。”声音虽然轻柔，却是斩钉截铁，绝无半点转圜余地。

众人轰然，应龙脸色微微一沉。

六侯爷高声道：“大丈夫有所为，有所不为，又安能为一己之私利，做出背弃族民、叛逆祖宗的无耻行径？何况皮之不存，鳞将焉附？海若涸竭，鱼何以生？即便我为了你，苟且偷生，天下之大，又岂有我们容身之所？他日百年之后，又有何脸面见列祖列宗？”

他这话看似对真珠而说，实则却是讲与龙族群雄听的。

众将士耳根如烧，热血如沸，纷纷高举兵器，雷鸣似的纵声啸呼。就连那些犹疑不决的长老亦备受震动。

真珠的脸上的红潮倏然退去，怔怔地望着他，眼波中的惊惶、羞窘、恐惧、愠恼仿佛突然全都消散了，取而代之的，是讶异、欢喜、温柔而又害羞的神色，双颊重又泛起淡淡的霞晕。

被周围龙族气势所慑，土族众卫不由自主地朝里退去，凝神戒备。

应龙亦想不到这花花公子竟有如此决断胆识，微感钦佩，方知这小子三年来威震东海实非侥幸。轻敌之心尽去，杀意大作，摇头淡淡道：“都说镇海王是天下最知怜香惜玉之人，不想竟是个不知天高地厚的莽汉。既是如此，我就将你们人头一齐砍了，挂在龙宫城门上，让你们到了冥界，也能看见我土族的大军是如何攻入此处的。”

金光交错刀微微一收，真珠雪白的脖子上顿时沁出一条血线，六侯爷心中陡沉，正欲拼死相救，忽听殿外“轰”的一声巨响，惊呼迭起，有人遥遥尖叫道：“水晶罩打开啦，海水涌进来了！”

转头望去，狂风鼓舞，帷幔猎猎飞卷，在那层叠绵延的琼楼玉宇上方，突然冲天喷涌起一排数十丈高的碧绿巨浪，发出震耳欲聋的轰鸣声；还不及坍塌，浪头后上方又掀起一重更高的狂浪，层层翻滚，在半空停顿了刹那，才铺天盖地地怒砸而下！

“嘭！嘭！嘭！”几座玉台高楼应声瓦解，迸飞炸舞。

那狂潮怒浪以裂天锤地之势狠狠地撞砸在宫殿群中，又高高喷涌而起，摧枯拉朽，无数沉香断木、琉璃绿瓦、水晶玉石……缤纷碎炸，漫天飞射，被浪潮席卷，又瞬间卷溺消失。

地动天摇，排排巨浪层叠喷涌，此起彼伏，来势极快，宛如万千青龙咆哮腾舞，刹那之间便已吞噬了数里宫阙，朝翡翠宫铺天卷来。

土族众卫脸色齐变，龙族群雄却齐声欢呼起来。土族中人大多不谙水性，一旦水晶宫被海水卷没，水中激战，自是龙族稳得上风。更重要的是，水晶罩既已打开，说明镇守城门的叛军多半也已闻讯重转阵营。

轰鸣声中，六侯爷忽然听见一个熟悉的声音在耳畔笑道："他奶奶的紫菜鱼皮，来晚一步，让你小子单枪匹马，力挽狂澜，抢尽了风头。我也只好放场大水，和和稀泥了！"

"太子！"

六侯爷如遭电殛，震骇狂喜，几乎不敢相信自己的耳朵！

还不等辨别声音来向，眼前一黑，玄窍内陡然剧烈涨痛，意识几欲炸裂开来。只听那声音在自己丹田内嗡嗡笑道："侯爷先别声张。我暂时不想暴露行踪，借你肉身，来一回英雄救美罢！"

六侯爷气海如潮汐狂涌，又惊又喜，精神大振，当下按照他传音所示，右臂一抖，手中多出一杆八尺来长的黄金长枪，枪尖透明如冰雪，寒气森森，昂然大笑道："应龙老贼，你现在是'泥神过江，自身难保'，还敢胡说大话！有种你便放开真珠公主，和侯爷一战赌生死。三招之内，我若不能将你打败，别说我和真珠姑娘的人头，就算是全族的人头全都送了给你，又有何妨！"

龙族众将士大凛，应龙更是微微一愕，似是从未听过如此滑稽之事，仰头哑声大笑，将真珠抛到身后卫士手中，冷冷地盯着六侯爷，褐色双眸精光闪耀，嘿然道："很好。阁下若能在三招之内将我打败，应龙此生再不踏入东海半步！"

"哗！"当是时，狂潮席卷，巨浪横空，以雷霆万钧之势向翡翠宫骤然猛撞。

只听轰然狂震，左侧那排玉石圆柱瞬间断裂，被浪头硬生生地平移推卷。几在同时，殿顶粉碎坍塌，无数道水龙从裂缝间咆哮奔腾，撞断横梁巨椽，雹雨似的朝众人头顶砸落。

群雄还不等挥刀格挡，眼前一花，那兜天狂浪已将他们腾空推起，撞入四面八方交叠喷涌的冰冷海水中。

浪涛方起，六侯爷登时如蛟龙飞腾，黄金长枪光芒爆舞，朝应龙当胸疾刺而去，周围水浪分涌翻卷，宛如飓风搅动。

应龙念力扫探，已知其真气深浅，嘴角冷笑，双足生根似的牢牢站在水底，等到他金枪光芒将及胸膛时，金光交错刀方才回旋怒斩。

“仆！”惊涛掀涌，气浪在海底层层荡漾出绚丽无比的七彩光晕，将六侯爷震得向后翻卷飘飞。

四周气泡汩汩，众人一边跌宕沉浮，一边挥舞兵器，在水中游溯激斗。

六侯爷双手虎口震裂，鲜血在水中丝丝洇散，胸口更是疼得连气也喘不过来，却听拓拔野的声音在丹田内嗡嗡笑道：“有我在此，只管再来。”他深吸一口气，握紧长枪，又如离弦之箭窜射而出，朝应龙奋力猛刺。

应龙被他掀翻大好局势，杀机早起，听了他三招赌约后，更激起汹汹怒火，一时间，反倒不想将他一击致命，而是如同猫捉耗子一般，倍加戏耍折磨，而后再慢慢杀死，以震慑周围的龙族将士。

当下毕集真气，等到他冲到身前数丈时，双刀分卷，又是一记“土崩瓦解”，光浪爆涌，撞得六侯爷鲜血喷吐，后仰飘跌。

真珠心下怦怦狂跳，俏脸雪白，竟比方才自己命悬一线时还要担忧、恐惧。脑海中画面纷叠，突然想起与他相识以来的诸多情景……

想起他风流放浪的嬉皮笑脸，想起他半真半假的蜜语甜言，想起他三番五次的舍身相救，想起他大敌当前的铮铮铁骨，想起他的守之以礼，想起他方才那惊世骇俗的表白，想起他说“东海汪洋九万里，只取一勺饮”……

脸烧如火，心乱如麻，固若金汤的心坝也仿佛被这汹汹澎湃的狂潮瞬间冲垮了，泪水一颗接一颗地涟涟涌出，在海水中悬浮为晶莹的珍珠。

“都说鲛人的泪水遇冷凝为珠，稀世珍宝，公主一口气便送我这么多珍珠，这下可发达啦。”

“只要一个，只要一个真珠就够啦……”

恍惚中，仿佛又听见他在耳旁低声调笑。不知为何，此刻听来，那玩世不恭的笑声竟让她五味翻涌，柔肠寸绞，疼得无法呼吸。然而痛楚之中，为何又夹杂着说不出的温柔和甜蜜？

在这翻江倒海、大厦崩倾的时刻，生死茫茫，无所依傍，一切仿佛混沌不清，却又仿佛从未有过的透彻明晰，她和他之间遥遥相隔，却又仿佛咫尺相依……

六侯爷飘身倒翻了二十余丈，才勉强稳住身形，远远地瞧见那灰蓝的海水中，真珠含泪凝望着自己，嘴角微笑，神色温柔，心中陡然一震，也不知哪里涌出的气力，也不等拓拔野说话，又凝神聚气，挺枪飞旋冲出。

周围混战的众人纷纷停了下来，悬浮水中，屏息观望。

应龙嘴角深纹扭曲，双眸杀机凌厉，金光交错刀冲涌出十余丈的橙黄光芒，像是两条黄龙蜿蜒水中，摇曳闪耀。

二十丈……十五丈……十丈……八丈……龙族群雄的心已悬到了嗓子眼，有些年青将士已忍不住将眼睛闭上。

真珠的心跳和呼吸也像是倏然凝止了，就连时间也仿佛突然减慢，看着六侯爷挺枪旋转，徐徐飞行，想要呼喊，却喊不出声，宛如梦魇一般。

七丈……六丈……五丈……黄金长枪光浪飞旋，朝着应龙胸膛怒刺而来，他瞳孔收缩，嘴角冷笑，蓦地毕集真气，双刀挟卷起刺目光芒，交错怒扫。“嘭”的一声，惊涛爆舞，海水仿佛突然被劈裂成一个巨大的“十”字！

众人呼吸一窒，登时被那道气波撞得翻转分飞，气泡乱窜。

六侯爷眼前昏黑，喉中腥甜狂涌，忽听拓拔野在玄窍喝道：“黑水生碧木，碧木克黄土！”周身毛孔倏然打开，冰凉的海水仿佛全都涌入了心肺之内，随着经脉，滔滔奔走，直冲气海，又陡然转化成另一股强沛得难以形容的真气，轰然鼓爆，沿着双臂滚滚冲入长枪之中……

“轰！”

他浑身碧光怒舞，整杆黄金长枪也蓦地化为耀眼的青翠之色，宛如一道绿虹，瞬间横贯海底，穿透那重重翻涌的交错金光，朝着应龙心口直刺而去！

五行相生！应龙心下大凛，惊怒欲爆，一时间也来不及去想这小子为何竟有如此神通，翻身急速后掠，双刀回旋，奋力交斩。

“当”的一声狂震，虎口鲜血长流，金光交错刀被撞得光波尽碎，那杆碧绿长枪微微一晃，仍如雷霆似的呼啸刺入！

“哧!”应龙肩头剧痛，整个人已被长枪贯穿挑起，天旋地转，肝胆尽寒，奋力凝聚气刀，再度轰然怒斩。又是接连狂震，气波爆漾，终于将枪杆生生劈断，鲜血如怒泉似的喷涌而出。

土族众卫呆若木鸡，惊骇无已，虽然亲眼目睹，仍难相信黄龙真神竟会在三招之内、败于这小子手中！就连龙族群雄亦瞠目结舌，半晌才恍然醒悟，张大了嘴“汩汩”欢呼。

拓拔野此时虽已臻太神之境，寄体六侯爷后，受其躯体经脉所限，实力大打折扣，要想在三招内击溃应龙，断无可能，更毋论一枪便将他重创了。所以前两回合才故意示弱，等到应龙骄狂大意之时，再全力猛击，果然杀得他措手不及，狼狈万状。

应龙哪知其中奥妙？只道这小子悄悄从拓拔野那儿学了五行相生之术，扮猪吃象，虽然懊恼愤恨，但身为土族大神，誓言既出，焉能当众反悔？

怒火欲喷地盯着他，森然传音道：“小子，很好。我答应你今生今世，绝不再踏入东海半步。但我可没答应你饶了这小人鱼的性命!”蓦地念诀封住伤口，朝外冲游而去。

那两名武卫心领神会，弯刀齐舞，朝真珠颈上骤然劈下。

六侯爷心中一沉，却听“咻咻”轻响，两道气箭从自已指尖破浪冲舞，瞬间穿过那两武卫的咽喉。

二人身子一晃，瞪着双眼，惊怖地瞧着鲜血怒射喷出，弯刀力道登消，软绵绵地擦着真珠的脸颊、后背悠悠飘落。

真珠惊魂未定，眼前一花，周身骤紧，已被六侯爷铁箍似的抱在怀中。

龙族群雄无声欢呼，气泡从口中纷叠涌出，士气大振，奋勇争先，朝土族卫士冲杀而去。

应龙既退，土族众人更是斗志全无，且战且退，纷纷随着他朝水晶宫外游逃。

六侯爷松了一口长气，上下打量，传音道："真珠公主，你没受伤吧?"气流吹在真珠耳畔，又麻又痒，她的耳根顿时变得一片通红，摇了摇头，想要挣扎而出，周身却如棉花般瘫软，心如鹿撞。

春江水暖鸭先知。六侯爷乃是在花丛中打滚了二十年的风月老手，这等微妙的小女儿心思又焉能不察？微微一怔，心中怦怦狂跳，又惊又喜，竟比方才与拓拔重逢更为激动振奋。

拓拔野传音笑道："恭喜侯爷，这杯谢媒酒可就等着你请啦!"但想到这鲛美人从前对自己的绵绵情意，心中又莫名地一酸。当下再不迟疑，元神破体而出，没入悬浮远处的自己肉身之内。

四周人影绰绰，又有许多龙族将士从各处赶来堵截，混乱中，竟也没人认出拓拔野来。

他原本便不想太早曝露行踪，所以先前才附体在六侯爷身上。当下重又隐匿身形，随着众人追赶应龙。

急流滚滚，身侧残垣断壁，满目疮痍，水中到处悬浮着横梁断柱，原本壮丽辉煌的水晶宫已被冲得七零八落，面目全非。

拓拔野心下大觉懊悔歉疚，方才只想着撞开水晶罩，淹溺土军，却未曾料到此节。转念又想，大荒战火如荼，被摧毁的家园又何独此处？只要能驱逐虎狼，恢复太平，天下自可百废待兴，一切从头。精神方又重新一振。

穿过海底峡谷，人影更为纷乱，抬头上望，遥遥可见海面绚光流彩，变幻不定，巨大的震荡力一直传达海底，仍可感觉到水纹的轻微波动。

拓拔野急速上游，刚冲出水面，眼前姹紫嫣红，只听炮火轰鸣，如狂雷叠震，无数道赤红的火光在夜空中纵横呼啸，撞入海面，激起冲天惊涛。

放眼望去，大浪起伏，艨艟跌宕，也不知有多少战舰正在对攻激战。风浪声、炮鸣声、鼓号声、厮杀声……交织一起，震耳欲聋。

嘈杂声中，只听有人纵声大笑道："苗军来啦！苗军来啦!"顷刻间欢呼四起，连成一片。

西边号角激越，风帆猎猎，绣金的“苗”字在火光中格外耀眼。拓拔野眼眶一热，视线竟有些模糊了，想到即将与鲵鱼重逢，心中喜悦无限，又带着一丝莫名的悲伤和惆怅。

三个时辰前，他在归墟大壑以种神诀探察犁灵神识，得知姬远玄正面无法打败苗军，便利用龙族众长老对缚南仙的怨怼愤懑，煽变勾结，趁着六侯爷青龙舰队远征未回之际，以蛊毒暗算缚龙神，控制水晶宫。而后再改立龙楱柽为帝，来个东西夹攻，让苗、蛇联军再无立锥之地。

少昊等人闻知，无不义愤填膺，纷纷要追随拓拔野，共赴龙宫，与应龙死战。但他不想太早暴露身份，惊动姬远玄等人，于是孤身赶来，而让二八神人护送少昊及金族群雄，骑鸟飞往汤谷，搬取救兵。

苗军既已赶到，即便土族水师倾巢出动，也再难撼动龙宫分毫了。

无数龙族将士欢呼呐喊，从他身边冲天跃起，踏浪疾奔，朝土族的船舰杀去。

拓拔野此时却已无心再追穷寇，驭风飞舞，越过几艘战舰，朝苗军旗舰掠去。忽然听见下方又传来潮水般的欢腾呼喊：“陛下！陛下！”微微一愣，只道自己行踪已现，低头望去，心中陡然大震，失声道：“娘！”

在那急速飞驶的战舰船头，一个红衣美人倚舷而立，衣袂起伏，金发飘舞；身旁立着一个白发如雪的青衣男子，一手握着她的皓腕，一手光芒滚滚，气刀卷扬。赫然正是敖语真与科汗淮。

炮火咆哮，惊涛狂震，巨大的轰鸣声中，谁也没有听见他的声音，惟有龙神玲珑的耳垂微微一动，蓦地抬起头来。

狂风鼓舞，海面如旋，她仰着头，清澈碧绿的眼中满是喜悦、惊讶，仿佛望见了他，却又仿佛在凝视着更高远的虚空，笑靥如花绽放，两颗泪珠倏然涌出，被大风呼卷，悠扬地飞了起来，飞向那欢腾如沸的茫茫大海……

晌午刚过，下了一场小雨，天气更为闷热。

黑沉沉的云团压在远处半山，仿佛浪头翻滚，随时都要奔泻而下。

树林苍翠，蝉声密集，小路旁的山溪迤逦缭绕，急流奔腾，撞击在青苔遍布的潮湿巨石上，撞起阵阵水花。蜻蜓贴着河面低飞，被突然跃出的一条小鱼惊得朝上飞起。

拓拔野掬水喝了几口，清凉甘甜，精神登时一振，又捧了一掌溪水泼在脸上，起身笑道："大家要喝就多喝几口，过了这山头，便是流沙河与九嶷山，要想再喝到这么清甜的水，就要到昆仑山下了。"

少昊、英招等人轰然附应，骑鸟飞行了三日三夜，风尘仆仆，都有些疲惫了，当下索性在这溪边稍作歇息。

拓拔野聚气为碗，盛了一湾清水，道："娘，先喝点水……"旁边的缚南仙和敖语真一齐转过头来，都欲伸手去接。

少昊叹道："拓拔太子这是成心气我这等没娘的孤儿。"群雄一怔，齐齐笑将起来。

拓拔野亦觉莞尔，心中突然一震，想起汁玄青来。

在苍梧之渊独处了这些年，早已想明了来龙去脉，对自己公孙青阳的身份再无半点怀疑。

波母纵然作恶多端，终究是自己的生母，无论她如何毒辣残忍，对他的挚爱却是毋庸置疑的。

然而他自小与养父母生活，双亲亡故后，独自一人流浪天涯，在他心中，真正如母亲的，只有从前的养母与龙神敖语真。

这三年间，想起汁玄青，虽不免黯然难过，却还谈不上如何悲痛，反倒想起龙神生死未卜，更加忐忑牵挂。

此时听少昊这般一说，登时觉得从未有过的愧疚凄怅。母子连心，波母为了他，舍生忘死，甘冒天下之大不韪，而在他心中，她竟不过是个模糊不清的影子。想起在那"鹫集峰"上，她被帝鸿欺骗陷害，万念俱灰，宁肯自戕而死，心底更是如针扎般刺痛难忍。

归根溯源，汁玄青与公孙婴侯之所以变得那般狠辣暴戾，一则是因为被各族鄙厌仇视，囚困在暗无天日的凶险地壑，心态日益阴暗扭曲；二则是因为他的生父被胞弟出卖而死，他又被流沙掳走，生死不知。

两母子一心报仇，不折手段，牵连了许多无辜之人，更因此中了水圣女与帝鸿的诡计，沦为工具而不自知。她一生悲苦惨烈，虽然咎由自取，却有不少罪因仍须归结于帝鸿与水圣女。

此行前往昆仑，若不能当着天下英豪，拆穿姬远玄假面，又何以慰藉汁玄青九泉之下的亡灵？又何以祭奠那成千上万如她一般，被帝鸿利用、杀死的冤魂？思潮起伏，悲喜交掺。

见他端着气碗怔怔而立，半晌也不递上前来，缚南仙秀眉一蹙，叱道：“臭小子，有了两个娘，就不知道该伺候哪个了么？日后讨了两个媳妇儿，你岂不是更要发痴了？拿来！”

众人又是一阵哄笑，拓拔野醒过神来，微微一笑，将水送到她唇边，等她喝完了，这才又盛了一碗递与敖语真。

一旁的科汗淮却早已喂龙神喝过。科汗淮喂她喝水时，小心翼翼，极为细心体贴。龙神虽然目不视物，嘴角眉梢却笑意盈盈，满是温柔欢喜。

拓拔野心中大为温暖，暗想：祸福相倚，苦尽甘来，娘亲双目已盲，却因此找到了终身所托，对她来说，这可比当龙神、得天下要快乐得多了。不知到什么时候，我才能功成身退，和雨师姐姐携手白头？想起雨师妾，胸膺若堵，又是一阵锥刺的酸楚怅惘。

天色越来越暗，山头上亮起一道闪电，雷声滚滚。过不片刻，狂风大作，树枝倾摇，长草贴地乱舞，“沙沙”声中，又远远地传来一声凄寒诡异的号角。

众龙鸷惊啼扑翅，直欲冲天飞起，群雄纷纷拽紧缰绳，将它们从半空硬生生拉了下来。

“流沙仙子！”拓拔野一震，又惊又喜。从这号角声来辨听，当是洛姬雅的玉兕角无疑。难道这般巧，她竟也在附近？

众人听说是那杀人如麻的妖女，尽皆凛然，惟有少昊拍手笑道：“妙极妙极！这小妖女是拓拔太子的姘头，有她在此，缚龙神的‘万仙蛊’就不必上昆仑请晏国主救治了。”

缚南仙冷笑一声，道：“区区蛊虫能奈我何？我上昆仑，是见我的乖媳妇儿西陵公主去的，可不是找那九尾妖狐。小妖女治不治蛊，有什么稀罕……”话音未落，心口一阵虫噬般的剧痛，登时疼得脸色煞白，冷汗涔涔而出，剩下的逞强话语再也说不出来。

原来四日之前，东海大战之际，蚩尤便已和晏紫苏前往昆仑，亲自为纤纤送礼。领军前来的乃是赤铜石与柳浪等人。土族水师原本便十分不济，被青龙舰队与苗军炮舰交相攻击，顿时溃不成军，伤亡大半。

龙族虽大获全胜，缚南仙却身中奇蛊，无药可解，龙族巫医束手无策，拓拔野也未能从《百草注》中找着良方，只好带着缚龙神赶往昆仑，找晏紫苏或灵山十巫解救。

而敖语真双目失明后，禅让帝位，三年来，原本一直居住在落霞岛上，由科汗淮照顾。龙牙侯看尽世间炎凉，早有出尘之心，救转龙神后，更是决意再不管大荒中事，与她散发扁舟，隐居东海。

得闻班照消息，两人赶赴龙宫，再听闻拓拔野述说帝鸿真面，科汗淮倍感震惊担忧，决心前往阻止女儿婚礼，当下与龙神一齐随着拓拔野、林雪宜、二八神人等人连夜赶往昆仑。

为免人多口杂，泄露行踪，少昊亦只带了若草花、英招及十八名亲信骁卫随行，那万千归墟将士则由江疑率领，留守在东海大壑，随时候命。饶是如此，一行三十余人骑着龙鹫飞越大荒，仍不免有些招摇，因此拓拔野特意挑选了荒僻无人的南荒路线。

闪电陡然又是一亮，雷声轰隆，豆大的雨点稀稀落落地砸了下来，很快便越来越密，如白箭纵横乱舞，水花四溅。

众人遍体浇凉，大呼过瘾，也不寻山洞躲避，索性骑鸟冲天，随着拓拔野追循流沙仙子的号角飞去。

乘风高上，越过山脊，掠过雄岭，沿着那咆哮奔腾的赤水河朝上游飞翔，那号角声在风雨中越来越加清晰。

有人突然失声道："蛇！好多蛇！"

群雄低头望去，无不变色，只见赤水河北岸的沙砾地上，无数色彩斑斓的毒蛇正密密麻麻地飞速游行，时而交缠盘结，时而纵横穿梭，仿佛一条逆向奔流的绚丽长河。

拓拔野心下微凛，她既吹角引来蛇群，必定是遇到了什么强敌，当下高声道："科大侠，这里交给你了。我去看看情况。"脚尖一点，从龙鹫背上腾空冲起，闪电似的御风飞掠。

他真气强猛无双，又在苍梧之渊飞翔了足足三年寻找天裂，御风之术可谓登峰造极，此时牛刀小试，瞬息间便已冲出五六千来丈，将众人遥遥抛在身后，越去越远，渐渐小如黑蚁。

风声呼呼，暴雨如倾，号角声越来越响，凄厉裂云。

苍梧地壑既已被封填，空中再没有那刺目的硫磺气味，原先那青碧蓝紫的重重瘴雾也全都消散了。

隔着雨帘极目远眺，江山万里如画。左边是绵延不绝的青色群山，中间是奔流怒吼的赭红赤水，右边则是白茫茫的数百里流沙……被闪电接连映照，更加气势恢弘，色彩瑰艳。

下方蛇群越来越多，夹杂着蜈蚣、蜘蛛、蝎子……以及各种各样、见所未见的奇怪甲虫。有的沿着河岸蜿蜒游行，不断被狂涛卷落；有的从南侧山岭爬出，顺着横亘于赤水的断树渡河而过；有的则在蒙蒙翻卷的流沙中飞速穿梭……壮观而又奇诡。

过了三株树，地势转为平坦，流沙也越来越少，逐渐被干裂的赤褐大地所替代。顺着那号角声，掠过一大片低矮的碧绿灌木，只见一个熟悉的娇小身影背对着他，迎风站在苍茫大地中央。

风雨怒卷，细辫飞扬，黄裳时而紧紧地贴着她玲珑曼妙的身躯，时而鼓舞不息，仿佛随时都要随风飞起。那歧兽懒洋洋地趴伏在她脚下，巨眼木愣愣地望着前边，眨也不眨。

四面八方都是围涌而来的毒虫与蛇群，一圈又一圈地环绕着，随着她号角的节奏韵律地摇动，徐徐穿过遍地雨水，朝她前方十丈处的一株巨树游去。

那巨树高约数十丈，树皮粗糙，如乌黑鳞甲，红线纵横交错。树枝弯曲回绕，垂下万千赤红的细须，轻轻摇曳。叶子青翠欲滴，簇拥着九朵巨大的雪白花朵，花瓣层层叠叠，发出刺鼻恶臭，闻之欲呕。

那万千蛇虫游到树下，突然昂首嘶嘶吐信，似乎极是害怕。树须轻摇，突然闪电似的纵横乱舞，将蛇虫一一缠缚抛起，送入那张开的白色巨花中。

“哧哧”激响，青烟腾窜，到处都弥漫着那腐尸似的恶臭，花瓣徐徐合拢，那些蛇虫挣扎了片刻，再不动弹了，渐渐化为黄浊的汁水，被狂风一吹，滴落在地，登时烧灼出数十个深洞来。

拓拔野心中一动，忽然想起《大荒经》中记载了一种奇树，生长在南海荒岛的密林丛中，树须如章鱼的触爪一般，一旦被其缠住，纵是猛犸也无法脱身。

这种树开着足以腐蚀一切的恶臭白花，以剧毒蛇虫为食，生长极快，根须更可以深深地穿入至为坚硬的岩石，甚至传说即便在玄冰铁上，它也能着落发芽、生根开花。

盖因此故，当地蛮族结婚之时，每每在此树下立誓，彼此不离不弃，情比金坚，就如同此树之根，可穿金石。日后谁若违背誓言，必被族人捆缚，抛到此树的巨花中，被它腐蚀吞噬，片骨不留。

因而此树又叫“苦情树”。

却不知流沙仙子为何要唤驭成千上万的虫蛇，来喂养此树？正自惊奇，又听西边传来一阵圆润柔和的巴乌蛮笛。

拓拔野心中一凛，当空隐匿身形。只见一只三头六脚的怪鸟尖叫着急速飞来，鸟背上骑乘着一个彩衣霞带的女子，正悠扬地吹奏着一管巴乌。那女子满头黑发盘结，柳眉斜挑，含嗔带煞，细眼弯弯，盈盈含笑，赫然正是那神秘莫测的火仇仙子淳于昱。

“好一个上天入地，情比金坚！”她骑鸟翩然盘旋，放下巴乌，嫣然一笑，叹道，“只可惜混沌天土厚达万仞，越是往下，越坚不可摧。纵使洛仙子情根深种，也救不回他来啦。”

第十六章　九天玄女

狂风呼号，大雨如倾，流沙仙子听若罔闻，呜呜吹角，遍地蛇虫前赴后继地朝苦情树下涌去。

万千树须倾摇摆舞，不断地卷起毒蛇，送入苦情花中。

火仇仙子摇头柔声道："倘若情树之根真能穿透息壤，以拓拔太子的天元逆刃和五行真气，早就破土重出啦。洛仙子百折不挠，试了足足三年，难道还不死心么？"

拓拔野闻言大震，才知流沙仙子驭使万千蛇虫，喂养情树，竟是为了穿透混沌天土，为自己辟出一条生路！想不到这三年之间，当他生死不知，渐渐被天下遗忘，就连蚩尤、龙神等至亲挚友也全都绝望放弃时，惟有她独自一人留守此地，不离不弃。

忽然又想起了她当年为了让石化的神农复活，所做的种种努力来。难道在她的心中，自己竟也如神农一般重如昆仑、难以割舍么？呼吸如窒，心潮汹涌，一时间，也不知是悲伤、欢喜、酸苦，还是甜蜜……

又听淳于昱嫣然笑道："洛仙子不理我，想必还是在怪责我将拓拔太子诱入皮母地丘的陈年旧事了？不错，从前我恨拓拔太子帮助火族，的确想除之而后快。但世间之事，就像这九嶷山的天气一般瞬息万变，没有永远的朋友，更没有永远的敌人。今日我来这儿，便是真心诚意想助仙子救出拓拔太子的。"

拓拔野一凛，这妖女不知又想出了什么奸谋来陷害流沙仙子？正要现身将她制住，逼问究竟；转念又想，眼下敌明我暗，与其打草惊蛇，搅乱大局，倒不如静观其变，到紧要关头再给帝鸿致命一击。

敞凫神鸟尖声怪叫，平张三翼，在洛姬雅头顶徐徐盘旋。

火仇仙子左手一张，掌心中托着一大一小两只金蚕，柔声道："洛姐姐，我知道你定然信不过我，但你一定信得过这‘子母噬心蚕’。我吞下子蚕，母蚕送与姐姐。如若姐姐发现我有半点害你之心，便叫我求生不得，求死不能。如何?”

头一仰，果真将那子蚕吞入腹中；翻过手掌，垂下一条金丝，将母蚕徐徐送到流沙仙子眼前。

拓拔野微感意外，这“子母噬心蚕”是南荒极为歹恶的蛊虫，母子连心，戚戚感应。中了子蛊之人，其命操于蛊母之手，就算相隔数万里，生死苦痛，全在蛊母一念之间。

这妖女既敢将母蚕送与洛姬雅，不是有脱身的十足把握，就是当真连命都不想要了。

角声顿止，满地蛇虫咝咝尖鸣，茫然不知所往。

流沙仙子任由那母蚕在眼前轻轻摇曳，一动不动，过了片刻，才格格大笑道：“你要助我？你为何这等好心要助我？救出拓拔对你又有什么好处?”

火仇仙子妙目中闪过怨毒凄苦之色，柔声道：“洛姐姐，你我之间有一点颇为相似，只要能让仇恨的人痛苦，便是自己最大的快乐。救出拓拔太子对我没半点好处，但是却能让我的仇人焦头烂额，苦不堪言。”

流沙仙子笑道：“仇人？你说的仇人是指烈炎烈小子和那祝火神么？他们和拓拔的关系似乎好着很呢。”

火仇仙子摇头微笑道：“洛姐姐不用管我的仇人是谁，只要记得我是诚心助你便足够啦……”

拓拔野心中一动：“是了！这妖女一心复仇火族，重建厌火国，她投入帝鸿麾下，多半便是为此。姬远玄这三年来忙于对付鲵鱼，广结盟友，连天吴尚可笼络，又岂会与二哥翻脸？以她狠辣偏激的性子，报仇无门，又岂会善罢甘休?”

果听她说道：“……常言道‘解铃还需系铃人’，混沌天土是谁封上的，自然还找谁解开。”

流沙仙子道：“你是说去找那姓姬的小子?”

“黄帝陛下位高权重，猛将如云，又认定了拓拔太子便是帝鸿，怎会听我们这些乡野草民的恳请?”淳于昱抿嘴一笑，双眸晶晶闪亮，柔声道，“不过我听说，再过几日便是他与西陵公主的大婚庆典，贵宾云集，普天同庆，倘若届时我们请新娘子吃些‘两心知’、‘并蒂莲’，以示恭贺，或许他便肯告诉你解开混沌天土的法子了。”

流沙仙子一怔，似是觉得她的话语颇为有趣，格格脆笑，终于伸手将那母蚕握住，收入百香囊中。

拓拔野却听得心中大寒，鸡皮泛起。正欲现身阻止，又听远处丝竹并奏，鼓乐喧阗，遍地虫蛇登时大乱。

火仇仙子脸色瞬时惨白，蓦地转头朝西望去。

只见狂风暴雨，云雾弥合，数十名玄衣黑冠的秀丽女子正骑鸟翱翔，翩翩飞来，或吹笙，或弹琴，或击鼓，合奏曲乐，韵律诡异悠扬。

群鸟中央乃是一只极为少见的墨羽凤凰，其上骑着一个黑袍蒙面的女子，赤足如雪，脚趾均涂为黑紫色，一双秋波清澈如水，凝视着淳于昱，柔声叹道：“淳于国主，主公待你一向不薄，你盗走阴阳圣童便也罢了，为何还要背主弃义，勾结外敌?”

敞凫神鸟三头齐转，尖声怪啼，也不知是愤怒还是恐惧。

火仇仙子紧握蛮笛，双眸中怒火跳跃，脸上又渐渐泛起晕红，柳眉一挑，银铃似的大笑道：“我道是谁，原来是九天玄女。狡兔死，走狗烹，炉火尽，炭木臧。你们杀得了黑帝，杀得了晏卿离，难道还杀不得我么？横竖都是一死，我即便是死，也要让他……让他永生永世都记得我!”说到最后一句，眼眶一红，泪珠竟断线珍珠似的簌簌掉落。

拓拔野一凛，她说的“他”是谁？莫非竟是帝鸿？听她说到“他”时，语气愤恨悲苦，又夹杂着一丝伤心妒怒，心中又是一动，登即恍然。这妖女必定是对姬远玄情深一往，所以才心甘情愿地为他卖命。

眼下姬远玄领袖群伦，对抗蚩尤，隐隐已是天下盟主。白帝已死，群龙无首，一旦他正式与金族联姻，神帝之位自然逃不脱他的掌心。

等他登上神帝之位后，这些昔日助他问鼎天下的鬼国部属反倒成了莫大的累赘，即便不杀人灭口，也必定大肆弹压，以防泄密。

火仇仙子此番寻找洛姬雅联手，固然是由爱生恨，欲折磨纤纤以泄妒怒，更重要的却是想挟纤纤以自保，免得不明不白成了冤死之鬼。

从前鬼国妖孽之所以难以对付，便是因为彼等藏于暗处，沆瀣一气，浑无破绽可寻；如今帝鸿面目已曝，上下又暗生内讧，正是大举反攻的最佳时机。想明此节，拓拔野精神大振，更是成竹在胸。

又听那“九天玄女”摇头叹道：“主公宽和谦恭，何曾枉杀贤良？要成大事，必有牺牲，黑帝也罢，晏国主也罢，都是杀身成仁，死得其所，与主公何干？”声音突然变得极为温婉轻柔，和着众女曲乐的诡异节奏，更带着一种说不出的魔魅之力。

淳于昱、流沙仙子二女只听了两句，便自心旌摇荡，脸色酡红，眼波也渐渐地恍惚迷茫起来，显是已被她摄住心智，身不由己。

拓拔野大凛，这数十名黑衣女子所布的乐阵正是“天魔仙音阵”，虽然人数不多，配合得却是丝丝入扣，浑然天成。加之那九天玄女的念力、真气强沛绝伦，几臻神级之境，两相契合，威力倍增。

瞧她的装束举止，和乌丝兰玛有几分相似，然而容貌声音却全然不同，体内真气更是五行庞杂，深不可测。凝神扫探，始终分辨不出她所属何族、究竟何人，心下惊奇更甚。

又想，水圣女的魂魄当日众目睽睽之下，被收入了炼神鼎中，难道帝鸿竟也创出了类似“种神诀”的神功妙法，将她神识“种”在了这个肉身之中？但她即便附体重生，又如何能在短短三年内修成如此强猛的五行真元？

正自惑然，只见九天玄女双眸灼灼，凝视着火仇仙子，柔声续道：“淳于国主聪睿能干，主公素来对你赏识有加，怎会舍得伤你？趁着现在大错尚未铸成，你速速将流沙妖女杀了，再告诉我，你将‘阴阳圣童’藏在何处，我定在主公面前为你说话，让你戴罪立功。”

淳于昱微微点头，突然骑鸟疾冲而下，心血神剑紫光爆舞，闪电似的朝流沙仙子心口冲射而去。

拓拔野陡吃一惊，下意识地凌空弹指，气箭怒射。“叮！”光浪炸吐，那短剑应声冲天撞飞，不偏不倚地钉入苦情树中，嗡嗡摇震。

九天玄女神色微变，目光利电似的朝他隐身处望来，柔声微笑道：“好一个‘碧风离火箭’！火族男儿向来光明正大，阁下如此藏头匿尾，岂不有损族人声名？”

拓拔野不想太早曝露身份，既被她误认为火族中人，索性将计就计，当下从怀中取出早已备好的人皮面具，敷盖于脸，变声哈哈笑道：“这就叫‘乌龟照着镜子骂王八——都不知道自己长什么模样啦’。南荒大地，岂能容你们这些妖孽魔女撒野？”显形冲跃在地。

声音如洪雷滚滚，流沙仙子、淳于昱心中一震，蓦地醒过神来，想到险些被这妖女摄控，又是惊怒又是羞恼。

淳于昱只道他是路经此地的火族豪雄，也不理会，扬眉道：“洛姐姐，对不住，我可不是有心伤你。咱们一起联手，将这妖女杀了，再去找解开混沌天土的法子。”骑鸟盘旋，横吹蛮笛。

笛声方起，远处山岭便响起凄厉兽吼声，此起彼伏。

过不片刻，大地隆隆震动，兽吼如潮，也不知有多少猛兽正朝此狂奔。鸟鸣声也越来越密，越来越响，遥遥可见数百只鸟禽正掠过西南丘陵，尖啼冲来。

流沙仙子心中早起了杀机，呜呜吹角，满地虫蛇嘶嘶狂鸣，突然如万千利箭似的破空弹起，纵横怒舞，朝空中那数十名黑衣女子暴射而去。

九天玄女叹道：“不到北海心不死。既然你死不悔改，我也救不得你啦。”左手翻起一面晶莹碧绿的半月形石镜，绚光怒爆，数百条毒蛇尖声狂嘶，当空炸裂，血肉横飞。

众黑衣女子丝竹袅袅，曲乐高奏。后方冲射而来的虫蛇发疯似的凌空乱舞，或相互扭咬，或勾蜷急坠，顷刻间便簌簌落了一地，堆积如小丘。

被那镜光晃照，流沙仙子、淳于昱眼花缭乱，幻象纷呈，想要凝神聚念，体内却气血乱涌，仿佛被山岳压顶，怒潮卷溺，说不出地烦闷难受。

“月母神镜!”拓拔野心中又是一凛，这面石镜被誉为“天下第一神镜”，妙力无穷，当日在熊山地底被青帝劈为两半，一半为他所得，另一半一直在乌丝兰玛手中。此女既有此镜，多半便是水圣女!

这妖女诡计多端，心毒手辣，是鬼国的枢纽人物。当日功亏一篑，被她反诬构陷，实乃生平大恨，今日若能将她重新擒住，与帝鸿之战自当倍添胜算。当下毕集真气，又是一阵哈哈大笑，声如洪钟，将天魔仙音尽数盖过。

九天玄女眯起双眼，大为惊诧，未料到这小子竟有如此强韧的念力。

诸女更是脸色齐变，被其笑声震得喉中腥甜狂涌，胸内憋闷欲爆，几乎连气也喘不过来了。

几个吹奏箫笙的女子强撑了片刻，娇躯陡然一晃，险些被那反冲入口的强猛气波震得翻身坠落，曲乐顿时变调失声。

淳于昱、流沙仙子二女“啊”的一声，呼吸登畅，心中羞怒更甚，撕下衣帛塞住双耳，继续凝神吹奏。蛮笛声陡转高越，和玉兕角声汹汹交织，凄厉破云。

狂风呼啸，暴雨纵横，远处群鸟尖啼，如黑云飞涌，很快便冲至众人上空，前赴后继地朝众黑衣女子扑啄猛攻。

遍地虫蛇亦随着号角声腾空怒舞，滚滚交缠，宛如一条巨大的黑蟒朝九天玄女扬卷猛扑，万千毒虫蛊卵不断地激弹怒射。

墨羽凤凰尖啸冲天，堪堪避过。

一个黑衣女子避之不及，狂乱地抓着右臂尖声惨叫，顷刻间肌肤便泛出淡绿色，如波浪起伏，仿佛有无数虫子在皮下爬行，“嘭嘭”连声，碧血飞溅，刺鼻的腥臭味瞬间弥漫开来，整条手臂竟只剩下了一条白骨，密密麻麻地附满了五彩斑斓的甲虫。

众女大骇，一边冲飞逃避，一边勉力合奏魔乐，与拓拔野的笑声苦苦抗衡。

那女子凄厉狂叫，周身血肉土崩瓦解，烂泥似的簌簌掉落，很快化作了一句骷髅，被狂风刮起，猛撞在苦情树干上，碎裂炸舞，缤纷落地。

九天玄女大凛，这两大妖女一个善于驭兽，一个长于驱蛊，合在一处，威力极是惊人。倘若不能先发制敌，后果不堪设想。

但眼下她最为担忧的倒不是二女，而是这不知从哪里冒出来的火族小子。能将“天魔仙音阵”轻而易举地破解，其念力、真气至少已有神级之境。饶是她胸有万壑，见多识广，也想不出南荒何时出了这等新锐高手。

当下凝神聚念，柔声道：“阁下究竟是谁？何妨摘下面具，让妾身一睹真身？”月母神镜绚光怒舞，朝他当头照去。

拓拔野哈哈笑道：“来而不往非礼也。要我摘下面具，你先从这躯壳里出来罢！”翻身电掠，手指疾弹，“咻咻”迭声，气箭接连射中众女的箫笛琴瑟，弦断管裂，曲乐登时大乱。

玉兕角与巴乌声趁势压过，那当空滚滚摇曳的“黑蟒”尖嘶收缩，陡然炸散为万千蛇虫，纵横怒射，众女惊呼惨叫，又有数人或被毒蛇咬中，或被蛊虫附体，花容月貌瞬间便成了骷髅一具。

九天玄女大袖卷舞，将冲来的飞蛇撞炸开来；右手石镜绚光怒爆，冲舞为一柄三丈来长的月形光刀，朝着拓拔野迎面怒斩。

拓拔野心下一凛，此刀势如雷霆霹雳，五气毕集，赫然竟有青帝极光气刀之威效！想来她定是师从帝鸿，用妖法强修五行，而后借助月母神镜阴阳五行的神力，炼成这诡异强猛的五气光刀。

他若还以天元逆刃，抑或施以极光电火刀，当可破其锋芒，但此地距离昆仑太近，他不想走漏风声，惊动帝鸿集团，当下继续抄足疾冲，火属真气贯臂冲舞，“呼”地化作一道橘红色的炽烈气刀，破空横撩。

“轰！”两刀相交，万千道绚光吞吐炸射，鼓起一轮巨大的刺眼光波，当空荡漾，将四周的雨箭、虫蛇倏然推飞出数十丈远。

九天玄女当胸仿佛被巨锤猛击，“哇”地喷出一口鲜血，连着墨羽凤凰凌空翻撞，石镜险些脱手飞出，心中瞬时闪过难以形容的骇怒恐惧，这无名小子究竟是谁？单只这记平凡无奇的火焰刀，威力竟已胜过太乙火真斩！

拓拔野虎口酥麻，心下亦是暗凛，倘若她真是水圣女，短短三年，竟能从离体孤魂变成五行兼备的神位高手，帝鸿的妖法实是不可思议！她尚且如此，不知帝鸿今日又当有何等神通？

一击得手，更不容她逃脱，收敛心神，纵声长笑道："我既已说过要将你元神打离躯壳，岂能半途而废？来来来，咱们再对上三刀！"急飞如电，右臂赤光冲天摇舞，宛如长虹潋滟，朝她呼啸猛劈。

九天玄女苦修数载，只道借此五行光刀已足以横扫天下，不想今日第一次出鞘，便遭此重挫。气势大馁，不敢硬接其锋，骑鸟冲天飞起，左袖急舞，"呼"的一声，一条黑丝长带横空腾扬，如乌云般滚滚卷舞，将火焰刀倏然缠住。

"冰蚕耀光绫！"拓拔野手臂一紧，气浪陡然收缩，心中惊怒交迸，对她的身份再无半点怀疑。除了这天下至韧至柔的神物，又有什么丝带竟能将自己的气刀层层封住？

想起她当日连出奸谋，害死青帝、波母，又连累鲋鱼、龙族成为天下公敌，导致大荒连年战乱，百姓水深火热……心中更是怒火如烧，哈哈笑道："乌丝兰玛，你驱魔驭鬼，作孽深重，还敢窃据水族圣女之位、玷辱螭羽仙子所传的圣物，羞也不羞？"

右手五指陡然一收，赤光爆舞卷扫，化如长带，蓦地将冰蚕耀光绫紧紧反缠，拉扯回夺。

九天玄女神色骤变，若不松手，势必连人带绫被他拉将过去；但这绫带又是她视若性命的珍爱之物，岂能就此放弃？眼角扫处，瞥见那树须摇舞的苦情巨树，心念一动，顺势猛冲而下，体内五行真气直冲石镜，蓦地冲爆为绚丽光刀，轰然猛劈在树干之上。

"嘭"的一声，树皮翻炸，溅射出漫天乳白汁液。苦情花倏然合拢，巨树枝叶倾摇，沙沙尖啸，像是在愤怒咆哮一般，万千树须如狂蛇乱舞，蓦地将其五行气刀紧紧卷住，朝后猛夺。

这巨树力道之猛，可穿金石，所有树须合力一处，威力可想而知。拓拔野猝不及防，猛地朝前冲跌，右臂气带不由自主地微微一松。

就在这瞬息之间，九天玄女趁势将冰蚕耀光绫猛然抽回，黑光怒卷，狠狠地劈扫在树干迸开的裂口上。

苦情树似是不胜剧痛，偌大的树干陡一弯曲，树须齐齐甩舞，将九天玄女高高抛飞而出。

几在同时，她凌空翻舞，月母神镜的绚光霹雳似的照向淳于昱与流沙仙子，冰蚕耀光绫顺势如闪电横空，将她们双双缠住，劈空拽夺而去。

号角与巴乌声陡然断绝，漫天虫蛇暴雨似的坠落在地，在泥浆中翻腾乱卷。数以千计的南荒凶禽也茫然失措，当空盘旋尖啼。

九天玄女这几下快逾闪电，一气呵成，加上其真气原本就远在流沙仙子与淳于昱之上，此刻借着苦情树的惊天巨力，更是势不可挡。饶是二女狡黠多变，亦毫无半点抵抗之力。

拓拔野方觉不妙，她已卷着二女，骑乘墨羽凤凰，朝西南急速飞掠。那凤凰速度之快，丝毫不在乘黄之下，转眼间便消失在茫茫风雨之中。

拓拔野心下大凛，若再让这妖女于眼皮下逃离，不但少了对付帝鸿的法宝，流沙仙子更是死生难料。抄足冲掠，抓起一个黑衣女子，喝道："她要逃往哪里？快带我追去！"

众黑衣女子几已死绝，只剩下三人惊魂未定，骑鸟悬浮半空，被他一喝，更是吓得脸色煞白，手指微微颤抖，连琴瑟箫笙都拿捏不稳了。

那女子颤声道："她……她……定是去……"脸色突然涨紫，圆睁双目，喉中赫赫作响，几道黑血从七窍涌出，瞬时气绝。

几在同时，另外二女齐声低呼，俏脸也变作酱紫之色，双手狂乱地抓着自己心口，痛楚恐惧，却发不出半点声息。

拓拔野一怔，倏然醒悟，乌丝兰玛定是在这些女子体内种下了类似"子母噬心蚕"的蛊虫，虽隔千里，亦能操控她们生死。

当下更不迟疑，急念种神诀，魂魄脱体，冲入旁侧女子玄窍之中。但那蛊毒发作极快，他方一入体，那女子已然殒命，魂魄亦从泥丸宫逸散飞逃。

拓拔野凝神感应，方从那残余的些许神识中测探到一个模糊的画面：雪山连绵，碧河蜿蜒，河的南岸是气势磅礴的冰川，晶凌闪耀；河的北岸是一座崔巍雪峰，峰顶叠加了一块巨石，仿佛是从别处飞来的一般，在狂风中微微摇动。山崖下开满了姹紫嫣红的杜鹃花，花丛当中是一座青石垒砌的石屋，石隙间长着绿色的细草，在微风中起伏摇曳……

待要进一步探寻山谷方位，那游魂却已散逸开来。

拓拔野元神附回体内，思绪急转，照着《大荒经》所示，将周围方圆千里之内的雪山全都想了一个遍。

雪山上大多有冰川，冰川下大多有河流，河岸旁又大多开满了杜鹃花……与这画面契合的山谷没有一千，也有八百。

然而雪山顶上有这种飞来峰的，却只有三处。其中两座与此地相距数千里，惟有那“凤冠山”在此西南六百里外。

想明此节，精神大振，顾不得等候龙神、少昊等人，在地上匆匆刻了八个大字：“寻救流沙，昆仑再会”，便自御风飞掠，全速朝凤冠山而去。

飞了片刻，风雨渐小，西南露出一角蓝天，阳光斜照，映得前方巍巍雪山灿如黄金，就连横在半山的蒙蒙云雾，也仿佛被镀染成淡淡的金纱。

再往西飞，赤水河将近源头，泥沙转少，清澈见底，在山谷之间蜿蜒奔流，晃动着万点粼光。两岸碧草起伏，艳红的杜鹃花铺展如锦，明丽如画。

将近黄昏时，雪岭连绵，冰川重叠，遥遥可见前方那雄伟的雪峰上，叠嵌着一块冠状巨石，皑皑白雪覆盖，在狂风中发出尖锐的呜呜声响。正是凤冠山。

拓拔野御风下冲，飘飘然到了那雪山之巅。山顶狂风猛烈，积雪不断地刮卷成漫天雾气，在蓝天与远山之间纷乱飞舞。

他四下聆听，山壑间，除了那尖锐的风啸声，隐隐似乎听到有人嘤嘤低泣，似有若无，待要细听，却又什么也听不见了。足尖飞点，沿着峭斜的山壁朝下冲掠，不过片刻便到了谷底。

蓝天，雪山，碧绿色的河水迤逦奔流，两岸杜鹃花灼灼如火，斜阳映照在对面的冰川上，闪耀着万点银光，一切都与那画面浑然相契。

拓拔野抄足飞掠，绕过前方山崖，果然瞧见了一个青石屋，矗立在山脚下的漫漫花海之中。

凝神扫探，石屋内空荡无人，大觉失望。难道乌丝兰玛并非将她们挟囚在这里？但若真如此，那黑衣女子临死之际，魂魄又为何要指引他到此？这里究竟是鬼国的什么秘密所在？

拓拔野疑窦丛生，飞掠到石屋前，推开虚掩的柴扉，但见尘糜在光柱中悬浮飞舞，四壁徒立，惟有墙角安放着两张小木床，合成太极阴阳的形状。床上凌乱地堆着棉被，似是有孩童睡在此处，方甫离去。

心中一动，突然想起先前乌丝兰玛斥问淳于昱的话来。火仇仙子显是对姬远玄即将大婚一事耿耿于怀，爱极生恨，为了报复帝鸿，也为了挟以自重，盗走了什么“阴阳圣童”。瞧此情形，这石屋想必就是“阴阳圣童”生活的地方了。

正待转身离开，突然又听到一阵若有若无的嘤嘤哭泣之声，拓拔野一凛，侧耳倾听，那声音竟似是传自地底深处。一时间寒毛直竖，又惊又奇。

念力四扫，探应到床下的石地有一道太极鱼似的弯曲长缝，像是密室暗门。拓拔野手掌轻推，将小床隔空移开，挥舞天元逆刃，银光夭矫，正好劈入那弯太极鱼缝之中。

“砰”的一声，石地登时震裂开来，露出一个三丈深的混金密室。哭声顿止，一个女子蓦地站起身来，浑身锁链叮当作响，朝他抬起头，颤声道：“娘！娘！是你么？”

那女子脸色惨白，双眼已被刺瞎，血泪斑斑，经脉俱断，雪白的长发披散而下，耳朵、鼻子上镶嵌了两个极为精美的玉石细环，瞧来尤为醒目。

“黄河水伯！”拓拔野惊奇更甚，这女子赫然竟是冰夷！

冰夷女扮男装，神秘莫测，自从当年雪山之上，被疯魔的蚩尤强暴之后，更行踪杳渺，只在北海平丘与木族的百花大会上出现过几次。为何竟会被刺盲双眼，震断经脉，囚禁在这地底密室？她方才所喊的“娘”又当是谁?

听见他的低呼，冰夷脸上的悲喜、恐惧、哀求、哀痛……倏然凝结，怔怔地仰着头，一动不动，半晌才喃喃道:“你不是我娘。你……你是谁?”

拓拔野念头急转，她既被囚禁在石屋地底，想必与那“阴阳圣童”有什么干系，当下探其口风，变声道:“阴阳圣童被火仇妖女掳走了，我奉九天玄女之命前来搜救。”

冰夷周身一颤，泪水潸潸而下，颤声哭道:“孩子，我的孩子！那贱人骗我到这里，把我的孩子全都抢走啦！我要杀了她！我要杀了她！放开我……快放开我……我要……我要去找我的孩子……”咬牙切齿，泣不成声，悲怒已极。

拓拔野心中大震，原来那“阴阳圣童”竟是她的子女！还不等细问，忽听屋外凤鸣长啸，“轰”的一声，红光怒爆，整个石屋似乎被火浪掀卷，迸炸乱舞，烈焰熊熊。

他眼前尽红，气血翻涌，隐约瞧见一道青影扑面冲来，闪电似的抓住冰夷，朝上冲天飞起。

拓拔野喝道:“放开她!”急旋定海珠，借着那狂猛气浪破空追去，蓦一探手，抓住冰夷飞扬的锁链，奋力回夺。

那青衣人翻身回掌，化如火凤狂舞，轰然怒扫。

“嘭!”又是一阵轰鸣狂震，拓拔野右臂瞬间酥痹，经脉如焚，那气浪之猛烈竟远超他的想象，宛如火山喷薄，岩浆席卷，几乎不似人力所能为。饶是他真气雄浑绝伦，亦被掀得高高飞起。

女魃!

拓拔野心下一沉，普天之下，除了那天生火德、筑就八极之基，又接连吸纳了帝女桑情火、赤炎山火灵与大金鹏鸟灵珠的烈烟石，再无一人能有这等惊天裂地的火属神力!

一别三年，她的修为也似突飞猛进，丝毫不在自己之下。真气之精纯炽猛，更只能以“恐怖”二字形容。若换了旁人，与她这般对上一掌，只怕早已化作炭糜，瞬间灰飞烟灭。

四周烈焰狂卷，风啸尖厉。

女魃青衣鼓舞，提着冰夷翩然跃上那盘旋的火凤凰，朝着蓝天展翅高翔。所过之处，炎风呼号，冰雪山石纷纷崩融干裂。

拓拔野高声道："八郡主留步！"御风急掠，穷追其后。他与烈炎肝胆相照，视若手足，对烈烟石自然也看作是自己的妹子一般，安能坐视她被鬼国妖孽操纵，沦为这人不人、鬼不鬼的女魃？相比之下，冰夷及那"阴阳圣童"反倒变得不那么重要了。

火凤凰拍翼旋转，尖啸飞翔，想要将他甩脱，却终究比不上他苦练了三年的疾风之速，过不片刻，又被他渐渐追近。

女魃大袖挥舞，一团火浪轰然鼓舞，狂飙似的猛撞在右侧那陡峭高拔的雪岭上，"轰隆隆！"只听一阵轰鸣狂震，天摇地动，万千巨石破空炸舞，推卷着滔天雪浪，滚滚崩塌冲落。

拓拔野在苍梧地渊修行已久，对于那极端恶劣、瞬息万变的天气都已应对自如，浑然合一，更何况这区区雪崩？

霎时间，五气循环变化，与雪涛迸石交相契应，仿佛与之同化一体，速度非但丝毫不减，反倒顺势随形，怒石似的冲天穿透重围，一把抓住冰夷锁链，硬生生从女魃怀中夺了出来。

女魃猝不及防，空茫的绿眸中闪起两团怒火，低叱旋身，双掌合抵平推，登时鼓起一团彤红刺目的火球，朝着拓拔野当胸怒爆。

第十七章　西陵出阁

拓拔野早有所备，体内真气顺序相激，瞬间激涌为排山倒海的水属气浪，破掌而出，“嘭嘭！”周围那滚滚崩泻的雪瀑顿时随之冲天掀涌，将那团巨大火球推撞得如流霞乱舞。

女魃身子一晃，骑凤踉跄翻飞。

两人真气虽然相差无几，但拓拔野天人合一，倚借雪崩巨力，自是稍占便宜。不等她喘息，掌心气光怒涌，继续掀卷起滔天雪浪，接连猛攻，务求一鼓作气，将她制伏。

当是时，上方突然传来一声春雷似的怒吼，碧光澎湃，须眉皆绿，拓拔野周身一沉，仿佛昆仑山当头撞压，喉中登时腥甜翻涌。

心中大凛，此人碧木真气之强猛，更在雷神、句芒等人之上！短短几年，鬼国又从何搜罗了如此高手？不及多想，翻身倒冲而下，掌中聚气为刀，奋力反撩。

轰隆连声，雪石俱炸。

那人竟似毫发无伤，呼啸冲来，又是接连几掌，眼花缭乱地与他气刀拆挡交撞，拓拔野心中一震，又惊又喜，哈哈大笑道：“他奶奶的紫菜鱼皮，鲋鱼，是你！”

那人如遭电殛，失声道：“乌贼！”光浪炸舞，与夕晖、雪雾交织成绚丽霓光，映照在他的脸上，虬髯戟张，双眸似星，一道刀疤斜斜扭曲，英挺桀骜，一如往昔，只是更多了几分威严勇武。

两人收势不及，陡然撞在一处，相顾哈哈大笑，抱着冲天飞旋而起。

蚩尤上下打量，大笑道：“他奶奶的紫菜鱼皮！他奶奶的紫菜鱼皮！真的是你！真的是你！”狂喜欲爆，恍然如梦，热泪竟忍不住夺眶涌出。

拓拔野也想不到竟会在此时此地与他相逢，哈哈笑道：“臭鲋鱼，你怎会到了这里？”

蚩尤道：“我在鹿台山下遇见八郡主，追她到此。你又怎会到了……”

两人齐齐一凛，失声道：“八郡主！”这才想起女魃犹在旁侧，扭头再望时，天蓝如海，雪浪澎湃，火凤凰尖啸高飞，已载着她冲出数里之外，遥不可追了。

雪岭上白雾蒙蒙，又冲出一个紫裳少女，衣袂飘飘，美貌绝伦，正是许久未见的晏紫苏。瞧见拓拔野，她亦猛吃一惊，似乎过了片刻才相信眼前所见，笑靥如花绽放，叫道：“拓拔太子！”

雪崩滚滚，轰隆回震，将她的声音盖了过去。

落日镀照着那蜿蜒千里的冰岭，宛如一道灿灿金龙，盘踞在翻腾的云海中，壮丽而又苍茫。

三人重逢在这雪山之巅，喜悦填膺，齐声大笑，这些年来的愤懑忧虑都仿佛那坍塌崩泻的冰雪，瞬间烟消云散了。

冰夷原本便身负重伤，被拓拔野、女魃的气浪接连震荡，早已晕了过去。此刻躺在旁侧的雪地上，悠悠醒转，听到蚩尤的笑声，脸色陡变，也不知哪里来的气力，突然挣跃而起，双手狂乱地朝他打去，尖叫道：“乔蚩尤！你这狗贼，我要杀了你！我要杀了你！”

她经脉俱断，浑无真气，双拳还未打到蚩尤身上，已被他护体气罩反震弹起，红肿刺痛，泪珠忍不住簌簌涌出，悲愤恨怒全都化作了伤心苦楚，紧握双拳，失声大哭起来。

“是你！”蚩尤心底一沉，满腔欢喜登转黯然，失声道，“你的眼睛……”

冰夷听他关心自己，更是羞愤悲苦，退后几步，哭道：“不用你猫哭耗子假慈悲！乔蚩尤，你……你……你害得我生不如死，我就算是化作厉鬼，也……也绝不放过你！”

蚩尤心中有愧，无言以对。

晏紫苏飘然挡在他身前，格格笑道：“水伯此话好没道理，俗话说‘天作孽，犹可恕，自作孽，不可活’。你自甘堕落，和那些鬼国妖魔沆瀣一气，才有今日下场。害你的人是你自己，怪得谁来？”

冰夷听见她的声音，柳眉一竖，双颊晕红泛起，悲怒交集，但不知想到了什么，脸色又渐渐褪为惨白，摇了摇头，凄然道："你说得不错，'天作孽，犹可恕，自作孽，不可活'，我有什么报应，全都认了。但我的……我的孩子……又有什么罪孽？老天爷，老天爷你为什么……为什么要这么待他们？"说到最后一句，伤心欲绝，泪珠涟涟滚落，宛如梨花带雨。

山顶狂风猛烈，寒意彻骨，她浑身真气全无，更是不住地簌簌颤抖，白发乱舞，肌肤都冻成了青白色，与从前那木无表情、高深莫测的黄河水伯判若两人。

拓拔野心下怜悯，伸手抵住她的后背，将真气绵绵传入，念力及处，惊讶更甚，她的奇经八脉俱已断碎不说，五脏六腑也中了各种剧毒，体内更潜藏着数十种蛊虫，一旦发作，瞬间便可毙命。

冰夷左右挣扎，正要将他手掌推开，却没半点气力，咬牙恨恨道："你不是我娘派来的，你究竟是谁？"

"你娘？"拓拔野一怔，想起先前自已所言，心头剧震，脱口道，"是了！你是乌丝兰玛的女儿！"这才明白为什么她的子女会被立为"阴阳圣童"，淳于昱又为什么要盗走他们挟以自重。

蚩尤、晏紫苏闻言大凛，惊愕无已。

冰夷却突然仰头格格大笑起来，泪水掺着鲜血，丝丝滑落脸颊，喘着气，摇头笑道："娘，你莫怪我，世上没有穿不过的风、没有渗不透的水。横竖你也已经'死'啦，你是九天玄女，再也不是从前那失贞生子的水族圣女。就算全天下的人都知道了，也不能伤你分毫！"话语中带着说不出的悲愤与讥嘲，竟似对自己的母亲怀着难解的怨恨。

她笑得太过猛烈，肩头颤抖，体内气息乱涌，脸上涌起酡红之色，在夕晖中如霞光晕染，从未有过的娇艳。

蚩尤一凛，知她回光返照，大限将至，对她素有愧疚之心，当下沉声道："敢问你的孩子出了什么事？乔某愿全力相助，护他周全。"

冰夷止住笑声，转过头，空茫的双眸凝视着他的方向，嘴角含笑，神色极是古怪，像是愤怒、悲戚、欢喜、伤心……又带着难以言明的滑稽与错愕，过了半晌，才一字字地道："乔蚩尤，你原当如此，因为他们也是你的骨肉！"

拓拔野三人如雷震耳，尽皆怔住。

晏紫苏怒道："你胡说什么……"突然又是一震，失声道："难道……"脸色瞬时雪白，想起当年大荒日食之际，在瑰璃山顶所发生的可怕梦魇来。

蚩尤脸上、耳根热辣辣地如烈火烧灼，木头似的动也不动，脑中空茫一片。这些年他纵横天下，出生入死，也不知经历了多少惊心动魄的时刻，却从未犹如此刻这般震慑。

就连最为能言善辩的拓拔野，亦瞠目结舌，不知当说些什么。

一言既出，冰夷累积已久的恨怒、委屈、悲伤、痛苦……全都潮水似的涌上心头，泪水接连滑落，语气反倒大转平静，冷冷道："若不是当日白脊峰顶，我苦修了二十多年的元阴之身毁于你手，再也无法修炼'阴阳太极之身'，我娘苦心经营了二十多年的妙局又怎会在北海平丘为拓拔野所破？她又何需重新谋划，立我的两个孩子做'阴阳圣童'，让他们重复我们兄妹这些年所走过的道路？"

"阴阳圣童？兄妹？"拓拔野心中大震，突然想起当日北海平丘的情景来，灵光霍闪，从前所有不甚明白之处全都豁然开朗。

水圣女苦心孤诣，借着水族十八巫使在灵山上挖出的"伏羲石谶"，布下连环局，甚至不惜解印鲲鱼，都是为了一一契应那"天地裂，极渊决，万蛇千鸟平丘合。九碑现，鲲鱼活，伏羲女娲转世出。混沌明，五行一，大荒不复分八极"的谶文，使得最后冰夷从玄蛇腹中"诞生"之时，被顺理成章地认作"女娲转世"。

她既是"女娲"，其兄长自然就是"伏羲"了。想起那句"混沌明，五行一，大荒不复分八极"，又想起姬远玄五行毕集的帝鸿之身……又惊又怒又喜，更无半点怀疑，沉声道："你兄长便是当今黄帝，是也不是？"

冰夷微微一愣，蹙眉冷冷道："你到底是谁？如何知道？"

"姬远玄？"蚩尤、晏紫苏脸色齐变，比听到她是乌丝兰玛的女儿更为震骇惊异，在世人眼中，这三人八竿子也打不到一处，想不到竟是血肉至亲！

拓拔野微微一笑，也不回答，道："那'伏羲石谶'是你娘伪造的，姬远玄当年送黄帝残尸上灵山之时，便已经悄悄埋在长生树下了，是也不是？"

冰夷脸色微变，冷笑不答。

拓拔野又道："你娘以知道公孙青阳下落为饵，骗取汁玄青母子相助，一则是为了解开鲲鱼封印，驭为己用；二则是契合'伏羲石谶'，让你和你哥摇身变作'女娲、伏羲转世'；再则便是为了解印混沌兽，用它来修炼你哥哥的帝鸿之身，是也不是？"

冰夷越听脸色越白，虽不回答，但瞧其神情，无疑是默认了。

蚩尤惊怒交集，喃喃道："帝鸿？姬小子就是帝鸿？"虽对姬远玄浑无好感，却丝毫未曾料到他竟会是鬼国的元凶帝酋。

饶是晏紫苏聪慧绝伦，亦想不到此中关联。听着拓拔野抽丝剥茧似的层层盘问，心中寒意森森，才知这母子三人布局深远，早在五年，甚至二十多年前，便已筹谋好了所有一切！

拓拔野淡淡道："只可惜你娘千算万算，却还是算不过老天。你们想要将我和龙妃害死在皮母地丘，却偏偏阴差阳错，将我们送到了北海平丘。否则真让你们狡计得逞，分别当上'伏羲'、'女娲'转世，神帝之位，还逃得出你们兄妹的手心么？"

冰夷一震，脸上再无半点血色，喝道："拓拔野！你是拓拔野！你没死……你……你竟然没死……"又是惊讶又是恼怒又是恐惧，混金锁链随着周身颤抖而叮当乱响，突然又仰头格格大笑起来，泪水交流，似是觉得世事荒唐滑稽，可笑绝伦。

落日西沉，映照在她脸上的霞光倏然黯淡了，她身子微微一晃，软绵绵地垂卧在地，笑声随之断绝，泪珠也仿佛凝结在了笑容上，再不动弹。

拓拔野一凛，蚩尤失声道："冰夷姑娘！冰夷姑娘！"抢身抓住她的脉门，将真气绵绵输入，终已迟了一步。心跳、呼吸俱止，已经玉殒香消。

狂风鼓舞，拂动着她雪白的长发，锁链叮叮脆响。

蚩尤呆呆地握着她冰冷的手腕，胸膺郁堵，难受已极，突然想起多年前，第一次在日华城的驿站与她相见的情景。想起那一刻，杨花飘舞，从她四周掠过，她低头轻轻地吹掉粘在衣袖上的一丝杨花，雪白的长发徐徐在空中划过一个优美的圆弧。想起那三十六只银环突然飞散，随着如波浪般鼓舞的长发，在风中回旋环舞，忽聚忽散……

命运冥冥难测，就像那三十六只变化无形的银环，在风中聚散无常，在每一个交错的刹那，变幻出诡谲的图案。

那一刻，无论是他，抑或是她，又岂能料到彼此之间竟会发生这样难解难分的孽缘呢？

又是黄昏，落日熔金，半天蓝穹半天云海，雪岭如金山，在霞云中若隐若现。

山岭下是连绵不绝的碧翠森林，夹杂着大片的鲜绿草野，以及艳红如云霞的漫漫杜鹃花。

山岭上融化的冰雪汇作清澈小溪，潺潺地穿过树林，流过山脚，宛如玉带蜿蜒。野鹿、羚羊成群结队地在溪边低头饮水，一阵狂风刮来，林涛呼啸，它们又纷纷受惊奔走。

拓拔野骑在龙马之上，仰头眺望，那巍巍雪峰宛如金剑，高耸破空。心中悲喜交织，相隔数年，终于又见到了这至为雄伟壮丽的昆仑山。只是山河依旧，人物全非，当年蟠桃会时的盛景如今再也看不到了。

晏紫苏乘马徐行，传音道："后天便是西陵公主出阁之日，各族派了许多贵侯、使臣，前来贺喜，暂时都住宿在那'七星驿站'内。等到明日清晨，众人来齐之后，方才凭借请柬，一齐上山。"纤手指处，远处山林碧野之中，几座石楼参差而立，颇为醒目。

蚩尤"哼"了一声，扬眉冷笑道："西王母生怕我们搅了她招赘女婿的好事，我偏要闹他个天翻地覆！驾！"猛地扬鞭纵马，当先冲过溪流，惊散鹿群，朝那驿站飞驰而去。

晏紫苏抿嘴微微一笑，策马疾奔，远远地传音笑道："拓拔太子，当日你与龙妃大婚之日，姬小子派公孙婴侯前来捣乱，此番你可要以牙还牙，也抢他一回新娘了！"

拓拔野莞尔失笑，想起纤纤，心头一暖，热血如沸，暗想："好妹子，我绝不会让你嫁与这人面兽心的妖魔！"双腿一夹，纵马紧随其后。

昨日冰夷死后，三人将她埋葬在凤冠山顶，而后又回到谷中，彻夜倾谈，互相述说了这几年间发生之事，说到快慰处，齐声大笑；说到愤懑时，纵声啸呼。人生有知己相慰，无论悲喜怒恨，都倍觉痛快淋漓。数年未见，彼此间不但没有半点生疏拘谨，反倒更觉亲密无间。

听说流沙仙子、淳于昱尽被九天玄女掳去，蚩尤的担忧反倒稍有消减，水圣女即便再过歹恶，终究虎毒不食子，"阴阳圣童"若是落入她的手中，至少不会有性命之虞。

三人议论半夜，认定九天玄女乃鬼国之枢纽。姬远玄近日大婚，乌丝兰玛必会赶往昆仑庆贺，与其盲目地四处寻找其下落，倒不如守株待兔，结网候鱼。只要能擒伏水圣女，不但可救出流沙与"阴阳圣童"，还有望揭穿帝鸿身份，阻止纤纤婚礼。于是乔装化容，全速赶来。

三骑风驰电掣，很快便掠过草野，到了那驿站之外。

远远望去，旌旗林立，炊烟袅袅，兽骑星罗棋布，到处都是穿行不绝的各族使者，人声鼎沸，笑语不绝。

三人翻身落马，将缰绳绑在树干上，径直朝驿站内走去。触目所及，周围群豪大半都是当年蟠桃会上见过的权贵，有的虽然叫不出名字，却也颇为眼熟。反倒是他们乔化作南荒蛮族，无一人认得。

蚩尤与其中不少人在疆场上交过手，此刻此地相逢，感觉殊为奇怪。当下谁也不理，昂然朝里走去。他虽然容貌全非，但那卓然不群的桀骜气势仍引得众人纷纷侧目，微觉奇怪。

忽听南边鸟啼如潮，众人拍手笑道："新郎的使者来啦！"欢声雷动，竞相蜂拥而去。

拓拔野转头望去，只见一行鹰骑从天而降，数十名土族贵侯翻身跃落，与群雄说笑问好。其中除了涉驮、计蒙、包正仪、姬箫夜等旧识之外，还有一个气宇轩昂的男子，长得与姬远玄颇有几分相似。

晏紫苏传音冷笑道："姬小子倒是将七姑八婆全都叫来啦。"知道拓拔野被封地渊三年，对大荒新晋人物大多不识，于是稍加解释。

原来那与姬远玄有几分相像的男子原来是其堂弟，叫做姬孟杰，是土族长老会中最为年轻的一个，为人倒也算公正坦直，颇受众长老器重，传闻姬远玄有意将他栽培为大长老，是以族中溜须逢迎之辈对他更加热中。

拓拔野心中一动，突然想到了一个极为大胆的计划，正待传音蚩尤二人，忽然又听"轰轰"连声，几道绚光从石楼上冲天飞起，当空炸散，化作缤纷彩纸，徐徐飘落。

遥遥望去，正好形成一行大字："金土相生，五行天定，阴阳共济，四海太平"。群雄仰头喝彩，笑声、起哄声不绝于耳。

土族众人笑容满面，颇为得意。站在各族宾客中央，倒像是主人一般。

蚩尤冷眼相望，紧攥的拳头青筋暴起。这几日听拓拔野说了姬远玄之事，早已气恨难平，此刻瞧见这等场景，更是怒火如焚。

但他统领万军，历经百战，早非当日那莽勇刚烈的桀骜少年，知道要想击败帝鸿，最好的办法莫过于出其不意，当着天下英雄之面，以如山铁证拆穿其假面。是以再过愤怒，眼下也只有强忍心中。

钟鼓齐鸣，丝竹大作，当日的迎宾晚宴正式开始了。

拓拔野三人随着人流进了七星驿站，名为驿站，实则却是七座形如北斗、气势恢弘的双层石楼组接而成。楼上是客房，楼下则是宴宾大殿。殿内富丽堂皇，张灯结彩，四处喜气洋洋。

数百张长案绕着大殿摆开，案上美酒佳肴，琳琅满目。众人在使女引领下一一入座，还不等坐定，一行霓裳舞女已翩翩而入，载歌载舞，为群雄助起兴来。一时喝彩欢呼声此起彼伏。

这几年干戈不断，各族贵侯或疲于征战，或忙于民生，都少有闲暇饮酒作乐，此时欢聚一堂，歌舞升平，都不由想起从前热闹繁华的好时光来，百感交集。

拓拔野三人坐在大殿西角，与各南荒、西荒的蛮族酋首混杂交错，瞧见不少熟悉的面孔。

蚩尤突然轻轻捅了他一下，嘿然笑道：“乌贼，你看那是谁?”

拓拔野目光转处，微微一震，又惊又喜，但见一个华服少女低头端坐，脸容秀丽，肌肤胜雪，赫然正是寒荒国主楚芙丽叶！许久未见，她似乎清瘦了一些，神容更为端庄宁静。不管四周喧哗，眉睫低垂，淡蓝色的眼波始终凝视着手中的酒樽，也不知在想些什么。

旁边分别坐着一个身着虎皮大衣的伟岸男子，和一个穿着豹皮斜襟长衣的瘦削少年，神色凝肃，一言不发，正是曾经一起出生入死的拔祀汉与天箭。

楚芙丽叶似是察觉到他炽热的目光，抬头朝他望来，四目相交，她眉头轻蹙，转过头去，旋即微微一顿，仿佛感觉到了什么，又重新转回头来，一瞬不瞬地凝视着他。

拓拔野心中怦怦大跳，极想开口与她招呼，但又不能泄露了行踪，当下微微一笑，朝她遥遥举杯致意。

楚芙丽叶双颊晕红泛起，再度转过头去。但睫毛轻颤，秋波流转，仍在不时地暗自打量着他，仿佛觉得他似曾相识，却又难以评断。

过不片刻，来宾越来越多，陆续入席。木族“青帝”当康亲自率众拜贺，一行浩浩荡荡近百人，声势颇为浩大。天吴虽然没来，却也派了至为心腹的科沙度等人前来贺喜。

酒过三巡，才听到有人高声叫道：“火族炎帝陛下到!”只见烈炎昂身大步走入，紫衣鼓舞，虬髯如火，朝喧腾的群雄拱手行礼，微笑示意。身后跟随着祝融、刑天等火族大将。

晏紫苏嫣然传音道：“炎帝借着婚礼之由，把刑战神、祝火神全都带来了，摆明了不想在东南与我们交战。姬小贼看到，非气歪了嘴不可。”

拓拔野、蚩尤相顾而笑，心下温暖。若非这些年烈炎在南荒网开一面，苗军与夸父古田军势必三面受敌，局势堪忧。虽然双方名为敌我，但彼此的兄弟之情却一直存乎心底。

又听殿外一人哈哈大笑道："妹子大婚，做兄长的岂能不来道贺？"惊哗四起，有人喝道："拿下逆贼少昊！"

话音未落，"哎呀"连声，几个卫士翻身倒撞入殿，压倒了几张长案，杯盘狼藉。舞女惊呼奔走，众人轰然，纷纷起身。

但见少昊牵着若草花，大喇喇地步入殿中，顾盼自雄。英招等人随行左右，却不见龙神、科汗淮与林雪宜、二八神人。

拓拔野一震，又是好气又是好笑，这小子怎地不按原计划行事，就这般大摇大摆地闯进来了？

金族众卫士脸色齐变，纷纷拔刀冲涌上前，将他们团团围住。

少昊熟视无睹，朝着群雄挥手笑道："各位别来无恙？坐坐坐，四海之内皆兄弟，不用这般客气。"若无其事地拉着若草花入席而坐，径直喝酒吃肉，大快朵颐，眉飞色舞。

金族众卫士面面相觑，他虽是重囚要犯，但毕竟是本族太子，当着各族宾客之面，没有王母之命，谁也不敢妄自上前将他拿下。

各族宾客微觉尴尬，重又纷纷入座，只当没有瞧见。

丝竹声声，歌舞方起，殿外忽然又传来"轰"的一声爆响，梁柱俱震，有人惊叫道："走水了，瑶池宫走水了！"

众人大凛，纷纷奔出殿去，只见那高巍的雪山顶上浓烟滚滚，红光吞吐，不断有雪石崩塌倾泻。

拓拔野又惊又奇，是谁这么大的胆子，竟敢在昆仑山瑶池宫放火？还不及细想，又听山顶号角高吹，有人遥遥叫道："有刺客！有刺客！驸马爷遇刺啦！"半空飞骑盘旋，接二连三地冲天飞去。

众人大哗，涉驮、计蒙等土族群雄面色齐变，顾不得婚礼前夕的谢客令，纷纷御风高掠，朝玉山顶上飞去。

片刻之间，昆仑山上下乱作一团，众宾客七嘴八舌，声如鼎沸，都在猜测究竟是谁胆大包天，竟敢纵火昆仑，行刺驸马。

惟有少昊哈哈笑道：“大吉大利！大吉大利！咱们金族招了个好女婿！”见他满脸得意，英招等人则摇头苦笑，不安中又似有些懊悔，拓拔野登即恍然，明白多半是这小子惟恐天下不乱，搅得这场好局。

啼笑皆非，正想传音询问究竟，又见人潮分涌，姬孟杰逆向而行，独自一人朝殿后无人处走去，心中一动，和蚩尤、晏紫苏低声道：“你们去和少昊会合，我去去就来。”转身拨开人群，随行其后。

姬孟杰穿过殿廊，绕过偏屋，朝驿站后的树林走去。

拓拔野隐身悄然随行，只等到了林中，立即种神到他体内。如此一来，后天婚礼大典之时便可当着各族群雄之面，以牙还牙，以“姬孟杰”的身份，痛斥姬远玄的帝鸿奸谋，搅他个措手不及，无所遁形。

然而方入林中，立觉不妙，一股极为强猛的念力如狂潮汹涌，迫面而来。拓拔野闭气敛息，凝神望去，但见一个白衣人遥遥站在大树之下，衣袂翻舞，赫然竟是广成子！

心下大凛，难道他们已经发现了自己行踪，故意诱伏偷袭？登即止步不前。

念头未已，隐约听见姬孟杰传音奇道：“大哥，主公不是说好了婚礼之后再动手么？怎地现在便提前行动了？”

“大哥？”拓拔野心头又是一震，难道这“姬孟杰”竟是那郁离子所化？又惊又疑，只见广成子摇了摇头，嘴唇翕动，朝着“姬孟杰”传音入密。

他真气雄厚，传音话语无法截听。拓拔野只得凝视其嘴唇，聚念辨析，断断续续地读出了一些唇语。似是在说山上的大火并非他们所放，刺客也不是他们的人，多半是九黎苗族前来捣乱。问他是否发觉宾客之中，有乔化混入的奸细？

拓拔野心中怦怦大跳，想不到少昊和自己这番“配合”，竟歪打正着，撞见了这两兄弟。

不知他们说的“婚礼之后再动手”指的又是什么？难道……难道竟是想要行刺西王母，让已成为“金刀驸马”的姬远玄不费吹灰之力便可坐收金族么？一念及此，心底大寒。

凝神再辨，广成子嘴唇翕动，似乎在说九天玄女已擒获淳于昱和流沙仙子，有这两大妖女做替罪羊，原先的计划也要更改一番。趁着眼下少昊越狱回到昆仑，再重新嫁祸，让他与蚩尤背此黑锅。

郁离子传音笑道："此计大妙！少昊那饭桶来得不早不晚，蚩尤小子又偏偏在此时派来刺客，真是天助我也！等一切既定，主公更可以此为由，大举征讨九黎苗军，到了那时，金族也好，火族也罢，再也没法推三阻四了！"

听到此处，拓拔野再无怀疑。

倘若白帝尚在，少昊未囚，姬远玄必不会这般心急，但眼下障碍俱已扫清，大荒各族都已惟他马首是瞻，无须靠山，对于西王母这等睿智远谋、又极具主见的女中帝杰，及早铲除才是上上之策。加上广成子、郁离子一心继承母志，夺立寒荒国，自是对这最大的绊脚石必欲除之而后快……越想越是凛然，背上凉飕飕的尽是冷汗。

思忖间，广成子嘴唇翕动极快，又不知说了些什么。

郁离子点头传音笑道："机不可失，时不我待。走吧，大哥，别让玄女等得急了。"和广成子并肩乘风冲掠，飞向玉山顶巅。

拓拔野微一踌躇，情势危急，关乎王母生死，慢上片刻，便可能葬送全局，现在若赶回去叫上蚩尤等人，势必再也无法追上广成子兄弟了！当下顾不得其他，御风冲天，继续隐身追随其后。

夜色沉沉，巍峨的昆仑山在深蓝的天穹下仿佛沉睡着的巨兽，远处山顶，火光依旧冲天吞吐，冒着黑紫色的浓烟。

郁离子二人左折右转，贴着漆黑幽冷的山谷飞行，若隐若现。

广成子修为极高，靠得太近难保不被他念力探觉，拓拔野远远尾追，始终相隔了两百丈的距离。

狂风凛冽，越往上飞，越是冰寒彻骨，仿佛瞬间便从盛夏进入了严冬。上方不时有雪崩乱石扑面撞来，隆隆之声回荡不绝。

将近山顶，广成子兄弟忽然变向冲入北面的峡谷之中，消失不见。

拓拔野心中一凛，加速追掠，绕过山崖，前方三座尖峰参差破空，白雪皑皑，在月光下银亮如镜，却又哪能照见半个人影？

风声呼号，拓拔野凝神扫探，方圆千丈之内，亦察觉不到半点异响。又是惊怒又是懊恼，想不到这等紧要关头，竟会将他们跟丢了！如今纵虎归山，天地茫茫，又当何处找去？

思绪飞转，突然灵机一动，运足真气，朝着远处王母宫纵声狂呼："有刺客！有刺客！有刺客行刺西王母！"

声如雷鸣，在群山间滚滚回荡。

山顶灯火一盏盏地亮了，惊呼呐喊声遥遥传来，此起彼伏。空中飞骑纵横，火炬闪烁，也不知有多少禁卫正朝王母宫赶去。

拓拔野转过头，瞬也不瞬地凝视着北面山谷，心下冷笑："我就不信你还不现身。"过不片刻，果然瞧见两道人影从前方山崖冲掠而出，回旋折转，朝北峰飞去。

拓拔野大喜，匿形敛息，远远追随。月光照来，只隐约瞧见一个淡淡的轮廓穿过山壑，又如水波化散无形。

那两人并肩齐飞，快如鬼魅，突然穿入山岭冰川之中。身形所没处，万千晶凌冰柱参差错立，掩映着一个极为狭窄的冰洞。

拓拔野飘然飞掠，悄无声息地在洞外立定，只听得一阵急促的喘息声，夹杂着娇媚柔腻的呢喃，令人耳根尽赤，血脉贲张。

拓拔野凝神聚念，呼吸和心跳都像是齐齐顿止了，就连真气的流速也慢得不可察觉。

只听一个玉石相撞般悦耳动听的声音低低地呻吟道："姬郎！姬郎！你别娶那小丫头啦，你娶我，好不好？"

又听一个浑厚低沉的男子声音微笑道："好姐姐，我们不是早已指天为誓，结为夫妻了么？那黄毛丫头连你一根寒毛也及不上，若不是为了天下大业，我又怎会与她成亲？"

拓拔野陡然大震，那声音赫然竟是武罗仙子和姬远玄！

第十八章　春蚕到死

又听武罗仙子叹了口气，低声道："我知道。可是我想到你就要和那小丫头成亲了，心里就说不出地难受。今夜若是见不着你，真要发疯啦。"

姬远玄微微一笑，声音极是低沉温柔："我又何尝不是如此？但眼下大业将成，儿女私情只能暂放一旁。来日方长，终有我们长相厮守的时候。到时我不作帝鸿，也不做伏羲，只和你做一对快快活活的神仙眷侣。"

拓拔野心下震骇，莫以言表。听此言语，这素以公正严明著称的青要圣女不但与姬远玄私通奸情，更知其帝鸿面目，肱股相助。忽然想起从前未曾留意的许多"巧合"之处，一切更是豁然开朗。

当年灵山之上，武罗仙子突破万军重围会晤姬远玄，名为劝降，实则多半是雪中送炭，暗暗为他送来了七彩土，否则他又怎能神不知鬼不觉地愈合黄帝碎尸，反败为胜？

寒荒内乱，危急关头，偏偏又是武罗仙子陪同姬远玄突然出现，用幻境法术藏匿少昊，震慑行将叛乱的寒荒将士。若非自己因缘际会搅到了此事之中，平叛大功必定被姬远玄一人独取，金族上下当如何感激他，可想而知。

那日皮母地丘，自己与公孙婴侯激战地底，还是武罗仙子突然带来"黄帝遗诏"与息壤，以封镇混沌为由，落井下石……如此细节，枚不胜举，今日融会贯通，才知其中原由。

拓拔野深吸了一口气，惊怒之余微觉侥幸。原本还指望以"姬孟杰"身份痛斥姬远玄真面目，引起土族正直之士群起而攻之；此刻看来，既连土族圣女、黄龙真神都已成为帝鸿党羽，长老会及土族众将多半也为其把持。自己若真这么做，势必被土族众人反咬一口，说成是被蚩尤收买的奸细，弄巧成拙。

风声尖啸，洞内那让人面红耳热的呢喃声时断时续，渐不可闻。

过了片刻，远处喧哗不绝，隐隐听得有人叫道：“刺客逃走啦！”“王母无恙！王母无恙！”

姬远玄低声道：“好姐姐，我们追刺客已有小半时辰，再不回去，王母就要疑心了。先抓紧时间，办正事要紧。”

武罗仙子柔声道：“我不管。姬郎，你再抱抱我。”声音低婉娇媚，缠绵入骨，与她平素那不怒而威的姿容断难相符。又静默了片刻，才听见窸窸窣窣的声响，似是在整理裙裳。

洞内忽然绚光闪耀，气浪滚滚，只听“啊”的一声，似是一个女子跌落在地，颤声道：“姬郎！姬郎！你为何对我如此绝情断义？”绝望、恐惧之中，又带着说不出的伤心和愤怒。

赫然正是淳于昱的声音！

拓拔野心中一跳，旋即屏息凝神，不敢有片刻松懈，也不敢以念力探察洞内情景。以姬远玄眼下的修为，稍有异动，必定察觉。

姬远玄叹息道：“淳于国主，我若绝情断义，又何必将你从炼神鼎里放出？只要你老老实实地说出将‘阴阳圣童’藏在何处，我可以不炼化你的魂魄，放你一条生路。”

淳于昱也不回答，颤声哭道：“你若是真心待我，我便是立即为你死了也心甘情愿。可是……可是你执意娶那小贱人便也罢了，为何还要瞒着我偷偷与她搅在一起？你说只喜欢我一个人，要让我当土族帝妃，帮我复国，原来都是骗我的，是不是？是不是……”

姬远玄淡淡道：“我从没骗你。你初见我时，就知道我所怀大志。要想一统四海，自然要有所委屈，做金族驸马也是迫不得已。再说男人三妻四妾，原属寻常，何况寡人族帝之尊？我倾慕土圣女，早在遇见你之先，又何来瞒你之说？”

顿了顿，又道：“我既答应帮你复国，自然不会食言。只是眼下四海未定仍需火族相助以对付苗贼，岂能四面树敌，操之过急？等到大业既成，莫说区区厌火国，就是扶你当上南荒赤帝，又有何难？”

淳于昱颤声道："姬郎，你莫再骗我啦！那日我悄悄去熊山宫找你之时，亲眼撞见你和……和这贱人缠绵欢好，还亲耳听见你答应她说：'等那妖女下蛊害死西王母，就杀了她做替罪羊，永绝后患……'"说到最后一句，伤心已极，哽咽不成声。

拓拔野一凛，果不其然！

姬远玄一怔，突然哈哈笑了起来，道："傻姑娘！我说的'那妖女'是指流沙仙子。她素来是我土族大敌，这三年来，又一直绞尽脑汁，想要穿透息壤，救拓拔小子出来，若不及早除去，必成大患。若西王母死于她手，以她与拓拔、蚩尤两小子的交情，金族上下还能不相信是蚩尤小子所为么？"

淳于昱啜泣声渐渐转小，似是将信将疑，半晌才道："既是如此，玄女又为何让我下蛊，对付西王母？"

姬远玄微笑道："你聪慧绝伦，怎地连这也想不明白？西王母何等人物？昆仑上下又有多少巫医高手？倘若单只流沙妖女的蛊毒，果真便能确保得手么？玄女之所以不和你说这些，乃是怕你听了不高兴，以为我们对你的本事有所怀疑。你可真是把她的好心当作驴肝肺啦。"

淳于昱低声道："你……你说的是真的？"语气大为松动，显是已然当真。

姬远玄叹道："昱儿，昱儿，这些年来我何曾骗过你？你既不信，我便当着武罗仙子之面，划地为誓：今生今世，我愿与你合二为一，永不分离。若违此心，粉身碎骨，万世不得超脱。"

淳于昱"啊"的一声，忍不住又哭了起来，此番却是因为激动欢喜，抽噎道："姬郎！姬郎！"

又听武罗仙子淡淡道："陛下，阴阳圣童失踪已有数日，若有个三长两短，玄女必要震怒责怪，到时即便你要袒护于她，也无甚理由了。"

淳于昱忙止住哭泣，道："姬郎，阴阳圣童被我藏在竹山山阴的苍玉洞中，毫发无伤。我给他们留了许多清水和食物，至少可挨得半月……"

武罗仙子截口道："倘若阴阳圣童中了半点蛊毒，坏了完璧之身，他日修不成‘太极和合大法’，玄女一样唯你是问。”

淳于昱道：“姬郎放心，我不曾下过半点蛊毒，若有虚言，天打雷劈！”

洞内寂然一片，只听得三人的呼吸，和淳于昱几声轻微的抽泣。过了片刻，姬远玄的声音突然变得说不出的森寒冰冷，淡淡道：“很好，既然你全都说出来了，寡人也就给你一个痛快。”

话音未落，“嘭”的一声闷响，淳于昱似是被他猛然击中，抽泣声陡然断绝。

拓拔野心中陡沉，又惊又怒，想不到他誓言犹在，竟会突然下此毒手！忍不住凝聚念力，洞穿冰壁朝里探望。

但见淳于昱软绵绵地蜷在洞角，脸色煞白，嘴角红丝，衣裳上喷得尽是斑斑鲜血，双眼泪水滢滢，怔怔地望着姬远玄，惊骇、伤心、痛苦、绝望、懊悔、恨怒……各种神情交相并猱，嘴唇颤抖，却一句话也说不出来。

姬远玄背负双手，淡淡道：“我知道你在想什么，你一定在想我刚立过的誓言，怎么转瞬就忘了。我只说过‘今生今世，愿与你合二为一，永不分离’，可没说过不杀你。放心吧，等王母登仙之后，我定将你尸身吞入帝鸿之躯，也算是圆了这番誓言。”

淳于昱微微一颤，泪水倏然滑落。

瞧着她那伤心欲绝的痛苦神色，拓拔野对她的厌恨突然全都烟消云散了，又是怜悯又是难过。

她虽手段狠辣，归根到底，也不过是个一心为母报仇，却又为情所困的可怜女子。从前情迷公孙婴侯，后来竟又喜欢上了比公孙婴侯更狠毒百倍的黄帝少子，真可谓所托非人，贻误终生。

武罗仙子豹裳鼓舞，翩翩站在旁侧，淡然道：“淳于国主，当年你中了公孙婴侯的蛊毒，若不是玄女相救，焉能活到今日？你不思报恩，反而恃宠生骄，居功自傲，动辄要挟主公，全然不顾大局。这些都也罢了，但你骗夺阴阳圣童，重伤冰夷主公，又勾结流沙妖女，破坏西陵婚礼，大逆不道，万死难辞其咎，主公若是饶你，又何以服众？”

顿了顿，嘴角冷笑，道："若不是还需留你完尸，造出你被流沙妖女下了'子母金蚕'，故与苗贼勾结、刺杀王母的假象，早就将你放入炼神鼎中，形神俱化了，哪需和你费上这么多口舌？"

淳于昱闭上双目，不再看二人一眼，似是万念俱灰，只求一死。"哧哧"轻响，身上突然长出许多嫩绿的藤蔓，将她缭绕缠住。

姬远玄故意用木族的"断木春藤诀"杀她，自是摆明了嫁祸蚩尤。拓拔野听到"子母金蚕"四字，心中蓦地又是一动。若能救出火仇仙子，即便不能借以扳倒帝鸿，至少也可通过其体内子蚕，找到流沙仙子的下落。

当下更不迟疑，戴上人皮面具，喝道："妖孽受死！"翻身冲入，气刀如狂飙怒卷，朝着姬远玄后背猛劈而下。

他气息方动，姬远玄立时察觉，下意识地抓起淳于昱，顺势朝他气刀横扫挡来。

拓拔野一凛，硬生生敛气回卷，如气带似的将火仇仙子倏然缠住，两道橙光滚滚爆舞，钧天剑、豹神刺业已劈面攻至。

"轰！"三团光浪猛撞，晶凌炸舞，震耳欲聋，整个冰洞瞬时炸裂，冲天鼓起夺目绚光。

拓拔野胸口如被狂潮猛撞，腥甜狂涌，紧紧抓住淳于昱，因势随形，借着那狂猛气浪，怒箭似的朝外倒射而出。

姬远玄、武罗仙子手臂经脉酥麻如痹，又惊又怒，不知此人究底是谁？竟能在他们二人夹击之下安然逃脱！

姬远玄突然想起今日九天玄女所说的那南荒神秘人来，这厮赤炎真气狂猛惊人，又与烈炎、刑天等人迥乎两异，必定就是他了！若让他劫走火仇，走漏风声，后果不堪设想。杀机大作，与武罗仙子一左一右冲掠而出，钧天剑、豹神刺破空激啸，雷霆猛攻。

这两人一个是帝鸿之身，五行毕备，当世几无敌手；一个是土族圣女，真元浑厚，灵变莫测，加在一处，威力更是惊天动地。

光浪扫处，冰川接连迸裂，掀涌起猛烈无比的冰瀑雪浪，隆隆怒吼着朝下冲泻坍塌，在湛蓝的夜空下闪耀着万点银光，气势恢弘。

拓拔野此时只想救人，不愿过早曝露身份，故而既未使出天元逆刃，也不施展极光电火刀，更不能恣意转化五行真气，只能强聚火属真气，用那至为简单的“火焰刀”连连拆挡，被两人这般狂攻，登时捉襟见肘，险象环生。

眼角扫处，见远处火炬闪烁，喧声四起，显是已被这边的响声惊动，灵机一动，纵声大喝道：“抓刺客！刺客在这里！”气刀回扫，借着反撞巨力激弹飞掠，几个起落，已冲出千丈，朝炎火崖王母宫冲去。

听得他呐喊，玉山顶上呼声四起，火炬点点如星河，越来越多，至少有数百金族飞骑正朝此处赶来。

姬远玄大凛，此人若自投金族将士之罗网，即便西王母不信其词，也势必平起波澜，引起各族群雄疑心，影响大业。当下孤注一掷，传音喝道：“仙子，你速去竹山苍玉洞，寻找阴阳圣童，这厮交与我了！”

话音未落，周身绚光轰然四射，挺拔英秀的身躯突然膨胀了数十倍，变作那浑圆如球的帝鸿怪兽，四翼铺天平张，六只彤红的触足章鱼似的朝着拓拔野钩抓横扫，狂飙怒卷，山崩石炸。

拓拔野精神陡振，只要能将他引到人多之处，逼他现出原形，真相自当大白于天下！一边气刀纵横，周旋闪避，一边借势随形，御风电掠，朝那急速移近的漫漫火光冲去。

他左冲右突，时高时低，犹如海燕在惊涛骇浪之间回旋翱翔，每每在至为凶险处冲脱而出，妙至毫巅，倒像在故意戏耍一般。

姬远玄惊怒越来越甚，修成帝鸿之身后，自恃天下无敌，想不到连出了将近百招，竟依旧不能奈这小子何！

却不知两人际遇殊非，五行真元却是不相伯仲，若当真全力激斗，鹿死谁手实难预测。但拓拔野在苍梧之渊那瞬息万变的恶劣天象中飞翔了足足三年，御风之术早已独步天下，速度之快、变化之奇、耐力之久，都非帝鸿所能及，这般一味地回旋躲避，自是大占便宜。

众金族飞骑来势极快，遥遥望见一人迎面冲来，后上方紧随着一个巨大的、忽黄忽红的刺目圆球，无不哗然变色，纷纷大叫道："帝鸿！是帝鸿！"

话音未落，那圆球已冲到不及百丈处，嗡嗡怒吼，周身陡然一瘪，既而轰然暴涨，绚光如霓霞乱舞。

当先数十人眼前一黑，仿佛被万钧重椎横扫，"格啦啦"一阵爆响，骨骼登时粉碎，连着飞兽一齐横空倒贯，血肉模糊。

众人惊呼方起，眼前又是飓风狂卷，当空突然现出一个巨大的五彩涡轮，陡然将百余人拔空抽起，飞旋乱转着吸入其中。"嘭嘭"连声，惨叫不绝。

后方众将士大骇，纷纷骑兽冲天飞起，避散开来。远远地只听一人喝道："布下北斗七星阵，别让这妖孽逃脱！"赫然正是陆吾的声音。

拓拔野大喜，陆虎神既已到此，石夷、长乘等金族高手必已将至，抱紧淳于昱，正欲继续周旋，胸口突然微微一痛，像被什么虫子咬住了。心下一沉，蓦地低头望去，只见几只五彩蚕虫半身已钻入自己胸膛，尾部正在轻轻摇动。

淳于昱泪水满脸，嘴角微笑，眼波迷离涣散，分不清是喜是悲是哀是怒，蚊吟似的喃喃道："姬郎，姬郎，我帮你杀了他啦……"

拓拔野又惊又恼，将她经脉尽数封住。想不到她到了这等田地，竟还一意回护那狠毒无情的负心郎！

那五彩蚕虫是南荒独有的"梦蚕"，一旦钻入心肺，痛如梦魇，生不如死。他虽几近百毒不侵，却也无法将此虫在极短的时间内迫出。

念头未已，心中剧痛如绞，汗水涔涔，真气登时迸散。几在同时，身后气浪呼啸，"嘭"地将他护体气罩撞爆开来，拓拔野金星乱舞，"哇"地喷出一口鲜血，踉跄冲跌，痛得几欲晕厥。

天旋地转，狂风怒舞，身旁惨呼不绝，也不知有多少金族将士被帝鸿吞入腹中。后背如潮掀涌，红光冲天，那六只巨大的触角滚滚怒扫，又朝他当头拍下。

拓拔野蓦地一咬舌尖，神智陡转清明，回旋飞旋，一掌“地火焚天”，紫红色的气浪怒旋破臂，蓬然炸舞，猛地将那六大触角震荡回扬，顺势翻身倒转，一连翻了数十个筋斗，朝旁侧冰崖下急电冲落。

“帝鸿！快抓住帝鸿!”

四周怒喝如潮，人影缤纷，前赴后继地围冲而去。乱箭飞舞，神兵纵横，激撞起霓丽万端的刺目光浪，照得山顶夜穹如霞光洇染。

拓拔野强忍剧痛，用隐身纱将淳于昱重重缠罩，念诀匿形，凝神朝崖下冲掠。帝鸿被众人阻挡，不免迟了半步，等他怒吼飞旋着冲透重围，拓拔野早已掠出千丈之外，杳无印迹了。

风声呼呼，心中的剧痛越来越加猛烈，撕扯得他连气也喘不过来了。拓拔野汗出如浆，意识渐渐涣散，蓦地甩了甩头，凝神聚念，暗想：“再不找个僻静之处将蛊虫逼出，只怕真要命丧此处了!”

四下扫望，冰岭高绝，悬崖环立，前方山顶飞檐流瓦，灯火通明。转念又想：“眼下金族正在遍山搜寻帝鸿，昆仑上下有几个冰洞石穴他们最是清楚，那些荒僻之地反倒不如喧闹宫阙来得安全。”

于是聚气转身，贴着峭壁朝上冲掠。

最近的那座宫殿巍然矗立在北面悬崖上，相距不过三百来丈，山壁的石隙岩缝之间隐隐可见丝丝碧光，如萤火飞舞。

拓拔野心中一凛，知道那多半是昆仑著名的“冰火虫”。这些小虫生长在寒冷雪峰之上，却对四周温度的变化极为敏感，只要有飞鸟或是人类经过，立即通体发出碧翠萤光，极为醒目。

金族中人常常将这些小虫遍布在宫宇禁地周围，起到岗哨之效。一旦萤光亮起，附近巡兵立即赶来探察究竟。此刻生死攸关，若因为这些冰火虫暴露行迹，不知又要惹上多少麻烦。

好在他修炼“三天子心法”数载，谙熟天人合一之道，当下凝神敛气，将体温迅速降至与狂风等若，继续穿过崖壁，朝上飞掠。那些冰火虫果然察觉不出，绿光只微一变亮，又渐转暗淡。

大风呼啸，檐角铃铛乱撞。

到了那宫殿外侧，凝神扫探，屋中并无他人。拓拔野松了口气，轻轻地推开窗子，抱着淳于昱飘然掠入。

烛光跳跃，幽香扑鼻。屋内紫幔低垂，地上铺着厚厚的牦牛毛毯，极是柔软舒服。墙角两尊青铜兽炉，香烟缭绕。

中央的白玉案上，错落地立着六个碧瓷花瓶，鲜花色彩缤纷，争妍斗艳。旁边是一个红漆木桌，空空荡荡，只放了一个水晶琉璃碗，碗中是一叠绿油油的桑叶，叶子上蠕动着几只雪白的蚕，正在簌簌咬噬。

南边屋角放着一张紫檀木大床，丝衾软枕，略显凌乱，似是有人方甫起身，未及收拾。

转身四望，陈设简单雅致，香气馥郁，闻之飘飘欲醉，当是女子闺房。

拓拔野心中绞痛难忍，无暇另寻他处，见床后珠帘摇曳，露出一角玉石高橱，心念一动，抱着淳于昱藏身橱内，盘膝坐定，开始调息聚气，逼迫蛊蚕。

他的心、肝、胆之内共藏了九只梦蚕，牢牢吸附，若要强行震出，必定重创脏腑，稍有不慎，更是性命难保。

换作他人，多半束手无策，冒险一试，但拓拔野在苍梧三年苦修，已将宇宙极光流与三天子心法两大绝学融合为一，创立出前所未有的御气心诀，不仅可以恣意改变经络，更可以让体内的“小宇宙”戚戚感应外部天象，随其变化。

他凝神意念，如日月高悬，真气仿佛潮汐渐渐涌起。不过片刻，体内仿佛一个小小的宇宙，五气循环，气象万千。血液越来越冷，如冰河封凝，骨骼、肌肉也像是雪山冻固，那磅礴真气时而如寒风怒卷，时而如霜雪寒露，一遍又一遍地冲击着脏腑。

梦蚕乃南荒蛊虫，喜热畏冷，哪禁得住这般折腾？过了半炷香的工夫，肝、胆内的五只蚕虫便已抵受不住，颤抖着簌簌爬出，瞬间被其真气震碎为齑粉。惟有心内的四只梦蚕依旧在苦苦挣扎。

当是时，“嘎”的一声，房门突然打开了，灯光摇曳，只听一个清脆悦耳的女子声音淡淡道：“你们退下吧。我要入寝了。”

拓拔野陡然大震，那声音何等熟悉！隔着橱门缝隙望去，只见一个白衣少女翩然立在月光之中，素颜如雪，秋波流盼，美得让人窒息。赫然正是纤纤！想不到自己误打误撞，竟闯入了她的香闺。

三年未见，她似乎长高了不少，身材越发玲珑曼妙。俏丽的脸容也已没了往日的稚气，青丝罗髻，长裙曳地，在月色中显得格外的端庄高贵，仿佛这玉山雪峰，令人不敢逼视。

拓拔野心中怦怦大跳，悲喜交加，那刁蛮任性的小丫头终于长大了，想起从前东海之上，她笑语嫣然，纠缠着自己的娇憨情状，更是恍如隔世。方一分神，心底梦蚕交相噬咬，登时又是一阵刀绞似的剧痛，冷汗瞬时冒了出来。

四个宫女躬身行礼，提灯徐徐退出，铜门重又关上。

纤纤走到红漆木桌前，轻轻地拈起一片桑叶，又徐徐放下，似是端望着水晶琉璃碗中的蚕虫，怔怔地动也不动，也不知在想些什么。

拓拔野重又凝神聚气，周身如冰雪僵凝，就连眉睫上也罩了一层淡淡的白霜。双眼却忍不住凝望着纤纤，暗想：“这三年之间，姬远玄也不知费了多少心思讨她欢喜，才使得她回心转意，答应嫁给他？”心中莫名地一酸。

忽听纤纤幽幽地叹了一口气，低声道：“春蚕思不绝，作茧以自缚，为何你千辛万苦破茧而出，却又注定要化作扑火飞蛾？难道你和我一样，这一生一世，总都忘不了他吗？”睫毛一颤，泪水突然滴落在桑叶上。

拓拔野呼吸陡窒，她说的“他”是指自己么？莫非自己“死”了三年，她始终还是无法淡忘？凝望着她春葱玉指所捏着的、心形青翠桑叶，心中又是一阵突突大跳，无缘无由地想起姑射仙子所写的那首词来。

“月冷千山，寒江自碧，只影向谁去？万丈冰崖，雪莲花落，片片如星雨。听谁？露咽箫管，十指苔生，寥落吹新曲。人影肥瘦，玉蟾圆缺，昆仑千秋雪。斜斟北斗，细饮银河，共我醉明月。奈何，一夜春风，心如桑叶，又是花开时节。”

这首词原是姑射仙子吐露情愫之语，此刻想来，竟像是在描述纤纤这些年来的心境。想到她为自己所误，赌气和姬远玄订亲，独守昆仑，却又对生死杳渺的他牵挂不忘……心中更是五味交杂，愧疚难已。

心如桑叶，被春蚕不分昼夜地咬噬，吐丝成茧，至死方休……这情景多么像体内的“梦蚕”呵。

忽然又想起身边那奄奄一息的火仇仙子来，为何明知郎心如铁，却偏偏如飞蛾扑火，甘之如饴？情之一物，其痛苦磨折，竟远胜一切蛊毒！

正自胡思乱想，纤纤已转过身，秋波瞬也不瞬地朝他望来，脸上珠泪悬挂，悲喜交织，柔声道：“拓拔大哥！”

拓拔野又惊又奇，难道她竟已发现了自己？一阵大风吹入窗子，垂幔鼓舞，大橱外突然响起断续如呜咽的曲调。凝神扫探，发觉在橱门上方挂着一个橘红色的半透明海螺，随风轻摇。

心下登即恍然。这海螺是当年自己在古浪屿海底摸得，送与纤纤的。螺内有七窍，可用细线穿连，从前纤纤总将它挂在颈上，一刻也舍不得脱下。她孤身前往昆仑时，随身携带的也只有这七窍海螺。

在她心底，这海螺想必不仅代表着他，更代表着那一千五百多个日日夜夜、充满了欢笑与泪水的少年岁月，所以才这般难以割舍，连居住的宫殿，也起名为“螺宫”罢。

幽香扑鼻，熏人欲醉。纤纤翩然走到橱前，取下那七窍海螺，坐在床沿，呜呜吹奏起来，虽然依旧断续不成曲，却是如此熟悉。

霎时间，他仿佛又看见碧海连天，晚霞如火，自己与蚩尤并肩坐在金色的沙滩上，悠扬地吹着七窍海螺，而她挽着他的手臂，呵气如兰，笑靥如花……心底剧痛如割，泪水竟莫名地涌上眼眶。

短短十载，世事全非，那些平淡而隽永、忧伤而快乐的日子，已然转瞬而逝，断不会再有了！就连那时意气风发的自己，也悠遥得仿佛来自另一个世界。

螺声突然哽塞，纤纤泪珠一颗接一颗地掉落在地，双手颤抖，将海螺紧紧地抵在唇边，半晌才低低地叫道："拓拔大哥！拓拔大哥！"

拓拔野胸口如锤，呼吸不得。那声音痛楚、甜蜜、哀伤而又酸苦，饱含着无穷无尽的刻骨相思。虽然早知她对自己的绵绵情意，但一别三载，相距咫尺，听着她这般呼喊自己的名字，心中的震动，仍是难以言语描述。

纤纤泪光滢滢，凝视着海螺，柔声道："拓拔大哥，我等了你三年，你到底是活着，还是真的已经死了？如果活着，为什么没有丝毫消息？如果死了，为什么连半个梦也不肯托于我？是你真的一点也不曾想起我么？你若有想我，比不比得上我想你的千分之一？"

拓拔野脸颊滚烫，又是难过又是愧疚，这三年中，他每日都要想起龙女许多次，也常常想起姑射仙子，但惦念起纤纤的时刻实是要少得多。只有想到姬远玄即将迎娶她时，才感到尖锥似的愤怒与担忧，恨不得插翅飞回昆仑去。

纤纤道："今日九姑又来问我，为什么突然改变心意，答应嫁给他了，是真的忘记了你，还是害怕我娘生气？我说我早将你忘记了，从今往后，要一心一意地待他好。你听了可别生气，我知道她最是了解我，所以才故意骗她的。我若是将心底话说出来，他们又怎肯依我？"

嘴角忽然泛起一丝微笑，柔声道："拓拔大哥，其实在我心底，早在三年前的天帝山上，我就已经嫁给你啦。缚龙神即便不是你娘，也算得上你的祖奶奶了，她答应过的话，又怎能不算？我既是你的妻子，自然为你守身如玉，岂能再嫁给旁人？更何况是嫁给那虚伪狡狯、狠毒无耻的小人？"

拓拔野一震，也不知是惊是喜，难道她已经瞧出了姬远玄的真面目？

纤纤嘴角冷笑，道："当日天帝山上，他枉负兄弟之情，那般待你；又趁着大家未及时赶到，把你封镇于九嶷山底，明眼人都能瞧出他什么心思。可笑世人自私冷漠，个个心怀鬼胎，看着他春风得意，又极得我娘赏识，便都争相奉承巴结，全然忘了你的好处。就连……就连我娘……"

泪珠忍不住又簌簌滚落，顿了顿，续道："就连我娘也像是被人蒙住了双眼。在她心里，什么也及不上金族的荣耀来得重要，无论是爹，是她自己，抑或是我，只要能领袖群伦，让金族成为大荒霸主，便什么也不顾了。

"鱿鱼为了给你报仇，和他打了三年的战，我多么希望鱿鱼能攻入阳虚城，砍下他的头颅给你祭酒，但我知道，只要我娘一日还支持他，苗军就断难打赢这场战。归根结底，打战比的是双方的人力物力，是不是？"

拓拔野微感惊讶，想不到她年纪轻轻，便有如此见识。

眼下苗、龙、蛇联军与大荒盟军的大战虽然互有输赢，九黎战士甚至屡屡以少胜多，气势如虹，但蚩尤在大荒几无巩固的根据地，粮草补给、人力后继都远远不如大荒盟军，拼到最后，必然要被逐回东海。要想击败姬远玄，最关键的便是要得到大荒其他各族，尤其是金族的支持。

纤纤能洞悉这一点，足见目光之深远，不愧是西王母与龙牙侯之后。难怪当日她初次领军单狐山，便能接连大败水族精锐，威镇西北。

纤纤柔声道："拓拔大哥，现在你知道我为什么要骗九姑，答应嫁给那姓姬的小子了么？横竖你已死了，我也早就不想活啦。我要在洞房花烛之夜，用那情蚕叫他生不如死，再用尖刀剜出他的心肝，为你报仇雪恨……"

拓拔野闻言大震，才知她竟是要冒死行刺姬远玄！

第十九章　蓝田花媒

心神一分，那四只梦蚕立即又发狂地咬噬起来，剧痛之下，拓拔野真气登时蓬然鼓放，“嗤嗤”连声，蛊蚕冻僵震碎，橱门也应声撞震开来。

眼见橱门陡开，坐着一个浑身冰雪的怪人，纤纤花容骤变，下意识地便往门口冲去，叫道：“有刺……”

话音方起，拓拔野已闪电似的冲跃而出，一把将她抱住，捂住口鼻，传音道：“妹子，是我！”体内真气兀自如极地狂风，横冲直撞，冻得牙关格格乱撞，寒气呵在她脸上，瞬间结起一重白霜。

纤纤又惊又怒，未曾听清，奋力挣扎。那熟悉的少女体香丝丝穿入鼻息，拓拔野又想起从前被她缠抱着嬉笑打闹的情景，心中一酸，低声道：“好妹子，是我。”将脸上的人皮面罩扯了下来。

烛光映照在他的脸上，冰霜点点，俊秀如昔。纤纤如被雷电当头劈中，身子陡然僵硬，妙目圆睁，呆呆地望着他，突然只觉得一股热血朝头顶涌将上来，天旋地转，就自朝后垂倒，晕厥不醒。

拓拔野吃了一惊，低声道：“妹子！妹子！”把脉凝察，气息无恙，这才松了一口气。

软玉温香，咫尺鼻息。她软绵绵地躺在自己怀中，长睫弯弯，双颊晕红，胸脯微微起伏，就像从前沉睡的模样。拓拔野想着她方才的话语，柔情汹涌，百感交织，忍不住伸手轻轻地抚摩着她的脸颜。

不知为何，脑海里突然又回荡起当日她含泪哀怜的话语：“拓拔大哥，你说的都是真的吗？只当我是妹子，从来没有一点其他的喜欢？”

霎时间，胸膺像被什么堵住了。狂风呼啸，珠帘乱舞，她的发丝纷乱地拂过他的脸颊，麻痒难耐，却又刺疼如针扎。

她是这世上，真正爱他念他、甘为他付出一切的寥寥数人之一，虽然她爱的方式是那么的霸道而自私。

而在自己的心底，她又究竟占着什么样的位置呢？他可以为了她不顾一切，舍生忘死，这种感情当真只是兄妹的情感么？他所抗拒的到底是她，还是自己对龙女的不忠的念想呢？这个问题他从前曾经想过很多次，然而想得越久，便越是糊涂，越是揪心的痛楚。

正自心乱如麻，忽见窗外碧光冲天，惊呼迭起："有刺客！有刺客！保护公主！"门外殿廊上响起凌乱的脚步声，狂奔而至。

拓拔野一凛，不及多想，抱着纤纤翻身跃上床，盖好被子，隐身藏匿其侧。"当"的一声，铜门被撞开了，数十名卫士、宫女冲涌而入，当先一人正是辛九姑。

眼见纤纤安然睡在床上，好梦正酣，众人神色稍定，辛九姑低声喝道："快去窗外巡视，公主若伤根寒毛，惟你们是问！"

众卫士点头应诺，接二连三地冲出窗外，火炬闪耀，叱喝声此起彼伏。

辛九姑关紧窗子，转身朝一个银发宫女轻声道："你留下伺候公主，其他人随我到廊上戒备。"诸女行礼应诺，徐徐退出，只留下那银发宫女。

那宫女转过身来，从脸上揭下一层薄如蚕翼的面具。拓拔野陡然一震，失声道："娘！"

那宫女银发高挽，一双水汪汪的桃花眼，秋波流转，唇角一颗红色的美人痣，倍添娇媚，竟然是缚南仙乔化而成。

听见他的声音，缚南仙亦是大感意外，转头扫望，低声笑道："臭小子，你倒是好快的手脚！还不快滚出来？"

拓拔野现身跃起，奇道："娘，你怎么会到这里来？你的蛊毒呢……"话一出口，想起她的人皮面具，立时猜到大概。

果听缚南仙格格笑道："我在山下遇见九尾狐啦。蛊毒虽未肃清，却也已暂时镇住。找不着你个臭小子，大家都猜你定是上山找新娘去了，老娘牵挂我的乖媳妇儿，自然要找那辛九姑开开后门，浑水摸鱼了。"

拓拔野脸上一烫，微微有些发窘，无暇解释，道："科大侠他们呢？"

缚南仙道："他早就上山啦。没听见先前山上的动响么？就是那八个双头树怪放的火，声东击西，好让科小子乘隙钻入王母宫，找那西王……找我亲家母叙旧。"眉毛一挑，"呸"道："紧要关头，也不知是哪个讨厌鬼横插一杠，行刺我亲家母，搅得他连面也没见着，就退出来啦。也不知现在遇见了没？"

拓拔野一愣，突然记起自己追踪广成子兄弟时的那一声大喝，原本只是想引来金族巡兵，迫使他们现形，想不到阴差阳错，竟坏了科汗淮的计划。科汗淮去找西王母，自是为了拆穿姬远玄的帝鸿假面，阻止纤纤婚礼。隐隐之中，觉得此举似有不妥，但一时又想不出其症结所在。

缚南仙走到床沿，轻轻地抚摩着纤纤，嘴角微笑，悲喜怅惘，低声道："几年不见，我的乖媳妇儿长大啦……"

话音未落，纤纤突然扣住她手腕，翻身跃起，右手尖刀闪电似的抵住她的咽喉，妙目怒火灼灼地盯着拓拔野，咬牙低叱道："你们是谁？为何假扮缚龙神与拓拔太子？"

拓拔野正自沉思，亦未曾想到她早已醒转，假寐偷袭，一时救之不及。

缚南仙身中"万仙蛊"，又被应龙重伤，体内当无半点真气，被她这般瞬间反制，更是动弹不得；非但不生气，反倒喜笑颜开，嫣然道："这才是我的乖儿媳妇儿，随机应变，聪明伶俐。臭小子娶了你，将来必不会吃亏啦。"

拓拔野啼笑皆非，也不应答，径直凌空抄手，将那七窍海螺抓了过来，悠扬吹奏。螺声轻柔婉转，如风吹椰树，海浪低摇，正是他从前常吹之曲。

纤纤身子一晃，"当"的一声，尖刀登时掉落在地，俏脸苍白如雪，低声道："拓拔大哥，真的是你！"泪水如春洪决堤，瞬间模糊了视线，想要说什么，却什么也说不出，突然不顾一切地飞奔上前，将他紧紧抱住。

她抱得那么紧，仿佛要将自己箍入他的身体，合而为一。泪水洇入他胸前的衣裳，滚烫如火，两颊、耳根突然烧烫起来了，既而周身从里到外层层剥裂，仿佛被炽热的熔岩炸成了万千碎片，冲上了云霄，那么悲伤，那么痛楚，却又那么喜悦……

良久，才幽幽地叹了口气，低声道："拓拔大哥，我一定又在做梦了，是不是？”

拓拔野心中刺痛，抚摩着她的发丝，正不知当说些什么，缚南仙已格格笑道：“傻丫头，你拓拔大哥活生生便在眼前，又怎会是梦？他和我此番上山，便是要明媒正娶，讨你过门的……”

纤纤周身一颤，满脸红霞飞涌，旋即知道断无可能。抬头凝视着拓拔野，悲喜交集，方才的激动欢悦渐渐平复为温柔酸楚，摇了摇头，嫣然道：“娘，我已经不是从前的傻丫头了。只要他还活着，有几分惦念我，我就心满意足啦。”

被她这般一说，拓拔野心中反倒更加难过，低声道：“妹子……”

纤纤微微一挣，从他怀中退了出来，在几步外站定，牵起缚南仙的手，微笑道：“娘，你怎会和拓拔大哥到这里来的？他这些年藏在哪里？为何没半点消息？”片刻之间，她又恢复了从容淡定之态，再也没有从前俏皮脱跳的影子，而隐隐有些西王母的风姿。

拓拔野心中一酸，微觉怅然。

缚南仙听她喊自已“娘”，却是眉开眼笑，心花怒放，拉着她坐到床边，道：“傻丫头，这小子可不是故意不来找你，只是被姓姬的小贼坑害，在地底足足困了三年……”

当下将姬远玄如何变身帝鸿，与女魃、风后合力偷袭拓拔野，他又如何困陷苍梧之渊，经由东海大壑逃脱而出，而后又救出少昊，施援龙族，带领群雄前来昆仑拆穿帝鸿面目等等来龙去脉，简要地述说了一遍。

其中自不免胡编了许多拓拔野如何备受煎熬、思念纤纤的情节，更将他此行的目的改为向她提亲，拓拔野脸上热辣辣地阵阵烧烫，点头也不是，摇头也不是，惟有苦笑而已。

纤纤听得惊心动魄，虽知姬远玄野心勃勃，觊觎金族驸马之位不过是为了谋求娘亲的支持，但仍未料到他居然就是鬼国帝鸿，更未曾想到他竟如此丧心病狂，不惜刺杀白帝，嫁祸少昊。

想起他当日贼喊捉贼，栽赃拓拔野，更是恼恨。但无论心底如何震骇，脸上却始终沉静微笑，直听到龙牙侯去找西王母，神色方微微一变，失声道："糟了！"

两人一怔，纤纤摇了摇头，蹙眉道："爹爹对娘……对王母娘娘的脾性还不了解？这般找她，不但于事无补，反倒要坏了大局。"险些脱口而出，直呼西王母为娘。好在缚南仙一时也未听清，只是对她这话有些愕然不解。

拓拔野心头却是寒意大起，突然明白自己先前听此消息时，为何会惴惴不安了。

西王母虽然睿智冷静，却也是个极为现实重利、甘舍牺牲的女中豪英，只要能让金族称雄天下，让纤纤成为大荒之主，无所不用其极。

而这三年来，金族、土族已紧紧绑在了一处，利益攸关，唇齿相依，如若姬远玄奸谋败露，作为其身后最大的支持者，她势必也受到牵连。无论是天吴水族，还是烈炎火族，都断不会再惟其马首是瞻，金族在大荒中的超然地位也必定从此一落千丈。

以她刚愎骄傲的性子，要她当着天下群雄之面，承认利令智昏，为奸人蒙蔽，从此激流勇退，拱手让贤，实比杀了她还要难过。

是以即便她知道了姬远玄的野心，也未见得就会断然与他为敌，而多半会将错就错，替姬远玄百般掩饰，甚至会与他联合对付自己，而后再以权谋之术控制姬远玄，迫使他继续为其所用。

越想越是凛然忐忑，与纤纤对望一眼，洞悉彼此心意，都期盼科汗淮今夜不要遇见西王母，说出自己尚在人世、姬远玄帝鸿身份等等事由。

缚南仙"哼"了一声，道："倘若亲家公的话也不管用，那就只好不等下锅，现吃生鱼啦。"

拓拔野一愕，道："什么？"蓦地明白她言下之意，大觉尴尬。纤纤亦晕生双颊，假装没有听见，心中却是怦怦大跳。

缚南仙怒道："可不是么？凡事都有个先来后到，西陵公主早在三年前便是我儿媳妇儿了，老公没死，岂有改嫁之理？"

一通歪理，居然也被她说得理直气壮。拓拔野不愿直言回对，刺伤纤纤，空有三寸不烂之舌，惟有苦笑而已。

好在经此三年，纤纤似乎明白了许多事理，黯然之色一闪即过，微笑道：“娘，你别再说啦。拓拔大哥早就娶龙女为妻了。他是我的好大哥，我是他的好妹子，仅此而已……”

忽然想起方才对着七窍海螺吐露心事时，所有的话都已教他听了去，脸上登时滚烫如烧，又是凄婉又是酸楚，剩下的话再也说不出来。

拓拔野生怕缚南仙又说出什么话来，右手凌空一抄，将橱内的淳于昱提到面前，现出真形，道：“娘，我将鬼国的火仇仙子擒来了，待我种神到她体内，看看你所中的蛊毒是不是她所为，解药是什么。”

缚南仙喜怒交集，眯眼望着那气息奄奄的南荒妖女，恨火欲喷，格格笑道：“很好！很好！这才是我的乖孩子。等你娘蛊毒全消了，也让她尝尝生不如死的滋味。”

此时淳于昱的神识已如枯油风烛，极为虚弱，一旦种神其身，势必魄散魂飞，活不了片刻。拓拔野心下虽然不忍，但事关缚南仙与流沙仙子的生死，也顾不得许多了。

当下凝神念诀，魂魄破体冲出，直入她玄窍。

淳于昱身子剧震，妙目圆睁，呆呆地望着上方，突然流下两道泪来，双手颤抖着按住丹田，想要挣扎，却没半点气力。

缚南仙道：“乖儿子，你在里边么？”拓拔野肉身一动不动，声音从淳于昱玄窍中传来：“娘，我进来了。你稍等片刻。”

缚南仙嘴角泛起一丝促狭的笑意，柔声道：“春宵一刻，贵如千金。娘等得及，你的好媳妇儿可等不及啦。”突然捏开拓拔野的口颊，将一捧花粉倾倒而入。

拓拔野微觉不妙，道：“娘，你要做什么？”

缚南仙飞旋转身，瞬间将纤纤经脉尽皆封住，也将一捧花粉倒入她的口中，格格笑道：“乖媳妇儿，你们三年前便拜过堂了，今夜才洞房，虽然迟了些，却也总算好事多磨。”

她虽中万仙蛊，却还残存了一两成真气，先前被纤纤制住时故意示弱，便是为的此刻。

纤纤猝不及防，只觉得一股热浪突然从小腹炸涌喷薄，瞬间烧灼全身，“啊”的一声低呼，天旋地转，双颊如烧。

拓拔野大凛，知道缚南仙要做些什么了，蓦地从淳于昱玄窍脱逸而出，朝自己肉身冲去。

缚南仙却比他更快一步，闪电似的从他怀中掏出炼妖壶，解开纤纤经脉，将二人收入其中，格格笑道：“太极生阴阳，阴阳生万物。你们一个是乾，一个是坤，一个是鸾，一个是凤，乖乖儿地在里头翻天覆地，颠鸾倒凤吧。”用两仪钟将壶口紧紧封住。

拓拔野又惊又怒，叫道：“娘！快放我们出去！”元神方甫归位，立即爆涌真气，朝两仪钟猛撞而去，想要将之强行震开。岂料真气方动，欲念如炽，一股汹汹情欲顿时烈焰狂潮般席卷全身。

隐隐听到缚南仙的笑声，断断续续：“傻小子，你就别枉费心机了……蓝田归墟花没法子可解……越挣扎就越猛烈……”

“蓝田归墟花！”拓拔野这一惊非同小可，若是寻常催情物便也罢了，中了这天下第一春毒，越是运气强逼，越是血脉贲张，发作得更加猛烈，除了交媾之外，无药可解。

当年缚南仙阴差阳错，便是因此花毒而与灵感仰结下一段孽缘，以他们二人之超卓念力尚不能幸免，自己和纤纤又当如何？更何况这炼妖壶与两仪钟又都是修炼阴阳五气的至尊神器，身在其中，其效更是倍增！

正自凝神聚意，压抑那沸涌的欲念，忽听纤纤“啊”的一声痛吟，拓拔野转头望去，但见壶内绚光流舞，纤纤满脸潮红，衣裳卷舞，悬浮半空，那玲珑浮凸的身子若隐若现，右手抓着那柄尖刀，微微颤抖，左臂上鲜血淋漓，不断地随着身子旋转而甩飞离溅。显是特意刺疼自己，以保持清醒。

拓拔野心下大凛，叫道：“妹子，不可妄动真气！”炼妖壶内的五行气流极为猛烈，人在其中，如遭狂流挤压卷溺，稍有伤口，鲜血必被源源不绝地挤爆而出。当下飞掠上前，抓住她的手臂，运气将其伤口封住。

肌肤方一相触，纤纤身子微微一颤，低声道："拓拔大哥!"意乱情迷，双臂不自觉地往他脖颈上搂来。这姿势从前也不知有过几千几百遍，早已熟练已极，不等他挣脱，便已紧紧缠住。

霓光晃照着她的俏脸，双颊如醉，水汪汪的眼睛如春波荡漾，娇媚不可方物。拓拔野心中剧跳，喉咙像被什么扼住了，下意识地伸手想将她推开，双手却按在了两团丰满柔软之物上。

纤纤颤声低吟，周身登时如棉花般瘫软。

拓拔野脑中"嗡"地一响，隔着薄薄的丝帛，能清晰地感觉到她急剧起伏的胸脯，热得像火，透过指掌，将他体内苦苦压抑的欲焰瞬间点燃。心旌摇荡，再也按捺不住，蓦地低头往她唇上吻去。

四唇交接，香津暗渡，他全身热血更如岩浆炸涌，展臂将她紧紧箍住，翻身抵压在壶壁上，贪婪而恣肆地辗转吮吸，恨不能将她碾为碎片，吞入肚里……

四周霓光怒舞，纷乱迷离，阴阳五行气浪滚滚奔卷。他天旋地转，什么也记不清，什么也想不起了，狂猛的欲焰一浪高过一浪，海啸般将他彻底地吞噬抛卷，跌宕在迷狂与极乐的两极……

炼妖壶嗡嗡轻震，无数道细微的绚光从壶身与两仪钟的接缝离用而出，映得四壁幻彩流离。

缚南仙嘴角微笑，将神壶变小，托在掌心，低声道："傻小子，娘这么做也是迫不得已。等到生米煮成熟饭，亲家母想不认你这新任驸马也不成啦……"

话音未落，忽听廊外有人高声道："西王母驾到!"她微微一怔，这可真叫"说打雷，便闪电"了！正待收起炼妖壶朝窗外跃出，瞥见地上那气息奄奄的火仇仙子，妙目微眯，嘴角泛起一丝冷笑，突然有了个主意。

当下将炼妖壶用隐身纱重重缠缚，塞到衣橱角落；又掏出晏紫苏给她的人皮面目，贴罩于脸，弓身蜷缩在淳于昱旁侧。

“嘎”的一声，铜门开启，灯光晃动，西王母白衣鼓舞，在两行宫女、侍卫的夹护下走了进来。

瞥见屋内空空，窗子摇荡，地上躺了两人，却独不见公主，众人心中齐齐一沉，叫道：“公主！公主！”抢身奔走搜寻，却哪有她的身影？

辛九姑亦冷汗涔涔，只道果真发生了什么变故，上前扶起缚南仙，颤声道：“桃姑，公主呢？”

连叫了几声，缚南仙方才徐徐睁开双眼，呻吟道：“火仇妖……妖女……和帝鸿……抢走公……公主……”她原本便经脉震断，稍一运气，立即脸色惨白，汗珠滚滚，看来殊为逼真。

“帝鸿！”众人无不大骇，今夜昆仑刺客迭出，隐迹三年的帝鸿又突然现身，都道是鬼国妖孽为了搅乱婚礼而来，西王母生怕公主有失，布置完毕便匆匆赶来，不想还是迟了一步！

西王母上前把住缚南仙脉门，凝神探扫，见她奇经八脉断毁大半，体内伏藏了不少奇异的蛊毒，身边躺着的那女子赫然又是南荒妖女淳于昱，脸色微变，登时信了大半。

当下翻手取出金光照神镜，照向淳于昱头顶，低喝道：“妖女，帝鸿将公主劫到哪里去了？再不说出来，叫你形神俱灭！”

淳于昱尚存一息，被她真气绵绵输入，神智稍转清明，恍惚中瞧见镜子中的自己，发鬓蓬乱，脸色苍白，浑身鲜血斑斑，心中一阵凄苦绞痛，蚊吟似的低声笑道：“生有何欢，死复何惧？我的命贱如草芥，又何必污了王母娘娘的手？”

抬眼望向她背后的虚空处，神色渐转温柔，咳嗽了几声，微笑道：“娘，娘，女儿来陪你啦……”

西王母一凛，待要运气相救，淳于昱螓首微微一摇，睁着双眼，笑容已然凝结。她死意已决，毕集仅存的念力、真气，催发“子母噬心蚕”，纵是十巫在此，也无回天之力了。

众人又惊又怒。缚南仙更是大感意外，原以为这般一来，便可不着痕迹地让金族群雄查探出姬远玄的真面目，迫使西王母与他决裂敌对。想不到火仇妖女宁可自戕也不肯出卖杀死她的负心郎，早知如此，刚才便索性一口咬定是姬远玄掳走纤纤了。又是失望又是懊恼。

只听有人恨恨道："公主让帝鸿劫走，这妖女又中了'断木春藤诀'，必是帝鸿临走前杀人灭口，所下的毒手……"

又有人怒道："不错！眼下大荒中能使出这等威力'春藤诀'的，除了夸父，便只有蚩尤和那失踪了几年的拓拔小子！这些妖孽害死陛下不算，还想加害公主，他奶奶的，老子和他拼了！"

众人轰然，憋抑了半年多的怒火都在这一刻迸爆出来，纷纷要求西王母立即封锁昆仑山，严查七星驿站。

缚南仙大凛，这下可真叫弄巧成拙了！不但断绝了唯一的人证和线索，还让拓拔和蚩尤成了最大的嫌疑人。若是让西王母发现拓拔野与纤纤藏身壶中，他这帝鸿的嫌疑真是跳进东海也洗不清啦！

思绪急转，正想开口补救，说是蚩尤赶到阻挠帝鸿，重创淳于昱；却听西王母淡淡道："大家少安毋躁。帝鸿若想害死公主，大可将她立毙当场，何必掳走？既是掳走，必定只是挟为人质，搅乱勒索，不会伤她性命的。"

见她镇静自若，众人也渐渐平定下来，西王母又道："眼下各族宾客云集，若是走漏风声，昆仑上下必定乱成一团，正中帝鸿下怀。他越是想让我们自乱阵脚，我们越是要坚如磐石。"

淡蓝色的秋波徐徐扫过众人的脸庞，道："你们出了此屋，定要装作若无其事，找一些平素口风不紧的人，告诉他们帝鸿劫走了公主替身，真正的公主藏身在隐秘之处，由金神夫妇亲自守护……"

辛九姑颤声道："倘若……倘若帝鸿听说劫走的只是替身，一怒之下将公主杀了，岂不是……岂不是……"

西王母摇了摇头，道："在没有验明虚实之前，帝鸿断不敢贸然下此毒手，必定会想法设法地打听石神上与长留仙子的所在。我们只需在西风谷埋伏重兵，等待他们自投罗网便可以了。”

众人面面相觑，都觉当下搜救公主，实比大海捞针还难，除此之外的确别无良策。纷纷颔首领命而去。

缚南仙心下微起佩服之意，早听说金族圣女镇定果决，山崩于前而色不变，今日始知名不虚传。难怪这三年来她竟能运筹帷幄，遥控各族势力，将苗、蛇盟军始终挤压在东荒沿海一带。

众人退尽，辛九姑正欲将她抬出屋去，西王母突然道：“慢着。”转过身，蓝眸光芒大炽，冷冷地盯着缚南仙，似笑非笑道：“白水香何德何能，竟能让荒外第一大帝缚龙神，屈尊做我婢女?”

辛九姑脸色陡变，缚南仙心中亦猛地一震，又惊又奇，含糊道：“王母娘娘此言何意?”

西王母淡然一笑，道：“真人面前又何必说假话？你经脉震断乃是几日前的旧伤，体内所中的蛊卵也已孵化了数日，若真是今夜被火仇暗算，岂会如此？这张人皮面具精巧绝伦，除了晏青丘，天下谁又有这等神通？桃姑并非纤纤的贴身侍婢，九姑为何会让她独自留守屋中？这三点加在一起，若还猜不出缚龙神的身份，岂不叫天下人笑话?”

缚南仙格格笑道：“亲……西王母果然目光如炬，洞察秋毫。”她性情率直无畏，既已被看穿，索性不再伪装。

“缚龙神太抬举我啦。”西王母目光冰冷地扫了辛九姑一眼，微笑道，“我若真的洞察秋毫，又怎会让一个叛贼在眼皮底下勾结外人，劫掳公主?”

辛九姑面色惨白，伏身拜倒，道：“娘娘明鉴，九姑纵有天大的胆子，也不敢做出冒犯公主的事儿来！只因公主常和九姑提起，缚龙神是她的义母，待她很好，所以……所以今夜龙神乔装相托，想见公主一面，九姑才……才……”又是懊悔又是害怕，泪水忍不住簌簌掉落。

缚南仙却毫无惧色，格格笑道：“纤纤早三年前便嫁给我的乖儿子啦。亲家母想要悔婚，我自然不能依。你要见她不难，只要你承认和我结成亲家便成啦。”心想倘若她不答应，便立即打开炼妖壶。

“悔婚?”西王母嘴角冷笑，妙目闪过一丝恚怒之色，淡淡道，“当年蟠桃会上，拓拔太子早已当众娶龙女为妻，退出驸马之争。他负西陵公主在先，何来我们悔婚之说?”

缚南仙笑道：“婚姻大事，自当有父母之命、媒妁之言。他娶那龙女之时，我又未曾到场，怎能作得了数？今日你我都在，又有九姑作证，正是……”话音未落，西王母手中的金光照神镜突然朝她射来。

她呼吸一窒，如被雷电迎头怒劈，剧痛攻心，还不等凝神聚气，“哧哧”连声，一条素丝长带如银龙乱舞，将她紧紧缠住，接着又是一道凌厉的青光呼啸撞来，打得她鲜血狂喷，翻身撞落在地。

西王母长袖飞卷，收起“天之厉”，双眸冷冷地望着她，胸脯微微起伏，显是愤怒又极，过了片刻，才一字字地道：“你当这里是东海，可以任你为所欲为么?”

这几下迅疾如电，一气呵成，缚南仙原本重创未愈，被她这般猛攻，更是经脉尽断，疼得大汗淋漓，连话也说不出来。又被那丝带紧紧箍缚，丝毫动弹不得，心中气恼愤恨，喘着气哑声大笑。

见她满脸尽是鄙薄不屑之色，西王母眼中怒火更甚，冷冷道：“红缨、碧萼，将她送到金刀驸马府中，让驸马用炼神鼎炼她元神，查出公主下落。”身后两个婢女齐声应诺，上前将缚南仙抬起。

辛九姑脸色瞬时雪白，失声道：“娘娘!”被西王母厉电似的目光一扫，到了嘴边的话登时又咽了回去。想起先前缚南仙说的关于姬远玄的那番话，心乱如麻，一时不知当如何是好。

但想到纤纤后日便要出嫁，热血直涌头顶，蓦一咬牙，“咚咚咚”连叩了九个响头，额上鲜血长流，颤声道：“娘娘，此事不仅关乎公主安危，更关乎我族存亡、天下兴衰，罪婢愿冒死以禀!”

当下不等西王母回话，便将半个多时辰前发生之事原原本本地说了出来。其时昆仑宫到处都传来刺客出没的消息，乱成一片，缚南仙乔化桃姑混入宫中，告诉她姬远玄即帝鸿，白帝也是为他所刺。她虽然半信半疑，但事关重大，宁信其有不信其无，于是便让缚南仙随她进了螺宫。

西王母眉尖轻蹙，脸色阴沉，越听眼神越是冷厉，不等她说完，突然喝道：“贱婢敢尔！”一掌猛击在她的肩头。

“嘭”的一声，光芒怒放，辛九姑飞出三丈来远，后背重重地撞在白玉石柱上，鲜血登时从七窍源源涌出。圆睁双目，怔怔地望着西王母，也不知是惊讶还是伤心，嘴角微微一笑，两行泪水沿着脸颊倏然滑落，再也不动了。

缚南仙大吃一惊，那两个婢女红缨、碧萼更是震得呆住了，想不到她竟会对最为信任的心腹下此辣手。

门外众人听得声响，奔入一看，亦全都目瞪口呆。螺宫众婢女平素与辛九姑交情极好，见她莫名惨死，惊骇难过，忍不住偷偷地转头拭泪。

西王母胸脯起伏，看也不看九姑一眼，森然道：“从今往后，再有敢勾结外敌，诽谤金刀驸马者，杀无赦！”白衣卷舞，径直朝门廊外走去。

红缨、碧萼如梦初醒，急忙抬起缚南仙，紧随其后。人流如潮分涌。

不知何时，晴朗的夜空已被黑紫色的云层遮涌大半，狂风怒号，松涛起伏，连绵不绝。殿廊檐铃叮当密撞，急促而又纷乱。

两侧灯笼摇曳，西王母迎风疾行，衣袂猎猎翻飞，脸容随着那明灭不定的灯光，忽阴忽晴，变幻莫测，那双淡蓝的眸子在黑暗中闪烁着灼灼光芒，分不清是愤怒，还是悲伤。

天边彤云翻滚，亮起一道闪电，雷声滚滚，回荡不绝。

天空中突然飘起了几朵雪花，悠悠扬扬，像落英似的卷过夜空，翻过廊檐，转瞬消失不见。

过不片刻，雪花越来越多，缤纷飞舞，被狂风呼卷，眼花缭乱地扑面而来，接连飘粘在她的脸颜，丝丝缕缕，冰冰凉凉，瞬间融化了，像泪水一样滑落。

盛夏八月，昆仑山迟迟未来的第一场雪，终于在这西陵出阁的前夜，不期而至。

附录一：蛮荒笔会

逝水，关于姑射仙子和雨师妾

——by 天下无霜

看《搜神记》有许多感触，其中之一就是关于姑射仙子和雨师妾。关于青春与成长、行走与静虑的畅想。书中的主人公拓拔野走过大荒，接触了许许多多的人和事，获得了许许多多的人对待事物的许许多多不同的目光。他抛弃了褊狭的自我，在这种种目光中感受和辨别，得到成长的经历。这是唯一真正的旅行，美丽的青春之浴。

这奇妙旅行的起始点就是玉屏山的初相逢，月下竹林，白衣飘飘谪仙人，就好像天睿灵韵里的句子：一夜春风，心如桑叶，又是花开时节。少年拓拔情根深种，不能自已，认姑射仙子为一生中应该深爱、应该追求、应该保护、听命并为之而死的女人。

他想给她一个好印象，好配得上仰视她，于是在东始山能不受龙女勾引；是因为见到了她纯洁美丽的形象，所以一生之中不愿再做一个庸俗的人；是因为想要拥有并奉献最完美的情感，所以在密山的山腹内才能不越雷池；章莪夜色中的天籁合吹，钟山奇遇的蛮蛮鸟指引；碧海心莲的比翼齐飞，前世今生的仙侣之梦，一切如梦似幻，令拓拔野流连忘返。

姑射仙子，这位大荒中最美丽的女人，她给拓拔野带来了美好的理想和人生追求，带来了唯美、浪漫的爱恋，前生注定的完满姻缘，也带来了善良、纯洁、清澈、优雅而绝俗的高贵目光。她点燃了他心中的火，像星星一样在天空中指引着方向。玉屏邂逅那一刻的震撼与了悟，拓拔野一生一世永难忘怀。她是拓拔野青春行走中路过的最最美丽的风景。也许因为有了她，青春才会无悔，却有些伤感甜蜜，也正是因为心灵有了这些美好感受，拓拔野不再是一个肤浅的人，才会在生活中反复揣想，一遍又一遍地追寻和问明本心。

成长总与痛苦并行，爱情是否也会一样？东始初会，雨师妾山溪悟道，明白了自己想要什么样的生活，想要做一个什么样的人。

于是在以后的故事里她凭借自己坚韧的意志，穿越了苦难折磨，终于带着一颗干净的心走到了拓拔野的身旁。每当我看到拓拔野在蟠桃会上冲冠一怒为红颜时，总会想起泰戈尔的诗句：上帝和苦难一起到来，我不敢将他拒之门外。雨师是一个聪明的女人，她能理解丰富的人生会拥有许多际遇和情感。也知道人不能决定自己的命运，却能把握对待事情的态度。所以尊重和放任着拓拔野做出自己的选择。她已心有归处，显得宁静而从容，对自己的结局并不感到迷茫和害怕。所修为因，所证为果，其实不必妄求。

因此，才能在北极冰原狠心舍去。雨师妾带来了现实的滋味，让拓拔野在苦的最甜里品尝忧伤。她给了他生命无法承受之重，令他心历沧海，大彻大悟；她像一面镜子，温柔脉脉地凝视着他。涤荡浮华，留下澄澈双眸；她用心随着他穿越荆棘丛林，为飘泊存放慰藉，在暗夜中化一只萤，在生之痛苦中点化幸福与宁静。是的，就像诗里说的一样，雨师妾用了她美丽的手指抚触着拓拔野的世界，人生的得失与坚持、价值取向、审美观等等生活的秩序便如音乐般地产生了。

这个过程是如此的充实而隽永，以至于拓拔野恋恋其中，以一刻之快慰抵御人世的无常风月。北极冰原也好，穷山沃野也罢，是谁扶持旧桶，强求姻缘？雨师妾带来了人生的勇气与力量、感悟和重生。华年逝水中她终成了那个忧郁的声音，牵引着拓拔野，静虑深思，寻找着上天给予的道路和自己坚定的步伐。

人生若只如初见

——by 此时彼刻 24

也许吧，尽量让自己不要被虚幻的故事控制情绪，却忍不住心疼。不是要来说心疼。追文看了这么长时间，路太蜿蜒。有时候真的想不起来了，不得不把收藏的厚厚的《搜神记》拿出来翻。呵，你看那时的拓拔、鱿鱼、雨师、紫苏。

我很喜欢这故事，故事漫漫如流水，却又不平有波澜。虽然说人生若只如初见，那么多心疼的情节，有时候发痴想，宁愿还在当年的搜神结尾。当然，是玩笑话，不然，哪里再去找这么宏伟的情节打发时间，让沉闷的生活再有些意味？

是真的，我不能说不感动。一开始那么娇横惹人厌的小女孩，一路仗着身边尽是高人，说话行事从不与人半分余地，还记得赤炎城里连温言相助的烈侯爷她都是语带讥讽不给情面。看着她成长到今，那么多磨难风雨，居然有这样情深似海。不再是得不到的便要赖发横，仿若失却了一柄明晃晃的利剑，令人黯然。我真的感动。

也说实话，不能真的怪拓拔。他生就如此，你能奈何？若赵敏不出来搅乱婚礼，张无忌也就与周芷若成亲了，而且纵未成亲，岛上那许多甜言蜜语，说也便说了。奈何？虽然还是被狐狸拖下了水，对他恨铁不成钢，为什么偏偏不能坚持？但杨过好写，拓拔难做。

说了这许多，都是眼里感动，心里，却念念挂着雨师。当年看到蟠桃会上摘下面具一段时，脑子里一震，眼睛红了。可是没有像现在这样惶惑。满脑子嗡嗡嗡响着，雨师怎么办呢？雨师怎么办呢？他怎么可以这样呢？慌了，怕了，隐隐猜着结局，又不敢。

那些人很爱拓拔，为他做了很多，很多，包括真珠、小苹果、姑射、纤纤、楚芙。也许她们都愿意为他死，一见杨过误终生，一见拓拔又何尝不是？你可以说只有绿萼为杨过死了，但是换了程英她们又何尝不会？你也可以说换了这些人身处雨师的境地，又何尝不会？但故事没有，我明白她们都会，却惟独雨师，是刺到我心里了，不能不震撼，不能不爱。

我明白狐狸在写人性，不是写情圣。他把故事放到这样的路口，明白得让我们怪不得拓拔，那是人之常情。是的，人之常情，可是心里却有那么多那么多可笑的期待，你心怀天下，你五德之身，你神农弟子，你不是常人，可不可以不要遵循人之常情？我知道有人要说我可笑，我也并没有想改变故事的情节，只是自己的希望，傻气的梦（再一次感叹被拖下水啊拖下水）。

我以前看搜神中姑射中春毒那段时，总是笑，觉得磨叽，那时的雨师还没有毁容，也许粉丝没有那么多，所以不会有今天这样的情况。但我突然开始期望这次也是相同。(尽管故事雷同的话多无味)

是个容易激动的人啊，笑自己。但是总是会记念着那些段落里的雨师。在书里各处温柔的，翩翩走出。美丽聪明多情的女子容易寻到，可是气质风华难得，惟有雨师总让人念念不忘。

呵，到结尾终于要说那句说滥的话，人生若只如初见。我知道我又会心疼好多天，直到下一章出现，或许停止，或许更疼。

难道痴情真的只是女子的专利？我记得《白马啸西风》里那个倔强小姑娘的名言。若是拓拔也能这样骄傲地说上一句该多好，虽然若如此，他不是书中那少年。那都是很好很好的，可是我偏偏不喜欢。

从今天开始，怕看到结局。从今天开始，希望自己很笨，猜到的都是错的。从今天开始，不再潜水，老老实实承认自己喜欢那抹黑衣，红发，苍龙角的缥缈。

语已多，情未了，回首犹重道：记得绿罗裙，处处怜芳草。

附录二：大荒群芳谱之姑射仙子

穷山，轮回的故事

——by 天下无霜

我想象，有一间陋室，里面几乎空无一物，却装了两颗紧紧相依的心。我想象，旷野无际，开满了奇丽的花朵，纵马其中，有若云中漫步。若我能生于斯处，清晨将至天池边汲水，水必清冽甘甜，水中游鱼宛转，似我优游于此间，心中，云寂，江湖远。

面朝大海，春暖花开。古元坎与清萝应该是这样一对情侣，他们厌倦了世俗无谓的往来与纷扰，想为心灵寻一方净土。在那里，没有物欲，没有权欲，没有孤独、恐惧、猜疑和冷漠，生命恢复了本来面貌，变得充实而生动，简单又优美，青蛇共舞，乘黄并骑，心无所羁！历劫七百载，玉屏复相逢，搜想传说中最雅致的邂逅，莫过于青帝苑中月光透过竹枝的隙缝投下斑驳的影，只灵犀一点觅知音，便都苍天也忌妒，问世间，有多少痴心少年郎，一如此时此刻的拓拔野，呆呆地凝视着眼前那惊世美丽的天颜，终其一生，都想要穿过迷离月色，去往秘境穷山。这个故事中没有七仙女思凡的炽热，也没有董永耍流氓的敏黠，有的只不是青春年少特有的纯美情愫，又清澈，又浪漫，又迷茫……这一刻，时光凝固，诗意流转，素莲永放。

鲲鹏已变，海运将徙于南冥。环境激变促使人不断变换视角一次次重新审视周遭的人和事以及自己的内心。暗曲指西风数流年，一转瞬，今夜已成过往，又到碧海穷山。乘黄恋故，久放青崖之间，本可以双双流连，奇何密山千回，天元日夜静候其主，前生若镜，一指既可洞穿。且寄情南荒风物同诉心语，原来你向往平凡幸福的心也和我是一样！

心莲已开，凤鸟自鸣，春漫诸夭之野。携手共逐海潮，心有千千结。难道就这样让前事休于忘川？就这样，让那个月下雪峰相对吹萧人悄然失落于记忆之外，你舍得么？你舍得了百花池潭欲语还休的惆怅，你舍得了断剑还情时的痛么？想留不能留，离去太飘渺。纵换来天涯海角长相依，也自有来日方长。情蚕在手，又何能与鲛珠同施？孰舍孰执，如何让爱能继续？闲花落地，任此中多少深情独向寂寞。想问问误入天台的刘阮郎：“多情的穷秀才，谁教你归去来？”

天荒地老，岁月埋情，纵有八荒无归路。恍兮惚兮穷山尽，算前生相负，今生何如？壁上镂字，清萝依依。一方净土，红粉归尘。别君于此，其实未别，生生世世，远来相访，岁岁年年，心意相随。询问苍天，君归何处，君身又何寄？南来故雁，北去锦鳞，有谁听到过他的消息？他可曾记得，可曾记得忘川过后有穷山？

蕾依丽雅，蕾依丽雅，你可否会知道，当往事纷涌于他心上如幻彩流光，其中有多少，是你的光环？当他交付痴心与岁月煎熬，有多少力量，是因你而生发？那昆仑山上的五行花开，哪一朵是他属于你而盛放的生命？

远游他乡的蕾依丽雅啊，你……你会不会明白？当水晶棺破碎那一刻，他心中的痛？当日他眼睁睁看你离去的背影，为何却要坚持独自留下来？往事随风，在一个人心中翦翦飘摇。春去秋来，他所有的作为，所有那些为了他的心、他的爱、他的生命而付出的努力，同时也是为了……为了挽留你这如纤冰一般姣弱洁净的花，在人世间。

此情可问天。

姑射仙子

——by 冷冷

从我能识字以来，见过书中许多白衣女子。金庸笔下的小龙女、王语嫣，卧龙生笔下的朱若兰，萧鼎笔下的陆雪琪，以及树下野狐塑造的姑射仙子。在这诸多人物中，我最钦佩的是朱若兰，最感动的是陆雪琪，最心疼的却是这个在月影流连中，横起一管绿箫，吹尽万千情恨的姑射仙子。

心疼她，不是因为她那绝世清丽的容颜，令天地失色，日月无光。心疼她，不是因为她气质皎皎如朗月，纤尘不染，清冷得不似人间女子。心疼她，不是因为她长于音律文赋，一曲《刹那芳华》道透人间情恨，一首《天睿灵韵》诉尽缠绵心事。心疼她，也不是因为她一腔情意终付于流水，望断天涯，寂寞无归处。

心疼她，因她不被尘世玷辱的高洁品性。在杀伐纷争、争权夺利、勾心斗角的大荒风云里，惟独她，犹如冬寒里迎风盛开的白梅，遗世而独立，静静地，兀自绽放那抹不容于世的孤高芳魂。

心疼她，因她纯真至美的善良。当虹虹仙子、丁香仙子，这些曾屡屡诟陷于她、试图危害她的人在生死关头时，她可不计前仇不顾自己安危挺身而出相救。这份博大的宽容，可曾看见书中的其他人物做到了？

心疼她，因她是书中为数不多能超脱自身情爱束缚，挣脱樊笼，做回真正的自己。佛语有云：居欲而离欲，在尘不染尘。是的，她做到了！

她是木族圣女，祈天命求地福，感应万物，超然尘外。身处木族权力核心，却无半分谋算之意。

她武功卓然，在五位圣女中，数她年纪最小，不过二十出头，便已身跻仙级高手之列，可与乌丝兰玛并论。

倘若不曾遇见那个人，那她该是看尽大荒风起云涌、置身事外、清心寡欲、长伴青灯的世外仙人。可惜，没有这般假设。三生之缘没有放过她。

许是这样的仙子令高高在上的神祇也嫉妒，微微摇首，天使落入凡间。

玉屏初见，她怦然心动。东始山下，她拂袖离去。一晃四年，春梦觉醒，她却把眼前人忘记，浑不知少年人蒙昧心事。直至三生石提点，她方一点一点陷入红尘囹圄。章莪山，蟠桃会，与他的相处将往事串联，把曾经的、现在的情织成网，网住了自己。在她情心萌动时，那个人却当面对另外的女子许下诺言，脱身离去。措手不及的变故刺痛并束缚了她，至此，不思凡心的仙子彻底坠入红尘。

这样的女子，要么不爱，一旦爱了，就是开弓的箭，不能回头。然而这枚感情苦果是她不愿意得到的，故在第二部书里写到她选择逃避，去忘记这样一段孽缘。对此，我深感钦佩！

纵观大荒女子，为爱生，为爱死，视爱情为自己的生存意义，为之善为之恶，鲜少有人抗拒自己爱欲。更遑论在感情与理智冲突时，坚持自己的信念，试图战胜情欲，超拔红尘。

而姑射仙子皎然出众，她的痛苦她的挣扎，终领着她走出情雾迷瘴。在桂林八树断裳离去，那一刻，她的感情升华到另外一个境界，从人生八苦之一的求不得中解脱，历经情劫的仙子凤凰涅槃，得获新生。

有人说，自蟠桃会后，作者把一个清丽绝世的仙子写俗气了，想爱不敢爱，想忘忘不掉，不符合她之前给人的高高在上、不可亵渎的感觉。对自己感情则采取消极逃避的态度，不去面对，也不争取，比之书中其他敢爱敢恨的女子差太远，甚至用懦弱来形容仙子处理感情的方式。

在一百个人眼里自然有一百个不同的月亮，但能把书看到这份上，将作者的原意歪曲误解成这般的人，化用妙玉的比喻，如驴饮水，不知其味，实乃蠢物耳。

仙子若没有经历这段俗世风波，未免形象太过单调，只流于白衣出尘的符号，她的存在也就仅仅是推动情节发展的道具，不具更为特别的内涵。这样的人物值得我敬却不值得我慕。

世人形容莲花出淤泥而不染，可见要出得淤泥才能见其高贵不流俗的品质，若没有这破泥而出的过程，那仅仅是一粒未成长的花种。同样地，仙子若没有经历那样一段相思苦短，又怎会有化蛹成蝶、破茧而出的美丽？

化蝶的过程是痛苦且揪心的。“相思”二字已令人黯然销魂，如果面对一份感情，不能相思，不可以多情，纵然清深入骨，也只有将那一份情埋在骨里，让这一份情烂在骨里，死在骨里。那又是种什么滋味？

作者让她借法术口诀来压抑内心的思念，让她去忘川山寻忘川水，再度碰上命中人，借此引出前生情缘，直到丁香仙子赠她太古情蚕，将她心中理智与个人情感渴望的矛盾迫到顶峰。她一手握着让那人神志清明的蛟珠，把他推到自己触不到的地方，一手握着情蚕，可令那人誓志相随，白首不离。鱼和熊掌，舍谁取谁，只在一念之间。

尽管作者将此时的仙子的心境刻画得很有张力，犹豫，踟蹰，徘徊……我已知她必不会选择情蚕。即便是在她最动摇的时候，对她，我从未半分怀疑。原因无他，从她开始想斩断心中的牵挂开始，就注定了她的选择是这样的啊。

从明白自己的心意开始，她就未向自己的爱念妥协。周游大荒，不去参加那人的婚礼，她竭力克制自己不去念想一个不属于自己的人。几乎是耗尽全部的心力去抗拒，抵制那人的身影笑貌。倘若这一份真挚、深刻的感情摆在她面前，而她这么推拒，那当然属于逃避和懦弱。可这份感情是属于另外一个女子的，与她无干，那么这样的排斥恰好是一个对自己和对别人的情感负责，一个冰雪聪明、不屈从于那不平等爱情的女子表现出的最明智的态度。

她是诚实的，她诚实地面对了深心处的自己，那不愿意沦落为爱情奴隶的灵魂！

去追逐一场飞蛾扑火似的爱情算勇敢么？不！那是卤莽，这样的卤莽甚至带有愚蠢和无知的意味！

在桂林八树，当那个失忆的人抱着她，对她许下今生今世不离不弃的诺言时，她回绝道："你最喜欢的人不是我……"由此可见，在她的意识里，她愿意长相厮守、左右不离的人是一个以同样深厚的感情对待她，而不是面前这个最爱的人不是她的男子！

也许有人说在爱情里不该去计较谁付出更多这样的得失。是的，我也认为如此。但是，前提条件是对方只爱你，他的爱情不是分化的，是专一且真挚的付出！可显然，书里的男主不是这般人物，他于仙子之爱是他除却生命中其他女子存在的残羹。因之，他不值得仙子为他抛弃一切，不顾道德礼仪，不顾人情世俗的跟随！故仙子让他忘掉前生之约，独自离开。

她离去时的背影孤单而落寞，带着几分伤感的凄婉，然则透出一位对平等爱情的向往和追求的女子的骄傲。这许骄傲不容亵渎！

怎样算亵渎呢？如果作者没有写她断然离开而是作为红颜知己陪伴在那人身侧继续前行，就是对她的亵渎！那样的陪伴，不论主观动机好坏之分，是对一个已有妻室而且多情花心的公子哥儿婚姻的干扰。也不论这般干扰是否打动别人的心，用现代语来说，已有第三者插足之嫌。这样罔顾婚姻道德去陪着别人的丈夫一路走下去，难道不是对于仙子这样有爱情独特追求、爱情审美品位的女子的感情的侮辱和轻慢么？

再说姑射仙子的最终结局，这不得不提到写书人了。

读完目前连载的部分，感觉作者对姑射仙子是很偏爱的。在人物的境遇、性格、品行方面几乎是以一个完美女性的标准来塑造姑射仙子。对其心路历程的刻画尤为详细，且书中有关姑射仙子的篇幅也多于"公认"的女一号雨师妾。在搜、蛮二书中，享受如此优待的三个女子中，姑射仙子占其一。各位仙迷们应该知足了。

在《搜神记》中，有关姑射仙子情缘结局的伏笔有两处。第一，那对比翼鸟，传说中的姻缘鸟。书里描写道："比翼鸟簌簌发抖，脖颈四下扭转，'蛮蛮'低叫。突然扑扇翅膀，抖落片片冰屑，一只朝着拓拔野，一只朝着姑射仙子，欢快地鸣叫起来，极是兴奋。"其中因由，自可理解。

第二，纤纤初次见到姑射仙子时，一个女子天生的直觉，"纤纤大喜，突然瞥见拓拔野身后的姑射仙子，心中'咯噔'一响，笑容突地僵住，一种莫名的强烈不安和恐惧，瞬间从心头爆炸开来，仿佛巨大的阴影刹那笼罩了她的世界，一时呼吸急促，脑中一片混乱。不知何以，这陌生而清丽如仙子的女子，竟比这幽黑阴暗的地道，比那人面虎身的怪兽，比世间所有的一切……都要令她害怕。仿佛倏然掉入万丈冰谷，悬浮而无着落……"纤纤初见雨师妾没有这样的反应。再联想到姑射仙子是书里第一位出场的女主，以及当时她并不明了的三生缘，可以推断在作者写《搜神记》时，极有可能想把姑射仙子和男主写在一起。

然则，这是N年前的事，作者事隔几年后写续，想法、构思以及人物命运的定格是否有变只有作者自己知道。虽然现在结局未出，想来姑射仙子的命运不外三种：一、桂林八树那里的离去就是一个为她画上句号。二、与男主的其他女人共侍一夫。三、其他女主死光，独她和男主……我个人偏向第一个猜测。第二个选择有很多人看好，但我觉得不太可能，如果作者要这样糟蹋颠覆自己一手造就出的完美女子，我也无话可说。至于第三个可能性，我主观鄙视男主，所以不希望如此。

常看到有人把姑射仙子与小龙女比较。但凭一句，姑射仙子没有小龙女那么好的命遇见杨过那样的男子，就这点已经足够与小龙女撇清关联了。

金庸笔下的女子中，仪琳与她最相似。她们没有切切并刀、剪断啮骨的相思，然而，却有似水流般柔韧的执著，坚持自己的信仰，坚守自己的本真。

这样的女子，她们的愿望会实现的。而她们自己，终有一天会超越情事，达到天人合一，自由自在的境地。犹如失足掉入凡间的仙子，历劫之后，重回天界。

谁道他流年暗度

——by 昕落忆

落日熔金，残阳如血，瑰丽广袤的青山如沧海，沉沦了多少桑田悲欢？青黛的色泽悠悠如夜，诉不尽流年暗度的殇怀……

流年暗度，是沧桑日月后最无奈的伤感，陌路微笑，是转身即天涯最心痛的回眸。

月落萧起容颜瘦，低首垂眉倾城颜，甚至，无需抬首，无需微笑，只翩然一立就足以倾国倾城，日月失色，正是那句："论女子，一世素颜，不妆可凋明月，神洁胜雪寒。论气节，脱俗仙骨，一指可化纷乱，意气殊高洁。”

白梅傲雪，清莲出尘，只此便无须多言，可又有谁能言，白梅无怒放，清莲无心藕？也许，坠入凡世的仙子，必要有一场刻骨铭心的爱恋才会完美吧。

冰雪般纤尘不染的容颜之下，亦有化不开的深爱浓情，难解难分的俗世纠葛背后，亦有刻骨的缠绵与柔情。看似淡泊飘远，却是坚守三生、亘古不变的深情……

纵使尺素流年，暗度了沧海变桑田，暗度了白云变苍狗，暗度了容颜憔悴，暗度了物是人非，却无法暗度你心中静水流深的爱，无怨，无悔，如痴，如醉。

可是一个背影的远去，究竟要等待多久才能够再次转身回眸？怕只怕，等不到再次，已春花陨落，就此新亡。无涯的寂寞中苦候了几轮沧海桑田，却等来了物是人非。

漫漫黑夜，你发海下隐藏的含泪的双眸被一曲清箫化为绵长的忧伤，那幽深似海的愁洞穿尘世岁月，直让人为之心痛。一声轻微的叹息，仿佛凝结了所有岁月情殇的无奈，像被呵气的烛光，摇曳一下，烛影依然。

是的，什么都依然，烛火依然，爱过后的你们也依然。仿佛什么也没有，却已天翻地覆。他来了，又走了，只留你几缕烟尘。曾经近在咫尺的幸福，犹如梦中的花，在等待梦醒的过程中悄然谢落。一个时光的交错，在他醒你梦、他梦你醒的过程中成为参商永隔。

一梦已千秋，万事付东流。

十年往事已模糊，转悔今朝兮薄不如无。雪落了，又悄无声息地化了。爱醒了，却独自默默地痛了。情殇了，唯咽泪祝福地别了。陌路了，只沧海桑田地埋了。

月色下，凄恻的你的双眼，仿佛融进了刻骨的悲凉，却又仿佛层层淡化开来，唯留倒影，迷离地忧伤，等待消逝。岁月极美，在于它的必然流逝。爱情刻骨，在于它的难以完美。

原以为就如此罢了，结了，伤了，忘了，却不想是自己肤浅了。谁道他流年暗度，终落个陌路微笑？在那荷叶连天碧、小舟漾清波的绝世美图中，在那一袭白影再一次如天仙降凡中，我看到你，你微笑了，不挂泪水，那一刻，我却哭了。

你的重生，不是陌路，而是永远在一起。那一抹清笑，荡涤尽所有守候的尘埃，纷乱的尘世，因此而清明。我知道，你做到了。爱他的心，你愿意独自守护，独自斟酌，独自饮醉。爱，本就无关风月。放手与珍藏，是你对爱最大的成全与尊重。

相濡以沫，不若相忘于江湖，此中的洒脱必是挂着微笑流泪吧。而你，全心去爱，在一切一切已为云烟飘散之时，又能完美抽身。在爱过，痛过，哭过，受伤过后走完那段青涩年华。回首，一米远的天堂，不远。你微笑，不挂泪水！

一切已结束，却又是个重新的开始。重逢，美而不凄！如我所愿，爱过后的你，翩跹出世，不染红尘……

附录三：大荒群芳谱之纤纤

看不到的星　给喜欢/不喜欢的纤纤

——by 从嘉

风，依旧是寒的，梦，依旧是残的。

美梦中依稀是他的身影，玉树临风，英姿勃发，梦醒时依旧是寂寞一人忘断昆仑，不见思人。每个梦醒时分，眼角依稀挂着泪痕，没有他的冬天，越来越冷了，那种冷让人痛彻心扉。

“拓拔大哥，我还是你的星吗，最亮的那颗，怎么我都看不见了？”

流年似水，还记得曾经他们是最幸福的孩子。暮春时节，无边原野，即使是铮铮战场，血流成河，但是看见侠义仁道的他，看到倜傥风姿的他，纤纤还是心动，当他如同风筝一样时，她的心也飞了起来，当他平安落地的时候，她的心也落地了，也许这就是懵懂的爱情，可惜他不懂，她也不懂，她只是觉得自己的心里有一只不安分的小鹿，只觉得自己的脸颊会不自觉地发红，只觉得眼神再也离不开这个略显陌生的大哥哥。

盛夏光年，蜃楼海滨，拓拔和纤纤度过了这一生最快乐同时也是最悲伤的时光。彼时的他们形影不离，练功，捕鱼，嬉戏，闲逛，海边的沙滩上留着他们两个小小的足迹，不，是三个，纤纤没有发现她的身边出现了那个桀骜的他、不羁的他。

而快乐的日子总要过去，可是没有想到居然是那么的快，流火八月，蜃楼城破，天上月圆，人间却要骨肉相离，伤别离，在离去的那一瞬，除了对父亲的不舍，纤纤心中居然还有一丝可以和拓拔哥哥浪迹天涯的暖意，可是孩子依旧是孩子，在茫茫大海上，回想过去城破人亡，遥望未来前途渺茫，这是天性开朗的拓拔大哥安慰了她，安慰了这颗孤寂的心。

汤谷扶桑树，当十日鸟抓着拓拔飞向她再也看不见的高空，她终于明白，什么是爱情，她终于懂了，爱情让人生、让人死的那种魔力。“倘若你死了，我也不想活了”，可惜他还是不懂，还是他根本就不想懂。

萧瑟之秋，古浪屿上，日子一天一天地过去，虽然依旧没有父亲的消息，但是纤纤却一天比一天更快乐，和拓拔蚩尤尽情玩乐，海中嬉戏，捕鱼捞虾仿佛又回到了最快乐的那段时光，后来，人渐渐多了起来，她的心中却有了不知觉的烦闷。

那一天终于到了，纤纤不再是只依赖父亲的小姑娘，出落成了婷婷少女，还成了蜃楼城圣女。跳跃，翻腾，跌倒，怀抱，“傻瓜，我是故意的”，看着他，拓拔有过片刻的心动，但是从心里只是把她当妹妹。看到他怀里的人鱼公主，她心里泛起一阵一阵的酸意，她哪里知道这只是拓拔那些花儿中的一朵，她又哪里知道蚩尤的心事。

圣女，做不做，拓拔，爱不爱。纤纤在拓拔的怀里静静地思考，那坚实的胸膛和有力的臂膀，让她的心放松，“拓拔大哥，倘若不是你要我做什么圣女，我决计不做。我只想象从前那般终日在你身边，陪着你。做了圣女，可就不能这般随意啦。”

深夜独语，如同尘封已久的日记终于被打开，过去的时光静静流淌，他的一点一滴，一颦一笑，他和她的故事，如大雨般从天空落下。轻轻的一个吻，深深的一段情。她想把自己交给他，“拓拔大哥，我喜欢你”，事实终究是残酷的，那句你永远是我最喜欢的妹子，深深地刺痛了她，就如同簪子插进心脏的那种感觉，希望，失望，绝望。

古浪屿的天空看不到星星。

他只是在纤纤死后才幡然醒悟难道自己真的只把纤纤当作妹妹吗，迷茫，混乱。

赴东海，寻龙珠，也带回了一个惊天的秘密，醒来，离开，纤纤究竟是为了找寻母亲，还是躲避拓拔。

风尾城中，终于再次相遇，可是依旧是一句好妹妹，数月的酸楚悲苦，孤独伤心涌上心头，无心之语脱口而出，他的一滴泪落在她的手心。赤炎火山，生死悬于一线，看着水晶匣子里的纤纤，他不住地回思过往，看到她终于不见，他也冲向了火山口，可惜纤纤的心死了，拓拔救了她的身，却无法挽救他的心，深深爱他的那颗心。

又是醒来，离开，遇险，拯救，拓拔的身边还是那么多花儿，本该结束的情结束不了，天上的星星分外明亮。她要星，他为她摘星，但是她终究不是他心中的那颗星。

路终究有尽头，情总有消失殆尽的时候。

昆仑之巅，当他向她提亲，她不敢相信，觉得那是个梦，确实就是个梦，情义两绝，如同当年那个簪子扎进心脏的感觉一样，但是她感觉不到疼，后来他做他的龙神太子，她做她的西陵公主。

而昆仑山上，最亮的那颗星，只是闪耀了一下就永远暗淡下去了。也许有一天拓拔终会明白，他的世界里也曾经有过这颗星。

林花谢了春红　太匆匆

——by 昕落忆

风，卷了叶而来

散尽一夜的秋

歌，伴着螺而来

唱尽一心的春

七窍海螺，他给她一生的回忆。

圆月当空，海风习习，白色的沙滩月华铺地。海鸥掠过，清风吹乱了三个少年的发，笑容在唇边绽放，笑声在天边回荡……并肩而坐的他们，仿似会永远在一起，天空中回荡着情谊如天的誓言。

儿时的鼓浪屿，真是人生不可多得的美梦，所有的青梅竹马，两小无猜，都在那时被微笑载进记忆。倘若没有白衣女子、黑衣女子，是不是她就是他的唯一呢？

如果生命就此停驻在那无忧的鼓浪屿，是不是泪水与痛就会少一些？

始终不能忘怀纤纤自尽时的生不如死，那宁愿忍受雪鹤簪没胸而入的疼痛，也不愿多听他一句只当自己是妹子的话，那种倾注了所有感情，却发现一切为零的痛苦，该是如何决绝！

怀春少女的梦想破灭，一切是那么突然而又直接。心中有伤，有爱，有恨，于是再也不想遇见他而负气离走，是不是我们每个人都有过相似的感受呢？

蟠桃会上，当拒绝再一次来临，似乎愈合的伤口又被无情地扯开，鲜血直流，如决堤之水，淹没了所有的爱。她恩断义绝的话是说给他听，又何尝不是往自己伤口上撒盐？

伤得越深，便越会保护自己；看惯了春花秋月，却再也不相信他的爱会给自己。伤一次不够，两次还不够吗？

“如果记忆如钢铁般坚固，我该微笑还是哭泣

如果钢铁如记忆般腐蚀，那这是欢城还是废墟？”

海螺挂在脖子上，也是挂在心里；伤在脖子上，便也伤在心里，不敢碰的是那心里的伤，不愿摘的，是那难忘的爱。

如果可以，多么希望生命永远盛开在与你相伴的日子里，为什么幸福匆匆，终为泡影？为什么林花谢春红，若白驹过隙？

这一生，还可以被你拥入怀中，再放肆地撒娇吗？

这一生，还有机会被你疼爱怜惜如最初吗？

如果只是奢望，我也不会再任性赌气啦。因为在痛中我已长大，学会默默爱你了。如果可以，那么希望你帮我拂去往日凋落的春红，希望我依旧可以听到你为我吹奏的海螺……

附录四：搜神记蛮荒记全国统一六级考试试题答案和解析

（本试卷题目参见《蛮荒记》第四卷附录）

一、单项选择题

1. **答案：**B

解析：火族（8个），木族（12个），C. 金族（9个），D. 水族（8个）

2. **答案：**C

3. **答案：**C

4. **答案：**D

解析：参见《蛮荒记》第十八章。原话：流沙仙子笑吟吟地站在一旁，妙目中闪过一丝黯淡的神色，忽然想起很久以前的那个黄昏，他所说的一句话来。“生与死的距离，就在于你和她的距离”。“他”是神农。

5. **答案：**A

6. **答案：**B

7. **答案：**A

8. **答案：**A

解析：参见原文：“（六侯爷）当年便曾为了勾引木族长老文熙俊的爱妾雪嫣，不惜乔化为婢女，孤身潜入死敌府邸，花了整整三个月时间，终于赢得佳人芳心，带其私奔回东海，结果险些引起两族大战”。

9. **答案：**B

解析：参见原文：“六侯爷见是烈炎等人，微微诧异，对米离、吴回等人视若不见，笑道：‘烈侯爷，原来是你！妙极妙极，上回剩下的六十坛酒今日可以继续畅饮，分出个胜负啦！’”

10. **答案：**B

二、不定向选择题

1. **答案**：ABDEF

解析：若草花是少昊老婆自然是穿白衣的，五帝会盟上自杀，血染白衣。天马族的长老星骐也是白衣。淳于曾经伪装成姑射仙子自是穿过白衣的。紫苏和冰夷书中未提穿过白衣。

2. **答案**：AEF

解析：十二星盘和天元逆刃是盘古所制，阴阳冥火炉书中并无此物。

3. **答案**：CDEFG

解析：季晟山是水族碧藻城城主，泠萝仙子是火族人。卢其仙子是木族四大亚圣，杨震歆是木族大长老，火族妖女赤烟罗曾爱慕木族长老楚连城。

4. **答案**：AEF

5. **答案**：CDG

解析：崩雪裂是金族的，冰血大法是水族两伤法术，断雨赤虹诀是火族的两伤法术，绕指柔是王母的真气法术。

三、填空题

1. **答案**：刑天，蓐收，陆吾，强良，九凤。
2. **答案**：电光镜，金光照神镜，流霞镜，春秋镜。
3. **答案**：极光气刀，碧火金光刀。
4. **答案**：水族，水烟罗。
5. **答案**：北海神蟒（北冥神蟒）。
6. **答案**：玄天神蟒（朱卷玄蛇），阴阳双蛇，巴蛇。
7. **答案**：全凭风伯喜怒哀乐，且看风后说来就来，地下落花生，神土出，大荒一。
8. **答案**：灰白色。

四、判断题（正确请标明 T，错误请标明 F；如有错误，请指出更正。）

1. **答案**：T

2. **答案**：F 似水流年应为似水流云

3. **答案**：F 七十二城应该是七十六城

4. **答案**：F 大荒 306 年，灵感仰出生。大荒 591 年七月，五帝在天帝山会盟，而后青帝力战广成子等之后羽化登仙。故为 285 岁。

5. **答案**：F 天子令既出，各地叛乱四起，唯烈炎、少昊、楚芙丽叶三人受封炎蛇国主、白象国主、白羊国主。六月，大荒诸侯会盟昆仑，上书黄帝，请求治罪嫘母、恢复五族制，为黄帝所拒。

五、问答题

1. 逻辑题

A **答案**：B

根据之言命题的矛盾关系来解题，互为矛盾的两个命题必有一真一假，上述命题中，纤纤和晏紫苏说的是矛盾的命题，可见必有一假一真，而题干说明了四人口供只有一个是假的，也就是拓拔野和烈光碧晟说的都是真话，由拓拔野说的是真话可推出案犯是烈光碧晟，由烈光碧晟说的是真话可推出晏紫苏是主犯，可见。作案的是烈光碧晟和晏紫苏。

B **答案**：空桑仙子。

此题较难，可采用代入法，假设符合规定的人是丁香仙子、卢其仙子、空桑仙子这里可以不考虑百合仙子，根据条件 2、3 可以推断出百合仙子品貌不端庄。以此代入，丁香仙子和卢其仙子的代入会出现与至少符合条件之一的四位仙子条件的不符合，全部符合条件的只有空桑仙子。

2. 地理题

A **答案**：万绝谷。昆仑西风谷长达千余里，直通寒荒极地，西海吹来地狂风穿过这深远山壑，一路摧枯拉朽，势不可挡。最狭窄处仅十余丈宽，长约十里，由两面光滑如镜的冰岭对夹而成，名曰“风吼崖”。过了这隘口，风势更猛，万里荒寒，即便到了谷底溪边，也只有遍地沙砾，寸草不生，故名“万绝谷”。万绝谷中有一极为怪异地现象，在山谷中顺风聆听，可辨析出数百里外的各种细微声响，但若逆风而听，就连几尺外的响动也丝毫不能察觉，故而又名“东静谷”，意即向东而立，万籁无声。

沉龙谷是天帝山至为奇特之地。相传女娲登天帝之位后，曾于此降伏“破天狂龙”。妖龙受困挣扎，怒吼不绝，雪崩山裂，女娲又以吞纳万物的“饕餮神鼎”封镇之。沉埋谷底，自此山谷内外如阴阳两隔，再也听不见彼此传来的任何响动。

B **答案**：蛇历 1772 年，土、火两族盟军大破十八万蛇军，攻陷蛇都，将数千名蛇族贵胄斩杀殆尽，阴阳双蛇亦被五族帝神高手合力封印天帝山沉龙谷，绵延了近两千年的蛇族王朝至此轰然坍塌。太极 260 年，女娲将反抗蛇族之治的“破天狂龙”封镇于此。

C **答案**：十八暗堡，三十战舰。

3. 列举题：

答案：

大荒三大名斧：盘古大神的开天神斧，战神刑天烈火干戚，金光神蓐收金光大钺。

天下三吼：雷神风雷吼，东海夔牛，兖州山鸣鸟号。

大荒三大奇山：琅玕森林，中原灵山，东荒皮母地丘。

大荒三大名刀：苗刀，金光交错刀，斩妖刀。

天下三大奇盘：十二时盘，风水罗盘，宇宙司南。

大荒三大御兽神人：祝融，雨师妾，百里春秋。

大荒三大食心蛊：两心知，游梦仙，灵犀蚕。

三大凶魔：混沌，鲲鱼，大鹏。

天下三大武学奇才：灵感仰，赤飙怒，科汗淮。

4. 细节题

A **答案**：祸斗原是九百年前的大荒十大凶兽之一，雌雄同体，凶狂难当，被赤帝收伏驯化，赐予厌火国主，成为厌火国镇国神兽，繁衍至今。数十年前，烈碧光晟七次南征，平定南蛮，厌火国的四大祸斗被烈碧光晟、刑天、吴回、各斩其一，剩下一只护卫着淳于柔逃入深山，最后藏在了皮母地丘之中。

B答案：其一，残石被用作封镇赤松子的神物；其二，被寒荒大神制成了翻天印；其三，被女娲铸造成“阴阳冥火壶”，封收了所有凶魔妖兽，镇在皮母地丘；其四，女娲将剩余的残石铸造成了两仪钟等太古神器……

C答案：共94人。

D答案：两眼之间的那条红线。

E答案：晏紫苏用的魂语虫和流沙仙子用的玄水碧木蚁。

5. 人物（本题5分）

（1）**答案：**玄北臻，丁香仙子，蛇姥（朱卷縢）。

（2）**答案：**姑姑。

（3）**答案：**毋逢山，黑玉指环（连心环）。

（4）**答案：**大荒549年。

解析：大荒553年，北海挖掘出幽天玄金碑，几个月后，黑帝进入极渊闭关修行。而晨潇是在黑帝闭关前捡到的。龙女是大荒554年出生的，晨潇到达朝阳谷的时候11岁，而此时龙女小他六岁，因此龙女是5岁，此年是559年左右。因此晨潇应该是在548—549年被黑帝捡到的。

（5）**答案：**3位，单定、蚩尤、句芒。

6. 文理（本题5分）

文科：

（1）**答案：**春秋时代的《诗经》，《小雅》，《采薇》。

（2）**答案：**科汗淮得三青鸟报信，离开东海前往昆仑山，白帝阻止王母与科汗淮私奔，科汗淮回到东海。王母怀下女儿纤纤。流沙仙子洛姬雅一月之内以三百四十五人为药罐，试了七百多种剧毒。杀人之后，从容突围而去，名扬天下，人人辟易。神农路经灵山采药之时，被灵山十巫设下圈套，在比试药草时输给了十巫。黄帝子姬修澜以念力将缠龙逆天枪从七彩岩中轻而易举地拔出，震动全族，被称为蛮胜转世。火族圣女赤霞仙子开始寻找圣女继承人。

（3）**答案**：五族虽然体制各有不同，水族、木族乃城邦、小国以及诸部落的联合；土族、火族帝权相对较大，统治井井有条；金族无为而治……但都已远离从前大荒盛世时不分贵贱、众人平等友爱、无拘自由的情景。五帝、族中显贵、长老、小国主、城主等人的特权日益明显，动辄压迫族民，奴役驱使。各族百姓但求平安，忍辱负重，过着日益凄惨而悲苦的日子。

金族世袭制度，嫡长子制度，如少昊。土族举贤推优结合嫡长子制度，比如姬少典曾经推举公孙长泰，又如姬远玄以太子继承帝位。火族由上届领导人和长老会共同决定，如烈炎登位。木族通过比武大赛如迎春大会，百花大会等，如灵感仰。水族则是有实权者推举而成。

理科：

（1）**答案**：书上记录玄冰铁乃是用金族玄铁在火族三昧真火中以木族金刚木喂之，炼烧四十九年，再以土族七彩土包裹，最后沉入北海，由水族北海寒冰自然寒化四十九年方成。因此玄冰铁兼有五族特点，刚柔并济，极难断折，是大荒煅烧兵器的极佳原料。因所产甚少，用玄冰铁制成的兵器寥寥无几。

（2）**答案**：2 场。画三角图，图解即可。

（3）**答案**：压强与液体密度和深度有关，海水密度不变，深度变小，所以受压强变小。浮力与液体密度和物体浸没体积（排开液体体积）有关，海水密度不变，潜水艇排开海水的体积不变，所以受浮力不变。

六、材料分析题

A 题答案：

（1）大荒 591 年四月，火族内战期间，在鬼见愁大峡谷，流沙仙子洛姬雅用炎火流沙破赤帝烈碧光晟十万大军，此后火族南北正式统一，火族内战以烈炎炎帝的胜利而结束。

（2）炎火流沙：配方：一两息壤，半斤紫火冰晶，五斤西海流沙。（2 分）

（3）其中，以息壤最为稀有，相传是盘古开天辟地时残留的神泥，遇风膨胀，大至无穷；一旦凝固之后，又坚逾玄铁，任何神兵也难劈开。女娲补天之时，便曾借用息壤神土。后又觉得此土威力太大，稍有不慎，祸害无穷，于是仅留了三尺见方，分别存在九个黄铜密匣之内，藏于土族九座圣山之中。流沙仙子手里的息壤来源：老黄帝进贡神农之物，剩余的3两被流沙仙子据为已有。

息壤目前使用的有：神农与流沙用了一次；姬远玄封印混沌兽用了一次；广成子埋“拓拔”“青帝”等人用了一次；姬远玄埋拓拔于苍梧之渊用了一次。因此仍有5匣在土族手中。流沙仙子手中还有2两。

(4) 炎火流沙是由土族息壤，火族紫火冰晶，金族西海流砂交相混合。火生土，土生金，能大力激发炎火流沙的威力；且金火相克，能爆发出较为强大的力量。而息壤在峡谷中能遇风迅速膨胀，充斥整个峡谷，使得威力倍增。

(5) 不行；息壤数量有限，紫火冰晶、西海流沙也是火族金族至圣贵重物品，而且制法普天之下只有流沙仙子懂得，所以大规模批量生产无法实现。

B题答案：

(1) 混沌，鲲鱼，大鹏。盘古开天辟地，阳气上升为天。阴气下沉为地，残余的混沌之气则滞留于天地之间。这三种“太极元气”受千万年炼化，都各自修成了精气，变成三只至为狂猛的凶兽，太极阳炁化成了“大鹏”，太极阴炁凝成了“巨鲲”，残余的混沌之气，则变成了“混沌”。合称“三大凶魔”。其中混沌神兽是太古土族的第一凶兽。大金鹏鸟是由太古之时，南海火山迸爆，成千上万只凤凰被烧熔在喷薄的岩浆里，魂魄融合重生，衍变成了这旷古绝今的南荒鹏鸟。鲲鱼是三大凶魔中体积最大的。

(2) 盘古九碑封印大鹏，混沌环封印混沌，九天玄龙的獠牙封印鲲鱼。

(3) 根据鲲鱼的封印口诀“女娲镇三兽，北溟锁鲲鱼”来看，女娲最后降服并且封印的是鲲鱼，因为鲲鱼体积最大，至于大鹏与混沌的先后顺序书中没有描述，但是大鹏应该是在女娲的驻地三天子之都被封印，而且用的是极其珍贵的盘古遗留下来的盘古九碑，而混沌是在中原被封印的，用的是女娲自制的阴阳冥火炉。因此大金鹏鸟应该是更加难以对付，女娲封印三兽的顺序应该是由南向北的。

(4) 三兽合一应该就是帝鸿，帝鸿曾经与盘古战斗过，此后盘古击败帝鸿，开天辟地，因此帝鸿化身三气，成为三兽，其中乌丝兰玛从波母处骗夺混沌兽，让黄帝炼成了帝鸿之身，可见帝鸿是以混沌为基础，融合太古三兽而成的。

七、论述题

1. 答案要点：

盘古开天以来，阴阳交济。阳气上升为天，阴气下沉为地，万物长生，因此男为帝尊，女为圣女，阴阳调和。(以上 1 分)

太古时期，大荒十二部族，每族都有帝尊和圣女，太古 265 年，蛇族帝尊伏羲和圣女娲励精图治，以搜神大法，捏土成兵等法术，击败各族，七月伏羲称帝，改元太极，随后把政事托给女娲，圣女娲成为了女帝，此后不死国主林雪宜进献了不死药方，女娲收作弟子后，她被封作蛇族的亚圣女，佩戴圣女标志赤铜人蛇环。而后她被延维陷害失去了处女之身，失贞渎职。此时的圣女可以婚嫁，而且女娲本人就和伏羲双修，练就太极两仪光轮。但是在成为圣女之前的亚圣女不能失贞。(以上 2 分)

女帝之后，人类五族不堪五族暴政，开始反抗，为了破蛇族之治，反其道而行之，立下“圣女不可婚嫁”的规训，自此圣女不得婚嫁，必须是处子之身，而且从古至今都是用守宫砂确认圣女是否失贞。

五族都有自己族的圣女。圣女乃是各族极为神圣的标志，如同圣兽图腾一般不可侵犯，受各族百姓的敬仰。但是五族圣女必须为处女之身，终身不嫁，倘若圣女非处子，则犹如全族受辱，不但那男子要被磔刑处死，圣女也逃脱不了被流放的命运。五族圣女非但不仅不能结婚，甚至不能爱上男人，否则就被流放，最出名的例子就是木族圣女空桑仙子与神农帝的苦恋，导致

空桑仙子被放逐汤谷。（以上 4 分）

大荒 596 年金族圣女西王母在临死前，废除了圣女不得婚娶的传统，众人纷纷应诺，基本是默认此事，此后轩辕黄帝娶金族圣女西陵公主为妻。轩辕 2 年五月，嫘祖分五族为十二国，撤去五圣女之职，圣女制度走向终点。（以上 2 分）

尽管从古至今圣女在能否恋爱、婚嫁的问题上发生了变化，但是其选拔制度和主要职责没有明显的变化。圣女往往是由亚圣女培养而成。亚圣女极有可能成为圣女接班人。如太古时代的亚圣林雪宜，火族的亚圣女烈烟石也是圣女赤霞仙子选出的，还有水族有个圣女的培育机构就是北极极圣宫，木族的圣女空桑仙子也是从当年的四大亚圣中选择而成的。（以上 2 分）

圣女的主要职责是神职和参政议政的责任。神职主要包括祷天、祈福、占卜、祭祀等，当然在突发灾难的时候，圣女应该做到挺身而出，挽救族民。例如三大凶魔横行之时，女娲采石补天，激斗凶兽，最终成功封印三兽，化解了一场灾难。

但是圣女的神职往往是与政治活动相契合的，圣女既是本族的精神图腾，也是政治领袖和元首，职位仅仅低于五族帝尊，族民赋予其很大的政治权力，五族圣女往往在进行神职活动的同时参与政治活动，或配合长老会，或辅助帝尊。（以上 3 分）

例如金族圣女西王母，是金族实际的领导者，可以参与政事，调动军队，具有绝对的控制权。水圣女乌丝兰玛，前期是烛龙派出的使者，可是从后面看她实际是大荒最主要阴谋的筹划者和实施者。土族圣女武罗仙子无论是在长老会还是在整个土族都是非常重要的政治人物，阳虚城平叛，包括后来的宣布黄帝遗诏，说服长老会拿出息壤。火族圣女赤霞仙子在火族内乱时刻，能够力挽狂澜，扭转乾坤，成功地救出了赤帝。（以上 2 分）

五族圣女除了必须熟悉各种祈天仙法和祭祀礼仪，还必须精悉本族武功，圣女武功的整体水平虽然不高，但在各族之内也算是顶尖高手，此外五族圣女都拥有多代流传下的至宝作为兵器，比如西王母的天之厉，乌丝兰玛

的冰蚕耀光绫，赤霞仙子的流霞镜，空桑仙子的无锋，武罗仙子的阴阳双剑等，这些武器都是上古至宝，威力非凡。（以上 2 分）

圣女制度能够得到广泛的流传和延续，说明其制度的合理性和优越性。

首先，圣女制度和谐地体现了阴阳融合、天人合一的太极思想。圣女即作为帝尊的另一方面出现，对于帝尊不能所及的范围进行管辖，辅佐帝尊管理国家。为其分忧解负。体现了可贵的男女平等的思想，以伏羲为首的父系社会和以女娲为首的母系社会，在大荒时期都得到了完美的体现，帝与女互补不足，相互完善，共同治理国家。

圣女作为政教合一的代表，一方面是政治元首，另一方面又是本族的宗教领袖和政治图腾，具有双重的卓越身份，受到了族民的崇拜和高度的敬仰。此外担任五族圣女的必须是美貌的处女，代表了远古时期对美的一种渴望和追求，体现了一种追求完美的价值观。（以上 3 分）

但是随着进入到五族时期的后期，多位圣女为情所困，甚至是为爱痴狂，使得圣女制度最终走向终结，与其说使得圣女制度终结的是圣女不得婚嫁的规则，还不如说是圣女本人的欲望得不到有效的控制和宣泄，当自然的情欲击败了圣女的清规戒律，直接导致了圣女制度的崩塌。

五族之中，金圣女、水圣女都曾为情郎产下孩子，木圣女、土圣女则是分别对拓拔野和姬远玄暗生情愫，欲罢不能，此外还有空桑、丁香、南阳、纤纤、林雪宜、清萝、螭羽、白夷等等无数前圣女，或准备成圣女的亚圣女都发生了情感问题，背叛了圣女的基本准则。

更是说明了圣女也是人，也需要各种各样的情感和宣泄，而圣女制度的清规戒律压制了她们本身的情感。处于青春期的她们，长期不与男性接触，一旦失控，会陷入得很深而难以挽回。

另一方面，圣女是阴，阴阳融合才能实现和谐，因此圣女不得婚嫁的制度，本来就与天地规律相违背。

此外对于圣女的继承没有明确的制度，亚圣女的选择，往往是上代圣女，或者是长老会的选择，往往公信力比较低，黑幕比较大，而且在当候选人多于一人时，往往会产生激烈的争夺，甚至是重大的阴谋，例如当年要从四大亚圣女中，选出木族圣女，作为候选人之一的丁香仙子就陷害了同为候选人的空桑仙子。（以上 4 分）

2. 答案要点：

（1）赤潮之战。起因：大荒 590 年六月蟠桃会后，数月之间，大荒烽烟四起，东海之上龙族与水木联军接连激战，以烛龙为首的水木联军，同年烛龙十月企图趁拓拔野筹备婚礼之际，出奇兵，偷袭猛攻，除掉最大的对手拓拔野和蚩尤，意欲彻底击败龙族，使其俯首称臣，获得东海的制海权。对阵双方为水族倾巢而出所集结的二十余国、水族六大舰队与以龙神科汗淮领衔的龙族、蚩尤和拓拔野率领的汤谷联军。（以上 1 分）

重要事件：公孙婴侯的出现暂时牵制了拓拔野；易容后的蚩尤成功地掌控了位于汤谷的天吴舰队；烛龙化作蛇身运用摄神御鬼大法击败科汗淮和龙神两大绝顶高手；六侯爷敖越云在逆境中爆发，浴血奋战，发誓战斗到最后一刻；拓拔野和蚩尤化身青龙和巨鳞龙一举击败烛龙。

大致经过：除了采取偷袭战术外，水族联军还采取逐个击破的方针，由烛龙率领六大水师在东海之上阻击龙族的青龙舰队，而水伯天吴的舰队直接袭击汤谷，让汤谷联军和龙族水师没有机会联合作战，作战能力大减。

而因为种种新仇旧恨，大荒第十神公孙婴侯又以姑射仙子和雨师妾为人质，成功吸引并牵制了拓拔野；另一方面，天吴舰队采用火族提供的紫火神炮，近距离袭击汤谷，汤谷联军准备不足，死伤惨重，在晏紫苏的帮助下蚩尤成功易容成天吴，暂时控制了位于汤谷附近的天吴舰队。（以上 2 分）

在东海之上，烛龙以苍龙角吸引龙族主帅，科汗淮和龙神的以身犯险，危难时刻龙神祭出龙珠，但是烛龙更胜一筹，以摄神御鬼大法化为巨型蛇身，一举破了龙神的青龙封印，但烛龙也被科汗淮刺瞎右眼，龙神和科汗淮重伤落海。

关键时刻，六侯爷敖越云稳定军心，激发血性，组织残余的众将和青龙舰队，与余下的水族舰队浴血奋战，占领了北海舰队玄龙号誓死一战，占据了水族七艘战舰，斩杀三大名将之一的苏柏羊齿和丁蟹。(以上 1 分)

而拓拔野临危受命，受封当代龙神，与青龙合体。蚩尤与巨鳞龙合体，大荒双龙合战烛龙。烛龙使出血魂水魄大法，意图歼灭双龙，结果震断奇经八脉，元神险些被吞灭。烛龙大败，还原人身，拓拔野二人率领汤谷军。杀得水族三大舰队溃不成军，仓皇北窜。(以上 1 分)

结局：龙族、汤谷联军虽胜利，但青龙舰队几乎全军覆没，龙族精兵损失惨重，龙族将领非死即伤，一万六千名龙族精锐仅剩下不到八百残兵汤谷军也伤亡过半，扶桑舰队只剩下七艘战舰，但夺获了二十六艘朝阳战舰；水族倾巢而出的浩荡阵容最终惨败，八百水族战舰被击沉、击毁近半，八万水师伤亡过半，六大舰队幸存大将不到四成，烛龙经脉尽断，为天吴而后的叛变创造了机会。东海之上漂满了断板浮尸，海水被鲜血染红，极其悲壮。(以上 2 分)

启示：汤谷军和青龙舰队起初都败在准备不足。蚩尤得知敌方准备偷袭后，依然没有做好准备，导致战役初期，局势被动。所幸他听从晏紫苏的建议，抑制恨怒之火，没有从正面袭击，而是采取易容奇袭，改变了战局。面对即将全军覆没的危急时刻，六侯爷临危不乱，鼓舞士气，指挥若定，奇招频出，配合拓拔二人成功扭转了局势。

烛龙则刚愎自用，过于轻敌，一人独战龙神科汗淮两大高手，虽然获胜，却遭受重伤。如果能把西海老祖招到麾下，配合百里春秋等人，局势应该有很大的好转，偏偏盲从亲信，看错天吴，招致了最后的失败。(以上 2 分)

(2) 火族内战：

起因：大荒 553 年前赤帝闭关，修炼赤火仙法，使得族中大权旁落，给予了大长老烈碧光晟可乘之机，大荒 590 年，烈碧光晟联合水族木族等人，盗走琉璃圣火杯，导致赤帝无法出关，此后在拓拔野等人救出赤帝赤飙怒后，烈碧光晟爆赤炎火山，解印赤炎金猊兽，赤帝力竭而死，临死前激发烈炎的赤火神识，烈炎即位为炎帝。烈碧光晟败北，率叛军连夜退往紫澜城，并在此称帝，火族南北两立的格局由是形成。双方连年征战，互有胜负，最后在拓拔野、蚩尤、姬远玄等盟军的协助下，炎帝军在大峡谷大败叛军，奠定胜局。（以上1分）

重要事件：凤尾城的围城之战；烈碧光晟与烈炎的正面对决；拓拔野率领蛇族大军救驾成功；大峡谷全歼赤帝大军。

大致经过：火族的南北内战可以分为两个明显阶段，第一阶段炎帝军明显处于被动局面，以防守为主。第二阶段赤帝军处于不利局面，最后被炎帝军全歼。全程历时两年。

第一阶段从大荒590年在赤炎山下赤帝战死，炎帝即位，烈碧光晟叛变，火族南北分裂开始，到赤帝军围攻凤尾城失败为止。

大荒591年春天，木族百花大会后，烈碧光晟纠合南蛮九族，亲率二十万大军，横扫南荒，将炎帝军分割为东西二部，包围了凤尾城和丹崖城。炎帝军苦守一个月，未等到土族援军，弹尽粮绝，形势十分危急。

烈碧光晟率军攻城，炎帝军誓死一战，烈炎亲率大军迎敌，哀鸿遍野，烈烟石施展出赤炎火风诀。关键时刻，赤松子阵杀泠萝仙子，挽救了烈烟石；拓拔野、蚩尤率蛇族大军及时赶到，将赤帝大军成功逼退百里，炎帝军伤亡亦极惨烈。

为了克制烈碧光晟的紫火神炮，蚩尤、烈烟石、晏紫苏入苍梧之渊寻找苍梧树，却解印了大金鹏鸟，八郡主烈烟石舍身救蚩尤，九黎罪民追随苗帝。（以上3分）

第二阶段从591年春天赤帝围攻凤尾城失败，到其兵败大峡谷，火族内战结束。

拓拔野巧遇从苍梧之渊回来的蚩尤等人，又遭遇被烈碧光晟追击烈炎大军。葫芦谷山壑中，蚩尤用铁木炮攻击赤帝大军，灭敌三千有余，己方却无一伤亡。随后拓拔野利用鬼见愁大峡谷的地理优势，将叛军引入其中，夹攻围击。加上流沙仙子极具杀伤力的炎火流沙，烈碧光晟大败，十万大军全军

覆没。（以上 2 分）

结局：经过两年浴血激战，烈炎率领的北火族获得了完全的胜利，统一南北。烈碧光晟的元神则被帝鸿吞噬了，魂飞烟灭。（以上 1 分）

启示：其一，面对困难，一定要坚持到底，永不失败。面临绝境，凤尾城的守军坚持到了最后一刻，烈炎和烈烟石的顽强终于赢得了时间，也赢得了胜利，成功扭转了整个战局。

其二，临危不乱，因地制宜。面对气势汹汹的十万赤帝军，拓拔野没有听从部下或死战、或撤退、或偷袭等不成熟的方案，而是冷静思考，结合天时地利，四两拨千斤，为最终的胜利奠定了基础。（以上 1 分）

（3）涿鹿之战：

起因：大荒 596 年，昆仑帝陵，西王母妙计诱逼姬远玄现出帝鸿真身，也使得双方阵营彻底决裂，大战一触即发。为了对抗帝鸿大军，拓拔野、蚩尤联合金族、火、苗、蛇、木各族，齐心协力，分两路攻击帝鸿、天昊。拓拔野在北海陷入苦战，而蚩尤也踏上了东征阳虚城的险恶征途，最终，战火在涿鹿熊熊燃烧。（以上 1 分）

重要事件：蚩尤中埋伏大军遭遇重创；夸父率领木族前来救援，夸父阵亡；蚩尤悲壮而死。

大致经过：大荒 597 年三月，蚩尤孤军深入，被帝鸿大军围困于涿鹿之野，同时，金族、寒荒军、火族、蛇族救援受阻，苗军陷入了及其被动的局面，伤亡惨重。突围时，又中了应龙和王亥的埋伏，溃不成军。蚩尤独战群雄，锐不可当，在风伯和雨师赤松子的帮助下，逐渐挽回了颓势。而乌丝兰玛以夔牛皮为鼓，鼓舞士气，重创苗军士气。狂风暴雨中，土族军队更指南神车指路，大占上风。

结局：帝鸿、应龙两大高手夹击蚩尤，生死关头，赤松子、夸父率古田军先后赶到，轮番大战女魃，不能挡其锋，双双重伤，夸父更被应龙趁势袭杀。蚩尤为了唤醒女魃神识，不惜拔出身上的伏羲牙，终受其重创，被姬远玄斩首分尸。女魃化成大鹏，四野如焚，苗军失去主帅溃不成军，风伯雨师晏紫苏等人被生擒，涿鹿大战以帝鸿胜利告终。此后帝鸿趁势追击，在阪泉之野和炎帝大军、拓拔野展开了大荒巅峰之战……（以上共 3 分）

启示：虽然蚩尤、夸父战死沙场，但是他们坚持正义，视死如归，为自由、为理想奋斗不息的精神依然激励着世人。人活于世，不在于最终得到了什么，而在于是否好好活过，奋斗过。只要本其良心，为梦想努力，无论成功还是失败，即便再短暂的人生也如星辰一般璀璨。（以上 1 分）